KB154124

정막개

최명근 장편 역사소설

정막개 鄭莫介

봄 꿩, 제 울음에 죽다

기파랑

◎

차 례

◎
◎◎
◎

　역사의 변천과는 상관없이 우리의 오랜 인물 유형 속에는 '남을 밟고 일어서서, 남을 밟고 살아가는' 인간 유형이 유구하게 잔존되고 있음을 보고 사람에 대한 절망감에 싸이는 때가 많다. 아래로는 시정잡배에서 위로는 고관대작에 이르기까지 이러한 속성을 저마다 얼마큼씩이라도 지니고 있음을 보고 마침내는 '오천년의 역사'에까지 절망을 느끼게 되는 것이다.

　이런 부정적인 인물의 전형을 조선 때의 실재 인물, 중종반정(中宗反正)을 겪고 옥사(獄事)를 일으켜 출세했던, 관노(官奴) 정막개(鄭莫介)에게서 보고 그 인물을 소설로 형상화해본 것이다. 비굴하면서 나약하고 음험하면서도 한번 출세하면 안하무인의 행태를 자행하는 이런 인물은 몇백 년 전의 조선 때가 아니라 지금도 너무 흔해서 거의 통속화된 인간 군상이기도 하다.

　주인공인 이 인물은 소설상 다분히 유형적인 인물이다. 소설의 성격상 근래 유행하는 '자아 탐구'류의 소설을 지향할 바도 아니었고, 당시의 인물을 다만 흔히 볼 수 있는 인물로 유형화하는 데만 관심을 둔 것이다.

제
1
장

관
노

도
망

별빛만 파랗게 내리붓는 어둔 밤이건만 도둑들에겐 강물에 일렁이며 비치는 어둔 별빛까지도 눈이 부시어 불안하기만 했다. 약정한 삼경三更이 지나도 배가 오지 않아서 더욱 그러했다. 언제나 보는 한강이건만 약정한 시간이 자꾸 늦을수록 일렁이는 검은 물살이 물귀신의 너울 모양 몸을 죄어왔다.

"자식들, 왜 안 오지?"

개도치(介都致)가 다시금 초조히 뇌었다.

"전에는 꼭 먼저 와 있었는데……."

막개(莫介)가 안타깝다 못해 기운이 다 빠진 소리를 내었고,

"무슨 곡절이 있나 봐. 오늘은 틀린 것 같어."

굴무(屈武)도 온전히 맥이 풀린 소리를 내었다. 훔친 말은 굴무가 데리고 있었다. 말을 숨기기 위해 갈대가 밀생한 물속에 무릎께까지 말과 함께

물에 잠긴 채 굴무는 갈대숲에 몸을 숨기고 있었다. 말은 소리를 못 내게 입에 나무 조각을 물리고 단단히 동여 겸마(鉗馬)를 했다. 말의 고삐를 죄어 잡고 있는 굴무는 키는 작아도 몸집이 단단하고 조그맣게 찢어진 눈이 어둠 속에서도 땅두더쥐의 눈처럼 반짝이었다.

오늘은 작파할 수밖에 없다고 셋이 막 돌아서려는데 막개가 문득 허둥대는 소리를 내었다.

"저, 저것, 저것 아니어?"

셋은 바짝 눈을 빛내며 검은 물살 위로 눈길을 모았는데, 오고 있는 배 그림자가 흐릿하니 보였다. 흐릿하긴 해도 배는 빠르게 오고 있었다.

"쳐 죽일 놈들."

개도치가 안도의 한숨과 함께 욕질을 뱉었다. 배가 닿자 개도치가 여전히 성질을 삭이지 못한 채 울근불근 뱃사람에게로 다가갔다. 개도치는 키가 크고 뼈대가 굵게 생겼으며 턱이 모질게 얼굴을 받치고 있었다.

"이 따위로 하려면 당장 때려치우자구!"

개도치의 큰 목소리에 뱃사람이고 누구고 다 움찔 놀랐다. 굴무가 다급히 소리를 죽여 나무랐다.

"아, 왜 소리를 질러? 미쳤어?"

배 속의 두 사람은 각각 한 뭉치씩의 짐을 둘러메고 내리는데, 그중 하나가 개도치를 향해 소리 죽여 황황히 말했다.

"저쪽에 뭔가 수상한 게 보여 배를 진작 못 띄웠다구. 잠실 뽕나무 숲에 뭔가 자꾸 어른거리는 게 있어서. 일부러야 늦게 올 리가 있겠어?"

배의 두 사람은 다 시십 줄의 사람들이고 이쪽은 이제 스물 갓 넘은 애송이들이건만, 서로 너나들이를 했다.

개도치가 소리는 죽였으나 여전 성깔이 삭지 않은 소리로 닦아세웠다.

"건너에 뭐가 수상한 게 있다구 그래. 뽕나무? 뽕나무 귀신을 봤어? 여긴 매 경(更)마다 순(巡) 도는 거 몰라? 매 경마다! 들통 나면 우리만 죽는 줄 알어? 당신들도 죽는 거야!"

"그래그래, 우리가 잘못했다. 앞으론 절대 이런 일 없을 게다. 전에처럼 세상 없어두 우리가 먼저 와 있는다. 세상 없어두."

"빨리 하고 흩어지자구. 빨리!"

굴무가 말을 끌고 오며 짜증스레 뱉었다.

"종마(種馬) 맞지?"

배의 사람이 말하자 굴무는 여전히 짜증을 내었다.

"보면 몰라? 키가 오 척 육 촌이나 된다."

그 사람이 말의 고삐를 받아 쥐는데, 개도치가 갈대숲에 내려놓은 짐 두 덩이를 발길로 차며

"스무 필 맞지?"

배의 사람이 픽 웃었다.

"말하나 마나. 외짝 날 리가 있나."

종마 오 척 육 촌짜리면 상목 사십 필은 넉넉히 받을 것인데, 반값으로 넘긴 것이다. 막개가 필 수를 세려는데 개도치가 다그쳤다.

"셀 틈 없어. 얼른 짊어져."

개도치가 한 덩이를 둘러메고 막개도 한 덩이를 둘러메었다. 말을 배에 올리자마자 배는 살같이 달아나고, 말을 넘겨준 셋도 갈대숲 속으로 소리 없이 내뺐다.

살꽂이 벌. 살꽂이 다리에서 뚝섬에 이르는 넓은 들. 들이 넓어 때로 임

금의 친림 아래 군사를 크게 모아 대열(大閱)이 열리기도 하는 이곳에는 살곶이 쪽으로 나라의 목마장(牧馬場)이 있었다. 산곡(山谷)으로 이어지는 동쪽으로는 마성(馬城)의 담이 높았다.

목마장의 말이 대략 일 천 두는 되었다. 일 백 두마다 일군一群이 되어 군두(群頭) 아래 부군두(副群頭)와 관노 목자(牧子)들이 딸려 양마하는데, 이날 밤 세 관노가 말을 몰래 빼다 팔아넘긴 것이다. 이번이 세 필째다. 그것도 저희들 군속(群屬) 말이 아니라 다른 군속의 말을 빼다 넘겼고, 그때마다 말을 잃은 군속에서는 난리가 나서 감목관(監牧官)의 호령 아래 안기(安驥), 이기(理驥), 보기(保驥) 같은 잡직관(雜職官)들이 군두 이하를 모아놓고 문초했다. 그중의 관노 하나는 억울하게 지목을 받아 장살(杖殺)이 될 뻔하다가 귀양을 가기도 했다.

말 값으로 받은 상목은 갈대숲에서도 멀리 떨어진 뚝섬의 우거진 수풀 속에 감추어두었다. 일이 잠잠해지면 개도치 삼촌이 수철리(水鐵里) 나루에서 쪽배를 타고 와서 가져갈 것이다. 지금까지 매번 그래 왔다.

셋이 일을 마치고 돌아왔을 때 기다란 마사(馬舍) 앞에 늘어서 있는 군두, 부군두들의 방에서는 코 고는 소리가 한창이었고, 셋은 그 옆에 납작하게 붙어 있는 그들의 목자 방으로 들어갔다. 셋이 자리를 잡고 누워 막 잠이 들려는데, 어디선가 말울음 소리와 사람들의 급한 발걸음 소리가 들리는 것 같았다. 셋은 한순간 귀를 쫑긋 세웠다.

"무슨 소리지?"

굴무가 굳은 얼굴로 말하는데, 개도치가 벌떡 일어섰다.

"일 났어."

"일? 무슨 일?"

막개가 황황해하자 개도치가 급히 소리쳤다.

"밖으로 뛰어! 일루 오고 있어."

분명 그 발걸음들은 이쪽으로 오고 있는 소리였다. 셋은 허둥지둥 방을 나와 컴컴한 마사 쪽을 향해 소리 죽여 황급히 기었다. 마사를 벗어나와 돌아보니, 휘황한 횃불 서너 개가 넘실거리며 오고 있었고, 그 횃불 아래에는 감목관의 모습이 보였고, 군교와 군졸 너덧까지 같이 오고 있었다. 군졸 둘이 결박 지워 끌고 오는 것은 말을 받아 간 배의 그 두 사내였다. 팔아넘긴 말도 군졸 하나가 끌고 오고 있었다. 두 사내는 모든 걸 토설한 게 분명했다. 강 건너 잠실 뽕밭에 뭔가 어른거렸다던 사내의 말은 틀린 말이 아니었고, 군교와 군졸들이 뒤를 잡으려고 잠복해 있었던 게 분명했다.

셋은 더 돌아볼 것도 없이 숨 가쁘게 기어서 줄행랑을 놓았다.

"살꽂이 다리로 가야 돼!"

굴무가 숨 가쁘게 말했는데, 굴무의 말이 아니라도 사실이 그랬다. 셋이 도망친 것을 알면 무엇보다 먼저 살꽂이 다리를 막아, 물속이 아니고는 어디로도 도망칠 곳이 없도록 망을 칠 것이 뻔했기 때문이었다.

셋이 헐떡이며 살꽂이 다리에 거의 다 와서 뒤를 돌아보았을 때, 아니나 다를까 횃불이 꼬리를 휘날리며 다리를 향해 달려오고 있었다.

셋은 다리를 건넌 다음 길을 피해 수래재 고개를 향해 산속으로 뛰었다. 산속을 오르며 아래를 내려다보자, 살꽂이 다리뿐 아니라 목마장 사방과 뚝섬 쪽까지 횃불이 퍼져서 휘날리고 있었다.

"상목 스무 필은 똥 됐구나."

개도치가 뱃속 편한 소리를 뱉었다.

헐떡이며 계속 산 계곡을 더듬어 올랐는데, 이미 다리를 건너 도망친 것으로 짐작했는지 횃불이 길로 퍼져 나와 동서(東西)로 길을 따라 달리고 있었다. 그걸 보고 어느만큼 안심하면서도 셋은 험한 수래재 고개의 연봉을 계속 걸어갔고, 가장 높은 무쇠막 고개에 이르자 모두 픽픽 쓰러져 누워버렸다. 오랫동안 가쁜 숨들만 내쉬었다. 웬만큼 숨을 가누고 났을 때 개도치가 누운 채 굴무를 돌아보며 욕질을 했다.

"이 땅두더지 새끼. 이 꼴루 도망치게 돼 있었더냐? 이 꼴루 뛰게 된 게 다 네 새끼 때문이야!"

굴무가 숨을 몰아쉬며 비틀비틀 일어나 앉았다.

"무슨 소리여. 그놈들이 잡힐 줄 누군들 알았어?"

개도치도 벌떡 일어나 앉았다.

"내 말대로 다섯 마리 한꺼번에 해치우구 점잖게 도망했으면 오죽이나 좋았어. 이렇게 빈주먹으로 꽁지에 불 달구 뛰게 된 게 네 탓이 아니면 누구 탓이란 말야! 내 몇 번이나 말했어. 한 마리씩 하다간 중간에서 탈 난다고. 이 똥물에 튀길 자식 같으니라고!"

굴무도 입에 거품을 물었다.

"다섯 마리 한꺼번에 했으면 아무리 천 리 밖으로 도망을 가 숨어도 팔도에 서릿발 같은 추노령(推奴令)이 어명(御命)으로 떨어졌어. 잡히면 당장 그 자리서 참수되구."

"지랄 같은 소리 또 하고 있네. 다 같은 도망인데 더하고 덜한 추노가 어디 있어."

묵묵히 듣고만 있던 막개가 부스스 일어나 앉으며 말했다.

"지금 생각해보니 개도치 말이 옳았던 것 같어."

개도치가 대번 막개를 윽박질렀다.

"지금 생각해보니라구? 얼른 자식. 그땐 굴무 말이 옳다고 그리 뻗대더니 지금 생각해보니? 네 새끼까지 뻗대지만 않았어도 벌써 내 고집대루 했어. 토끼 굴만 봐도 범이 나올까 봐 벌벌 떠는 자식. 굴무 저 자식은 제 방도라도 있어서 그랬다지만, 네놈은 아무 방도도 없이 그저 겁 털 나는 쪽으로 붙은 놈 아니냐. 지금 생각해보니라구? 개자식."

막개는 딴 곳을 보며 그저 한숨만 내쉬었다. 그는 입을 헤벌린 모습으로 얼른 봐서는 유순한 얼굴이었다. 개도치보다는 훨씬 작고 굴무보다는 더 컸으나, 굴무처럼 단단한 몸집이 아니고 살과 뼈가 좀 헐렁해 보였다. 광대뼈가 좀 불거졌으나, 입을 헤벌리는 버릇에다 눈에 겁기가 있어 유순한 인상을 주었다.

"어디루 가지?"

방금까지 다투던 말투와는 달리 굴무가 수심 어린 소리를 내자, 개도치가 무뚝뚝하게 받았다.

"어디루 가긴. 맨손이건 말았건 처음 작정한 대로 갈밖에."

"맨손으로 부평(富平) 가면 대체 뭘 해 먹구 살아."

"부평 네 형한테 붙어살지 어떻게 살아. 네 형이 알아서 해주겠지."

부평에는 내수사(內需司) 종이었다가 도망해서 사는 굴무의 형이 있었다. 인적 드문 부평 계양산 구석에서 숯가마를 내고 몰래 숯장사를 다닌다는데, 장가들고 아이까지 낳아 제법 포실하게 산다고 했다. 말 훔쳐내어 제법 묵직한 밑천을 잡으면, 우선 거기 가서 안신(安身)들 하며 뭣이든 해보기로 의논을 모았던 터였다.

"그동안 네 삼촌이 갖다 챙겨놓은 상목을 어떻게든 빼내 올 수 없을까.

그동안의 것이 마흔 필이니 네 삼촌 몫으로 정한 열 필 제하고도 서른 필
은 될 텐데, 그거라두 있어야 될 것 아니어."

굴무의 말에 개도치가 코웃음을 쳤다.

"미친 자식. 삼촌 집에 벌써 군교가 들이닥쳤을 텐데, 누가 가서 그걸
가져와. 네가 갈련?"

"네가 한번 몰래 가보면 안 될까?"

"이 자식이 누굴 잡으려고 이래. 나는 사람 눈에 안 띄는 무슨 귀신 갈
비뼈라도 된다더냐? 상목뿐 아니라 분이(粉伊) 때문에라도 거기 못 가는 게
더 속이 터진다. 그 기집애를 달고 뛰려던 꿈도 다 깨졌어. 내 속은 지금
불천지다."

개도치의 삼촌이란 자는 수진방(壽進坊) 사복시(司僕寺) 냇가의 노비 동네에
사는 사복시 관노였다. 그 동네의 관노는 모두 사복시나 형조(刑曹)에 매여
말의 장구(裝具)를 만드는 공장(工匠)이들이거나 신공(身貢)을 나가는 관노들이
었다. 그 동네를 사람들은 말동네라고 했다. 본래는 개도치와 막개도 그
곳에서 자라 말 공장이가 될 것이었으나, 둘이 다 공장이 일이 어릴 때부
터 손에 붙지 않아 살꽂이 벌 목마장의 목자로 내몰린 것이었다. 둘이 동
갑으로 열일곱 살에 목자로 와 지금껏 스물한 살이 되도록 네 해나 말똥
속에서 살아온 것이다. 개도치는 말동네에 인척도 있고, 삼촌네도 있고,
제 말대로 서로 정분이 난, 사복시 급수비(汲水婢) 다니는 분이라는 정인(情
人)까지 있었으나, 막개는 부모가 모두 일찍 말동네서 죽고 없어 혈혈단신
이었다.

굴무는 말동네에서 온 관노가 아니라 저의 형과 함께 어릴 때부터 가평
(加平)의 내수사 전지(田地)에 매인 관노였었다. 형은 도망가고 동생인 굴무

는 내수사 연줄로 대궐 내사복시(內司僕寺) 마구간 종으로 끌려갔으나, 너무 어리고 일이 서툴다 하여 살꽂이 목마장에서 일을 더 익히라고 내몰린 것이 그대로 오 년여를 썩어 올해 스물둘이었다. 개도치와 막개가 목마장에 왔을 때 굴무는 먼저 와 있었으며, 본래는 다른 목자 하나와 넷이 한 조였으나, 하나가 병으로 죽어 셋이 되었던 것이다.

굴무는 그 땅두더지 같은 눈을 희번덕거리다가 한마디 흘렸다.

"그럼 종당에 그 상목은 모두 개도치 네 삼촌만 좋은 일 시킨 꼴이군. 우린 헛물만 켜구."

개도치가 굴무를 노려보았다.

"뭐라구? 뭐라 그랬어. 한 번 더 말해봐라."

굴무는 딴전을 피우며 이죽거렸다.

"네 삼촌 좋은 일 시킨 거라구."

대번 주먹을 올려칠 듯하던 개도치는 그만 씩 웃고 말았다. 목마장 목자들 사이에서 싸움으로는 개도치를 당할 자가 없을 만큼 힘센 개도치였지만, 한방에서 뒹구는 굴무나 막개에게는 아무리 화가 나도 한 번도 주먹질을 한 적이 없었다. 그 대신 늘 험한 욕질을 퍼부어대는 버릇이 있었다.

웃어버리고 난 개도치가 굴무의 얼굴에 제 얼굴을 바짝 들이대며 욕을 했다.

"이 만(萬) 벌 종놈. 네놈 꼬락서니로는 지난 적 만 벌이 아니라 앞으로도 네 자손대대로 종질을 할 게다."

흔히 내지르는 욕질이었다. 굴무는 그저 찬찬히 받았다.

"그래, 나는 그렇다. 너는 백 벌 종놈이지. 백대(百代)에 백 벌이 맞지 만

벌이 어디 있어? 그런 구름 같은 소리 들으면 나는 구름 속 신선이 된다."

"만 벌이 헛소리가 아니어. 네놈 핏줄이 단군(檀君) 적부터란 걸 네놈 꼬락서니를 보면 알아. 단군 적 어느 고을 종의 종놈이 너희 시조라면서?"

"단군 적이란 게 벌써 구름 잡는 소리여. 넌 갈 데 없이 백 벌이어. 전조(前朝)인 고려 적부터란 게 뻔하니 더 말해 뭐해."

서로의 얼굴에다 난당(難當)으로 침을 뱉는 격인 이런 욕질이 나올 때마다 막개는 내처 입을 다물고 있는 버릇이 있었다. 하지만 그 입 다물고 있는 입귀 한 구석에는 내심 조롱하는 기미가 없지 않아 있었고, 그런 조롱의 기미를 개도치는 또 놓치는 법이 없었다. 개도치의 화살이 엉뚱하게 막개를 향했다.

"저 새끼 웃고 있는 거 아니어? 이 세 벌 종 새끼야. 세 벌 종 새끼는 여기 대면 귀골이나 된다구 입을 씰룩이구 있어? 네 할애비 경친 건 만 벌 백 벌보다 더 흉한 거여. 이 먹물 놈."

끝의 먹물 놈 소리가 귀에 거슬렸는지 막개도 얼굴이 굳어졌다. 먹물이란 얼굴에 자자(刺字)했다는 소리였다. 그러고 보면 개도치와 굴무는 전조부터 내려온 세세전종(世世傳種)의 종들이었고, 막개는 할아버지 때 죄를 지어 경을 쳐서 종이 된 벌종(罰種)이었다.

쓸데없는 대거리나 하고 있던 그들은 날이 훤히 밝아오는 것을 보고야 놀라 일어섰다. 아무튼 갈 데는 처음 정했던 부평밖에 없었고, 거길 가자면 한강의 나루를 건너야 하는데, 가까운 나루들보다 한강의 제일 아래 나루가 안전하리라 생각해서 양화진(楊花津)으로 가기로 했다. 그러나 밝은 날에 서로의 몰골을 보고는 다들 한숨을 내쉬었다. 하나같이 봉두난발에 관노들이 입는 검은 통바지에 섶이 긴 검은 저고리 꼴이라, 이런 꼴로는 어디서건 눈에 띄기만 하면 낚아채일 게 뻔했다. 본래는 복색도 다른 것으로 바꿔 입고 도망 길에 오를 것이라는 세밀한 계획이 있었으나, 이미 다 틀린 일이었다.

　무쇠막 고개 아래로는 송림 속에 띄엄띄엄 경사진 밭들이 있고, 아랫녘 구석지에 가끔씩 쓰러져가는 외딴 초막들이 박혀 있었다. 지금이 가을철이라 해도 그 돌밭의 시들시들 널려 있는 배추, 시금치들 속에서 먹을 만한 것을 찾기란 어려울 것 같았다. 셋이 몸들을 숨겨가며 내려오다 밭떼기 둔덕에서 목을 빼고 아래쪽의 초막 하나를 노려보았다. 인적이 없는 걸 확인하고 셋은 그 집으로 숨어들었다. 집을 뒤진 끝에 베잠방이와 홀태바지 하나, 떨어진 고의적삼 하나를 찾아내어, 베잠방이와 홀태바지는 개도치가 입고, 떨어진 고의적삼은 막개가 입었다. 제가끔 찾아낸 대로 입은 것이 그렇게 된 것이다. 기장 몇 되 있는 것을 몽땅 털어서 넝마 같은 치마 조각에 싸서 개도치가 둘러메었다. 그다음 집은 인기척이 있어 피해 갔고, 그다음 빈 초막에서 굴무도 빨래를 해서 널어놓은 고의적삼을 걷어다 입고, 널린 수건까지 걷어서 풀어진 머리를 동여매었는데, 셋 중 그래도 그중 모양이 나았다. 그 초막에서도 조와 기장 몇 되를 턴 다음 새끼로 짚신에 들메를 단단히 하고 개도치와 막개도 봉두난발을 틀어 감아 고머리를 했다. 관노 복장들은 아무 데나 버리지 않고 후미진 도랑 구석에 쑤셔 박아 큰 돌로 눌러두었다.

　셋은 조와 기장을 생으로 씹으면서 버티고, 이태원(梨泰院)을 멀리 바라보는 산길로 해서 양화진을 향해 갔다.

　양화진에 가까워서는 먼저 하나가 근처에 가서 망을 보고 오기로 했는데, 굴무가 갔다. 굴무는 그 땅두더지 얼굴이 진구렁에서 빠져나온 듯 새

파랗게 질린 채 금방 돌아왔다.

"와 있어. 군교와 군졸 몇이 있는데, 아는 부군두 하나가 옆에 붙어 있어."

개도치와 막개는 질려서 한동안 아무 말도 못했다. 개도치가 물었다.

"아는 부군두가 틀림없어?"

"바로 우리 옆 조의 부군두야. 어느 나루건 나루는 다 틀렸어."

셋은 숨어 있던 언덕배기 구석에 그대로 주저앉고 말았다.

"어디로든 빼쳐야 하는데……."

개도치가 한숨을 내쉬자 굴무가 허겁지겁 말했다.

"언젠가 네가 말했지. 황해도 평산(平山)에 네 아는 사람이 하나 도망가 있다구. 거기라두 가자구."

개도치가 고개를 저었다.

"말만 들은 건데……. 평산 못 가 장굴산(長屈山) 어디서 화전(火田)을 하고 있다고 들었지만 어딘지를 알아야지."

"평산에는 네 결지(決志)들도 많다며?"

"대대 궁방전(宮房田)에 매여 사는 사람들이어. 그 사람들이 무슨 수를 내주겠어? 네 말대루 다 백 벌 종들인데."

얼굴을 일그러뜨리며 침을 뱉고 난 개도치가 막개를 돌아보았다.

"이봐, 막개. 양근(兩根)네 선대 살던 곳은 어때? 네 일가들이 거기 있는 것 아니어. 그 사람들은 다 양인들일 테니 무슨 변통이 있을지두 모르지 않어. 거기라면 가평을 돌아 물을 건널 수도 있는데."

막개는 당황하여 얼굴을 붉혔다.

"한 번두, 한 번두 가본 적이 없어. 말만 들었지 여, 여태 한 번두 가본 적이 없다구."

"거기 일가가 몇 번 우리 말동네에 온 적도 있다며?"

막개는 더욱 당황했다.

"어, 어머니 살았을 때 고모 되는 일가만 몇 번 왔지만⋯⋯. 동네서도 쫓겨난 고모라서 아무 힘도 안 되고⋯⋯. 다, 다른 일가들은 옛날부터 우릴 염병보다 더 싫어하고⋯⋯."

개도치가 결심한 얼굴을 했다.

"젠장 할, 그럼 좋다. 평산 장굴산 가지. 삼백 리 길이지만 지금 뭐 곰굴 호랑이굴을 가리게 생겼어? 안 되면 거기 가서 우리끼리 화전이라도 파지. 길 양식은 가면서 되는대로 털면 되구. 너무 멀어 다음 날 분이 년 데려올 일이 낭패다만 그건 뒷일이구."

개도치가 벌떡 일어서자 굴무, 막개도 따라 일어섰다.

다시 북행(北行)으로 길을 잡은 셋은 성산리(城山里)로 해서 고양(高陽) 쪽을 향해 갔다. 사람 다니는 역로를 피해 험한 산길로만 가느라 힘이 더 들었다. 고양현의 어느 산길에서 해가 저물었다. 이곳은 갈수록 인가가 드물고, 간혹 인가가 있다 해도 모두 허물어진 폐가였다. 땅거미가 짙어지자 셋은 폐가 하나를 찾아들었다.

풀더미가 뒤덮고 구석구석 거미줄이 얽히고 들쥐가 떼를 지어 몰려 다녔다. 허기진 셋은 집을 뒤져 귀 떨어진 자배기 하나를 찾아내어 도랑에서 물을 받아오고 기울어진 방구석에서 부시 하나를 찾아내어 조와 기장으로 서속밥을 끓였다. 보는 집마다 왜 이 모양으로 쓰러져 썩어가는지 모를 일이었다. 세간도 거지반 텅 비고 없어 무슨 난리를 만나 짐을 싸서 도망을 친 것 같았다. 찬이 될 만한 것이 없나 하여 이 구석 저 구석을 밀치고 들치고 하다가 무너진 흙바닥 틈에서 쏟아진 소금 한 줌을 간신히 긁어냈을 뿐이었다. 그거나마 찬을 해서 허겁지겁 밥을 먹었다.

가을이라 홑옷만 걸친 몸에 무슨 조각이라도 덮을 만한 것이 있어야 할 텐데, 그런 것이 없었다. 마당 구석의 짚은 모두 두엄더미로 썩어버렸고, 그 옆의 멍석 하나도 반은 이미 썩어 있었다. 굴무와 막개는 그거나마 덮겠다고 둘이 같이 들어다 방에 들여놓았는데, 개도치는 그냥 잔다며 방구석에 활개를 펴고 누웠다. 베잠방이와 홑태바지가 제 몸에는 작아서 배가 드러나고 배꼽이 드러났건만, 상관치 않았다. 굴무와 막개는 그 썩은 멍석이나마 이불 삼아 멍석 속으로 다리를 들이밀었다. 기울어진 천장을 바라보며 셋은 고된 몸을 나란히 뉘었다.

어둠이 짙어지자 어디선가 음산한 짐승의 울음소리가 길게 울려왔다.

"저거 늑대 소리 아니어?"

막개가 불안스레 말하자 귀를 기울이던 굴무도 겁에 질려 말했다.

"늑대 맞어. 여러 마린가 봐."

개도치는 킬킬거리며 웃었다.

"늑대구 승냥이구 사람이 없어 얼마나 좋아. 내 평생 이리 좋은 밤은 처음이어."

"정말 사람들이 왜 이리 죄 없어졌을까. 집은 또 왜 이리 죄 엎어지구."

굴무가 의혹스런 소리를 내건만 개도치는 여전 상쾌해하기만 했다.

"살기가 싫어 짐들 싸들고 죄 하늘로 올라가 버린 게지. 서울이 너무 가까워 그렇지, 그렇지만 않으면 여기다 움을 파고 분이하고 한 천년 살았으면 좋겠군."

그러는데 집 바로 옆 숲에서 부엉이의 울음소리가 흉측하게 울려왔다.

"부엉이가 바로 옆에서 울고 있어."

막개가 질린 소리를 내자, 개도치가 아주 시원스런 한숨을 뿜어내었다.

"아아 정말루 좋다. 정말루……. 저게 바로 우릴 반기느라 우는 소리여. 야아, 도대체 이런 도원경이 이런 데 있다니 희한한 일이로군. 정말 여기서 한 천년 살아볼까."

"도원경이라구? 쳇, 별놈의 도원경도 다 있군."

굴무가 비아냥거렸다.

지친 그들은 마침내 곯아떨어졌다. 다음 날 눈을 떴을 때는 벌써 아침 해가 높다랗게 솟아 있었다. 그 귀 떨어진 자배기에 밥을 해 먹은 다음, 남은 조와 기장은 굴무가 짊어지고, 귀 떨어진 것이나마 아섭다 하여 자배기는 막개가 줄에 매어 등에 걸고, 개도치는 혹시 짐승이 걸리면 때려잡겠다며 참나무 뭉치를 하나 꺾어 들었다.

셋이 한참 송림을 헤치며 가는데, 가을 햇살이 밝게 내리비치는 환한 나무 숲 속에서 갑자기 까마귀 떼가 새까맣게 날아올랐다. 셋은 무춤하니 서서 그 날아오르는 까마귀 떼를 지켜보았다.

"죽은 짐승이 저기 있는 모양이군."

앞장섰던 개도치가 둘을 돌아보며 말했다. 그때 좀 떨어져 오던 굴무가 다급한 소리를 내었다.

"이, 이것 봐! 큰일 났어!"

개도치와 막개가 굴무를 보자 굴무는 덩굴에 얽혀 있는 무슨 비석 같은 걸 가리키고 있었고, 그러고 나서 비석에 걸린 빨간 줄을 들어 보였다.

"뭔데?"

개도치와 막개는 그리로 갔다. 굴무는 떨리는 소리를 내었다.

"인제 무슨 까닭인지를 다 알았어. 맞어. 이건 어명으로 친 금줄이야. 이 안에 들어가는 사람은 모두 참수를 당해. 여긴 상감마마의 사냥터라구!"

"상감마마의 사냥터?"

개도치는 의아하여 물었고, 막개는 눈이 휘둥그레졌다. 굴무가 창황히 말했다.

"인제 다 알았어. 언젠가 들었어. 상감마마의 사냥터를 정하고 사냥터 집들은 죄 헐어 없앴다구 그랬어. 이 비석에 적힌 글이 바로 그것이어. 글자를 몰라도 다 환해. 이 금줄 안에 들어간 사람은 잡히는 대루 모두 참형이어. 빨리 나가! 빨리 밖으루 내빼야 해!"

막개는 다급히 금줄을 넘어 나갔으나, 한참 그 자리에 서 있던 개도치는 빙글빙글 웃기 시작했다.

"그렇다면 금줄이 더 좋은 게 아녀? 금줄 안으로 설마 우리를 잡으러 오는 놈은 없을 것이고, 또 누구의 눈에 띄지두 않을 것이고, 얼마나 좋아?"

굴무와 막개는 잠시 멍한 눈길을 하고 있었다. 그러나 막개가 꽁무니를 뺐다.

"하지만 순 도는 군사가 있으면 어떻게 해. 지금은 안 보여도 어, 언제 올지 몰라."

개도치는 눈 하나 까딱하지 않았다.

"순 도는 군사는 없어. 절대루 없어. 있다면 내 밸을 훑어다 저 까마귀 떼한테 던져주지. 내가 장담할 땐 내 말을 좀 들어. 말 닷 필 단번에 해치우자는 내 말 마다하고 지금 지옥길 헤매는 네놈들 아냐?"

곰곰이 요량해보던 굴무가 결연히 금줄을 넘어서서 들어왔다.

"개도치 말이 근리(近理)해. 금줄 안쪽 길이 되려 안전하단 말은 맞는 말이야. 그래, 금줄 안으로 해서 가자."

"넌 어떡헐래?"

개도치가 막개를 보자, 막개는 영 내키지 않은 표정으로 하는 수 없이 금줄을 넘어 들어왔다.

그들은 다시 숲을 헤치며 나아가기 시작했다. 한참 가다 말고 개도치가

"상감 좆은 어떻게 생겼을까?"

거리낌 없는 농을 하자, 굴무와 막개는 둘이 다 불안한 눈길로 개도치를 돌아보았다. 임금을 갖고 그런 농을 하는 것은 아무리 친한 사이라 해도 몸을 조이는 일이기 때문이었다. 개도치는 싱글거렸다.

"그 자식은 후궁 년들 말고도 데리구 자는 기생들이 숱하다며?"

굴무와 막개는 그만 그 자리에 우뚝 멈추어 서버렸다. 임금을 갖고 이 자식 저 자식은 더 이상 참고 들을 수 없는 무서운 말이기 때문이었다. 개도치는 웃었다.

"너희 두 놈은 아직두 그놈의 백성들이구나. 이렇게 도망을 치면서도. 천생 종놈들이어."

굴무가 정색을 했다.

"정 그러려면 우리 둘은 따루 가구 넌 너대루 딴 길루 가."

개도치가 빙글거리며 굴무를 보다가 그만 고개를 끄덕였다.

"그래, 그래. 네놈들 불쌍해서 그만두지. 실은 내가 지금 매우 흥이 나서 그러는 거다. 너희는 흥이 나지 않어?"

굴무는 시무룩하게 고개를 돌리고 막개는 어서 가기나 하자는 듯이 앞

장서 걸음을 옮겼다.

개도치는 정말 흥이 돋는지 둘의 뒤를 따라오며 시룽시룽 조그만 소리로 타령을 흥얼거렸다.

"인제 가면 언제 와요

오시는 날이나 일러주오

동방작약 춘풍시에

꽃 피거든 오실라요

어허어 어허어

어화넘자 어허어……."

그건 그냥 타령이 아니라 상여 멘 향도꾼들의 처량한 향도가(香徒歌)였다. 굴무와 막개는 또 한 번 마뜩찮은 눈길로 개도치를 돌아보았다. 향도가는 상여를 도맡아 메는 땅꾼들이나 부르는 타령이었다. 개도치는 본래 오간수(五間水) 다리 아래와 오간수 넘어 땅굴에 사는 거지와 깍정이(자자한 사람으로 구걸하던 이들을 일컫던 말)들 패인 땅꾼들과 친해서, 이따위 타령이 몸에 익어 있었다. 이번에 말을 샀던 그 수상한 두 사내도 개도치가 땅꾼들을 통해 연줄을 댔던 터였다. 장물(臟物)의 와주(窩主)가 된 두 사내는 지금쯤 그동안 데리고 갔던 말을 도로 물어내고, 죽도록 매를 맞고 귀양을 갔을 것이다.

개도치의 향도가는 점점 더 흥이 실려 소리가 높아갔다.

"해당화 범나비야

꽃 진다 서러 마라

춘삼월 다시 오면

그 꽃은 또 피련만

한번 간 우리 님은

다시 올 기약 없네

어허어 어허어

어화넘자 어허어……."

이제는 굴무뿐 아니라 막개도 참을 수 없다는 듯 소리를 질렀다.

"정 이럴 테여? 응? 정?"

개도치는 또 껄껄거리며 웃었다.

"그래, 그래 안 하지. 막개까지 그리 화를 낸다면 내가 잘못했다. 안 하지. 하도 흥이 나서 그래 본 것뿐이어."

이제는 잠잠히 숲을 헤치며 걷기만 했다. 화를 냈던 막개는 걸음을 더 빨리 해서 앞서 걸었는데, 그러던 막개가 문득 걸음을 멈추고 수풀 속을 가리키며 눈이 휘둥그레져서 둘을 돌아보았다.

"여, 여기. 토끼 한 마리가 화살을 맞았어."

막개의 소리가 끝났을까 말까 해서였다. 먼 데서 사람들의 외치는 소리가 은은히 들렸다. 그 소리에 굴무와 막개는 기절초풍들을 하여 어쩔 줄 모르는데, 개도치가 막개가 가리키던 수풀 쪽으로 갔다. 굴무와 막개도 개도치 쪽으로 몰려갔다. 그 수풀 속에는 화살을 설맞아 곧 죽어갈 듯 다리를 파르르 떨고 있는 큰 회색 산토끼 한 마리가 있었다. 어디서 살을 맞고 여기까지 와서 죽어가고 있는 모양이었다.

"상감마마의 사냥 행차여. 빨리 여길 나가야 돼!"

굴무가 황급한 소리를 내었고, 막개도 황급한 모습이었다.

"빨리 나, 나가자구!"

그러나 개도치는 죽어가는 토끼를 천천히 주워 들고는

"엉덩이를 설 꿰었군."

하고 말했다. 그러고는 토끼의 등을 밟고 꿴 화살을 뽑은 다음, 화살을 내던져 버리고 토끼를 집어 들었다.

"이거나 갖고 가서 구워 먹지. 임금이 행차했다니 부득불 금줄 밖으로 나가야겠군."

그때 돌아서려던 굴무가 문득 내버린 화살을 주워 들었다. 그러고는 유심히 들여다보았다.

"이, 이건 상감의 화살이어!"

그 소리에 개도치도 막개도 눈이 멀뚱하여 그 화살을 바라보았다. 화살의 살대는 붉고 살대 끝의 궁깃에는 새의 큰 깃 세 개가 달렸는데, 그 깃은 수리(盤鵰)의 깃이었다. 굴무는 옛날에 잠시나마 궁중 마구간에 있었기에 들은풍월이 있었을 것이다.

"그 까짓 것 꺾어버려. 그리고 빨리 나가."

개도치가 말했으나 굴무는 연해 그 화살을 들고 어린 듯 취한 듯 바라보고 있더니, 마침내 그 땅두더쥐 같은 눈이 번쩍이며 닳아 오르고 화살 쥔 손이 덜덜 떨리기 시작했다. 그는 떨리는 손으로 개도치의 손에서 토끼를 뺏어 들었다. 그러고는 후들거리는 걸음으로 함성이 울리는 쪽을 향해 뛰기 시작했다. 뛰면서 등에 메었던 서속 자루도 벗어 내던져 버렸다.

"저 자식이 미쳤어?"

개도치가 어처구니없어해 하는데, 막개는 입만 딱 벌리고 있었다. 굴무가 함성이 울리는 숲으로 아주 사라지고 나서도 둘은 그 자리에 망연히 서 있었다.

막개가 떨리는 소리로 말했다.

"우, 우리라도 빨리 나가자. 일부러 죽으러 간 놈을 뭣 하러 기다려."

그러나 개도치는 전에 없이 무거운 안색으로 생각에 골몰하다가 침통하게 말했다.

"그러구 보니 그래. 죽을지 살지 아직 몰라. 그러구 보니, 그 자식이 생사를 걸었어."

"무슨 소리여?"

개도치는 천천히 금줄 밖을 향해 걸으며 무거운 어조로 말했다.

"굴무 놈이 어떻게 됐는지 알구 나서 도망을 가든 어쩌든…… 하회(下回)를 알아야 돼."

그날 굴무는 만 벌 종에서 면천(免賤)이 되었다. 말을 훔쳐내었건 도망을 쳤건 그런 건 발론조차 되지 않았다. 임금이 맞힌 짐승을 힘써 주워다 화살과 함께 임금 앞에 갖다 바친 공으로 면천과 함께 비단 한 필까지 상으로 받았다.

그날 해가 기울 무렵, 임금의 행차가 궁으로 향할 때 개도치와 막개는 군사들 뒤꽁무니를 쫓아가며 그 소식을 알았는데, 군사들 사이에서도 굴무의 일이 떠들썩한 이야깃거리가 되고 있었다. 굴무는 사냥터의 금줄 밖을 가다가 거기까지 살을 꽂은 채 도망쳐 나온 토끼를 힘써 잡아다 바친 것으로 되어 있었다. 굴무는 특히 군사 둘이 호위해서 이미 궁중 금위영(禁衛營)에 들어갔는데, 상급으로 내린 비단을 받으면 궁을 나올 것이라 했다.

개도치와 막개는 더 도망을 않고 밤늦었을 때 슬그머니 말동네로 들어갔다. 소문을 듣고 있었던 개도치 삼촌이 말했다.

"목마장 감독관이 굴무 일을 알고는 너희 둘에 대해서도 말했다고 하더라. 굴무는 이미 어명으로 면천이 되어 모든 죄목도 물시가 되었으나, 너희 둘은 반드시 잡아야 할 것인데, 어디서건 눈에 띄지는 말아야 한다고 했다더라. 더 추노는 안 하더라도 눈에 띄면 누구라도 발고를 해야 하며, 그때는 반드시 잡는다고. 그러니 관에서 한 발짝 물러섰다고 해도 함부로 아무 데나 나다닐 생각은 말아라."

그 뒤로 항간의 잡배들이나 관노들 중에는 임금의 사냥터를 배회하며 화살 줍기를 일삼는 자가 흔했는데, 막개도 그중의 하나였다. 그는 여러 번 임금의 사냥터를 헤매고 다녔다. 그러다 어느 관노 하나가 천행으로 임금의 화살 하나를 찾아내어 갖다 바쳤는데, 임금은 왕의 화살을 함부로 갖고 다닌다 하여 매를 쳐서 죽이게 했다. 그 관노가 장살된 뒤로는 임금의 사냥터를 헤매는 일이 딱 끊겼다. 막개도 다시는 발걸음을 하지 않았다. 그러나 그 일로 해서 막개는 끝없는 한을 품게 되었다.

"제일 먼저 살에 꽂힌 토끼를 본 건 난데, 공은 굴무가 차지하다니…… 벼락을 맞을 놈!"

떠
돌
이

불을 담아 내리붓는 듯한 폭염이었다. 좁은 산골길이 바람마저 한 점 없어, 사람이고 수목이고 모두 삶아낼 것만 같았다. 지게 짐을 지고 비지땀을 흘리며 고개를 오르던 막개는 옆으로 옹달샘이 쫄쫄거리며 흐르는 소리를 듣고는 그쪽으로 갔다. 수목이 그늘을 드리운 아래쪽 옹달샘이 제법 맑았다. 작대기로 지게 짐을 받쳐놓은 다음, 우선 샘으로 가서 엎드려 물을 한참 들이켰다. 그는 웃통을 훨훨 벗어버리고는 샘에서 얼굴도 씻고 등물도 치고 했다.

그러고는 나무 그늘 아래 퍼질러 앉았다. 한참 쉬고 난 그는 지게 위의 오쟁이를 들어다 바닥에 내려놓았다. 오쟁이를 풀자 속에서 풍기는 생선 썩는 냄새가 거름 냄새보다 더 독했다. 이 깊은 산 속에 어디선지 금시 파리 떼가 몰려들었다.

천천히 안의 것을 꺼내자 전어가 다섯 두름, 조기가 세 두름, 민어가 한

두름 반이나 나왔는데, 엮은 새끼 끈을 들자 썩은 고기들이 허연 구더기 떼와 함께 흐물흐물 부서져 떨어졌다. 울적한 얼굴로 그것을 바라보다 그만 오쟁이에다 아무렇게나 몽땅 쓸어 담아서는 옆의 수풀 속에다 처박아 버렸다. 그러고는 빈 오쟁이만 지게 쪽으로 내던졌다.

썩은 생선을 버리고 난 그는 지게에 매달린 망태기를 끌어내었다. 망태기 속에서 조그만 통노구 하나, 양식 보자기와 된장 보시기를 꺼냈다. 나무를 주워 모으고 불을 때고 해서 통노구에 밥을 해서는 된장을 발라가며 우울하게 밥을 먹었다.

이번에도 그는 어물 행상을 망치고 말았다. 상목 두 필 밑천으로 제대로 되자면 상목이 세 필이나 네 필은 되어야 할 텐데, 생선과 바꾼 상목이 반 필쯤, 무명이 네댓 자, 쌀이 두어 되 될까 말까 했다.

밥을 먹고 난 그는 오랫동안 그늘 아래 퍼져 누워 있다가, 마침내 옷을 새로 걸쳐 입고 오쟁이를 챙겼다. 그러고는 망태기에 통노구며 양식자루며 된장 보시기 따위를 주워 담아 지게에 지고는 다시 천천히 고갯길을 걸었다.

이틀을 걸어 과천(果川)을 지나고 양재(良才) 역말에 이르렀을 때, 그는 더 가지 않고 역말 여기저기를 어정거리고 다녔다. 양재 역말은 사람의 내왕도 많고 객점도 많아 때 없이 풍물이 번다한 곳이었다. 이곳에서부터 남로(南路) 역참들이 이어지고 그 속역(屬驛)들을 통할하는 곳이라 늘 사람과 말이 붐비었다.

어정거리고 다니던 그는 역참 건너 구룡산(九龍山) 기슭으로 향했다. 그 기슭에는 어떤 말 거간꾼이 수십 마리의 말을 기르며, 그리 넓지는 않으나 제법 목책까지 쳐놓고서 양마를 하고 있었다. 전에 한번 그곳을 지나던 길에 목책 틈으로 말들을 구경하다 주인 거간꾼과 대면까지 한 적이 있었다. 한 오십이나 되어 보이는 시커먼 얼굴의 거간꾼은 목책 틈을 들여다보고 있는 막개를 수상쩍게 여겼는지 다가와 뭘 들여다보고 있느냐고 힐책했다. 그때 막개가 목책에서 물러나며

"여기 말들 중에서는 저기 갈색 유마(騮馬)가 제일 낫군⋯⋯."

말에 대해서는 나도 어지간히 안다는 투로 말했다. 그 한마디를 들은 거간꾼은 놀란 얼굴로 막개를 유심히 바라보며

"말을 아주 잘 아는군. 말을 길러본 적이 있어?"

바짝 다가들며 말을 붙였다. 막개는 건성 바보 같은 웃음을 흘리며 고개를 저었는데, 그것이 거간꾼을 더 홀렸던 것 같았다.

"양마를 제대로 할 사람이 요긴해서 그래. 우리 안에 들어가서 얘기나 좀 해볼까?"

거간꾼이 말했으나 막개는 고개를 저으며

"지금 바빠서⋯⋯."

하며 물러났는데, 돌아가는 막개를 거간꾼은 못내 아쉬워하는 얼굴로 지켜보고 있었던 것이다.

다시 이곳을 찾은 막개는 이번에는 목책이 아니라 슬금슬금 마사(馬舍)로 다가갔다. 마사에서는 일꾼 서넛이 일을 하고 있었다. 마침 일을 시키고 있던 그 주인 거간꾼이 막개를 보고는 반색을 했다.

"놀러 와주어서 고맙군. 우리 저기 좀 앉지."

주인은 막개를 끌고 마사 옆방의 마루로 데리고 갔다. 막개는 주인이 끄는 대로 가서 마루 옆에다 지게를 벗어놓고는 주인과 함께 마루에 앉았다.

"어디 걸음을 하고 가는 길인가?"

거간꾼은 막개의 지게를 보고 그런 말을 했다.

"그냥 지나가는 길에……."

막개는 그냥 어물어물 말했는데, 말의 양물같이 시커멓게 생긴 거간꾼은 막개를 다시 한 번 유심히 살폈다. 헌 무명 바지와 저고리 차림에 상투도 없이 머리는 아무렇게나 틀어 감은 모양새를 눈치껏 살폈다. 그러고는 너털웃음을 웃어가며 친숙한 듯 막개의 등을 툭 쳤다.

"내 한번 말해볼까? 자네 아마 어느 대갓집 마구간 일을 오래 하다 무슨 탈이 났지? 그까짓 거 어때. 내 집에 오게. 내 지금 일손이 모자라 애를 먹구 있네. 저 일꾼들은 본래가 순 농투사니들이라 마죽 하나 제대로 못 끓인다네. 내게 오게. 자네 일하는 거 봐가며 내 섭섭지 않게 해줄 테니."

"생각 좀 해보구……."

"뭘 생각해? 무슨 탈이 있었건 아무 상관 없어. 자네 일하는 것 봐가며 정말 내 섭섭지 않게 해준다니까."

"말이나 한번 구경하구서 다음에 한 번……."

"말 구경? 그래."

막개는 주인을 따라 마사도 둘러보고 말도 둘러보고 일꾼들의 방도 둘러보았다.

그러면서 말에 대해 얼핏얼핏 몇 마디씩 퉁겨서 거간꾼의 마음을 사로잡고 말았다.

생각해보고 다시 오겠다고만 말을 하자, 거간꾼은 막개의 손까지 잡으며

"꼭 오라구. 내 기다리구 있을 테니."

하고 당부했다. 그리고 나서 막개는 그곳을 나왔지만 좀처럼 결심은 서

지 않았다. 한 가지 할 줄 아는 것이 말 키우는 것이라, 이것저것 안 되면 종당에는 어느 곳에서나 마구간지기가 될 수밖에 없다고는 생각했지만, 다시 말똥 속에 묻혀 산다는 것이 너무나 끔찍한 일이어서 결심을 굳히지 못했던 것이다. 사실 양마에 대해서는 숨은 재주가 실했다. 살꽂이 목마장의 군두가 꾀나 피우는 개도치나 굴무보다 유순해 보이는 막개를 실한 양마꾼으로 만들어보겠다고 힘들여 가르쳐서 그중 나은 일꾼이 되기는 했다. 그러나 속으로는 누구보다 그 일에 염증을 내고 있다는 것은 가르쳐주는 군두도 잘 모르고 있었다. 그러니 정 굶어 죽을 지경이 아니고는 다시는 그 일에 손댈 생각이 그에게는 없었던 것이다.

그는 거간꾼의 양마장을 나와서 역참 근처 객주로 들어가 거기 봉놋방에서 하루 밤을 자고는 이튿날 서울로 들어왔다.

운종가(雲從街)의 시전(市廛)에서 그는 오래 망설였다. 그러다가 마침내 결심을 하고서 늘어선 외어물전(外魚物廛) 중 한 곳의 어물전으로 들어갔다. 그 어물전의 주인은 굴무였다. 어느덧 굴무는 어물전에서 일방(一房)을 차지하고 있는 어엿한 도원(都員)으로서 아래에 차인(差人)까지 여럿 거느리고 있었다. 목마장에서 도망친 뒤로 이제 이 년 반쯤 지났을 뿐인데, 굴무는 그렇게 변해 있었다. 처음에는 어물전에 붙어 여리꾼 노릇을 하며 사람 불러들이는 일이나 하더니, 그 어물전의 딸에게 장가들고는 차츰 커져서 저도 어엿한 도원이 되었던 것이다.

어물전으로 들어가자 굴무는 보이지 않고 차인 몇만 있다가 들어오는 막개를 보고 아는 체를 했다.

"이번에는 좀 했수?"

차인 하나가 말을 붙였으나 거기에는 대답 없이 막개는 풀 죽은 소리로

"임방(任房)께서는 안 계신가?"

물었다.

"안에 계시우. 들어가 보시우."

집이 전하고 마주 이어져 있었다. 막개는 지게를 전에다 벗어두고 협문으로 해서 집으로 들어갔다. 널찍한 기와집이었다. 방이 여럿 되는데, 사랑방이 전과 가장 가까이 붙어 있었다. 사랑방에는 영창이며 장지며 모두 열어놓고 굴무가 마침 점심상을 받아 밥을 먹고 있었다. 막개는 사랑방 마루로 올라가서 열어놓은 장지를 통해 굴무를 들여다보았다. 굴무는 말도 없이 밥만 먹었다. 하얀 세모시 적삼 입고 말끔한 외올망건 두르고 단정하게 상투를 틀어 올리고 있었다. 방에는 그저 장과 함이 두엇 있을 뿐 단출했다.

"왜 말이 없어?"

굴무가 밥을 먹다 말고, 말이 없던 제 쪽에서 막개더러 왜 말이 없느냐고 했다. 힐책하는 어투였다. 그래도 여전 막개가 말이 없이 고개만 늘어트리고 있자 갑자기 굴무가 화를 냈다.

"또 털어먹었어?"

막개가 간신히 입을 열었다.

"날씨 때문에……."

"날씨라니."

"너무 더워서 생선이 다 상해서……."

굴무가 밥상을 옆으로 밀쳐놓으며 불같이 화를 내었다.

"또 강경(江景) 안 갔지? 근처 근기(近畿)만 돌다 왔지?"

"강, 강경은 전에 한 번 가봤지만, 생선을 구하기도 어렵고……."

굴무는 손바닥으로 방바닥을 내려쳤다.

"재빠르지 못해서 그렇지! 딴 사람들은 왜 잘들 구해. 그래, 어디서 구해서 어디를 돌았어?"

"제물포에서 물건을 해서…… 용인 수원을 돌구……."

굴무는 어이없다는 듯 머리를 내두르고 나서 또 고성을 질렀다.

"거기는 이미 옛날부터 터 잡고 있는 부상(負商)들이 가득하다고 몇 번이나 말했어? 너 같은 신출내기가 어떻게 발을 붙여. 날씨? 붙박이들이 이미물건 다 해먹고 난 뒤인데 날씨는 무슨 놈의 날씨여. 그래, 해낸 것이 얼마나 돼?"

"……."

"얼마나 되느냐구?"

"상목 반 필하구 무명 넉 자 하구……."

굴무는 돌아앉아 버렸다.

"나가. 다시는 볼 필요두 없어."

막개는 조금 다가앉으며 사정했다.

"이번 한 번만 더 해줘. 이번에는 틀림없이 강경 내려가서 재빨리 물건도 구하구 할 테니 한 번만……."

굴무는 돌아앉아 딴 곳을 본 채 말했다.

"남은 그것 가지고 그것의 배를 만들어 와. 어디서 무슨 짓을 해서 벌든그것의 배를 만들어 와. 그러기 전에는 천하 없어두 이젠 안 돼."

"제발이지 한 번만 더 해줘. 한 번만."

"상목 두 필씩을 두 번이나 대주었는데 다 날리고 와서 무슨 낯짝으로……. 남은 것 그것의 배를 만들어 와. 장사가 얼마나 피를 말리도록 어렵다는 걸 겪어봐야 돼. 안 그러구선 밑 빠진 독에 물 붓기여. 내 벌써 그 때 알아봤어야 하는 건데. 내가 미쳤지. 그때 손에 쥔 상목 열다섯 필을 어떻게 그리 깡그리 날렸는지 아무리 생각해도 풀 수 없는 수수께끼여."

"그, 그때 그건 도둑을 맞구서……."

"도둑? 말도 안 되는 소릴."

목마장에서 말 훔쳐 팔아 개도치 삼촌에게 맡겼던 상목 마흔 필 중 열 필은 개도치 삼촌 몫으로 하고, 개도치와 막개는 열다섯 필씩 나누었던 것인데, 굴무 저는 몫을 받지 않겠다고 사양을 했다. 저는 천행으로 면천이 되고 비단까지 상급으로 받은 터에 그것까지 나누자고 할 염치가 아니기도 했다.

막개는 그 상목 열다섯 필을 도둑맞았다고 변해(辨解)했지만, 사실은 아무것도 않고 객주나 떠돌아다니면서 굴무가 눈부시게 성가(成家)해가는 것 지켜보며 허송세월하고 있었다. 그는 울적한 심사를 풀 길 없어 나중에는 서소문(西小門) 밖 모화관(慕華館) 근처 천인들 상대로 몸을 파는 탕촌(湯村)의 덥추들 속에 뒹굴면서 상목을 다 날렸던 것이다.

굴무는 일어섰다.

"가봐. 일 없어. 천만 번을 말해도 안 돼. 남은 그것 갖고 그 배를 만들어 오기 전에는."

그러고서 굴무는 사랑을 나가 건넌방으로 가버렸다. 혼자 무료히 앉았던 막개는 부스스 일어나 마당을 나가 협문을 열고는 전에 있는 제 지게를 지고 말없이 밖으로 나갔다. 운종가를 지나 광통교(廣通橋) 근처에 이르자, 그는 지게를 내려 결심한 듯 상목과 무명이 든 보퉁이와 쌀자루만 한 묶음으로 해서 싸고, 지게니 망태기니 통노구니 그런 건 모두 다리 아래에다 버렸다.

　보퉁이 하나만 멘 그는 광통교 건너에 있는 객주에 들어가 술을 시켜 마셨다. 본래 술은 잘 못하지만 술국을 안주로 해서 그는 자꾸 술을 들이켰다.

　"만대 후손을 망친 얼뜬 늙은이……."

　어릴 때 어머니가 죽어가면서 하던 말이었다. 그 소리가 지금 막개의 입에서도 절로 터져 나올 것만 같았다. 어머니가 죽는 순간까지 한을 품을 만한 것이, 그의 할아버지는 전혀 얼뜬 짓을 저질러 강도로 잡혀 얼굴에 자자를 당하고 처자는 모두 노비가 되었던 것이다. 말이 강도지 제대로 강도를 하지도 못한 얼뜬 강도였다. 할아버지는 양급 읍에서 이십 리쯤 떨어진 유곡(柳谷) 마을에서 그저 근실하게 농사나 짓던 양인 농사꾼이었다. 막개로서는 모두 전해 들은 얘기들이지만, 할아버지는 어느 날 양근 읍의 장날에 장을 보러 갔다가 거기서 어설피 알고 지내는 왈짜 둘을 만나 같이 술을 마셨다고 했다. 할아버지도 술을 잘 못했다고 하는데, 술 잘 못하는 사람이 술을 마시면 정신이 나가버리는 것인지, 할아버지는 엉뚱하게 두 왈짜가 물건을 들어내면 담 밖에서 망을 보며 그 물건을 받아내기로 도적 모의를 했다고 한다. 읍내의 이진사(李進士) 집이라고 했다. 밤중에 두 왈짜가 담을 넘어 들어가 비단을 들어내고 할아버지는 담 밖에서 그 비단을 받아내었다. 그런데 미처 일이 끝나기도 전에 그 집 하인이 알고 소리쳐 난리가 났는데, 두 왈짜는 달려드는 하인 하나를 중상을 입히고 잽싸게 뒷담을 넘어 도망쳤고, 할아버지는 이미 받아내었던 비단 한 단을 들고 뛰었다. 그 비단 한 단이 무엇이라고 할아버지는 하인들이 살같이 뒤를 바짝 쫓는데도 끝까지 비단을 놓지 않았다. 할아버지는 비단을 낀 채 마침내 하인들에 잡혔다.

하인이 중상을 입고, 할아버지는 엄연히 장물을 끼고 있은 터라, 양근 원은 강도를 잡았다고 경기(京畿) 감영(監營)에 치보(馳報)를 올렸다. 근래 강도 가 빈발하여 포도(捕盜)에 전력하던 감영 감사는 할아버지를 끌어와 놓고 혹독히 문초했다. 일당의 간 곳을 대라는 것이었다. 그러나 할아버지가 댈 것이라고는 그저 그들과 조금 아는 사이라는 것, 장날에 우연히 만나 술 을 마시다 꾐에 넘어갔다는 것뿐이었다. 그런 얼빠진 초사(招辭)가 통할 리 없었다.

할아버지는 초주검이 되도록 추문을 받다 마침내 얼굴에 강도라는 두 글자를 자자당하고 가솔은 모두 노비가 되었다. 자자의 먹물이 얼굴에 잘 박히도록 사흘간 자자 자리를 봉했다가 나온 할아버지는 나온 다음 날에 장독(杖毒)으로 죽었다. 감사의 영에 따라 강도의 아들과 며느리는 감영에 서 가까운 평구(平邱) 역참의 역노비(驛奴婢)가 되었다. 역노비를 할 때 막개 를 낳았는데, 사복시의 말동네로 오게 된 것은, 막개의 아버지가 몸이 실 하지 못해 험한 역노 일은 못하고 말 안장 수선하는 일은 그런대로 해내 어 서울로 선상(選上)되었던 것이다. 말동네에서 안롱장(按籠匠)을 하던 아버 지는 막개가 다섯 살 때 죽고 사복시 표모(漂母)의 일을 하던 어머니는 막개 가 열두 살 되던 때 죽었다. 죽을 때까지 포한이 졌던 어머니는 죽으면서 도 하던 말이 그것이었다.

"만대 후손을 망친 얼뜬 늙은이……."

어려서 혼자 된 막개는 아직 역(役)을 질 나이가 아니라서 동네에서 이 집 저 집 옮겨 다니며 공장이 일을 도우며 지냈고, 열여섯 때부터 관노의 역을 졌다.

사실 늙은이가 후손만 망친 것이 아니었다. 그 일로 하나 있던 시집 간 딸마저 망치게 되었다. 딸이 양근에서 지평(砥平)으로 시집을 갔는데, 시집이 찢어지게 가난하긴 했어도 윗대에 그 고을 향교의 집강(執綱)을 지낸 사람이 있어 시골에서는 알량한 양반 행세를 하던 집이었다. 이 알량한 양반 집에서 강도의 딸을 그대로 둘 수 없다 하여 출거(黜去)되어 쫓겨났던 것이다. 장성한 아들까지 있었건만 그 고을 관장에게 고하여 아들하고도 가반(嫁反)하여 인연을 끊고 출모(出母)를 당했다.

쫓겨난 이 강도의 딸은 갈 곳이 없어 양근 읍에 있는 친정의 큰집에 얹혀 지냈는데, 강도의 형이 이 갈 곳 없는 질녀를 거두었던 것이다.

막개에게는 하나 있는 고모라, 지난 첫 번째 어물 장사 길에 양근으로 몰래 고모를 만나러 갔었다. 고모는 막개를 집으로 들이지도 못하고 밭두렁 구석으로 데리고 갔다. 고모를 거두었던 그 종조부는 죽고 없었다. 하지만 오촌 당숙도 있고 육촌 재종들도 있었으나, 그들은 관노 친척을 염병처럼 싫어했다.

어머니가 죽었을 때 한 번 왔던 이 고모는, 밭두렁 구석에서 막개에게 눈물을 흘리며 만단설화로 설움을 말하고, 막개의 도망 신세 된 것을 걱정했다. 고모는 부디 잡히지 말고 장사하며 잘 살라고 눈물로 당부했다.

객주에서 술을 너무 마신 막개는 밖으로 나가서 내장이 다 뒤집히도록 오래 술을 토했다. 몸이 늘어진 막개는 그 객주 봉노에서 끙끙 앓으며 잠을 잤다. 다음 날도 종일 봉노에서 뒹굴다 해가 졌을 무렵 무명으로 셈을 치러주고 객주를 나왔다.

그는 말동네를 향해 갔다. 말동네에 이르렀을 때는 아주 어두웠을 때였지만, 이 동네는 언제나 늦도록까지 공장이 일들을 해서 등잔의 흐릿한 불빛들이 집집마다 새어 나오고 있었다. 어머니와 함께 살던 막개의 집도 동네 한구석에 있었으나, 본래 어설피 엮었던 움집이었던 데다 막개가 역을 나간 뒤로는 한 번도 가보지 않아, 그 움집은 이미 넘어져 폐가가 되어 있었다.

막개는 개도치 삼촌 집을 찾아갔다. 막개가 들어서자 아래채 일방에서 일하던 개도치 삼촌이 내다보고, 위채 건넌방에서 베틀 일을 하고 있던 개도치 숙모가 내다보며 모두들 놀랐다. 아이들은 안방에서 잠을 자고 있는 듯했다.

"웬일이냐?"

개도치 삼촌이 말했는데, 막개는 일방으로 들어가 앉았다. 개도치 숙모도 베틀 일을 그만두고 나와 일방으로 들어와 앉았다.

"아무 데나 나다녀도 괜찮으냐?"

개도치 숙모가 걱정스런 얼굴을 했다.

"아무도 발고만 않으면 인제야 잠잠하겠지."

개도치 삼촌이 걱정 없다는 얼굴을 했다. 사십 줄에 들어선 그는 말 고들개를 만드는 추골장(鞦骨匠)으로 허리가 구부정하니 굳어 있고, 눈자위에 그늘이 져 있었다.

"개도치를 좀 만나려구요. 땅굴에 가 있다는 건 알아도 있는 데를 몰라서요."

막개가 온 뜻을 말했다.

"만나서 뭣 하려구?"

"그저 그냥 한번 보려구요."

"있는 데야 별다른 데냐. 흥인문(興仁門) 옆 땅굴에 가서 땅꾼들한테 개도치를 물으면 될 테지. 난 한 번도 가본 적 없다."

냉랭하게 말했다. 개도치가 분이까지 빼내 달고 땅굴로 들어간 것을 개도치 삼촌은 몹시도 못마땅하게 생각하는 듯했다. 분이를 달고 간 것이야 어찌 되었든, 막개도 개도치가 땅굴로 들어간 것은 그리 긴치 않게 생각했다. 아무려면 사람이 어찌 거지나 깍정이가 될 수 있느냐는 생각 때문이었다. 언젠가 길에서 한번 개도치를 만난 적이 있었지만, 그래서 그의 있는 곳도 묻지 않았던 것이다.

"아니, 너도 땅굴로 들어가려고?"

개도치 숙모인 평산댁(平山宅)이 다잡듯이 말했다. 막개는 야단스레 고개를 저었다.

"아니, 아니우. 내가 왜 거길……."

"너 보니 아무래도 수상쩍구나."

평산댁은 의심하는 눈길을 보냈다. 막개 어머니 살았을 때 막개 어머니와도 자별하게 지내던 사이였고, 막개가 고아처럼 되어 이 집 저 집 엎혀지낼 때 이 집에서도 근 일 년간 지냈기에 같은 식구나 마찬가지였다.

평산댁은 얼굴에 잔주름이 가득하여 그 잔주름에 인정이 고여 보였다. 평생 신포(身布)를 해 바치는 관비라 길쌈이 몸에서 떠나지 않았으며, 신포 말고도 살림을 늘려보자고 애면글면 길쌈에 매달리는 여자였다. 이 동네에는 이런 관비가 많았다.

막개가 자기는 땅굴에 들어가지 않는다고 하자 평산댁은 그 말은 그만두고

"지내긴 그동안 어떻게 지냈니? 어물 장사 다닌단 말을 듣긴 들었지만."

"잘 안 되어서 딴 걸 해보려구……."

"딴 거 어떤 거. 마음대로 활개치고 다닐 수 있는 몸도 아닌데 쉬운 일이 어디 있겠니. 너란 애는 너무 순해 빠져서 더 큰 일이다."

옆에서 한참 지켜보고만 있던 개도치 삼촌이 문득 엄한 어조로 말했다.

"너는 아니라지만 내 볼 땐 너도 지금 땅꾼 되려고 가는 게 틀림없어 뵌다. 아무리 사람이 난경에 빠지더라도 땅꾼이 되다니."

막개는 다시 고개를 크게 흔들며 아니라고 다짐했다.

"절대 아닙니다요. 절대루……."

"못 믿겠다. 아무리 살길이 없기로서니 땅꾼 되어 가려는 놈이 세상에 어디 있느냐. 차라리 잡혀서 죽든지 귀양을 가든지 하지. 내 개도치 보고도 그랬다. 좋은 말경에 그래도 사람 새끼지만, 땅꾼은 사람이 아니라 이나 진드기 거머리 같은 축생 벌레라고. 아무 일 않구 사람의 팻국이나 빨아먹는 것이 이나 진드기가 아니고 무엇이냐. 경친 놈들, 죄인 놈들 땅굴에 들어가고 나면, 기찰도 흐지부지되어 안신하기 좋다는 미친 소리 하는 놈이 있는가 보더라만, 기찰을 하지 않는 것은 축생이지 사람이 아니기 때문이어. 무적지민(無籍之民)이라 누가 때려 죽여도 죄도 안 돼. 개도치 놈, 내 이 같은 말에 사민(四民)에도 못 들어가는 종은 무슨 사람 축에 드느냐고 대들더라만, 나는 다른 것이 아니다. 사민에 못 들어도 무슨 일이건 일을 하는 것이 사람이다. 내 평생 관에 고들개를 해 바치지만, 할 수 없이 해 바칠 때도 물론 많지만, 고들개가 내 마음에 들게 만들어지면 내 마음이 무한 기쁘다. 이것이 사람인 게다. 종 된 것은 하늘의 탓이지 사람의 탓이냐. 굴무 면천된 것도 하늘이 하는 것이고, 너희가 면천 못 된 것도 다 하늘의 탓이다. 너희들 젊은 나이에 도망쳐 살아보겠다는 거 내가 찬동한 것은 하늘을 거슬러서라도 한번 해보라는 것이었지 땅꾼 되라고 한 것은 절대로 아니었어."

개도치 삼촌의 열기가 점점 더해가자, 평산댁이

"그만해둬요. 막개는 거기 안 갈 것 같아요. 개도치는 본래두 거기 드나들던 애 아니우."

개도치 삼촌은 버럭 화를 냈다.

"분이까지 빼내 달고! 천하에 망나니 자식."

"아이구 좀 그만해둬요. 이웃이 다 듣겠소. 분이 집에선 급수비 나가느니 차라리 잘 됐다구 합디다. 이왕 그리 된 것 다 덮어두지 어쩌겠수."

남편을 진정시키면서 평산댁은 막개를 보고 말했다.

"자기 전에 탑골 어른을 한번 가서 뵈어라. 너를 보거든 꼭 한번 보내라고 하시더라."

"그래요? 그럼 지금 가서 뵙지요, 뭐."

"갔다 와서 여기서 자거라. 그 집에는 식구가 너무 많잖니."

"예."

메고 왔던 보퉁이는 거기 둔 채 막개는 탑골 노인 집을 향해 갔다.

동네에서는 제일 넓고 큰 집이었다. 아들들과 며느리들, 손자들까지 많아 대식구였다. 막개가 고아였을 때 이 집에서 근 삼 년이나 있어서 이 집도 같은 식구나 마찬가지였다. 탑골 노인은 안자장(鞍子匠)으로 아들 손자도 모두 대를 이어 안자장을 하고 있었다. 막개가 탑골 노인 집에 갔을 때, 다른 식구들은 다 잠이 든 것 같았으나, 탑골 노인 혼자 일방에서 불을 켜놓고 일을 하고 있었다. 팔십을 바라보는 노객이나 아직도 정정해서 허리도 굽지 않았고, 머리는 백발이 몇 올 안 남도록 다 빠졌으나, 얼굴은 불그레

동안이었다. 막개를 가장 정답게 길러주어서 막개에게는 친할아버지 같은 노인이었다.

"너 왔구나."

막개를 보자 노인은 빙긋 웃어 보였다. 막개가 그 앞에 가서 큰절을 올리자, 노인은 잠시 일손을 멈추고 바라보았으나 다시 일손을 놀렸다. 등잔을 좌우에 두 개나 켜두었다. 나이 육십이 넘었을 때 역을 면했으나, 그의 솜씨를 아는 관원들이 값을 치르며 안장 만들어주기를 청해서 팔십을 바라보는 지금까지 일을 하는데, 살림을 꽤 모았다고 했다.

탑골 노인이 문득 안장틀과 쇠바늘 등을 옆으로 밀쳐놓으며 빤히 막개를 바라보았다.

"내 너를 아무 탈 없이 본역으로 돌아가게 해주랴?"

"아무 탈 없이요?"

노인은 고개를 끄덕였다.

"형조에 아는 관원이 있는데 부탁을 하면 될 성 봐서 하는 소리다."

막개는 고개를 숙이고 머뭇거리기만 했다.

"그냥 자현(自現)하여 자수하면 된다."

막개는 종시 고개를 들지 않았다. 동네의 오랜 동임(洞任)이기도 한 이 노인은 관원들 사이에도 발이 넓어 이런저런 불상사를 일으킨 동네 사람을 여러모로 구한 일이 많았다.

"조선 공사 사흘이다. 이 년도 훨씬 넘은 일이라 부탁하기도 쉽다."

막개는 어렵게 입을 뗐다.

"거, 거기 목마장 일은 너무 혹심해서……."

노인은 웃었다.

"혹심하지 않은 일이 어디 있어? 넌 네 아비 하던 안농장 일이나 이 안자 일도 너무 혹심해서 못하겠다구 했지?"

"그, 그땐 모르구 그랬지만……. 목마장 일은 너무 혹심해서 같이 있던 넷 중에서 하나는 병들어 죽기두 하구."

"처음엔 무슨 일이구 다 그렇지, 안 그런 일이 어디 있어. 아마도 넌 그럭저럭 견디었을 텐데, 개도치 그놈이 널 들쑤셨겠지. 거기 가끔 총찰 나가는 이기, 안기, 마의(馬醫) 같은 사람들도 처음엔 다 그 일들을 했다. 하지만 이 사람들은 비록 잡직이긴 해도 지금은 칠품(七品)이니 팔품(八品)이니 벼슬들을 받구 산다."

"벼슬을 받았다구 그 자손들이 양인이 되나요."

"그거야 안 되지. 어찌 보면 그 벼슬들이 사람 부려먹는 속임수이기두 해. 하지만 관노로 한 세상을 잘만 헤쳐나가면, 갖은 역을 천벌처럼 짊어지고 허덕이며 굶네 마네 하면서 사는 양인보다 나아."

"도망한 우리 셋 중 하나는 양인이 되자 시전 도원으로 큰 부자가 됐어요."

노인은 껄껄거리며 웃었다.

"화살 주워 바쳤다는 그놈 말이냐? 그건 이놈아, 천만 번 중에 한 번 있는 천운이어. 그런 것만 머리에 박혀 있으면 다른 일은 아무것도 못해!"

노인은 다시 일손을 잡았다. 그러면서 막개를 돌아보았다.

"자현할 생각이 전혀 없군?"

막개는 고개를 숙였다.

"생각해보구요."

말은 그렇게 해도 그럴 생각이 없다는 것이 얼굴에 뚜렷이 쓰여 있었다.

"사람이 재수가 없으면 생각지도 않은 일로 재앙을 만나는 일이 흔하다. 자현할 생각이 없으면 엉뚱한 일로 잡혀 들어오는 일이 없도록 해라. 자현하는 것하고 잡히는 것하고는 하늘과 땅이다."

"예, 말씀은 잘……."

막개는 다시 절을 올리고는 물러나왔다.

다음 날 막개는 땅굴이란 데를 처음 찾아가 보았다. 흥인문 옆 오간수 다리 넘어 널따랗게 밀쳐 쌓여 있는 토산(土山)이었다. 개천에 밀려 내려온 토사(土砂)를 퍼다 쌓아놓은 흙더미가 산언덕이 된 곳이었다. 너저분한 움막들이 그 토산 구석구석마다 묻혀 있는데, 말 그대로 제멋대로들 얽어맨 거지 움막들이었다.

처음에 막개가 아무 거지나 붙잡고 개도치를 물었을 때는 아무도 몰랐다. 그러나 생김새를 소상히 말하자 그중의 하나가

"그럼 혹시 상번수(上番手)가 아닌가?"

했다. 상번수란 이곳 대장인 꼭지딴의 아래 자리란 것이었다.

인도하는 대로 따라가 보니, 토산의 중턱쯤에 제법 기둥을 세우고 서까래도 걸친 반듯한 움집이 나타났다.

널쪽문을 활짝 열어놓고 앉았던 개도치가 막개 오는 것을 보고는

"콧구멍 같은 집에 밑구멍 같은 나그네가 오는군."

껄껄 웃었다. 토굴과는 어울리지 않게 개도치는 환한 명주 바지저고리 차림에 상투를 틀고 망건 둘러 땅꾼이 아니라 기골 있는 한량 같았다.

막개를 인도해준 깍정이가 가고 나자 막개는 토마루를 올라 방으로 들어갔다. 방바닥에는 또 어울리지 않게 화문석을 깔아놓고 있었다. 개도치가 뒤쪽 방의 쪽문을 향해 소리를 지르자, 쪽문이 열리면서 분이가 나왔

다. 분이는 막개를 보자 반가워 입을 가리며 깔깔거리고 웃었다. 얼굴이고 몸이고 모두 토실토실하게 생겨 본래부터 구김살 없이 명랑한 여자였다. 분이도 환한 모시 적삼에 붉은 명주 치마를 입었는데, 상번수네 차림이 이 정도는 되는 모양이었다.

셋이 방에 같이 앉게 되자, 개도치가

"웬일이어. 무슨 바람이 불었어?"

막개는 그저 얼굴만 붉히며

"그저 오랜만에 한번 보려구……."

어물어물 말했다.

개도치는 대낮인데도 대뜸 술상을 차려 오라 했고, 분이는 쪽문으로 들어갔다. 거기가 반쯤은 토굴에 묻힌 안방이자 부엌인 모양인데, 방 양쪽으로 들창이 나 있고, 토굴 뒤쪽으로 굴뚝이 솟아나와 있었다.

"상목 다 도둑맞은 그 뒤로 굴무한테 붙어 지낸다더니 어떻게 됐어? 굴무가 뒤를 잘 봐줘?"

"뭐 그런 이야기야 차차 하구……. 상번수 이야기나 좀 해줘. 상번수는 땅꾼이 아니어?"

"왜 아니어. 다 같은 땅꾼이지. 다만 차례를 밟아오느라 재미난 일들을 많이 했지. 너나 나나 말 훔쳐서 모은 그 상목에는 부정이 붙었는지, 나도 그 상목은 몽땅 도둑맞았지 뭐야. 더구나 같은 깍정이한테서. 그 뒤로 내가 주장을 해서 같은 깍정이 것 밥 한 톨이라도 훔친 놈은 장살을 해서 아무 데나 파묻기로 율령(律令)이 섰지. 실제로 다른 깍정이의 숟가락 하나 훔쳤다 들킨 깍정이 하나를 도중(都中)에서 죽이기로 결안을 내서 장살해 어디다 파묻기도 했어. 이제 그런 일은 땅굴에선 절대로 없지."

수작을 하는 참에 분이가 술상을 내왔는데, 술은 화주(火酒)에 안주가 대단해서 닭고기 전지에 돼지고기 저민 것이 목판에 수북했다. 상번수의 술상이 그 정도는 되는 모양이었다.

대주객(大酒客)인 개도치가 독한 화주를 단숨에 쭉 들이켜며 유쾌하게 떠들었다.

"여기 어때? 좋지? 신선들 사는 데가 바루 여기야. 우리 여기서 한 천년 살려구 그래. 보나마나 넌 굴무 놈한테서 기름께나 짜였겠지. 그 소태같이 짠 놈한테서 말여. 언젠가 보니 굴무 그놈 시전에서 제법 중치막 입고 차인들 거느리고 으스대고 있더군. 그 꼴 보고 내 다시는 그 근처에 얼씬도 않어. 참말이지 우리하고는 영 딴 백성이 됐어. 너도 그만 여기 땅굴에서 땅꾼 노릇해보는 게 어때? 처음엔 깍정이부터 시작해야지. 깍정이가 얼마나 신 나는 일인지 알어? 나는 깍정이 시절이 더 그리운 사람이다."

분이가 타박했다.

"그럽다니. 얻어 온 밥 나는 처음에는 목에 넘어가지를 않아서 눈을 감고 흙덩이 삼키듯이 넘겼다구. 그 시절이 그리 그리우면 쪽박 들고 또 나가보지 그럼."

"그 까짓 거 또 못할까 봐? 그게 얼마나 신 나는 일인데. 서소문 성 밑 꼭지 밑에서 밥 얻으러 다닐 때가 참 재미있었어. 아무 집이고 밥 좀 주소 하고 들이밀면 혀를 끌끌 차면서도 꼼짝없이 밥을 내오지. 찬 없이 어떻게 밥을 먹소 하면 또 혀를 끌끌 차면서도 꼼짝없이 찬을 내오지. 나중에는 온갖 찬이 가득 차서 진수성찬이 되고. 그걸 반을 꼭지에게 바치고도 너무 푸짐해서 그 푸짐한 진수성찬을 둘이 움에서 배를 두들기며 나눠 먹고는 둘이 끼고 자고……."

개도치는 신 나게 웃어대는데 분이는 얼굴을 붉히며 개도치를 향해 헛주먹질을 했다.

내내 술안주만 집어먹던 막개가 나중 개도치를 보고 말했다.

"할 얘기가 좀 있는데……."

이럴 때의 처신이 몸에 익어 있는지 분이는 슬그머니 일어나 쪽문 쪽으로 사라졌다.

막개는 굴무 이야기를 했다. 굴무에게 사정해 밑천을 얻어 어물 장사 다니다 실패한 일과 종당에는 내몰림을 당한 일을 모두 털어놓았다. 개도치는 얘기를 다 하기도 전에 밑천이 상목 단 두 필이었다는 말에 격분했다.

"단 두 필? 명색이 부상(負商)이라 밑천이 열 필도 모자랄 판에 단 두 필이라구? 그건 그저 골탕이나 먹여보자고 한 짓이지 무슨 놈의 밑천인가. 첫판부터 내던져 버리지 못한 네놈부터 얼빠진 놈이어."

개도치가 격분하는 것을 보고 막개는 굴무 집을 털자는 말을 내놓았다. 이미 작정하고 왔던 말이었다.

"털어?"

"여러 번 드나들며 굴무 집 사정을 잘 알아. 안채 골방에 피륙이 쌓였는데 비단만도 몇 궤짝 돼."

개도치는 깊이 생각해보더니 마침내 결심한 얼굴을 했다.

"좋다. 하지. 본래는 우리가 이런 법금(法禁)까지는 하지 않는 율이 있어. 강도를 하거나 남의 집 담을 넘거나 하지는 않어. 기껏해야 행인의 주머니나 슬쩍하는 것이지. 형조나 한성부에서 들고 나올 그런 일은 하지를 않는 것이야."

가장 큰 일이 대소가의 상사(喪事) 일을 보아주고 행하(行下)를 받아내는 것이며, 진짜 도둑떼들 도둑질한 물건 알아내면 염탐해서 그런 물건 빼앗아 들이기도 하고, 포도군관에게 도둑패의 행적을 귀띔해주면서 관원과 서로 동살이 되기도 하고, 그 밖에 대갓집 잔치에 악소패거리들이 몰려들면 이를 막아주기도 하고, 궁중 내의원에서 약으로 쓸 생사(生蛇) 두더지 등 생물을 구하면 미리 잡아두었던 것 바쳐 행하를 받는 등등 법을 어기는 악행을 저지르지는 않는다는 것을 개도치는 강조했다.

"그러나 굴무 이놈은 달라. 이놈이 딴 백성 됐다구 옛날 동무를 그 따위루 골탕을 먹여? 그래, 이놈 밑구멍까지 훑어놓자."

개도치의 결심 선 것을 보고 막개는 어렵게 말을 꺼냈다.

"털고 나면 물건 중 삼 분의 일을 내게 줄 수 없을까?"

개도치는 잠시 막개를 보다가 말했다.

"그건 어려운데. 우리 율 때문에. 차례로 나누다 보면 나중 한 몫이 네게 돌아갈 거야. 하지만 걱정 말아. 내 몫을 몽땅 네게 줄 테니까. 이 상번수의 몫만 해도 대단하니 네게 돌아가는 몫에다 그것까지 합치면 거의 네가 생각한 것만큼은 될 게다."

막개는 매우 만족해했다.

그날 저녁, 개도치는 대장인 꼭지딴에게 가서 사연을 말하고 허락을 받아낸 다음, 날랜 번수(番手) 둘에다 전에 절도를 하다 얼굴에 먹물을 박고 들어온 깍정이 둘을 골라, 막개와 개도치를 합쳐 여섯이 가기로 했다. 이곳에는 얼굴에 자자하고 들어온 전과자들이 많았으나, 개도치는 전에 막개를 놀리던 것과는 달리 이들과 아주 친숙했다.

야삼경에 어둔 개천을 타고 굴무 집을 향해 갔다. 그러나 일은 싱겁게 틀어지고 말았다. 담은 쉽게 넘었고 경친 두 놈이 면포방의 방문 자물쇠도 쉽게 땄으나, 이들 두 놈이 큰소리치던 것과는 달리 비단이 든 궤짝 자물쇠는 영 따지를 못했다. 빈틈없는 굴무가 치밀하게 자물쇠를 물려놓은 모양이었다. 할 수 없이 궤짝 위에 아무렇게 놓여 있던 비단 두 단만 챙겨 들고 나왔다.

개도치는 꼭지딴에게 일이 틀어진 것을 고하고 가져온 비단 두 단만 바쳤다. 율대로라면 물건 중 셋의 하나를 꼭지딴이 차지하고 또 그 셋의 하나를 상번수가 차지하고 나머지는 번수와 깍정이들에게 나누어 주게 되어 있었다. 그러나 화가 난 늙은 꼭지딴은 그 비단 두 단을 내동댕이쳐 버렸다. 그러고는 그렇게 큰소리치고도 자물쇠를 못 딴 깍정이 둘을 형문(刑問) 차려 심히 벌주라고 했으나, 개도치가 사리를 가려 말렸다. 힘을 다한 것을 봤으니, 다시 더 능한 놈을 가려 다음번에 하자고 했다. 꼭지딴이 비단 두 단을 내동댕이쳐 버렸으니, 이것은 도중(都中) 물건으로 들어가게 되었다.

기미를 챈 굴무가 단속을 단단히 할 것이라 이번에는 열흘을 넘긴 다음 더 능하다는 먹물 둘을 가려 갔는데, 이번에는 미처 담도 넘지 못했다. 끈질기게 망을 보고 있었던 차인들이 불시에 덮쳐서 서로 치고받는 난장판이 벌어졌다. 다른 시전 차인들까지 연통하여 차인들이 떼로 몰려서 개도치의 날쌘 주먹이 아니었으면 몇 놈 잡혔을지도 몰랐다. 도망쳐 올 때 뒤에서 굴무의 외치는 소리가 들렸다.

"내 다 알았다구!"

이 일은 마침내 그만두기로 했다. 다음 날 아침 막개는 개도치와 마주 앉아 굴무가 형조나 한성부에 고할 것이 아니냐고 불안해했으나 개도치는 태평이었다.

"아무 일 없어. 굴무가 되려 걱정에 싸여 있을걸. 우리와 척을 지는 걸 장사꾼들은 본래 다 겁을 내. 더구나 부평에 있는 제 형 속내를 우리가 다 알고 있는데, 제가 뭘 어찌해."

그런 것보다 개도치는 막개의 앞날을 걱정했다.

"넌 인제 어떡할래? 한탕 했으면 좋았을 텐데, 그 맨몸으로 어쩔 것이냐 말이야."

막개는 한숨을 내쉬었다. 이제 아무 방도가 없으니 여기서 그냥 땅꾼이 될 수밖에 없지 않느냐는 생각도 했다. 그러나 그건 쉽게 결심이 서지 않았다.

막개의 속을 다 들여다보고 있는 듯 개도치가 웃었다.

"땅꾼은 영 내키지 않지? 그럴 법도 하지. 내 삼촌 말대로 이건 사람이 아니고 이나 진드기나 거머리니까. 그래도 한번 해보면 희한하게도 번데 기에서 아롱다롱한 나비가 나오듯이 희한한 세상이 보이지."

막개는 간신히 입을 열었다.

"밥 얻으러 다니는 일부터 해야 한다니…… 어떻게 밥을 얻으러……."

개도치는 크게 웃었다.

"첫날 내 말이 영 마음에 걸렸나? 그래, 좋다. 상번수의 동무니까 밥 얻으러 다니는 일만은 않도록 해주지. 그 대신 상여 메는 향도꾼부터 해봐라. 여러 향도꾼들 속에 섞여 상여를 메고 가면서 앞소리 따라 어허어 어허어 뒷소리만 내면 되는 거야. 어때, 해볼래?"

막개는 고개를 들어 부끄러운 듯 개도치를 보다가 고개를 끄덕이며 하겠다는 표시를 했다.

"여기 나비 한 마리가 나왔군. 그 답답한 번데기 속에서 제멋대로 날아다니는 아롱다롱한 나비 한 마리가 나왔다구."

개도치는 막개의 어깨를 힘 있게 툭 치고는 함께 나가자고 했다. 개도치는 막개를 데리고 꼭지딴에게 가서 정식 인사를 시키고 번수들에게도 인사를 시켰다.

"오늘 밤부터는 광제교 다리 아래의 움에서 지낸다. 거기 움이 두엇 비었다니까 그중 하나를 차지해. 광제교 알지? 수표교 못 미쳐 여기서도 멀지 않지. 광제교 꼭지가 나중 저녁때 온다고 했으니 내가 인사시켜 주지. 오늘밤부터 거기서 지내. 이 자식 여러 날 내 방에서 지내는 통에 내가 통 펼쳐놓고 마누라 한번 건드려볼 수가 있나."

그날 해거름 때 막개의 입당 술이라며 여느 때나 같이 널쪽문 활짝 열어놓고 개도치 방에 술상을 차렸다. 술상 옆에 붙어 앉았던 분이는 막개를 걱정했다.

"여긴 다 험한 사람들인데 걱정이어요. 순한 사람은 여간 부대끼지를 않는데."

개도치는 분이를 면박했다.

"근력 약하면 다 순한 놈이어? 말도 아닌 소리. 순한 놈이 아니어. 굴무털자고 계책 내는 것 봐. 그게 순둥이 소리냐? 다만 이놈은 생각이 너무 많아 달걀 지고는 성 밑을 못 지나가는 놈이고, 그래서 못 본 붕(鵬)은 그려도 본 뱀은 못 그리는 놈이지."

그렇게 한참 술상을 마주하고 있는데, 울도 없는 마당으로 사람 몇이 불쑥 나타났다. 막 해가 서산으로 넘어가서 사방이 불그레 물들었을 때라 얼른 누군지를 알아보지 못했다.

자세히 보니 앞장선 자는 세립 쓰고 중치막 입었는데, 키 작고 통통한 것이 굴무였고, 그 뒤에 머리에 수건 동인 셋은 차인들 같았다.

"마침 있었군. 술자리에 내가 폐가 됐나?"

굴무가 예사로운 어조로 선성을 놓으며 다가왔다. 다가온 굴무는

"좀 앉아도 되겠나?"

개도치를 보고 말했는데, 개도치는 선선히 받았다.

"앉지그래."

굴무가 토마루에 엉덩이를 붙이고 앉자 분이는 불안한 얼굴로 뒤로 물러나 섰다. 개도치가

"한 잔 받지."

술잔을 들고 말하자 굴무는 고개를 저었다.

"술 먹으러 온 건 아니구. 일 좀 보러 왔네."

"무슨 일?"

"잘 알고 있는 그 일."

"잘 모르겠는데."

"어젯밤까지 담을 두 번씩 넘은 그 일 말일세."

"아, 그 일. 맨 허탕만 쳐버려서 가물가물 잊어버렸지."

굴무는 그 조그만 눈을 빛내며, 고개를 떨구고 있는 막개를 노려본 다음

"개도치 자네와는 얘기할 게 없네. 막개하구 얘기가 좀 있어."

"막개하구? 막개는 우리 땅굴 사람이구 내가 이 땅굴 임자인데, 나하구 얘기해야지."

굴무는 그 말은 들은 척 않고 막개를 향했다.

"막개, 잠시 저기루 나가자구. 좀 할 얘기가 있어."

그 순간 대번 개도치가 콩 하고 주먹으로 술상을 내려치며 거칠게 소리

쳤다.

"이 자식이 어딜 와서 야료야! 뉘 앞에서 함부로 누굴 가자 말자 해. 이 자식이 중치막 걸치면 세상이 도통 눈에 안 보이나? 너 저 애들 데려와서 완력이라도 한번 써보겠다 그거야?"

굴무는 침착한 얼굴로, 침착하게 말했다.

"완력을 쓰자고 저 애들 데려와? 저 애들 셋 가지고 자네 하나나 당하 겠나? 완력을 쓰자면 애초에 여길 오기조차 했겠나? 저 애들은 그저 길이 나 물어보라고 데려온 것뿐, 아무것도 아니어."

굴무가 세 차인들 향해 저리 가 있으라고 손짓하자 옹기중기 마당에 섰 던 셋은 밖으로 사라졌다. 굴무가 다시 침착하게 개도치를 바라보았다.

"그리고 말일세만, 자네도 안사람 있고 나도 안사람 있는 사람일세. 서 루 인제 어릴 적도 아니니, 이 자식 저 자식 욕질은 그만두세."

그 소리와 함께 분이는 얼른 쪽문 안으로 들어가 버렸고, 굴무는 토마 루에 붙였던 엉덩이를 들어 아주 방으로 들어와 앉았다.

"그럼 같이 앉아 얘기하지."

굴무는 눈을 반짝이며 막개를 노려보았다.

"머리 검은 짐승은 남의 은공을 모른다는 말이 있긴 있지만, 그것이 참 말인 줄은 몰랐어. 내가 세 번씩이나 도와준 데 대한 보은이 종당에 내 집 을 터는 거였나?"

막개는 딴 곳을 보며 겨우 기어들어가는 소리를 내었다.

"장사 밑천이 너, 너무 짧아서……. 장사가 잘 되었으면 왜, 왜 그런 짓 을…… 밑천이 너무 짧아서……."

"장사가 잘 안 되었다고 밑천 대주고 등짐장사 노인(路引)까지 어렵게 만

들어준 사람 집을 터는 일이 천지간에 어디 있더냐?"

개도치가 불쑥 가로막고 나섰다.

"집 털자는 건 내가 먼저 말했다. 한 줌도 안 되는 걸 밑천이라고 대주고 오뉴월 비루먹은 개 모양 싸돌아다니게 했다는 말을 듣고, 밑천을 대주려면 이렇게 대주라고 내가 본때를 보여주려고 했다."

굴무가 냉소를 흘렸다.

"막개가 왜 여기를 찾아왔을까? 이미 내 집 털자고 작심하고 여길 온 걸 내 다 짐작한다. 나도 안다. 여기서는 절대 담 넘는 일은 안 한다는 걸 알아. 그런데 그걸 한 건 막개가 와서 여러 소리로 부추긴 탓이었어. 그 빤한 일을 내가 왜 모르겠어."

개도치가 언성을 높였다.

"상목 두 필은 똥간의 밑씻개 하라고 내줬어? 상목 비단 궤짝으로 쌓아놓고 겨우 그것 내어주고는 골탕 먹는 꼴을 보며 실컷 즐기자구 그랬어? 내가 네 집을 전판 뒤엎어놓으려구 했다. 정 그리 나가면 정말 작심하고 한번 해 보여주마."

굴무도 언성이 높아갔다.

"자꾸 짧은 밑천, 짧은 밑천 하는데, 상목 두 필이 왜 짧은 밑천이냐. 훔쳐낸 물건은 무엇이건 흔해 보이지만, 장사를 하면서는 상목 두 필이 하늘 같다는 걸 안다. 우리께 임방(任房)의 한 사람은 상목도 아닌 무명 한 필로 시작해 십 년을 등짐을 져서 지금도 등뼈에 금이 가 있는 사람이지만, 지금은 그 집이 제일 큰 도가다. 그런데 막개는 그 하늘 같은 상목 두 필을 세 번씩이나 날리고 내게다 함원을 하는데, 이런 개차반이 어디 있어."

"등뼈에 금 간 사람은 그런 고린내 나는 재주를 타고났다 보고, 그렇지 않은 사람은 그럼 어쩌란 말이냐. 그 많은 궤짝 중에 한 궤짝 헐어주면 안 된다더냐?"

어느덧 대거리가 개도치와 굴무 사이에서만 오락가락했다.

"그게 하늘에서 공으로 떨어진 거냐? 또 다 내 것이냐? 뼈가 닳도록 일해도 언제나 남의 전에 밀릴까 봐 전전긍긍하고 그것으로 전을 지키고 키워나가야 해. 그렇지 않으면 시전에서 밀려나 버리고 말아. 그것 중에 나라에 바쳐야 되는 것도 반이 넘어. 상고(商賈)가 재물이 많은 것 같아도 가장 살을 말리며 살아가는 사람들이어. 한마디로 말하지. 상목 두 필 갖고 안 되는 자는 비단 몇 궤짝 갖고도 안 되는 자야!"

"고릿적 잠꼬대하고 있네. 줘나 보지, 되는가 안 되는가. 말도 아닌 소릴 하고 있어."

"그렇게 입이 닳도록 강경 내려가서 하라고 해도 한번 갔다가 흐지부지 치우고는 꼭 기내(畿內)만 돌다 말고. 본래부터 내가 상관을 맡았어야 했어. 옛날 동무고 무엇이고 간에."

"그 말도 들었다. 그것 갖고 강경까지 노수나 옳게 되겠나. 왜 꼭 이놈을 그 먼 데루 떼칠 생각을 했지?"

"몰라도 너무 모르는구나. 내가 부상들한테나 상선(商船)들한테서 들어서 잘 알아. 강경이 지금은 한산해도 좀 있으면 대시(大市)가 될 것이 틀림없어. 그래서 거기 가서 먼저 자리를 잡으라는 건데, 그저 게으르고 성의가 없어 남한테 자리 다 빼앗겨 빈털터리가 돼서 돌아오구."

어두워지며 모기가 동하는지 굴무는 얘기를 하면서 연신 모기를 쫓느라 어깨며 등을 쳤다. 개도치가 그 꼴을 비아냥거렸다.

"모기도 중치막에 싸인 살이 맛있는 모양이군. 하지만 여기 모기가 비록 토굴 모기라도 궁궐 모기와 혼인을 아니한다구. 시전 거리 모기 같은 건 첩으로도 들이지 않구."

굴무는 대꾸 없이 목이 마르는지 아무 잔이나 끌어다 자작 술을 따르려는데, 개도치가 말리며 자신의 술주발을 들어 굴무 잔에 술을 부어주었다.

"미운 놈 떡 하나 더 주라던가. 내 따라주지."

굴무는 비운 술잔을 상에 놓으며 개도치를 바라보았다.

"왜 내가 미운 놈이지?"

"생판 다른 백성이니까."

"다른 백성이면 다 미운 놈인가?"

"아니지. 다른 백성 친한 사람도 많고 고운 사람도 많아. 넌 다른 백성되고 나서 사람이 딴판으로 변했어."

"딴판이라니. 내 일에 내가 골몰하는 게 딴판인가?"

"도원(都員)이 그리 센가? 위세가 대단하더군."

"참말이지 도원이 그리 센가? 도원 세다는 말 처음 듣겠군. 아무리 움치고 뛰어봤자 신량천역(身良賤役, 양인과 천인의 중간)일세."

"그리고 운이 너무 좋아. 너무 운이 좋아도 밉지."

"운? 그래 내가 운이 좋은 건 사실인 것 같다. 하지만 운 좋은 거까지 밉다면 그건 도리가 없지."

"더 할 얘기 없으면 그만 가보시지. 우리도 우리 일이 많으니까."

개도치가 냉담하게 선언하자 굴무는 고개를 끄덕였다.

"가지."

그는 그때까지도 맥맥히 앉아 있는 막개를 돌아보았다.

"막개한테 말하는데, 혹시라도 또 담 넘을 생각은 꿈에라도 말아라. 이

다음에는 세상없어도 발고를 한다. 혹시나 부평 있는 내 형을 내가 염려해서 망설일 것이란 생각은 아예 말어. 다 망하더라도 나는 한다. 내가 하려던 말은 이 말이다."

개도치가 눈을 치떴다.

"그 말은 날 보고도 들으라고 하는 말이냐?"

굴무는 짐짓 눈을 크게 떴다.

"내 감히 상번수를 어찌 꿈에라도 넘보겠나. 자네가 털러 온다면 내 그저 곱게 털리구 말지. 열 번이라고 털리지. 정말이다."

교묘한 방벽이었다.

"잘 있게."

마당에 나선 굴무는 인사까지 하고는 차인들을 불러 어둑어둑한 땅굴 길을 내려갔다.

막개는 그날 밤 개도치가 인사시켜 준 광제교 꼭지를 따라가서 다리 밑 움에서 잠을 잤다. 꼭지 움에서 보면 돌다리를 듬성듬성 놓은 개천 건너편에 해당되었다. 그 근처에 너덧 개의 움이 널려 있는데, 그중 바깥쪽 움이었다. 물에 밀려서 쌓인 토사를 사람 하나 누울 만큼 파내고 널쪽을 옆으로 서로 기대어 붙여놓아 삼각진 모양이라 벽이 지붕이자 지붕이 벽이었다. 널쪽 틈새로 보니 위에 다리가 있어 비가 들이칠 것 같지는 않았다. 바닥에도 널쪽 몇 개를 깔고 위에다 누덕누덕한 멍석 조각 하나를 깔았다. 거적 하나를 단 것이 드나드는 문이었다. 안이 캄캄해도 등잔거리는 없고 관솔이 구석에 몇 개 널려 있을 뿐 그 밖에는 아무것도 없었다. 좀 이따 광제교 꼭지가 관솔불을 켜 들고 깍정이 하나를 달고 왔는데, 그 깍정이가 포대기 같은 천 조각 하나와 숟가락이 든 그릇 하나를 움 안으로 들여놓았다.

꼭지가 막개를 보고 말했다.

"밥때는 이 그릇 들고 내게루 와서 밥을 받아 가우. 그리구 여기서는 꼭 긴한 일이 아니구는 불을 켜지 말우. 여기 율이우. 불을 켜면 순라들이 야단야단한다우."

서른도 넘어 뵈는 꼭지가 막개에게 해라를 놓지 않는 걸 보면, 상번수 연줄 사람으로 보아 대접하는 셈이었다.

"상목이 반 필쯤 있는데, 이런 것 여기 두고 다녀도 괜찮우?"

막개는 제 보따리를 가리키며 마음에 걸리던 걸 물어보았다. 꼭지는 웃었다.

"걱정 놓우. 그런 것 손대는 놈이 있다간 그놈은 그 길루 고태굴이우. 그것보다 더한 것이 있어도 아무 탈 없우."

사흘 동안 아무 하는 일 없이 돌다리 건너의 제법 반듯한 꼭지의 움집에 가서 밥을 얻어 와서 먹었다. 구걸해 모아놓은 밥과 찬을 한 그릇에 담아 왔다.

나흘째 되는 날 아침, 꼭지가 사람을 보내 불러서 가 보았더니, 이날 상여 메는 향도꾼으로 나가라고 일렀다.

어느 관원 집의 상사라 상여가 장했다. 향도꾼들은 모두 깍정이들로 저희끼리는 서로 잘 알아 벌겋게들 술이 취해 무람없이 떠들어댔다. 막개는 아는 사람이 개도치 하나뿐인지라 주로 개도치 근처에 얼씬거렸는데, 개도치는 전혀 돌아보지 않았다. 바쁘기도 하려니와 땅꾼들의 공적인 자리라 상번수로서 자발없이 굴지 않는 모양이었다. 개도치는 이날의 앞소리꾼으로 상여를 총찰하는 수번(首番)이었다. 말을 하는 걸 들어보니, 앞소리꾼 노릇은 어느 패의 꼭지가 맡는 것이 보통이었으나, 근래는 상번수가 꼭 나섰다. 총찰도 잘하거니와 소리도 더없이 잘해 향도꾼들이 고된 줄을 모른다고들 했다.

깍정이 둘이 방상씨(方相氏) 되어, 귀면(鬼面) 쓰고 붉은 옷에 검은 치마 입고 왼손에 창 들고 오른손에 방패 들고 상여의 앞에 섰다. 흰 무명 바지저고리에 수건을 두른 개도치가 상여의 앞머리 향도체에 올라타서 왼손으로 상여의 가닥줄 잡고 오른손으로 요령을 흔들며 향도꾼들을 향해

"어 영차!"

소리를 지르자 상여는 움직이기 시작했다.

"가네 가네 나는 간다"

개도치의 높고도 처량한 앞소리에 따라

"어허어 어허어

어화 넘자 어허어"

향도꾼들이 목소리를 합쳐 일제히 뒷소리를 매겼다.

"인제 가면 언제 오나"

"어허어 어허어

어화 넘자 어허어"

"대궐 같은 이내 집은

빈 절같이 비워두고"

"어허어 어허어

어화 넘자 어허어"

상제들은 상여 뒤를 따르며 곡성을 높이고 상여의 맨 앞을 선 방상씨 둘은 구경꾼들을 향해 창을 휘두르며

"사사십육 찌를까 말까!"

버럭버럭 소리를 질러대었다.

본래 성 안에서는 질탕하게 향도가를 외치지 못하게 되어 있었으나, 개도치는 그런 것 안중에 두지 않았고, 감시하기 위해 옆을 따르는 조교도 탈 잡을 염을 내지 못했다.

상여는 서소문을 지나 만리재(萬里峴)를 넘게 되어 있었는데, 서소문을 나서자 탈이 나기 시작했다. 개도치가 묘한 요령 소리를 내고는 더 크게 앞소리를 매기는데, 뒷소리를 받는 향도꾼들이 소리만 받으면서 그 자리에서 우쭐거릴 뿐 상여가 영 앞으로 나아가지를 않았던 것이다.

상제 관원의 영을 받아 나왔던 조교는 눈을 부라리며

"빨리 안 갈 테여!"

험하게 얼러대었으나, 아무 소용 없이 상여는 제자리에서만 우쭐거렸다. 상제 중의 하나가 상목을 들어다 상여 위에 올려놓자 그제야 상여는 움직이기 시작했다.

막개는 향도꾼의 왼쪽 줄 제일 뒤의 다음번에 섰건만, 어깨가 무너질 듯 아파오고 다리가 후들거려 걷기가 어려웠는데, 만리재를 오르면서 돌부리에 걸려 그만 넘어지고 말았다. 얼른 일어나 다시 상여 줄을 메었으나 뒤쪽에서

"왜 이리 자꾸 비실거려, 아까부터!"

험한 소리가 나왔다. 이 깍정이들은 막개가 상번수와 뭣 되는 사이인 줄을 알 턱이 없었고, 또 안다 해도 그냥 보고 넘어갈 성깔들도 아니었다.

그런데 만리재를 오르면서 수번인 상여 위의 개도치는 무려 다섯 번씩이나 상여를 제자리에서만 우쭐거리게 하는 그 장난을 했다. 그때마다 향

도꾼 깍정이들은 땀을 뻘뻘 흘리면서도 신이 나서 그 상목 뜯어내는 제자리 놀음을 하고 군교는 바락바락 악을 쓰는데, 막개는 신이 나기는 고사하고 숨을 헐떡이며 눈앞이 캄캄하기만 했다. 힘이 부친다기보다 원래 향도가의 가락에 같이 흥이 실리지 않아서 더욱 그러했다. 그는 뒷소리를 받을 때마다 입안에서 웅얼거리며 건성으로만 소리를 받고 있었던 것이다. 체격으로만 봐서는 막개보다 더 약해 보이는 향도꾼도 있었으나, 그런 자도 부치는 힘을 오직 흥에 실었기에 전혀 지쳐 보이지 않았다.

만리재 중턱을 넘어서며 막개가 세 번째로 넘어지자 뒤쪽의 깍정이가 마침내 더 참지 못한 듯 발길로 넘어진 막개의 엉덩이를 냅다 걷어찼다.

"이 새끼, 어느 패에서 온 떨거지야! 네 새끼 때문에 우리 줄 사람이 다 골탕을 먹는 줄 몰라!"

허공을 향해 정신없이 소리를 매기고 있는 개도치는 막개의 그런 모양을 보지도 못했다.

그 죽을 고생을 하고 난 다음 날 광제교 꼭지가 막개를 불러다 상목 다섯 자를 전했는데, 향도꾼들에게 돌아가는 몫이라고 했다. 막개는 그날 저녁 광제교 근처 객점에 가서 혼자 술을 마셨다. 몇 잔 술에 곤죽이 되어버린 막개는 움으로 돌아와 곯아떨어져 잤다.

다음 날 아침 일어나는 길로 보따리를 싸 가지고 그대로 가버릴까 하다가 그래도 그럴 수가 없어서 개도치를 보러 갔다. 마주치면 면목이 없을 것인데, 다행히 개도치는 없고 분이만 있었다. 그는 토마루에 엉덩이를 붙이고 앉아서

"향도꾼도 너무 힘들어서……. 나한테는 너무 힘들어서 어, 어디 딴 데루 갈려구……."

분이는 눈이 휘둥그레졌다.

"딴 데루? 아니, 어디루 갈려구요?"

막개는 멍하니 마당만 내다보고 있었다.

"여기 일은 다 험하고 힘들어요. 하지만 어디루 갈려구요?"

"상번수는 어디 갔나요?"

"꼭지딴네에 갔으니 거기 있을걸요."

"그럼 나중에……."

"거기 가볼래요?"

"아, 아니. 나, 나중에……."

그러면서 막개는 허겁지겁 개도치의 집에서 나왔다.

그는 어쩔 수 없이 양재역말 구룡산 기슭의 마구간지기가 되었다. 대접받는 마구간지기라면 할 만할 것이라고 생각했던 것이다. 그러는 말과는 달리 그 말 거간꾼은 여간 잔혹한 자가 아니었다. 네 명의 마구간지기들 중 둘은 도산(逃散)해 다니던 사노들이고 둘은 농사짓다 폐농하여 떠도는 유민들이었다. 도산 사노들은 추노 다니는 군교를 끼고서 꼼짝 못하게 묶어두고 있었고, 유민들은 명목 없는 빚을 지워 위협해놓고 있었다. 이들이 먹고 지내는 것은 말 먹이와 같은 밀기울이나 서속밥이었다. 그거나마 양이 모자라 다 허덕이었다.

그들이 마구 일에 서툰 것은 사실이어서, 처음부터 마구에 능숙한 막개를 보고는 어떡해서든 붙들어 두려고 한 해마다 쌀 석 섬씩을 사경으로 주겠다고 약속했으나, 조금도 믿을 만한 것이 못 되었다. 거간꾼은 어떡해서든 막개의 약점을 잡아내어 꼼짝 못하게 해두려고 혈안이 되어 있었다. 첫날에는 그의 허풍에 속아 이름이 막개라고는 했지만, 그 뒤로는 입을 굳게 다물었다. 고향이고 성이고 다 말하지 않고 어려서 양친 부모 다 잃고 떠돌며 남의 집 마구간 하인으로 오래 떠돌아 다녔다고만 했다. 전 주인이 어디 사는 누구인지를 끈덕지게 알려고 했으나

"그건 알아 뭣하우."

배짱 있게 퉁겨버렸다. 저에게는 함부로 못하리라는 것을 알고 그런 배짱을 부렸던 것이다.

이 거간꾼이 말을 거간하는 곳은 대체로 양재역참이었다. 역참 말들이 혹사당해 못쓰게 되면 그걸 헐값으로 사들인 다음 다시 잘 먹여 키워서 역참에다 되팔아 넘기는 일이었다. 역참 관원과도 친밀하여 거의 동패나 마찬가지였다. 그 밖에도 어디서 구해 오는지 때깔 좋은 흰칠한 호마(胡馬)들도 들여다 말을 구하는 대관들에게 팔았다.

여기서 한 반년이나 일했을 때는 거간꾼과 막개의 사이가 극도로 나빠져 있었다. 막개가 여러 가지 요구를 했기 때문이었다. 이부자리도 넝마 조각이 아닌 제대로 된 이불을 내주고 밥도 입쌀밥을 내주고 찬도 제대로 해내라고 요구했던 것이다.

"넌 죄짓고 다니는 놈이어. 내가 한번 아는 군교를 데려다 네 죄를 캐어볼 참이다."

거간꾼은 그런 소리로 막개를 위협했다. 막개는 이제 여기서도 떠나야 하리란 걸 잘 알고 있었다. 그러나 당장 어디에도 몸 붙일 곳이 없어 하루하루를 보낼 수밖에 없었다. 다만 막개도 당하고만 있지 않고 거간꾼을 은근히 위협했다.

"호마들이 어디서 들어오는지 난 다 짐작하고 있소."

거간꾼도 질린 얼굴이었다. 이 호마들은 막개 자신이 했던 것처럼 나라

의 목마장에서 훔쳐낸 걸 잠매(潛賣)해 들였을 것이 분명했기 때문이었다.

이렇게 거간꾼과 막개의 사이가 일촉즉발인 때에 어느 대갓집 하인 둘이 말을 사러 왔다. 패랭이 차림인 이들 중, 하나는 몸이 장대하고 하나는 허깨비같이 마른 자였다. 거간꾼은 이들과 잘 아는 사이인 듯 장대한 하인에게 연신 허리를 굽신거렸고, 그 장한(壯漢)은 하인 신분임에도 말을 마음대로 흥정했다.

그들이 흥정하는 호마 앞에 마침 막개가 마죽을 날랐다. 낯선 사람들이 온 탓에 말은 자꾸 여물통에서 뒷걸음질을 치는데, 막개가 말을 구슬려서 온순히 여물을 먹게 했다. 말 다루는 솜씨가 능하다는 걸 누구나 쉽게 알아볼 수 있었다. 마죽을 주고 막개는 물러났는데, 호마 두 필을 흥정하던 그 장한이 느닷없이 거간꾼에게 말했다.

"아까 그 마구간지기도 같이 샀으면 하우."

아무리 대갓집 하인이라도 하인은 하인일 텐데 이것저것 흥정을 마음대로 했다.

거간꾼은 멀뚱하여

"마구간지기를 사다니?"

"이 집 종 아니우?"

거간꾼은 당황했다.

"종은 아니구……."

"그냥 일꾼이우?"

"그렇지만 내게 진 빚이 많다우."

"빚?"

"그렇소."

여물간에서 그 소리를 듣고 있던 막개가 이때 허겁지겁 달려 나가서 거간꾼에게 대들었다.

"내, 내가 무슨 빚이 있수?"

거간꾼은 버럭 소릴 질렀다.

"그동안 먹이구 재운 값, 네 몸뚱이를 다 팔아도 못 갚아!"

막개도 마주 외쳤다.

"한 해 쌀 석 섬 사경을 준다고 했지 않소! 이, 이제 반년이 되었으니 한 섬 반을 당, 당장에 내놓으시우!"

사정을 눈치챈 장한이 막개를 끌고 여물간으로 갔다. 장한은 서른 댓쯤 됐을까 굵고 시커먼 수염이 턱에 수북했고, 눈초리가 매서웠다. 장한은 막개를 보고 댓바람에 말했다.

"자네 말이 옳다는 건 금방 알았어. 저 거간꾼이 간악한 놈이란 걸 전부터도 잘 알고 있었지. 말 잠상죄(潛商罪)로 잡아넣으려면 금방이라도 잡아넣을 수 있어. 어떤가. 자네 우리 집에 오려는가? 우리 집에 제대로 된 마구간지기가 꼭 필요해서 그래. 우리 집은 이조참판이신 성(成)참판 댁이야."

이조참판이란 말에 막개는 눈이 휘둥그레져서 그 헤벌어지기 쉬운 입만 멍하니 벌리고 있었다.

"어때 자네 식구는 있는가?"

"어, 없수."

"전에는 어디 있었는가?"

"부모 없는 유민으로 이곳저곳 마구간 일만 하고 다녔수."

"아무도 없어? 혈혈단신인가?"

"그, 그렇소."

"그럼, 더 좋군. 어때, 우리 집에 올 생각 있나?"

"좋소. 그러우."

"그런데 말일세, 우리 집은 본래 종 아닌 난밭(다른 고장) 사람은 들이지를 않는다네. 자네 어때, 문서를 들일 수 있나?"

"문, 문서?"

"종 문서 말일세."

"좋수."

막개는 어마두지에 쉽사리 대답했다. 대갓집 노복이면 이 처지에선 더 없이 좋은 안식처란 생각이 번개같이 머리를 스치기도 했다.

숨은 뱀

　매미가 울고 있는 느릅나무 그늘 아래서 둘이 고누를 두고 있다. 마구간 바로 옆의 마당 구석이다. 땅에 금을 긋고 돌 조각 두 개씩 놓고 우물고누를 둔다.

　어산이(於山伊)의 말이 몰려서 얼굴을 잔뜩 찡그린 채 말판을 뚫어지게 꼬나보고 있는데, 마당쇠는 누런 이를 드러내며 싱글싱글 웃고 있다.

　"졌지?"

　마당쇠가 다짐하자 어산이는 판을 쓸어버리며

　"새로 하자."

　입을 앙다물었다. 새로 판을 차리고서

　"이번에는 내가 먼저지?"

　어산이가 다짐하자, 마당쇠는 선선히

　"그래, 그래 봤자 어림없어."

피식피식 웃으며 상대를 놀렸다. 둘이 새로 말판을 노려보고 있는데

"뭣들 하고 있어!"

저쪽에서 우렁찬 소리가 났다. 둘은 놀라 화들짝 일어났다. 수노(首奴) 돌지기(乭只其)가 노한 얼굴로 뚜벅뚜벅 걸어왔다. 이 수노는 바로 구룡산 기슭에 말을 사러 왔던 그 수염 수북한 장한이었다.

"일들 않구 밤낮 무슨 장난이어!"

돌지기가 마당쇠의 머리를 쥐어박으며

"저 마당에 널린 것들이 뭣이냐!"

소리치자 다리를 저는 마당쇠는 절룩이며 급히 그쪽으로 뛰어갔고

"마구간은 다 치웠어?"

돌지기가 어산이를 노려보자

"지, 지금 치울려구……."

하고 겁에 질려 대답하는데

"아니, 아직도 안 치웠어?"

수노는 어산이의 뺨을 갈겼다. 어산이는 맞은 뺨을 어루만지며 삼태기를 찾아들고는 허둥지둥 마구 안으로 들어갔다. 이 어산이는 구룡산 기슭에 말을 사러 왔을 때 따라왔던 그 허깨비같이 마른 자였다.

마구에는 세 필의 말이 여물을 먹고 있었다. 구룡산 기슭에서 사 온 두 마리와 본래 있던 말하고 해서 모두 세 마리였다.

한바탕 호령을 하고 난 수노가 돌아가고 얼마 안 되어서였다. 마구 안에서 말똥을 치우고 있던 어산이가 갑자기 죽어가는 비명소리를 질렀다. 비명을 듣고 여럿이 쫓아 나왔다. 어산이는 말똥 쓸어 담던 삼태기는 버려둔 채, 한 손으로 배를 움켜쥐고는 안간힘을 쓰며 밖으로 기어 나왔다.

쫓아온 수노 돌지기와 청지기, 마당쇠, 안사랑 상노 아이, 여종 두엇이 그 꼴을 지켜보았다.

"무슨 일이냐?"

수노 돌지기가 소리치자, 청지기 영감이 혀를 차며

"또 말에 차인 게지 뭐."

"또! 아니 이놈, 아직도 말에 익지를 못했단 말이냐! 새 말이라도 벌써 몇 달이나 넘어 됐는데, 차라리 말에 채여 뻗어버리지!"

돌지기는 화통을 터뜨렸고, 어산이는 땅에 주저앉아 고통스레 배를 움켜쥐고 있었다. 청지기 영감이 어산이에게 다가가 등을 만져주며

"많이 차였어?"

위안해주자, 어산이는 고개만 끄덕였다.

"능금(能金)이 이놈은 대체 어디루 갔어?"

돌지기가 누구에게라고 할 것 없이 화증을 내자, 청지기가 소리를 낮춰

"대부인 마님 심부름 가지 않았는가."

돌지기가 그 말에는 대꾸를 못한 채 소리쳤다.

"다음부턴 세상없어도 여물 실으러 가는 일은 능금이 놈을 시킬 테니까!"

"막개가 내일은 오겠지."

청지기가 말했는데, 그 말을 받아 돌지기는 새삼 또 화를 내었다.

"막개 그놈도 어느새 느려빠져서……. 생초한 달구지쯤은 이틀이면 능준히 해다 싣고 올 텐데, 나흘씩이나. 양주(楊洲)가 백 리가 되나 천 리가 되나."

다음 날 해거름 때 막개가 소달구지에 생초를 싣고 양주 농장(農莊)의 종

하나와 같이 왔다. 막개는 오자마자 수노 돌지기에게 눈이 빠지도록 야단을 맞았다.

"그까짓 거 갖구 뭘 하느라 나흘씩이나 자빠져 있었어!"

"거기서두 논일들에 바빠서 풀 벨 손이 제대루 없구……."

"너는 손이 아니냐?"

"내두 날마다 벴수."

"내 언제 농장 놈한테 들으니, 넌 거기만 가면 하루 종일 낮잠이라 하더라. 거기가 네놈 낮잠 자는 데냐?"

"그, 그때 언제 한번 그런 것 갖구……."

돌지기는 그만 한탄하는 어조가 되었다.

"대체 왜 그러냐, 응? 처음 올 때처럼 그리 바지런할 수가 없어? 대체 무슨 생각이냐. 아무리 말을 해도 왜 자꾸 쇠귀신이 되어가!"

막개는 뒤통수를 긁었다.

"알겠수."

그리고는 물러나는 막개를 돌지기는 울화 끓는 눈길로 노려보고 있었다. 돌지기로서는 그랬다. 막개를 데려와 보니 양마에는 모르는 것이 없을 만큼 능해서 감탄할 만했으나, 차츰 지나면서 보니 일에 영 성의를 보이지 않고 생각이 늘 딴 데로만 가 있었다. 얼른 보기에는 어수룩해 보여도 매우 의뭉스런 놈이라고 생각했다.

일이 급해 대강대강 알고 데려온 바람에 막개의 내력에 대해서도 많은 의심을 품었다. 마구간 종 셋 중에서 능금은 본래 대부인의 수족이 되어 약삭빠르게 대부인 심부름이나 맡아 가지고 떠돌아다니는 놈이라 마구간 종이라 할 것이 없었다. 어산이는 얼간이 같은 놈이라 이제 믿을 건 막개

밖에 없는데, 이놈이 영 믿음성이 없어 울화가 끓는 것이었다. 본래도 말은 세 필이나 되었는데, 양마를 잘못해 두 필이나 병들어 죽게 했다. 수노인 자신이 주인 대감에게 불려가 심한 문책을 받았던 터라 말에 대한 책임이 더욱 중했다.

다음 날 아침 농장의 종이 치워놓은 말똥을 말끔히 싣고 양주 농장으로 돌아간 다음, 수노 돌지기가 어산이 말에 차인 일을 기화로 영을 내려, 막개에게서 말 익히는 것을 배우라며 종들을 다 불러 모았다. 마구간 종인 어산이, 능금은 말할 것도 없고 구종(驅從) 여섯도 모두 나와서 익히라고 영을 내렸다. 종들이 웅기중기 마구 앞에 모여 섰는데, 이때 바깥사랑의 황녹사(黃錄事)가 사랑에서 나와 천천히 거기로 왔다. 수노 돌지기가

"어떻게 여길……."

황송해하자, 황녹사는 그저 가볍게 웃음 지었다.

"나도 한번 들어보려고."

단아한 얼굴에 조용한 눈길, 조용한 어조였다.

황녹사까지 나온 것을 보고 막개는 몹시 긴장했다. 황녹사는 이 집 붙이도 아니고 문객도 아니지만, 대감의 가장 긴한 막료이자 이 집 대소사를 총찰하는 특이한 사십객 나이의 사람이었다. 지난날 의정부 녹사를 지낸 중인(中人)으로, 취재(取才)를 봐서 어느 고을 수령으로까지 탁용되었으나, 벼슬을 마다하고 이 집에서 기이한 세월을 보내고 있는 사람이었다. 성 밖 십리 허의 녹번리에 자기 집이 있다고 했으나, 거기는 드물게 내왕했다.

수노에게서 특별한 영을 받아 어깨가 으슥해 있던 막개는 황녹사까지 나온 것을 보고 바짝 긴장하면서 말했다.

"처, 첫째루 말하고 친해야 하우."

살꽂이 목마장의 군두한테서 귀가 따갑도록 듣던 그 말부터 시작했다. 같은 종들을 향해 말하는 것이고 다 너나들이지만, 자리가 그렇지 아니하여 말투를 하우로 했다.

"말한테 가기 전에 조, 조그만 소리로 말을 걸어서 내 음성이 말에 익어 있어야 하우."

너무 긴장하여 콧등에 땀까지 배었다.

"그러구 말에 갈 때마다 미리 간다구 내, 내 소리를 내야 하우."

그는 몸소 말에게로 가면서 마구로 들어갔다. 사람들은 모두 마구 가까이 다가갔다.

"말 뒤로 갈 때는 이, 이렇게 하우."

그러면서 그는 말의 머리, 어깨, 등의 순서로 부드럽게 토닥거리면서 엉덩이 쪽으로 가서 엉덩이를 만지면서 한쪽으로 천천히 돌았다. 그러고는 이쪽의 등, 어깨, 머리를 차례로 토닥거리면서 돌아온 그는 다시 여럿을 향해 말했다.

"덮어놓고 말 뒤로 가거나 말 뒤에서 무슨 소리를 지르거나 급작스레 몸을 움직여선 안 되우. 그, 그러면 어산이처럼 되우."

어산이처럼 된다는 말에 모두 가볍게 웃었고, 어산이는 얼굴을 붉혔다.

강습이 끝난 뒤, 황녹사는 도로 바깥사랑으로 갔는데, 그 황녹사의 입에서

"다 알 만한 말이었으나, 누구라도 새겨들을 만한 말이었다."

칭찬했다는 말이 전해져 막개는 얼굴에 가득 홍조가 피어올랐다. 행랑채 끝의 넓은 마구 옆이 교방(較坊)이며, 교방 옆이 마구간지기의 방이었는데, 잠자리에 들 때까지도 막개는 방 가운데 번듯이 누워 매우 들떠

있었다.

"이 자식, 구석으로 비키지 못해!"

어산이, 능금, 막개 셋이 쓰는 방인데, 능금이 방에 들어서자마자 막개를 향해 소리 지른 것이다. 능금은 종치고는 얼굴이 곱상한데, 하관이 빠르고 콧날이 날카롭게 섰다. 셋이 다 나이는 비슷했으나, 능금이 이 방의 엄지 노릇을 했다.

막개는 대꾸 없이 구석지로 가서 벽을 향해 누웠다. 어산이가 들어오자 능금은 어산이를 향해서도 소리를 질렀다.

"발 씻었어? 발 씻구 들어와!"

어산이는 발을 들어 보이며

"씻었어, 이것 봐."

"개새끼야, 씻은 게 이리 냄새가 나?"

막개가 벽을 향한 채 웅얼거렸다.

"냄새야 몸에서 나겠지. 온종일 말똥 속에서 사는데 냄새가 안 나."

능금은 눈에 불을 켰다.

"이 새끼가 어디서 대꾸야. 이 새끼 오늘 칭찬 좀 들었다고 간땡이가 부었어? 그 까짓 걸 아는 것이라고. 이 새끼야 네가 오늘 말에 대해 뭐라고 한 그딴 소리는 세 살 먹은 애들도 다 아는 소리야. 그걸 제법 으스대며 떠드는 꼴이라니."

방 아래쪽 구석에 부스럭거리며 누우려던 어산이가 그 말을 받아 막개를 원망했다.

"날 그렇게두 여러 사람 앞에서 망신 주구."

막개가 고개를 번쩍 들어 어산이를 바라보자, 어산이가 막개한테는 또

한 수 접히는지 눈길을 피하여 구시렁거렸다.

"좀 감싸줄 줄은 모르구……."

능금은 연해 막개를 볶아대었다.

"저 자식이 그럴 줄이나 아는 놈이냐? 어제같이 들어온 놈이 마구를 제 세상 모양 휘두르질 않나. 뭐? 구종을 해도 얼마든지 한댔다구? 어산이 보구 그런 소리 한 적 있다며?"

어산이는 둘의 눈치를 보며 입을 떼지 못했다. 능금은 본래 행차 모시는 구종이었는데, 언젠가 어느 대신의 집에 몇 번 행차 갔다가 어느 틈에 그 집의 여종을 집적거렸다. 그것이 드러나 황녹사의 영 아래 수노 돌지기에게 죽도록 매를 맞고 마구간지기로 떨어진 처지였다.

막개가 더 아무 대꾸도 않아서 능금은 저 혼자 실컷 화풀이를 하다가

"내 꼭 다시 구종이 되어 이놈의 방에서 나갈 테니 두고 보라구."

소리치며 그만두었다.

하긴 종이라도 구종이 돼야 신세가 편했다. 언제나 치렁치렁한 홍색 직령(直領)을 입고 말쑥한 패랭이 쓰고 기세 좋게 대감 옹위하여 거리를 휩쓸고 오면, 흔히 따로 상급도 내렸다. 중한 행차에는 으레 수노 돌지기가 별배(別陪)를 섰다.

"에라 게 들어섰거라!"

풍신 좋은 돌지기의 우렁한 벽제(辟除) 소리가 나가면, 거리 사람들이 물 갈라지듯 좍 갈라지는 것을 막개도 몇 번 보았다. 장했다. 보통 때의 행차에는 삼개(三介)라는 구종이 별배를 섰는데, 인물도 좋고 목청도 좋아 그런대로 기세가 있긴 했으나 돌지기의 위용에는 따르지 못했다. 이들 구종들은 집에 돌아와서도 다른 험한 일은 전혀 손도 대지 않았고, 수노 돌지기

에게 부대끼는 일도 없었다. 특히나 황녹사가 별나게도 구종들을 단련시키는지, 자견하는 관원에게 말들과 함께 딸려 보내, 달리며 호종(護從)하는 모든 법을 익히게 했다. 그런 날에는 으레 푸짐한 술상도 내렸다.

다시 구종으로 돌아가기가 어렵게 된 능금은 내당(內堂)에, 그것도 대감의 자당(慈堂)인 대부인에게 눈치 좋게 고임을 받아, 이것저것 대부인의 심부름을 맡아 다니며 마구간 일은 돌아보지 않았다. 다만 행동거지가 묵중한 내당 마님 정부인(貞夫人)이 능금을 곱게 보지 않아 그것이 불안한 일이었다. 그뿐 아니라, 정부인이 가장 신임하는 여종이자 바로 수노 돌지기의 사촌 여동생인 감정(甘丁)이란 여종이 바깥 행랑채며 사랑채를 두루 맡아 바깥의 의식(衣食)을 총찰하고 있었는데, 이 세도 있는 여종의 미움도 받아 능금은 더욱 불안해했다. 이 감정이란 여종에 대해서는 능금뿐 아니라 어산이나 막개도 수노 돌지기에 대해서만큼이나 어려워하고 겁을 내었다.

자고 나자 아침 일찍부터 일을 시작했다. 막개와 어산이는 농장에서 싣고 온 생초를 여물통에 흩어준 다음 여물을 썰기 시작했다. 막개가 작두바탕에 타고 앉아 여물을 먹이고 어산이가 작두 끈을 잡고 서서 한 발로 작두질을 했다. 이따금 막개가 눈을 부라리며 어산이를 칩떠보았다. 작두질이 장단에 맞게 고르지 못하다는 질책이었다. 어산이는 볼이 부어 무슨 소린지 입안의 소리로만 웅얼거렸다. 이 집에 온 뒤로 막개에게 만만한 수하가 하나 생긴 셈인데, 막개는 어산이가 잘하건 못하건 늘 탈을 잡았다. 허깨비같이 힘도 없는 놈인 데다가 마구 일도 막개에 비하면 어림도 없어 어느덧 수하가 돼버린 것이다.

"한 번에 싹둑 못 짤러?"

막개가 꾸짖자 어산이는 움직이던 다리를 멈추고 또 볼이 부어 막개를 바라보다가 눈길을 거두고는 다리에 더 힘을 주며 작두질을 했다.

그때 여종 하나가 동이를 이고 와서는 여물간 옆의 장독에 쌀뜨물을 부었다. 말에게 먹일 쌀뜨물이었다. 이 여종이 감정이었다. 나이는 스물이 갓 넘었을까 검푸른 민저고리 민댕기에 여종들이 입는 검고 짧은 몽당치마를 입고 있었다. 몽당치마 밑으로는 속곳이 드러났는데, 속곳 밑에 드러난 종아리는 그을려서 새까맸다. 얼굴에는 주근깨가 드문드문 남아 있었다. 어렸을 때는 주근깨가 많아 감정이란 이름이 붙은 것 같았으나, 얼굴 윤곽이 깎은 듯 반듯하고 작은 몸매가 단단하고 다부졌다. 경우에 어긋나는 짓은 하지를 않고 또 남이 그러는 것도 못 봐내어 더러 차돌멩이란 별명으로도 불렸다.

"아, 한 번에 못 짤러?"

막개가 또 어산이를 향해 화를 내자

"그, 그럴 때두 있지……."

어산이는 더욱 볼이 부어 투덜거렸다.

감정은 둘이 다투는 걸 흘끔 봤을 뿐 동이를 도로 이고 바쁜 듯이 갔다. 때마다 나오는 쌀뜨물을 말 먹이로 쓰기에 때마다 감정이 날라 오곤 했다.

막개가 마침내 벌떡 일어서서 어산이를 밀쳐버리고는 소리쳤다.

"네가 먹여!"

막개가 작두 끈을 잡고 서고, 어산이는 시키는 대로 제가 작두바탕에 앉아 여물을 먹이기 시작했다. 조금 하다가 또 막개가 야단을 쳤다.

"들쑥날쑥 먹이지 말라고 몇 번이나 말했어! 새끼손가락 길이만큼 잘금잘금 먹이라고 몇 번이나 말했냐구!"

야단을 맞은 어산이는 여물을 든 채 볼이 부어 그저 멍청히 앉았는데, 막개가 또 눈을 부라렸다.

"종일 그리 퍼대구 앉았을 테여?"

그러자 어산이는 다시 또 꿈지럭거리며 앉아 여물을 먹기 시작했다.

나중에 마죽을 끓이면서 또 막개가 어산이를 호통쳤다.

"콩을 벌써 집어넣었어? 콩은 죽 다 돼갈 때 넣으라고 몇 번이나 말했어!"

호통을 맞은 어산이가 끓는 솥에서 바가지로 콩을 떠내려 하자, 막개가 바가지를 뺏어 동댕이쳐버리고는 소리쳤다.

"지금 떠내서 뭘 해! 불이나 꺼!"

콩은 너무 익히지 말고 반쯤 익혀서 주어야 한다는 말이었다. 어산이는 풀이 죽어 아궁이의 장작불을 끄느라 불타고 있는 장작을 하나씩 아궁이 밑의 잿더미에 쑤셔대었다.

막개가 연해 내지르는 소리를 듣고 돌지기가 와서 마구 부엌을 들여다보았으나, 아무 말도 않고 그냥 갔다. 돌지기가 보기에 어산이가 일을 못하기도 하지만, 언제나 까탈이나 잡으며 들볶아대기만 하는 막개도 답답하기 이를 데 없었다. 하지만 양마 잘하는 놈의 행투이거니 치부하고 마는 모양이었다.

아침을 먹고 났을 때 감정이 여종들을 시켜 빨아놓았던 옷을 한 아름씩 들게 하고는 행랑채의 방방을 돌면서 옷을 넣어주고 입었던 헌 옷들을 벗어내라고 했다. 사월과 냉이라고 하는 열대여섯 살짜리 두 계집은 감정이 행랑채로 데리고 다니면서 부리는 여종들이었다.

막개, 어산이, 능금은 헌 옷을 벗어주고 새 옷들을 받았다. 모두 무명 바지저고리였다. 새 옷을 입다 말고 막개가 골을 냈다.

"이, 이건 내 옷이 아니라구."

저한테는 헐렁하니 커서 누구 것과 바뀐 모양이었다. 어산이는 아침 내내 막개에게 구박을 받았건만, 그런 건 말끔 잊은 듯 막개 대신 마루로 나가서 감정에게 소리쳤다.

"막개 옷이 바뀌었다구!"

"옷이 바뀌어?"

감정은 두 여종들을 돌아보며

"옷을 마루에 내놓으라고 해."

했다. 막개가 옷을 마루에 내놓자 여종이 그걸 집어 갔다가 다른 것을 가져왔는데, 이번에는 제 것이 맞았다. 그런데 빨래를 제대로 안 했는지 옷이 그냥 우중충했다. 막개는 화가 나서 마루로 나가 감정을 향해 말했다.

"내 옷은 왜 빨지두 않구 주는 거야."

돌아가던 감정이 돌아서서 막개 옷을 바라보면서 미안쩍은 얼굴을 했다.

"미안. 애들이 빨았는데, 도무지 때가 지지 않더래. 검댕이나 마죽 묻은 건 여간해선 때가 지지를 않는다구 그래."

능금이나 막개가 그토록 겁을 내는 여자답지 않게 어조가 정갈했다. 감정이 그렇게 미안해하자, 이번에는 어산이가 방에서 튀어나왔다.

"나, 나두여. 이, 이게 뭐여."

어산이 옷은 막개보다 더 우중충해 보였다. 지금까지는 으레 그런 줄 알고 지내왔건만, 막개의 말에 새삼 충동된 것 같았다. 그 모양을 보며 사월이 냉이들은 괜스레 서로 어깨를 쳐가며 깔깔거리고 웃었다. 감정이 다시금 미안쩍어하며 부드럽게 말했다.

"다음부턴 다른 옷들보담 몇 번이고 더 삶고 더 빨라구 할게."

그때였다. 얼간이 어산이가 도로 방으로 들어가면서

"삼개 옷은 잘 빨았겠지."

느닷없는 소리를 했다. 그 순간 감정의 얼굴에 핏기가 싹 가시었다. 삼개란 돌지기 대신 흔히 별배를 서는 그 삼개로, 감정과 혼인시킨다는 말이 조금씩 나돌고 있던 참이었다. 감정이 얼굴이 하얗게 되어 성큼 마루로 올라섰다. 방으로 들어간 어산이를 따라 감정이 방으로 뛰어들었다.

"방금 뭐라구 그랬어."

어산이는 질려서 방구석으로 피해 섰고, 방에 있던 능금은 슬금슬금 방을 피해 나갔고, 막개는 아예 마루에서 축대 쪽으로 피해 내려갔다.

"잘못했어……."

어산이로서는 아무 생각 없이 한 말이었지만, 그게 예사소리가 아니란 걸 그제야 깨달은 모양이었다.

"너니까 그만두겠어. 밑도 끝도 없는 소리니까."

한바탕 난리가 날 듯했으나 감정은 그 말만 하고는 냉큼 방을 나와 두 여종을 데리고 내당으로 가버렸다.

"저 자식 오늘 고사 지낼 뻔했네."

마루에 섰던 능금이 그러면서 웃었다.

"겁나는 여자여."

막개가 중얼거렸다.

"그걸 인제 알았어? 너두 오래 살려면 입 조심해. 함부로 날뛰지 말구."

막개는 거기에는 대꾸 없이 그저 지나가는 소리로 중얼거렸다.

"삼개는 좋겠네……."

"이 자식 봐. 내가 방금 일러두……. 그런 소리가 바로 재앙 부르는 소리여. 말이 났으니 내 일러주지. 너희들 똑바루 알아. 삼개하구는 혼인이 안 돼. 감정이 싫다구 했다니까 그 한마디루 끝난 거야. 차돌멩이 입에서 그 소리가 나왔는데 어느 장사가 더 말을 꺼내. 알아들어?"

이날 점심때가 가까워서 감정은 여느 때와 같이 동이에 뜨물을 이고 와서 장독에 그걸 부었다. 마침 옆에서 일하던 어산이는 겁을 먹고 비실비실 피했으나, 감정은 아무 내색도 없이 안색이 여느 때나 마찬가지였다. 그러고는 일이 좀 뜸한지 빈 동이를 들고서 행랑 왼쪽 끝의 돌지기네로 갔다. 행랑에서 살림을 차린 종은 수노 돌지기뿐이었는데, 어린아이가 둘이었다. 감정은 거기 마루에 쉬면서 돌지기 처인 사촌 올케와 이런저런 얘기도 하면서 아이들도 어르고 했다.

대감도 모처럼 돌지기를 별배로 하여 행차 나가고, 황녹사도 어디로 출타하여 매우 한가한 때였다. 그럴 때 보교 두 채가 대문으로 들어왔다. 두 보교가 마당에 내려졌다. 한 채에서는 대부인의 외손녀가 나왔다. 가끔 있는 대부인에 대한 문안 행차였다. 낙선방(樂善坊)에서 여기 성명방(誠明坊)까지 같은 남부(南部)라 그리 멀지 않은 데다, 대부인이 자주 불러 딸의 친정 나들이가 잦은 편이었다. 특히나 대부인이 하나 있는 외손녀를 보고 싶어 해서 문안 때는 꼭 이 외손녀를 데려와야 했다.

"또 선녀가 하강했구나."

마당 구석에서 화초를 손질하고 있던 마당쇠가 일손을 멈추고 와서 보교에서 내린 그 외손녀를 보며 막개와 어산이에게 속삭였다. 그 어머니는 그저 펑퍼짐한 얼굴에 어딘가 심술까지 어려 보였으나, 어린 딸은 마당쇠 말대로 선녀하강이라 할 만했다. 나이는 이제 열두 살로 너무 어렸지만,

희고 고운 얼굴에 까만 눈동자, 꽃잎같이 빨간 입술, 상큼한 콧날이 모두 눈부시었다. 다홍색 비단 치마에 싸인 몸이 아직은 가늘었지만, 치마 끝에 콧부리만 내다뵈는 당혜를 상큼상큼 옮겨놓으며, 마중 나간 감정과 돌지기 처에 싸여 내당의 중문으로 들어갔다.

마당쇠가 또 속삭였다.

"명문거족이면서 저 집의 대주(大主) 어른이 아직도 백두(白頭)라니 그게 아쉽지."

"아직도 백두라구?"

막개가 의아해하자 어산이가 대뜸

"맨날 기생집이나 돌아다니며 팔자 좋게 놀기만 하는 사람이라던데 뭐."

마당쇠가 쉬쉬하며

"함부로 떠들지 마. 그런 소리 누구 귀에 들어갔다간 살아남지를 못해."

행랑에선 보교 메고 온 교군들과 능금이 어울려 떠들어대고 있었다. 이번 나들이도 능금이 대부인의 영을 받아 거행했으며, 그 집에서 같이 보교를 옹위해 오기도 했던 것이다. 능금이 오늘 맡은 하루 일이었다. 좀 이따 교군들을 위한 밥상, 술상이 나오자 능금도 거기 같이 끼어 호기 있게 떠들어대었다.

도둑의 사랑

팔월 한가위를 며칠 앞둔 때라, 운종가 시전 일대는 한창 사람들로 붐볐다. 성참판 댁에서는 한가위 음식 마련은 거진 다 마친 상태였지만, 그래도 미진한 것이 있어 안살림 맡은 차집이 감정과 막개를 데리고 장을 보러 나왔다.

차집이 감정과 같이 장을 보러 나오는 일이야 늘 있는 일이지만, 막개를 짐꾼으로 데려 나온 적은 아직 없던 일이었다. 그럴 수밖에 없었던 것이, 이런 일에 흔히 끌려 다니던 어산이는 마침 몸이 아파 누웠고, 능금은 돌지기의 영으로 양주 농장에 말먹이 건초를 실으러 가고 없었다. 안사랑 상노아이는 대감 언제 귀가하실지 모르니 데려갈 수 없다고 청지기가 고개를 내저었고, 발을 저는 마당쇠야 본래부터 안 되었다. 구종들은 물론 대감 행차 모셔가고 없었다. 그래 자연 일시나마 막개를 장터 짐꾼으로 끌고 나오게 되었던 것이다.

막개라고 전혀 장안 바닥에 나가지 않는 것은 아니었다. 모두 말 장구(裝具) 때문이었다. 닳거나 고치거나 할 일이 있으면 나와서 사공장(私工匠)들을 찾아 일을 보곤 했다. 그럴 때 한번 땅굴로 개도치를 찾아보기도 했었다. 개도치는 막개가 고관의 집 종이 된 것을 매우 치하했다.

"고관의 집 종이면 관노 본색이 드러날 염려도 없고, 양인 따위 등골을 빼먹고도 남는다. 곱게 보여 꿀만 잘 타라."

했으나 막개는 씁쓰레 웃기만 했었다. 전보다 편하다고는 할 수 있어도 기필코 마구간지기 신세를 벗어날 수 없는 자신을 서글퍼했던 것이다.

문산댁(汶山宅)이라 불리는 오십 가까운 이 차집은 청상과부로 늙었으나 허벅지게 살이 잘 올라 풍신 좋은 몸매였다. 비단 너울 쓰고 박꽃같이 흰 세모시 적삼에 옥색 치마를 둘러 대갓집 차집다운 차림이었다.

그렇건만 장바닥에만 나오면 차집답지 않게 이리저리 싸다니기를 좋아했다. 집 내당에만 박혀 있다 장바닥에 나오면 막혔던 숨통이 다 트이는 모양으로, 감정에게만 맡겨두어도 좋을 일까지 스스로 맡아 감정을 곁붙이로 하여 장바닥에 나서는 것이었다. 활달하고 인정도 많아 믿음직한 사람인데, 장에 나와 장돌뱅이 노릇하는 버릇이 탈이라면 탈이었다.

문산댁은 시전에서 물건부터 사는 것이 아니라, 시전에서 떨어져 있는 광통교 근처 너절한 좌판부터 헤매었다. 이곳에는 시전에서 팔지 않는 떡이니 죽이니 엿이니 어묵 나부랭이가 널려 있었고, 구석구석 포장을 쳐놓고 잔술 파는 술집도 많아 사람들의 떠드는 소리로 왁자지껄했다.

문산댁은 그 너절한 장판에서 떡도 사 먹고 죽도 사 먹고 엿도 사 먹었다. 문산댁같이 호사로운 차림을 한 여자가 이곳에는 드물어, 좌판 앞에서 아무거나 사 먹는 문산댁을 사람들은 이상한 눈길로 쳐다보곤 했다. 막개는 값으로 치를 무명 조각들과 상목 한 필을 지게에 진 채, 문산댁이 사주는 대로 죽이면 죽, 떡이면 떡을 묵묵히 받아먹기만 했는데, 그때마다 문산댁은

"집에 가서 절대 말 내면 안 돼. 알았지?"

눈을 부라렸다. 감정은 내내 아무것도 먹지 않고 간섭도 않았지만, 냉랭하니 화가 난 채 따라다녔다. 늘 그래 와서 체념하고 있는 얼굴이었다.

문산댁은 나중 술집에 들어가 주모의 방을 좀 비우라 하고, 술판의 사내들을 피해 그 방구석에서 술 한 잔까지 들이켜고야 이 장돌뱅이 놀음을 마쳤다. 술 한 잔까지 걸친 문산댁은 얼굴이 불그레해서는 감정을 바라보았다.

"골났니?"

감정이 팩 쏘았다.

"장은 언제 봐요!"

문산댁은 웃었다.

"잠시면 돼."

무탈하기가 거리낌이 없어 둘 사이가 모녀 사이 같았다.

그런데 문산댁 말대로 잠시 사이에 물건을 사긴 샀다. 내외어물전에서 건어물과 생선 몇 가지, 염전(鹽廛)에서 소금 좀 사고, 우전(隅廛)에서 밤과 능금을 샀는데, 그것으로 다 된 것이었다. 그런데 더 살 것도 아니면서 문산댁은 선전(線廛)으로 들어가 비단 구경을 했다. 골을 내던 감정도 이곳에서는 못 이기는 체 저도 같이 들어가 이것저것 비단 구경을 했다. 이런 데서 여자란 다 그런 모양이었다. 그다음에는 둘이 또 청포전(靑布廛)에 들어가 각종 화포(花布) 홍포(紅布) 등을 구경했다.

장 본 물건들을 지게에 진 막개는 이제는 매우 지루해지기 시작했다. 외어물전에서 생선을 살 때 혹시 굴무의 전으로 가게 되면 난처하리라 생각했으나, 많은 외어물전 중 하필 거기로 갈 리도 없고, 또 마주쳐 봤자 별달리 낭패 볼 일도 아니었다.

지루해진 막개는 지고 있던 지게 짐을 길 한구석에 받쳐두고 서성거렸다. 좀처럼 여자들이 나오지 않자, 청포전 옆에 있는 도자전(刀子廛)으로 가서 사람들 속에 섞여 이것저것 패물(佩物)을 구경했다. 여러 가지 패물들이 가득히 널려 있어, 막개는 그저 무심히 이것저것 둘러보았다. 그러던 그는 손 가까이 널려 있는 갖가지 동곳 중에서 문득 은(銀)동곳 하나를 슬쩍 주워 손바닥 안에 감추었다. 왜 문득 그런 생각이 들었는지 영 아리송한 일이었다. 그러고는 슬그머니 돌아서려는데 누군가 덜컥 어깨를 치며 팔을 움켜쥐었다.

"도둑이야!"

그 도자전의 차인이었다. 차인이 소리치자 다른 차인들과 주인이 쫓아나와 막개를 마구 두들겨 눕히고는 손 안에 쥔 동곳을 빼앗았다. 이 소동에 근처에 있던 사람들이 여기저기서 몰려들었고, 그 옆 청포전에서 막 나왔던 문산댁과 감정도 이 모양을 보게 되었다.

"이놈, 전에도 물건을 훔쳐갔지!"

"전부터도 하던 놈이어. 초달을 해보자."

주인이 소리치며 전 안으로 막개를 밀고 들어갔다. 끌려가는 막개는 코에서 피를 흘리고 있었다.

문산댁과 감정은 얼굴이 파랗게 질려서 한쪽으로 비켜가 얼굴을 마주했으나, 말이 안 나왔다. 그러다 감정이 냉큼 돌아서서 가기 시작했다.

문산댁이 다급하여

"어, 어디루 가는 게냐?"

감정이 내뱉었다.

"집으로 가지 어디루 가요!"

문산댁이 황급히 소리를 내었다.

"그냥 가버리면 어쩐단 말이냐, 그냥 가버리면!"

"안 그러면 어쩐단 말예요!"

마침내 문산댁이 정신을 수습하면서

"아니다. 넌 가지 말고 어데 있거라. 내 무슨 수를 써서라도 빼내 오마."

문산댁은 옷매무새를 고쳐 잡고는 곧장 그 도자전으로 갔다. 가자마자 도자전 안을 향해 냅다 소리를 질렀다.

"성참판댁 종을 붙들어 온 놈이 누구냐!"

막개를 구석에 처박아 놓고 있던 전의 주인과 차인들이 어리둥절하여 문산댁을 바라보았다. 문산댁은 더욱 소리를 높였다.

"이조참판이신 성참판댁 종이다. 누구냐. 누가 저놈을 도둑으로 몰았느냐!"

비단 너울 두른 화사한 차림의 풍염한 초로 여인네 호통 치는 품이 고관의 댁 붙이로 짐작이 갈 만했다. 몰려든 사람들이 이 광경을 지켜봤다.

전의 주인과 차인들이 당황하기 시작했고, 이때 코피를 흘리고 있던 막개가 벌떡 일어서며 문산댁을 향해 소리쳤다.

"난 훔치지 않았수! 그저 손에 들고 구경했는데, 가, 갑자기 덮치면서 도둑이라구 때려 눕혔수!"

처음 막개를 덮쳤던 차인이 얼굴이 상기되며 막개에게 맞섰다.

"분명 은동곳을 손에 넣고 돌아서는 걸 봤다구! 분명코!"

"내가 어, 언제 돌아섰어! 옆으로 조금 움직였을 뿐여! 물건 보면서 움직이지두 못해?"

그 말을 받아 문산댁이 더욱 호통을 쳤다.

"죄도 없는 놈을 저리 두들겨 피칠갑을 해놓아? 누가 이 죄책을 받을 거냐!"

또 뭐라 대거리하려는 차인을 향해 주인이

"가만있어!"

꾸짖고는 문산댁을 향해 공손히

"어째 됐건 뭔가 일이 잘못된 것 같습니다. 노여움 푸시고 그만 데리구 가시지요."

주인은 수건을 꺼내어 막개에게 주며

"여게. 얼굴이나 닦게. 그리구 어서 가보게."

막개는 수건으로 코피를 문지른 다음 수건을 버리고는 전을 나왔다. 주인은 문산댁을 향해 연신 굽실거렸고, 문산댁은 노여움을 풀지 않은 얼굴인 채 막개를 앞세우고 갔다. 막개는 전 앞에 세워놓았던 짐지게를 지고 걷기 시작했는데, 그제야 구경하던 사람들도 흩어졌다.

시전을 떠나 집을 향해 광통교를 다 벗어났을 때, 길가에 쪼그리고 앉아 있던 감정의 모습이 보였다. 감정을 보자 문산댁이 반색을 했다.

"안 가고 있었구나. 감정아. 이런 말 제발 집에 가서 꺼내지 말어. 말이 나면 막개보담 내가 먼저 죄책을 받게 된다. 내가 먼저."

감정은 쌀쌀하게 받았다.

"왜 안 가고 여기 있었게요. 말 내려면 벌써 가버렸지!"

냉큼 일어난 감정은 쌀쌀한 냉기를 날리며 앞서 걷고, 그 뒤를 문산댁과 짐을 진 막개가 따랐다. 감정은 걸으면서 돌아보지도 않고 물었다.

"택호(宅號)를 말했어요?"

문산댁이 풀 죽은 소리로 대답했다.

"택호를 말 않구서야 빼내올 수가 있어야지."

감정이 돌아서며 포달스럽게 소리쳤다.

"왜 택호를 말해요. 택호를! 금방 소문 안 나겠어요? 택호를 말하느니, 죽든 살든 내버려두지!"

죽든 살든 왜 내버려두지 않았느냐는 소리에 열이 올라 막개가 감정에게 대들 듯 말했다.

"난 훔치지 않았다구. 훔치지 않았어! 그, 그냥 손에 들고 구경하고 있는데 갑자기 덮쳐서 도둑으로 몰았어!"

감정은 코웃음을 쳤다.

"잡혀놓구 훔치지 않았다구?"

"갑자기 여럿이서 덮쳤다구! 갑자기 여럿이서!"

문산댁이 막개를 윽박질렀다.

"이놈아, 닥치구 있어! 입이 열 개라도 네놈은 말 못해!"

그래 놓고 문산댁은 감정을 달랬다.

"소문이야 그리 쉬 나겠느냐. 택호라도 말해서 빼내야지 그냥 두면 그대루 법사(法司)로 넘어갈 텐데, 그리 되면 어찌 되겠느냐."

막개가 또 끼어들었다.

"놔둬도 됐어요. 법사루 가도 돼요. 전 절대루 훔친 게 아닌데요, 뭐. 저, 절대루."

문산댁은 잡아먹을 듯 막개를 노려보았다.

"이놈아, 제발 닥치구나 있어! 법사로 가도 된다구? 왜 그럼 처음에는 잠자코 있었어? 안 했으면 안 했다구 왜 처음부터 뻗대지 않았어?"

"여, 여럿이서 덮쳐서 무턱대구 주먹질인데, 어, 어떻게 해요."

"입두 없더냐? 왜 도둑 모양 맞기만 해? 그리구 도대체 이놈아, 네가 동곳은 왜? 상투도 없는 놈이 동곳은 왜?"

"그, 그냥 구경만 하려구⋯⋯."

감정이 바락 소리를 쳤다.

"듣기두 싫어! 이젠 그 말은 꺼내지두 말어! 꼴도 보기 싫어!"

그러고는 잰걸음으로 앞서 걸었다. 문산댁이 걱정스레 그 뒤를 따르고, 막개는 풀이 죽어 맥없이 뒤쳐져 걸었다.

집에 와서는 별탈이 없었다. 두 여자가 모두 입을 다물어 그 뒤에도 아무 탈이 없었다. 그래서 묵묵히 마구 일에나 전념했다. 감정이 더욱더 무서워졌으나, 감정은 전혀 아무 내색 없이 전과 같이 행랑을 드나들 뿐이었다. 그래서 그 동곳 일은 아주 없던 일로 잊어버려도 될 만했다.

탈은커녕 한 달 뒤쯤 오히려 호사(好事)가 하나 생겼다. 더러 있는 일이지만, 황녹사가 말들을 모두 끌어내어 돌지기를 비롯한 모든 구종들을 거느리고 다른 관원들과 함께 기사(騎射) 나가고 없을 때였다.

막개는 그때 어산이와 함께 여느 때나 같이 한참 여물을 썰고 있었다. 청지기가 갑자기 이리저리 날치며 집에 남은 종들을 불러대었다. 청지기는 막개와 어산이에게도 뛰어왔다.

"큰일 났어. 대감마님 대궐 행차 갈 일이 갑자기 생겼어. 대전별감이 명패(命牌)를 가지고 다녀갔어. 구종들이 없으니 너희들이라도 배종하라는 분부시다. 어서 나서!"

어산이, 막개, 다리 저는 마당쇠, 안사랑 상노 아이, 그리고 마침 양주 농장에서 곡식을 싣고 온 농장의 종 하나를 합쳐 사내종을 다 뒤져도 그 다섯뿐이었다. 한 번도 구종을 해보지 못한 떨거지들이었다. 구종 못 되어 한이던 능금은 하필이면 이때 또 대부인의 심부름을 맡아 어디론가 가고 없었다.

모두 어쩔 줄 모르고 허둥대었다. 막개는 구종이 월등 좋다는 것을 알고 있었고, 또 할 수도 있다는 소리까지 한 적도 있었다. 하지만 그것은 능란한 다른 구종들에 섞여 따라다녀 보자는 것이었지, 이 떨거지들 속에 섞여 거리를 헤맨다는 건 상상도 할 수 없는 일이었다. 그는 당장 일을 모면할 심산으로 여물간 구석으로 가서 여물 추스르는 양을 하고 있다가 청지기의 호령을 듣고는 할 수 없이 끌려 나갔다.

"초헌(軺軒)을 준비하라셔. 어서 모두 직령들 입구 패랭이 쓰구 나와!"

청지기의 호령에 따라 모두 허둥대며 채비를 차렸다. 구종들의 방에서 여벌의 직령이며 패랭이를 꺼내 걸치고 쓰고 법석을 떨었다. 구종들이 그 것들을 입고 쓰고 다닐 때는 그럴 수 없이 호사로워 보였건만, 지금은 그저 끔찍하기만 했다. 옷은 맞기도 하고, 안 맞기도 했다. 그런대로 행색을 갖춰 몰려 나갔고, 교방에서 굴렁쇠가 달린 초헌을 끌어냈다.

청지기가 채비 끝난 것을 고하자, 조복 관대한 대감이 바깥마당으로 나왔다. 대감은 기골이 장대하고 평소 무슨 일에나 잔신경을 쓰지 않는 사람이었다. 구종들이 허술하건 말건 상관치 않고 초헌을 향해 걸어왔다.

처음부터 다섯 명의 종은 서로 앞머리의 전배(前陪)가 되지 않으려고 우물쭈물 눈에 보이지 않는 실랑이를 벌였다. 전배가 후배(後陪)보다는 자랑스러운 것이라고는 하지만, 지금은 조금도 반갑지 않은 것이, 전배가 되면 팔자에 없는 벽제 소리까지 쳐야 한다는 걸 알고 있었기 때문이었다. 막개가 비록 양마에는 능하다 하나 여태껏 한 번도 말에 올라본 적이 없었고, 구종이란 구경만 했지 맹탕이었다. 어산이는 겁 많은 허깨비일 뿐이고, 안사랑 상노 아이는 아직 어리고, 농장의 종은 딴 일로 왔던 농투사니 시골 종이고, 마당쇠는 절름발이라, 이런 잡동사니 구종이 장안 바닥에 있을 수 없었다.

"마구간 것들이 앞을 서라!"

청지기가 꾸짖어서야 막개와 어산이가 할 수 없이 초헌의 앞 손잡이 좌우에 섰고, 뒤 손잡이 좌우에는 마당쇠와 시골 종이 섰는데, 상노 아이는 다리 저는 마당쇠를 거들어 그쪽에 같이 붙었다.

"대궐로 가자."

초헌에 오른 대감은 한마디 일렀을 뿐 더 말이 없었다.

성명방에서 대궐까지는 꽤 먼 상거였다. 그 사이를 가는 길에는 언제나 사람과 우마가 뒤엉켜 뒤숭숭했다.

종들은 숨을 죽이고 초헌을 밀고 가는데, 길 앞에 사람들이 너저분하게 널려 있어도 아무도 벽제 소리를 못 내었다. 전배인 막개와 어산이는 서로 눈알을 부라리며 어서 벽제를 하라고 눈싸움을 했다. 막개로서는 네가 이 집 마구간에 제일 오래 있은 놈이니 네가 하라는 것이었고, 어산이로서는 네가 언제나 마구 일에는 제일 으스댈 뿐 아니라 구종을 할 수 있다는 소리까지 한 적이 있지 않느냐는 앙탈이었다.

소리도 없이 대감의 행차가 자꾸 사람들 틈에 이리 밀리고 저리 밀리면서 비틀비틀 앞으로 나아갔다. 종들의 옆구리로까지 사람들이 밀려, 그때마다 초헌이 기우뚱거렸다. 이러면 이게 죄를 짓고 벌을 받으러 가는 관원의 행차로 보일 수도 있었다. 그렇건만 막개와 어산이는 서로 눈알을 부라리며 어서 소리를 내라고 이를 갈아 부치면서까지 서로 미루었다. 그런 실랑이를 아는지 모르는지 대감은 침중히 눈을 감은 채 초헌에 앉았을 뿐이고, 후배에 선 마당쇠와 상노 아이와 시골 종은 차마 못 보겠다는 듯이 샛노래진 얼굴들을 밑으로 숙이고는 땅을 보며 걸었다.

또 한 번 행인과 부딪쳐 초헌이 기우뚱하자 진땀을 흘리던 어산이가 얼간이답게 부지중 비명 같은 소리를 내었다.

"저, 저리 비켜라……."

종들은 모두 불안해서 목들을 움츠렸다. 그런데 또 행인에 부딪쳐 초헌이 기우뚱하자 어산이가 이번에는

"게 들어섰거라……."

하고 별배 소리를 흉내 내었는데, 참으로 허깨비같이 입안으로만 기어 들어가는 소리였다. 그런데 그 소리나마 소리가 나가자, 행인들은 흘끔거리면서도 조금씩 길을 비켰다. 그러고 보니 그게 그렇게 어렵지만은 않은 일인 듯했다.

'이럴 줄 알았으면 내가 먼저 할걸.' 하고 막개는 생각했다. 그 생각을 하고부터 막개는 가슴이 뛰기 시작했다. 맡을까, 어쩔까, 소리가 제대로 되기나 할까, 맡으면 언제쯤 맡을까 생각이 뒤엉켜 가슴이 마구 두방망이질을 했다.

조금 더 가서였다. 개천을 바라보는 좁은 저잣거리를 지날 때였다. 그곳이야말로 사람과 우마가 뒤얽혀 난장판 같았는데, 거기에 이르자 느닷없이 막개가

"에라 게 들어섰거라!"

하고 커다랗게 소리를 내질렀다. 불시에 내지른 고성이라 종들이 모두 놀라고 길 가던 사람들도 모두 놀라서 돌아보았다. 막개 자신도 제 소리에 놀라 얼굴이 해쓱해졌다. 대감은 여전히 눈을 감은 채 아무 말이 없었다.

그때부터 막개는 어산이를 젖혀두고 벽제를 도맡았다. 목소리가 갈라지고 탁한 데다 여운이 짧아 괴상한 고함 같았으나, 입안으로 기어드는 어산이의 소리에 비할 바는 아니었다. 길이 시원시원하게 열리기 시작했다. 개천의 혜정교(惠政橋)를 지날 무렵에는 소리가 제법 낭랑한 가락을 지닌 듯싶었고, 소리를 질러대는 막개의 목에서는 더운 땀이 줄줄 흘러내렸다. 대궐 안 금천교(禁川橋)를 건너기 전에 대감은 초헌을 멈추게 하고, 초헌에서 내리며 특별히 막개를 향해

"저기가 내사복(內司僕)이니 그 앞에서 기다리고 있거라."

하고 일렀다.

온 얼굴에 땀이 범벅이 된 막개는 다른 종들을 거느리듯 하며 초헌을 끌고 서십자각(西十字閣)의 내사복으로 갔다. 거기서 금군(禁軍)과 수작을 하는 것도 그가 했다. 그는 좀 서툴기는 해도 금군과 수작을 마치고 그곳에 초헌을 세워둘 수 있었다. 다른 종들은 어느 결에 막개에게 의지하고 있었다. 그곳에서 비로소 한숨 돌리며 기다리게 되자, 마당쇠, 상노 아이, 시골종은 막개에게로 와서

"잘했어. 정말 잘했어."

다투어 치하했다. 그러나 같이 전배를 섰던 어산이는 좀 떨어져 앉아 뭔가를 도둑맞은 것처럼 뚱하니 볼이 부어 말이 없었다.

이날 귀가 길에 막개는 벌써 한다하는 별배 행세를 했다. 그가 찢어져

나가는 큰 소리로 길을 물리면 길 앞의 사람이건 우마건 물 갈라지듯이 좍좍 갈라졌다. 탁하고 갈라진 목소리에 사람들이 더러 기이하게 돌아보긴 했지만 열이 올라 소리를 질러대느라 그의 목에서는 힘줄이 불끈불끈 서고, 등으로도 연해 땀이 줄줄 흘러내렸다. 다시 혜정교를 지날 때는 미처 피하지 못하고 비틀대는 짐꾼 하나를 냅다 걷어차 버렸다. 발길질이 서툴러 설맞았지만, 짐꾼은 깜짝 놀라 짐과 함께 나동그라졌다. 허겁지겁 짐을 챙기며 허둥대는 짐꾼을 막개는 잡아먹을 듯이 노려보았다.

집에 돌아왔을 때 막개는 온몸이 먹을 감은 듯 흥건히 땀에 젖어 있었다. 그때는 구종들도 모두 돌아와 있을 때였다.

"막개가 벽제를 했다구! 엄청 잘했다구!"

마당쇠와 상노 아이가 다투어 소리쳐서, 매우 걱정하고 있었던 구종들은 안도의 표정으로 막개를 둘러싸고 치하했다. 마당쇠와 상노 아이 그리고 시골 종까지 나서서 더욱 소상하게 막개의 활약상을 전하는 바람에, 구종들은 다투어 감탄의 소리를 내었다.

"마구간 도사가 벽제까지 하는 도사인 줄은 몰랐네."

"재주가 가지가지여."

너무 치켜세우는 것을 경계하듯 돌지기가

"감정아, 막개 옷 갈아 입혀라."

감정을 불러 막개의 땀에 젖은 옷을 갈아입혀 주라는 말만 하고는

"누구든 주어진 일 하는 건 의당한 일이지."

하고 엄연히 말했다. 마구 일 할 때마다 어산이를 구박하는 걸 잘 알고 있는 터라, 또 기고만장해서 무슨 짓을 저지를지 몰라 미리 경계를 해두자는 심산인 듯했다.

그날 대감은 처음 구종을 한 다섯 종의 노고를 기려서 특히 술을 내렸다. 막개의 공을 기리는 술자리인 셈이었다. 행랑 마루에 구종들을 비롯한 사내종들이 다 모여 술을 마시는데, 내내 기분이 언짢은 어산이는 두어 잔 마시고는 사라져 버렸고, 능금은 오지도 않았다. 수노 돌지기는 어산이나 능금과는 전혀 다른 뜻에서, 기세등등한 막개를 경계하여 그 자리에 오지 않았다.

감정이 내다준 새 옷으로 갈아입어 환한 얼굴을 한 막개는 이날 못 마시는 술을 꿀꺽꿀꺽 마셔가며 몹시 떠들었다. 평소 말이 드물던 막개가 신나게 떠드는 바람에 다른 종들도 모두 흥겨워했다.

"…… 웬갖 후레 잡것들이 길마다 앞을 막아서는 것 아녀? 나는 마구간만 보구 살아서 길이 그런 것인 줄은 꿈에도 몰랐다구. 사람뿐만 아니라 소구, 말이구, 나귀구, 개 떼구 이런 웬갖 짐승들이 길바닥에 마구 우굴거리는 거여. 짐승은 짐승이라 그렇다 치구 사람 꼴을 한 것들이 짐승들보다 더하더라구. 벽제를 하든 말든 날 잡아먹으라는 듯이 어기적거리고만 있는 거여."

구종들은 저희들 고충을 알아준다는 듯이 와자하니 맞장구를 치면서 흥겨워하는데, 한 구종이 말했다.

"그래도 비키는 놈은 나은 편이여. 제 집 똥간에 앉은 것처럼 영 눌어붙어 앉아 비키지 않는 것들이 문제지."

"정말 그런 놈이 있더라구."

"그런 놈 있지?"

"혜정교를 건널 때여. 웬 짐 진 놈이 아무리 소리를 질러도 영 비키지를 않는 거여."

"그래서?"

"그래서가 어딨어. 냅다 걷어차 버렸지."

모두 환호성을 지르며 웃음을 터뜨렸다. 막개가 사람을 걷어차 버렸다는 것도 어울리지 않지만, 어투까지 재치를 부려 사람들을 더 흥겹게 했기 때문이다. 막개는 술판이 끝났을 때 몹시 토했으나, 토한 것이 시원하기만 했다.

그날부터 셋의 방에서 엄지 노릇하던 능금과도 그 세가 백중하게 되었다. 능금은 막개가 별배를 한 그날부터 더욱 막개를 못 잡아먹어 하며 구박을 주었다.

"구종은 말야, 첫째 인물을 보는 거야. 인물이 훤해서 어딜 내놔도 칭찬을 받을 만해야 하는 거야. 너같이 못생긴 놈은 죽었다 깨도 구종이 못 돼. 바람벽에 돌붙는 거 봤어?"

그 소리를 듣고 난 다음 날 저녁 방에 누우면서 막개가 먼저 가운데 자리에 퍼지르고 누웠다. 어산이가 들어오고 이어서 능금이 들어왔는데, 막개는 누운 자리에서 꼼짝하지 않았다. 능금이 버럭 소리를 질렀다.

"구석지로 가! 이 자식이……."

막개는 누운 채 말했다.

"네가 구석지로 가."

능금은 눈을 크게 떴다.

"뭐?"

능금은 대번 막개의 멱살을 쥐고 구석지로 끌려고 했는데, 막개가 벌떡 일어나 마주 능금의 멱살을 쥐고 밀쳤다.

"아니, 이 자식이……."

능금은 왈짜들이 하는 식으로 제 멱살을 잡은 막개의 주먹을 째렸다가 막개의 얼굴을 째렸다가 그랬다.

"왜 이래, 왜. 누가 알겠어."

어산이가 가운데 끼어들어 말리려 했다. 능금은 멱살을 놓으며 주먹을 들어 막개를 갈기려 했으나, 막개는 전혀 피하려는 기색도 없이 얼굴을 도로 들이밀며

"자, 어디 쳐봐. 대번 박살을 내줄 테니."

능금은 너무 어이가 없다는 듯 웃음을 한번 날리고는

"저리 꺼져!"

주먹으로 막개의 복장을 내질렀는데, 막개는 주먹으로 능금의 얼굴을 쳤다. 그러고는 그대로 둘이 엉겨 붙어서 뒹굴었다. 막개가 힘에 밀려 비록 밑에 깔렸으나, 능금의 목을 틀어쥐고는 숨통을 조였다.

"왜 이래 왜……."

어산이가 둘을 떼어놓으려고 허둥대었다. 둘이 뒹굴다가 잠시 떨어진 사이 능금이 벽에 걸린 등잔걸이를 떼 들었다.

"이 자식을 오늘 아주 박살을 내버려?"

막개는 코웃음을 쳤다.

"자, 자, 어디 쳐봐."

도리어 머리를 들이밀었고, 능금은 너무 가소롭다는 듯이 웃음을 날렸다.

"이다음 조용할 때 보자. 오늘은 참는다. 그때는 네놈 뼈다귀를 추려놓을 테니."

"네놈 뼈다귀는 성하구?"

그날 밤은 방을 반반으로 차지한 채 등을 돌리고 잤는데, 그다음부터는 그것이 평상의 일로 되었다. 어산이는 내내 발치에서 잤다.

막개가 이제는 감정을 전혀 겁내 하지 않았다. 어디서건 감정과 마주치면 예사롭게 대했으며, 할 말이 있으면 거리낌 없이 말도 붙였다. 마구 일이 급할 때는 턱없이 감정이 부리는 사월이나 냉이를 불러다 시키기까지 했다. 여물간에 여물을 들이거나 내거나 하는 일, 마구 부엌에 불을 때는 일 같은 것이었다. 일이 급하다는 핑계를 대고 그랬다. 감정은 아무 말이 없었으나, 돌지기가 한번 꾸짖었다.

"마구 일은 네가 할 일이고, 사월이나 냉이는 저들 일이 따로 있어."

"하도 바빠서……."

"바빠서 눈알이 빠져도 제 맡은 일은 제가 할 뿐이다."

"알겠수."

대답은 했으나 별로 새겨듣는 기색이 아니었다.

그 멈출 줄 모르는 막개의 기세를 어느 날 이 집의 곤장이 말끔 꺾어놓았다. 생각지도 않은 일이었다. 하루는 막개가 어산이와 함께 말구유에 마죽을 주고 있는데, 돌지기가 불쑥 나타났다. 돌기지가 막개를 향해 말했다.

"너 잠깐 따라오너라."

돌지기는 막개를 데리고 여물간으로 들어갔다. 여물간에 들어서자 돌지기가 여물간 문을 안으로 닫아버렸다. 돌지기의 눈초리가 팽팽한 것이 예사 기색이 아니었다. 문을 닫고 난 돌지기가 낮은 소리로 물었다.

"달포 전 추석 임시하여 말이다. 네가 문산댁하고 감정이를 따라 시전을 간 적이 있지?"

막개는 가슴이 철렁하며 쉬 입이 떨어지지 않았다.

"간 적이 이, 있수."

"그때 말이다. 네가 도자전에서 은동곳 하나를 훔치다 들킨 일이 있다는데 사실이냐?"

막개는 얼굴이 핼쑥해져서 얼른 입을 떼지 못했다.

"말해봐라. 그리구선 그 전에 잡혀들어 갔다는데 그게 사실이냐?"

막개는 더듬거렸다.

"그, 그냥 구경하면서 만져보는데, 가, 갑자기 덮쳐서 도둑으로 몰았수."

돌지기는 더 캐지도 않았다.

"너 여기 있거라."

그러고는 돌지기는 여물간을 나가 밖에서 문을 닫았다. 그리고 좀 지나서였다. 청지기가 문을 열고 안을 들여다보았다. 청지기도 질린 얼굴이었다.

"황녹사 나리가 부르셔."

청지기를 따라 여물간을 나갔다. 큰사랑 대청에는 황녹사가 의관 정제하고 엄연히 앉았고, 대청 아래 마당에는 돌지기와 구종 둘이 서 있었다. 마당 가운데는 거적이 깔리고, 그 옆에 곤장이 놓였는데, 마당가에는 종들이 다 나와 지켜보고 있었다.

청지기가 끄는 대로 마당으로 나가자, 두 구종이 달려들어 막개를 끌어다 거적에 꿇어앉혔다.

황녹사가 막개를 내려다보며 입을 열었다.

"네 어찌해서 도둑질을 하여 온 저자에 가명(家名)을 더럽히고 다녔느냐?"

막개는 떨리는 소리로 말했다.

"도, 도둑질이 아니옵니다."

"도둑질이 아니라니."

"도자전에서 물건을 구경하다가 바, 바로 앞에 동곳이 있기에 주워서 구경을 하는데, 가, 갑자기 차인이 덮쳐서 도둑이라 외치고 여, 여럿이서 덤벼들어 주먹질을 하며 도둑이라 하였습니다."

"구경만 하는데 차인들이 덤벼들어 도둑이라 했다고."

"예."

"그 차인들을 불러다 엄히 대질할 수도 있다. 그 동곳이 네 손가락에 있었더냐, 네 손바닥 안에 있었더냐?"

황녹사는 이미 전에 고을 수령으로 탁용까지 되었던 사람이란 것을 새삼 되새기며, 막개는 이때부터 땀을 흘리기 시작했다.

"손, 손가락으로 집어보고 손, 손바닥 안에도 넣어보고 하며 구경했습니다."

"네가 동곳을 갖고 등을 돌렸더냐, 그냥 그 자리에 서 있었더냐?"

"여, 옆으로 조금 몸을 움직였습니다."

"그렇게만 했다면 왜 그 당장 발명하지 않고 순순히 잡혔더냐?"

"여, 여럿이서 덮어놓고 주먹질을 해서 그, 그럴 틈이 없었습니다."

"주먹질을 당하면서, 또 잡혀가면서도 한마디도 항변하지 않은 것이 사실이렸다."

"여, 여럿이서 막 덮쳐서 그, 그때 정신을 놓구 왜 이렇게 됐는지 도무지 정신이 없어서……."

"그게 무슨 소리냐?"

"정, 정말 정신을 놓아서 왜, 왜 이렇게 됐는지, 정말 도둑질을 한 것인가 하구 놀라기도 하면서 아, 아무 경황이 없었습니다."

"대체 무슨 해괴한 소리냐."

"하, 하두 놀라서 정신이 없어서……."

황녹사는 천천히 말했다.

"네가 양마에 능하다는 것은 잘 안다. 그러나 사람은 어떤 일에 능하더라도, 사람다운 사람 정인(正人)이 되지 않고서는 그 능한 것이 아무 소용이 없게 된다. 막개는 도범(盜犯)을 했으니, 곤장 삼십 도를 쳐라."

두 구종이 막개를 거적에 엎어놓고 볼기를 치기 시작했다. 본래는 두 구종이 번갈아가며 매를 치기로 되어 있었으나, 돌지기가 그동안의 버릇을 고쳐놓겠다는 듯 구종들을 밀쳐내고 자신이 곤장을 들었다. 그러고는 그 억센 힘으로 사정없이 곤장을 내려쳤다. 막개는 곤장이 떨어질 때마다 터져 나오는 신음소리를 내었으나, 결코 울부짖는 비명소리는 내지 않았다. 감정에 대한 깊은 앙심 때문이었다. 감정이 낱낱이 일러바쳤구나. 제가 부리는 여종 둘에게 몇 번 마구간 일을 시켰다고, 그래서 경우에 어긋났다고, 그래서 낱낱이 일러바쳤구나. 언젠가는 그년의 사지를 찢어놓을 테다. 그러고는 이 집에서 도망을 칠 테다. 그런 일념으로 이를 앙다물고 매를 맞았다.

매를 다 맞고 났을 때, 그의 볼기에서는 피가 흐르고 있었고, 눈에서는 눈물이 흐르고 있었다. 황녹사는 사랑으로 들어가고, 두 구종이 막개를 거적에서 끌어 일으키자, 돌지기가 능금과 어산이를 향해 호령했다.

"너희 둘이 끌고 가! 그리고 내일부터는 능금이 막개 일을 한다. 어느

당(堂)의 분부일지라도 다른 일은 일절 못한다. 마구 일을 조금이라도 허수히 할 때는 조금도 용서치 않겠다."

돌지기가 모두 듣도록 호령하였고, 그 명분이 또 엄연하여 당분간 이를 어길 사람은 이 집에 없게 되었다.

막개는 상처의 간호 때문에 어산이가 늘 뒹굴던 방 아랫간에 눕혀졌다. 능금은 내심 막개의 곤장 맞은 것에 춤이라도 출 만큼 고소해했으나, 돌지기의 호령 때문에 이제부터 꼼짝없이 말똥 속에서 굴러야 할 판이 되어 그것이 큰일이었다. 막개가 얼른 일어나야 할 것이라 펼쳐놓고 놀리기는커녕 간호까지 해주면서 암담한 얼굴을 했다. 그러나 어산이와 둘이 있을 때는 "도둑"이니 "나무에 오르려다 똥간에 빠졌다"느니 속살거리기도 했는데, 그 소리를 막개는 다 듣고 있었다.

보름쯤 지나 막개가 기동을 하면서 능금은 슬금슬금 바깥이나 나돌 요량을 했으나, 잘 안 되었다. 이제는 겨울채비를 해야 할 때라, 양주 농장에서 갖가지 양곡 실어 오는 일에 매어야만 했던 것이다.

막개는 말이 없어졌다. 전처럼 어산이더러 일이 서툴다고 구박하던 소리도 없어지고, 아무하고도 말을 주고받지 않았다. 묵묵히 일만 했다. 그 모양을 보면서 다른 종들은 막개를 동정하기도 했다. 어제같이 기세가 올라 떠들어대던 그 모습을 생각하면, 그깟 물건 갖고 너무 중벌을 받지 않았나 하고 동정을 샀던 것이다. 그러나 동정을 하건 흉을 보건 상관없이 막개는 온전히 벙어리가 되어 지냈다.

감정과는 행랑 마당에서 수시로 마주쳤으나, 그때마다 막개가 완강히 고개를 거두며 지나쳤다. 딴 사람들에게와 달리 눈길 거두는 모습이 너무 유표해서 포한이 진 찬바람이 휙휙 돌았다. 그런 일이 거듭되자 감정은 심히 오금이 박히는 듯, 돌아쳐가는 막개를 맥을 놓고 지켜보고 있기도 했다. 그러다 더 견디지 못한 감정이 하루는 말을 걸었다. 마당에서였다. 피해 가는 막개를 감정이 가로막듯 하며 좋은 낯으로

"이제는 병 조리 하지 않아도 돼?"

부드럽게 말했다. 그러나 막개는 울컥 핏기가 끓어오르면서 아무 소리 없이 팽하니 가버렸다. 감정은 그 자리에서 냅다 따귀를 언어맞은 듯 얼얼해하고 있었다.

다부진 만큼이나 결벽증이 있는 감정은 다음 날 일부러 막개를 찾아왔다. 막개는 마구 부엌에서 마죽을 쑤느라 얼굴에 얼기설기 검정이 묻은 채 아궁이에 장작불을 넣고 있었다. 어산이는 마구 안에서 쓸개로 말 털을 손질하고 있었다.

"물통이 여기 있남?"

물통을 찾는 척 혼자 소리를 내면서 감정이 가마솥 근처에 나타났다. 마구 부엌에서 사용하던 물통이 망가져서 임시 내당의 물통을 가져다 썼던 것인데, 그 물통은 마침 부뚜막 위에 있었다. 물통쯤 가지러 오는 것은 사월이나 냉이를 시켜도 될 텐데, 감정이 핑계를 대고 일부러 온 것이다.

막개는 부뚜막 위의 물통으로 힐끗 눈길을 주었을 뿐, 모르는 척 일어나 주걱으로 죽을 저었다. 뿌옇게 김이 피어오르고 마죽의 텁텁한 냄새가 사방으로 퍼졌다.

감정이 다가와 물통을 집어 들었다. 물통을 챙긴 다음 감정은 죽만 젓고 있는 막개의 뒤통수를 노려보며 냉랭하게 말했다.

"넌 내가 일러바쳤다구 생각하니?"

막개는 돌아보지도 대꾸도 않은 채 뿌연 김에 싸여 죽만 저었다. 감정

이 앙칼지게 쏘아붙였다.

"내가 이르지 않았다구! 그때 장에서 오면서 이르지 않는다구 말한 내가 왜 일러바치겠어? 문산댁두 아무도 아니고 저자 사람들이라구. 알지두 못하구서. 저자 사람들끼리 우리 집 택호가 말이 돼서 나오고 그 말이 돌아댕기다 집에까지 들어온 거라구. 알지두 못하구서."

막개는 여전 대꾸 없이 웅크리고 앉아 아궁이에 장작을 디밀었다. 감정은 더 할 말이 없다는 듯 몽당치마를 탁탁 털어버리면서 돌아서려는데, 막개가 불쑥 말했다.

"녹사 나리가 너한테 묻긴 물었겠지."

돌아서려던 감정이 분명히 따지자는 듯 다가섰다.

"그럼 안 물어? 나도 거기 같이 있었는데 안 물어? 문산댁한테두 묻구 다 물었어. 문산댁은 내당에서 대죄까지 했구. 기가 막혀서."

막개가 아궁이로만 눈길을 준 채 추궁하듯 말했다.

"그래서 뭐라고 그랬어?"

"뭐라 하다니, 본 그대루 말하지 뭐라 그래?"

쏘아붙이면서도 감정은 자신이 무슨 몹쓸 짓이라도 한 것처럼 좀 켕기는 얼굴을 했다.

이때 막개가 아궁이의 불길을 쏘아본 채 타오르는 불길을 향해 부르르 떨리는 소리로 부르짖었다.

"난 훔치지 않았다구! 훔치지 않았어! 잡혀서도 아무 소리 않고 있더라고 네가 말했겠지. 그래서 난 도둑이 된 것뿐이어."

확신에 찬 소리였다. 감정은 물통을 던져버리고 좀 더 바짝 다가섰다.

"난 훔쳤건 아니었건 내가 본 그대루를 말했어! 잡혀서 아무 소리 않구 있더라고. 본 그대루를 말했을 뿐인데, 내가 널 도둑으로 만들었다고?"

감정이 격하게 추궁하자 그때까지 쭈그리고 앉았던 막개도 벌떡 일어나 마주 섰다.

"넌 그날 장에서부터 내 말을 들으려고도 하지 않았어. 날 그냥 도둑으로 찍어버리고 한마디도 들으려 하지 않았어. 똑바로 들어. 난 차인 놈이 나를 치구서야 훔친 줄 알았어. 나를 치구 덮치자 손에 물건 있는 줄 알았고, 뺏으니까 손에 물건 있는 줄도 알았어. 그뿐이어. 아무 정신이 없는데, 무슨 소릴 하고 무슨 대거리를 해."

감정은 정신이 어지러운 듯 잠시 눈을 감았다가 떴다. 그러고는 다시 추궁했다.

"뺏으니까 손에 물건 있는 줄 알았다니, 그게 무슨 소린지 분명히 말해 봐."

막개의 어조는 이미 자기 기만이 아니라 확신에 찬 어조였다.

"손 안에 물건이 있는지 없는지도 몰랐어. 아무 정신이 없었어. 그저 정신없이 얻어맞다가 도둑이 되었어. 그런 지경에서 무슨 대거리를 해. 나는 내가 참말로 훔쳤는가 하고 한참 그것만 생각했어. 훔치자면 왜 그걸 훔쳐? 그 옆에 금(金)동곳도 있는데 왜 그걸 훔쳐? 그 옆에 밀화잠(蜜花簪)이니 용잠(龍簪)이니 더 비싼 것들도 많은데, 왜 그걸 훔쳐? 그랬거나 말았거나 잡혀서 말 한마디 못한 건 내 탓이니 더 말할 것 없고, 너도 본 대로 말했으니 더 말할 것 없어. 이젠 서로 더 아무 말 할 것도 없어. 나만 도둑으로 살면 그만이어."

감정이 잠시 정신을 놓고 있다가 다시 따졌다.

"네가 죄가 없다면 왜 녹사 나리 앞에서 힘써 발명하지 않았어?"

막개는 더 상대 않겠다는 듯 도로 아궁이 앞에 퍼지르고 앉아버리며 불속을 향해 말을 내뱉었다. 사지를 찢어주리라고 작심한 적도 있어, 감정에 대한 어투가 별로 거침이 없었다.

"벌써 찍어놓고 형장을 열었는데 발명은 무슨 발명이어. 여럿이 덤벼서 정신을 놓고 있었다고 해도 그 말은 그냥 넘어가고, 네가 이른 대로 잡혀서 말 한마디 못하더라는 것만 끝까지 죄책이 되잖았어? 이 집 씨암탉인 네 말이 중하겠어, 말똥 같은 내 말이 중하겠어."

막개가 형장 받은 일에 자신의 잘못이 있었는가 하고 자꾸 속이 뒤집혀오던 감정은

"내가 이 집의 뭐라구?"

그 말을 갖고 분해서 발을 동동 굴렀다. 막개는 더 대꾸 없이 장작불만 일구었고, 발을 구르던 감정은 물통을 들고 부엌을 나가버렸다.

다음 날 아침이었다. 막개와 어산이가 마구 안에서 말똥을 치우고 있는데, 마구 앞으로 감정이 불쑥 나타났다. 해쓱한 얼굴에 독을 품고 있는 모양이 좀 섬뜩했다. 감정은 막개를 향해 서슴없이 말했다.

"날 좀 보자구."

어산이는 까닭 없이 겁먹은 얼굴로 막개를 돌아보았고, 막개는 묵묵히 일손을 놓고 마구를 나왔다. 감정은 앞장서서 여물간 안으로 들어갔고, 막개도 따라 들어갔다. 싸늘한 얼굴로 막개를 돌아본 감정이 잘라 말했다.

"녹사 나리께 말씀드려 다시 시비를 가리자구."

잠시 멀뚱하던 막개는 시큰둥하게 대답했다.

"그러지 뭐. 다시 형장을 차려도 좋고, 다시 곤장을 맞아도 좋아."

감정이 새된 소리를 내었다.

"누가 형장을 차린댔어? 옳고 그른 걸 밝히자는 거지. 이걸 안 밝히구는 내가 모함한 사람이 되니, 난 못 참아!"

"좋을 대루 하라구."

감정은 더 말없이 휭하니 여물간을 나갔다. 어산이가 불안한 얼굴로 마구를 나와 있다가 뒤미처 여물간을 나오는 막개를 보았는데, 막개는 밸이 돋아 혼잣소리로 씨부렁거렸다.

"지가 이 집에서 세도가 세면 얼마나 세. 해볼 테면 해보라지. 아귀 같은 년."

어산이는 막개의 그 거리낌 없는 소리에 기가 질려 얼굴이 굳어버렸다.

감정은 돌지기에게도 말하고 황녹사에게도 원정하여 막개의 그 도둑 사건에 대해 다시 시비를 가려야 한다고 맹렬히 들고있어났다. 그러나 황녹사는

"그 일로 다시 추심을 하는 어리석은 짓은 있을 수 없다."

일축해버려 아무 소용이 없게 되었다. 돌지기도 감정을 야단칠 뿐이었다.

"그놈 매 맞고 횡설수설하는 소리에 네가 왜 그리 날뛰느냐. 할 일이 그리도 없느냐!"

그러자 감정이 식음을 전폐하고 내당 저의 행랑방에 드러누워 버렸다. 사세가 난감하게 되었다. 드디어 정부인인 내당 마님에게서 막개를 잡아들이라는 영이 떨어졌다.

막개는 돌지기에게 떠밀려 내당으로 잡혀 들어갔다. 막개가 내당 마당에 꿇어 엎드려 있자, 돌지기가 지켜보는 가운데 정부인이 나와 마루에 서서 막개를 내려다보았다. 이 정부인은 매우 법도가 엄하고 정숙하여 시어머니인 대부인도 홀홀히 대하지 못하는 터였다. 정부인이 하문했다.

"네 일간 무슨 소리로 감정을 훼욕하였느냐?"

막개는 일이 이렇게 내당에까지 번지리라고는 꿈에도 생각하지 못했기에, 태도를 완전히 바꾸었다.

"소, 소인이 잘못했습니다. 소인이 죄받은 것이 감정의 말 잘못한 탓이라고 소인이 어, 억지를 부렸습니다. 감정에게는 아무 잘못도 없으며, 소인은 의당 매 맞을 죄를 지었습니다. 소인이 억지를 부렸습니다. 다, 다시 벌을 내리셔도 달게 받겠습니다."

잠잠히 내려다보고 있던 정부인은

"네 지금 감정에게 가서 그 말을 하겠느냐?"

"하, 하겠습니다."

선선히 대답했다.

막개는 또 감정이 드러누워 있는 내당 행랑방에 끌려가서 서게 되었다. 방문은 닫혀 있는 채였으나 막개는 그 방문을 향해 말했다.

"내, 내가 억지를 부렸어. 나는 의당 죄받을 짓을 한 도둑이었어. 딴 사람한테는 아무 잘못이 없어. 내가 억지를 부렸어. 내가 잘못했어."

그렇게 하고는 내당을 나왔다. 그런데 그렇게 했는데도 감정은 좀처럼 일어나지 않았다. 그러자 정부인이 마침내 노하여 감정의 방에까지 와서 꾸짖고서야 감정은 잘못을 빌며 일어났다. 감정은 그 며칠 사이 얼굴이 해쓱하니 말라 있었다.

"저것이 다 좋은데 성질 하나가 곡해서 큰일이다."

정부인의 입에서 그런 말까지 나왔다고 하는데, 사람들은 그 말에 다들 수긍했다.

감정은 다시 전처럼 바깥 행랑을 드나들었으나, 왜 그런지 도리어 막개쪽에서 감정과 마주치지 않으려고 애를 썼다. 여느 때와 같이 감정이 쌀뜨물 동이를 이고 올 때는 허겁지겁 얼른 딴 구석으로 피하기 일쑤였다. 싸우다 쓰러져 버린 듯한 그 기맥 없는 해쓱한 감정의 모습을 보면, 자신이 너무 몹쓸 짓을 한 것 같은 마음이 자꾸 드는 것이었다. 그 활기를 말끔 잃은 모습에서 왜 그런지 너무 모진 상처를 준 것 같은 죄책감을 느끼는 것이었다. 왜 그런지 모를 일이었다.

가을철에 접어들어 양주 농장뿐 아니라 여기서도 일이 바빴다. 양곡을 실어 와서 창고에 들이고, 말 사료를 들이고, 땔감을 들이고, 김장 준비를 하는 등 분주했다.

그런데 양주 농장에서 들어왔던 소달구지가 집에서 한 마장이나 떨어진 길에서 소와 함께 언덕에 구르는 바람에, 소가 다치고 달구지가 부서져 버리는 일이 생겼다. 달구지에는 장작 짐과 김장 배추 짐이 가득 실려 있었는데, 모두 언덕 아래로 구겨 박혀버렸다. 이걸 집의 종들이 가서 이고 지고 나를 수밖에 없었다. 행차 나가는 구종 중에서도 둘을 빼내 이걸 나르게 했다.

그날 중참 때쯤 그 일이 벌어졌는데, 거의 해거름 때까지 운반을 해야 했다. 마지막 남은 장작 한 짐을 막개가 지게에 쌓고 있을 때, 감정과 사월이 마지막 배추 짐 둘을 여러 단으로 묶어 머리에 이려 하고 있었다. 배추 단을 더 꼼꼼히 묶으려 감정이 늑장을 부리자 사월이 먼저 배추단을 이고 출발했다. 막개는 여기저기 널린 장작을 차곡차곡 지게에 싣고 있었는데, 감정과 둘만 남게 되어 그런지 매우 서먹서먹해했다.

막개가 장작 짐을 다 쌓았을 때, 감정은 마지막 배추 짐이 너무 무거웠는지 혼자 이려다 땅에 구겨 박고 말았다. 할 수 없이 막개가 가서 배추 짐을 따리 얹은 감정의 머리에 들어 얹어주고는 얼른 되돌아와서 장작 짐을 졌다. 막개가 앞장서 걷고 감정이 그 뒤를 따랐다. 막개는 자꾸 뒤가 근지러웠다. 감정이 뒤에서 문득

"내 성미가 안 좋아서…… 본시 성미가 안 좋아서…… 자세히 알지두 못하구 말했던가 봐."

지나가는 소리처럼 말했다. 막개는 갑자기 목덜미가 뻐근해지면서 머뭇머뭇 뒤를 돌아보았다. 그러고는

"아니, 아니어. 아니어……."

더듬는 소리로 자꾸 아니라고만 했다.

"본시 성미가 안 좋아서…… 고집만 세구 성깔만 부리구……."

"아니, 아니어. 그, 그렇지 않어. 왜, 왜 그런 말을……."

짐을 진 채 비틀거리기까지 했다.

"정말……. 그때 일은 내 잘못이었던가 봐."

"아니어, 내 잘못이어. 내당 마님께 드, 드린 말씀 그대루여. 내당에서 다, 다 말했는데……."

"내당에서 한 말은…… 그 말은 의기(義氣)로 한 말이란 걸 다 알구 있어."

"아니어. 그, 그건 참말이어……."

"그 말 듣구 나서 더 내 못난 것 깨닫구…… 그래서 더 괴로워하구……."

"아니어, 참말이어. 모, 모두 그대루여. 내, 내가 억지를 부렸어. 본시 난 나쁜 놈이어. 틈만 나면 꾀나 부리고 더 편한 일이 없을까 눈치나 살피고…… 난 나쁜 놈이어. 도척이보다 더한 놈이어."

도척이보다 더하다는, 흥분에 싸인 그 말에 감정은 입가에 웃음을 흘렸다.

"도척이도 말을 잘 기르남. 말 잘 기르는 사람은 다 착한 사람들이라던데."

"말이야 오래 기르다 보니…… 실상은 말이 나보다 더 착한 짐승이어."

진심에서 우러나는 온갖 소리가 물살에 풀려 흐르듯 쏟아져 나왔다. 어느새 나란히 서서 걷던 감정은 막개의 그 꾸밈없는 말을 들으면서 그의 수줍어하는 얼굴을 다정히 들여다보았다. 막개는 차돌멩이 감정에게서, 그 차돌멩이 속에서 목화송이 속의 햇솜같이 부드럽고 해맑은 모습을 보았고, 감정은 막개에게서 무슨 일이건 집심(執心) 있게 해내는 진솔한 모습을 보았다.

집에 가까워졌을 때 둘은 짐의 무게를 하나도 느끼지 못하면서도 콧등에는 송골송골 땀이 맺혀 있었다.

며칠째 남녀종들이 서로 얽혀 곡식을 들여놓고, 장작을 쌓고, 말 사료를 여물간에 넣고 했다. 여물간에서 여럿이서 말 사료를 쌓아올릴 때 우연히 감정과 막개가 가깝게 엉키게 되자 막개가 문득 떨리는 손으로 감정의 손을 잡았다. 일로 마디가 진, 작은 손이었다. 감정은 깜짝 놀라면서 얼른 손을 뺐쳤다. 다음 날까지도 그 일은 계속되었는데, 이날은 우연인 것처럼 하여 막개가 감정 가까이로 엉켜가서 또 문득 감정의 손을 잡았다. 감정의 작은 손은 막개의 손 안에서 꼬물거리며 떨고 있었다. 그러다 그만 숨이 막히는 듯 감정은 손을 빼치며 일도 그만둔 채 밖으로 뛰쳐나갔다.

여물간 일이 끝나고 난 뒤 적막해진 여물간 속에서 막개는 오랫동안 혼자 서성거렸다. 어디서 마주치건 둘이 주고받는 눈길이 남의 눈에 유표할 만큼 심상치 않은 데다, 여물간 일할 때 둘이 손을 잡았다는 소문까지 조금씩 나돌았다.

그런 소문도 모른 채 여러 날 적적한 여물간 안에서 서성거리던 막개는 어느 날 마구 앞에서 쌀뜨물 동이를 이고 온 감정과 마주치자

"여물간이 너무 어질러져서…… 좀 치워야 할 텐데……."

지나가는 소리처럼 말했다. 그러고는 여물간으로 들어가 감정을 기다리고 있었다. 오래 있어도 감정이 오지 않자 실망한 막개는 여물간 구석의 짚단 위에 맥없이 주저앉았다. 그렇게 맥없이 앉았을 때, 여물간 문이 열리며 감정이 들어왔다. 문을 닫고 난 감정이 예사로운 소리로

"다 치웠어?"

하고 물었다.

"아니……."

막개는 들뜬 소리를 내었다. 감정은 괜히 여기저기를 둘러보며 다가와 물었다.

"짚단들도 치워야 해?"

"응."

막개는 건성으로 대답하며 짚단 치우는 시늉을 했다. 감정도 짚단 치우는 시늉을 하는데, 막개가 갑자기 감정을 부둥켜안고 짚단 위로 쓰러졌다. 막개의 얼굴이 감정의 얼굴 위에 포개졌다. 감정이 그 얼굴을 피하느라 자신의 고개를 옆으로 돌렸다. 둘은 어찌해야 좋을지를 모른 채 숨결만 가빠지고 있었다. 마침내 막개가 그 무지한 손으로 감정의 속곳 가랑이 속을 더듬기 시작했다. 감정이 몸을 뒤틀고 막개는 손을 디밀고 하면서 둘은 실랑이를 벌였다.

바로 그때, 여물간 문이 열리면서 돌지기가 들어왔다. 소문이 이미 돌고 있을 때여서 감시의 눈을 떼지 않고 있었던 모양이었다.

둘이 화들짝 놀라 엉거주춤 일어나 앉는데, 돌지기의 주먹이 막개의 얼굴을 거세게 갈겼다. 막개는 옆으로 나동그라졌고, 돌지기는 아무 소리 없이 감정의 머리채를 낚아채서 밖으로 끌고 나갔다.

감정을 저의 행랑방으로 데리고 간 돌지기는 방 가운데 버티고 앉았다. 감정은 볏단의 검불이 머리 여기저기에 붙은 채 한쪽 구석에 머리를 숙이고 앉았다.

돌지기는 저의 처를 노려보며 애들 데리고 방을 나가라고 일렀고, 돌지기 처는 걱정스런 얼굴로 애들 데리고 방을 나갔다. 돌지기는 격해지는 말소리를 애써 죽이면서 막개와 혼인이 될 수 없는 이유를 차근차근 말해 나가기 시작했다.

"그놈은 본시 근본을 알 수 없는 놈이다. 어수룩해 보여도 의뭉스러워서 억압을 해두지 않으면 아무 분별도 차리지 못하는 놈이다. 조금 풀어주니 사월이와 냉이를 제 맘대로 부리는 걸 너도 봤겠지. 양마하는 법은 어디서 배웠는지 모르나, 본래 말 도둑질이나 하는 말 잠매(潛賣)꾼 밑에 있던 놈이다. 말 도둑을 하던 놈인지도 모른다. 그런 놈을 일이 급해서 데려왔을 뿐이다. 내당 마님은 절대 이런 놈한테 널 내주지 않는다. 삼개하고 혼인을 해야 한다. 삼개는 근본이 뚜렷하고 믿음직스럽고 잘생긴 놈이다. 내당 마님은 삼개하고 널 짝 지워서 농장의 종과 작인(作人)들을 다스리는 반당(伴倘)으로 내세울 생각을 하고 계시다. 삼개보다 널 믿고서 말이다. 그놈하고 그 시비를 벌이다 어째서 그리 됐는지는 모르겠으나, 네가 그놈 농간에 넘어간 게 분명하다. 네가 똑똑한 척해도 그놈은 굴에 든 뱀 같은 놈이다. 이걸 분간 못하면 넌 죽는 수밖에 없다."

감정은 삼개를 싫어했다. 돌지기 처에게 감정이 얼핏 털어놓았다는 말
에 의하면, 삼개가 제 잘생긴 인물을 내세워 여종들의 눈이나 홀리며 으
스대는 경망한 꼴을 못 보겠다고 했다는 것이다.

어쨌든 그 후로 내당에서는 감정을 일절 바깥 행랑 출입을 엄금하게 했
다. 막개를 어디로 방매(放賣)해버리자는 말까지 나왔으나, 마구 일 때문에
할 수 없이 두어둘 수밖에 없다는 결안(結案)이 났다. 그리고 지금이야 일을
더 덧내서 안 되겠지만, 내년 봄쯤에는 감정과 삼개를 강제로 혼인시켜
농장으로 보낸다는 의논도 해놓았다.

막개는 개도치를 찾아가 제 괴로운 심사를 한번 털어놓은 적이 있었다.
막개의 하소연을 들은 개도치는 무릎을 쳤다.

"그 기집을 절대 놓치면 안 된다. 그 기집이 그렇게 안팎으로 세가 있다
니, 그 기집만 잡고 있으면 종당에는 네가 그 집 수노가 되든지 뭐가 되든
지 한다. 틀림없다. 덜 떨어진 놈. 단숨에 몸을 섞어버리지 그랬어. 그런
틈을 못 내? 기집이란 몸만 섞어놓으면 끝이어. 이 자식은 꼭 한 발씩 늦
는단 말야. 그 집 안 칸 바깥 칸이 대체 어떤 꼴로 생겼어? 아무리 바깥 행
랑 출입을 못하게 해놓았기로서니 사람 사는 집구석인데 밤중에 쥐도 새
도 모르게 그 기집 방에 못 기어들어가? 그러고는 해치워놓는 거야. 그러
면 만사가 끝이어."

막개는 고통스런 얼굴을 했다.

"그렇게 욕을 주자는 게 아니어. 너무 마음에……."

"마음에? 이 맹추야. 마음이건 무엇이건 종당에 할 짓은 그것뿐이어. 그
따위 소리만 하고 있다간 청산에 매 띄워놓기루다 사라지고 말아."

막개에게는 그 말이 더 고통만 안겨줄 뿐, 아무 도움도 안 되었다.

그 겨울 내내 막개는 감정의 모습을 보지 못했다. 우울한 겨울이었다.

"손가락으로 하늘이나 찔러보지."

"갯가 망둥이가 용궁 소식을 알아보겠다구?"

능금이 그런 소리로 늘 감정과의 사달에 대해 조롱하기를 일삼았으나, 아무 대꾸도 하지 않았다. 우울하게 날만 보내었다. 감정과 삼개를 혼인시킨다는 그 봄날이 아무 대책 없이 하루하루 다가오고 있었다.

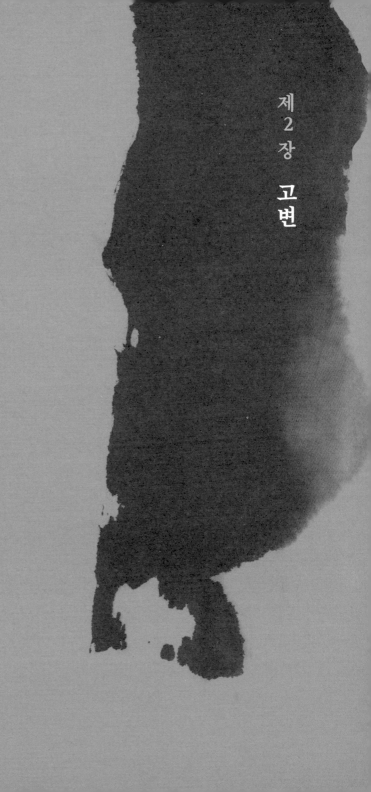

제 2 장

고변

반
정

　과연 봄은 왔다. 그런데 어느 날 갑자기 대감의 벼슬이 떨어졌다. 어찌
된 셈인지는 모르지만, 들리는 얘기로는 그러했다. 그날은 돌지기 혼자 견
마 잡고 대감 모시고 임금의 첫 봄놀이 잔치가 벌어진 망원정(望遠亭)으로
갔는데, 성대감뿐 아니라 다른 관원들도 종 하나씩 데리고 놀이를 갔다고
했다. 그런데 그 잔치의 시회(詩會)에서 성대감이

　"성심원불애청류(聖心元不愛淸流)"

　라는 글귀를 지었다는데, 그 때문에 그날로 벼슬이 떨어졌다고 했다.
그 글귀의 뜻이란 "임금은 본래 청류(淸流)를 좋아하지 않는다"는 것이라
했지만, 종들로서는 무슨 뜻인지 알 수 없었다. 다만 임금을 거역한 글이
었다는 것만은 알아서, 도대체 뭣 때문에 그런 글을 지어서 벼슬이 떨어
지는 재앙을 자초하는지 탄식만 했다.

　성대감 집에는 갑자기 어두운 그늘이 드리워졌다. 종의 혼인 따위는 이

판에 입에 올릴 일도 아니어서 아주 잊힌 일이 되었다. 드나들던 조신들이나 문객들도 발길이 끊어지고 대감도 집 안에 칩거했다. 거리를 누비며 행차 다닐 일도 끊어짐으로써 구종들도 모두 행랑 구석에서 목을 늘어뜨린 채 있었고, 막개들의 마구간 일도 아무 보람 없는 일이 되고 말았다. 내당도 쥐죽은 듯 적막했고, 바깥채를 드나드는 사월이, 냉이들은 날마다 눈물을 짜는지 눈들이 부어 있었다. 감정에 대한 바깥채 출금(出禁)도 흐지부지 잊힌 채였으나, 감정 자신이 이 참담한 지경에 제 일로 쓸데없는 걱정을 끼쳐드리지 않기 위해 스스로 출입을 삼가고 있었다. 종들 사이에서는, 종들 대부분을 방매하리라는 소문이 나돌기도 하고, 대부분 양주 농장으로 내보내리라는 얘기도 돌아, 더욱 스산스러웠다.

그런데 여간 날들이 지났는데도 종을 하나도 어디로 보내지 않았다. 곧 자신의 향리로 돌아갈 줄 알았던 황녹사도 꿈쩍 않고 바깥사랑을 지키고 있었다. 대감의 벼슬이 떨어지고 난 뒤에도 황녹사는 수심은커녕 그 단정한 안색을 조금도 흩트리지 않았다. 구종들을 독려하고 단속하는 것도 여전하고, 막개들이 마구 일을 소홀히 하면 돌지기를 불러 단속게 하는 것도 여전했다. 그래서 막개들은 돌지기에게 호령을 들어가며 계속 일에 열중해야 했다.

조신들이나 문객들 중 발길이 끊긴 사람들도 많았으나, 새로이 모습을 나타내는 사람들도 있었다. 젊은 선비들이 많았고, 그중에서도 종오품(從五品) 직의 훈련원(訓練院) 판관(判官)인 신윤무 판관이 눈에 띄었다. 신판관은 미복(微服) 차림으로 언제나 황녹사가 안동(安動)해 오곤 했는데, 그중 내왕이 잦은 편이었다. 게다가 신윤무 판관을 대하는 안사랑의 태도는 몹시 긴하고 조심스러운 것이었다. 그가 오면 안사랑 상노 아이를 비롯하여 종이건 누구건 아무도 안사랑 근처에는 얼씬도 못하게 황녹사가 엄명을 내렸으며, 오랫동안 안사랑에서 무엇인가 숙의했다. 신판관은 체수가 작고 나약하게 생겨 그가 무반(武班)이라고는 믿어지지 않았다. 예절 바르고 나긋나긋해서 잔약(屠弱)한 선비 같았다.

이 신판관이 하루는 황녹사와 같이 마구간으로 와서 말 구경을 했다.

"말들이 좋군."

고개를 끄덕이던 신판관은

"그 능하다는 마구간지기가 어디 있소?"

황녹사를 돌아보았다. 여물통에 건초를 주고 있던 어산이를 보고 황녹사가 막개를 불러오라고 일렀다. 마죽을 끓이고 있던 막개가 얼굴에 여기저기 검정을 묻힌 채 나왔다.

"문안 올려라."

황녹사가 일러서 막개는 신판관에게 허리를 깊이 숙여 절을 올렸다.

"이 말들 마종(馬種)이 무엇이냐?"

신판관이 막개에게 물었다. 막개는 정신을 가다듬고 공손히 대답했다.

"왼쪽 것은 적(赤)부루이고, 가운데 것은 황(黃)부루, 그, 그리구 오른쪽 것은 구렁적다(赤多)입니다."

신판관은 고개를 끄덕이며

"어떻게 그리 세밀히 나눌 수 있느냐?"

찬찬히 막개를 바라보았다. 막개는 옷으로 얼굴의 검정을 닦아내며, 이 사람이 무관이란 말에 대해 꽤 식견이 있으리라 생각하며 더욱 정성스레 대답했다.

"부루는 두 가지 색이 섞여 있사온데, 머리와 다리, 뒤 몸통은 누르지만 다른 데는 흰색이 섞여 있습니다. 누른 것이 붉게 보이면 적부루, 그냥 누르면 황부루입니다. 적다(赤多)는 붉은색 하나로 된 것이온데, 붉은 것이 검게 보이면 구렁적다입니다."

신판관은 빙그레 웃으며 황녹사를 돌아보았고, 황녹사도 체면이 선 듯 웃음 띤 얼굴이었다. 적부루와 황부루는 막개와 함께 팔려 왔던 말들이었고, 구렁적다는 본래 있던 말이었다.

"내게 말이 하나 있는데, 굽의 끝이 갈라져 애를 먹고 있다. 장도로 갈라진 데를 잘라주어야 하겠는데, 들으니 네가 이런 어려운 일도 한다니 내 집에 와서 한번 수고를 해주겠느냐?"

신판관이 그런 말을 하자 막개는 감격하여

"거, 거행하겠습니다."

고개를 숙였다. 황녹사가 신판관에게 말했다.

"나중에 사람을 하나 보내시지요. 딸려 보내드릴 테니까요."

두 사람은 돌아서서 안사랑으로 향했는데, 돌아가면서 신판관은 매우 부드러운 눈길로 막개를 한번 돌아보았다.

막개는 그날 좀 늦게 신판관 집에서 온 사람을 따라 그리 멀지 않은 명례방(明禮坊)의 신판관 집으로 갔다. 미리 보자기에 싸두었던 장도와 세도(細刀)도 갖고 갔다.

신판관의 집은 성대감 집에 비하면 매우 협소했으며, 사내종이라야 모두 넷이었다. 청지기를 하는 늙은 종을 제하면 구종을 할 수 있는 종은 셋밖에 안 되었다. 자연 말만 타고 다닐 것이 뻔해 말을 험하게 썼을 것이고, 마구간 종이 따로 있는 것도 아니어서 이들 구종들이 마구 일도 겸하고 있는 모양이었다.

말은 진적다(眞赤多)라는 좋은 말이었는데, 굽이 많이 상해 있었다. 신판관이 지켜보고 있는 가운데 마구에서 말을 끌어내 동아줄로 굽싸기를 하는데, 네 명의 종이 엉겨 붙어 법석이었다. 막개는 군두가 꾸짖던 말을 그대로 흉내 내어 이들을 나무랐다.

"천천히 하우. 천천히. 왜 그리 급히들 하우."

막개의 말에 따라 천천히 말의 네 굽을 합쳐 싸는데, 일이 훨씬 수월했다. 막개는 장도와 세도를 풀어놓고 천천히 삭제(削蹄)를 하는데, 그 솜씨가 아주 치밀했다. 본래 살꽂이 목마장에서 군두를 따라서 하기 싫은 걸 억지로 열 번쯤 해보았던 일이다. 그 후 성대감 집에 와서 솜씨를 뽐내느라 여러 번 힘들여 해보아서 일이 매우 손에 익어 있었다. 신판관이 지켜보고 있는 자리라 막개는 정성을 다해 금 간 굽 끝을 장도로 베어내고 세도로 세밀히 굽바닥을 밀었다. 드디어 묶었던 굽들을 풀고 말을 일으켜 세우자, 종들이 다투어 막개의 등을 두드리며 치하해 마지않았다.

"참으로 뛰어난 솜씨요."

"일품 솜씨요, 일품."

신판관이 술을 내려 마당에 멍석을 깔고 신판관 종들과 막개가 같이 어울렸다. 신판관이 나타나 사랑마루에 그냥 소탈하게 걸터앉으며 술자리를 내려다보았다. 이 집의 가풍인지 상하의 예가 그리 엄하지 않아 보였다.

"이 사람한테 오늘 술을 좀 진탕 먹였으면 좋겠는데, 술을 잘하지 못한답니다."

이 집의 수노인 업동(業同)이라는 다부지게 생긴 종이 저의 상전을 올려다보며 말했다.

"너처럼 술고래가 돼야 제일이냐. 솜씨 좋은 사람은 본래 술을 알맞게 먹는 법이다."

주거니 받거니 술판이 익어가는데, 신판관이 막개에게 물었다.

"말굽은 서너 달에 한 번씩은 깎아줘야 한다지만, 그걸 꼭 그렇게 하고 있느냐?"

막개는 앉아 있었지만, 새삼 몸을 바로잡으며 공손히 대답했다.

"한참 크는 말은 그냥 둬도 되지만, 성마는 그렇게 해야 합니다. 안 그러면 굽이 상합니다."

"굽 갈라진 건 그 때문인가?"

"굽 갈라진 건 꼭 그 때문도 아닙니다. 굽을 자주 씻어주어서 굽이 마르지 않도록 해야 합니다. 너무 마르면 갈라지니까요."

신판관은 자신의 종들을 돌아보았다.

"너희는 그렇게 자주 손질을 해주었느냐?"

종들은 모두 대답을 못하는데, 늙은 청지기가 대신 부드럽게 대답했다.

"모두 쇠귀신들이 돼서 그런 게 아니오라, 행차 갔다 오면 고단해서 모두 픽픽 쓰러지니 어찌 말굽이 눈에 들어오며……."

이 청지기는 벌써 머리가 백발이라 나이가 육십이 넘어 보였으나 얼굴이 밝고 덕성스러워 보였다.

신판관이 나무랐다.

"무슨 소리냐. 정성이 부족하고 무엇보다 말에 대해서 잘 몰라 그런 것이다."

이때 막개가 말했다.

"말굽에 발라주는 기름이 있습니다. 때때로 그걸 발라주어도 좋습니다. 말굽이 마르지 않으니까요."

수노 영감이 반색을 했다.

"그런 게 있수? 그것 좀 갖다 주시우. 내 절을 백번이라도 할 테니. 아니지, 내 지금 첫 번째 절을 올리지."

하며 그 자리에서 자리를 물러앉으며 절할 채비를 차리자, 막개가 당황하여 허둥지둥 가서 말렸다. 그 모양을 보며 웃어대었고, 신판관도 웃었다.

막개가 다시 말했다.

"그 기름이 별게 아닙니다. 콩기름에 밀랍을 이긴 것인데, 그걸 발라주면 됩니다."

"콩기름에 밀랍? 참으로 비술이 가지가지로군. 하지만 어떻게 바르는 것인지나 알아야 하지 않소. 우선 한 움큼이라도 좀 갖다 주구려."

"집에 가서 말씀드리고 내일이라도 갖고 오지요."

업동이가 저의 상전을 올려다보았다.

"나리께서 이 사람 장가 좀 보내주시지요. 참판댁도 너무 하시지 이런 기찬 사람을 왜 아직 상투도 안 틀어주었을까요."

"내 참한 색싯감을 물색해보마."

신판관이 대답해서 모두 가가대소를 하는데, 막개도 얼굴을 붉히며 웃었다. 다음 날 막개는 말굽 기름을 갖다 주고 또 바르는 실습도 보여, 그 뒤로 그 집과 그럴 수 없이 친숙한 사이가 되었다. 신판관도 한번 성대감 집에 와서 대감과 황녹사와 이야기를 나누다가 다른 말끝에 막개를 일러 "참으로 말을 잘 아는 능하고 좋은 종"이라고 칭찬하기도 했다.

그해 봄과 여름에 걸쳐 막개는 가장 고된 마구 일을 해야 했다. 대감이 낙직되어 집안이 내내 침울했으나, 구종들과 마구간지기들은 더 일에 몰두해야 되었던 것이다. 대감은 칩거해 있고, 간혹 출타한다 해도 미복차림으로만 다녀서 얼핏 구종들이 일이 없을 것 같았다. 그러나 전보다 더 바빠진 것이, 늘 황녹사가 채근하여 세 필 말을 모두 끌고 나가 심히 말 단련을 시켰기 때문이었다. 성 밖 들판에서 하기도 하고, 어떨 땐 양주 농장 들녘까지도 나간다고 구종들이 말했다. 낯익은 무변(武邊)의 사람들이 말에 올라 말 단련을 시키는데, 언제나처럼 기사(騎射)를 한다고 했다.

땀에 젖은 말들이 돌아오면 막개와 어산이와 능금은 편자와 굴레와 안장을 모두 떼어내고 말 손질을 해야 했다. 능금도 마구 일을 같이 할 수밖에 없게 된 것이, 내당도 모두 칩거하는 형편이기에 바깥심부름 나다닐 일이 없어졌기 때문이었다. 돌지기가 지켜보고 있는 가운데 부지런히 말 손질을 하는데, 막개는 아무하고도 얘기하지 않고 제가 맡은 말에만 몰두했다. 말굽을 손질한 다음에는 젖은 땀을 씻어내느라 부지런히 물을 날라다 끼얹어가며 말을 씻기는데, 동이에 물을 이고 나르는 것은 사월과 냉이였다. 여름철 들어 감정도 더러 바깥 행랑채로 나왔지만, 아무리 일이 바빠도 마구 근처로는 오지 않았다. 막개는 감정이 행랑채를 지나는 것을 빤히 알고 있었으며, 멀리 있어도 그 체취를 다 느끼고 있었다.

셋이서 한 마리씩 말을 맡아 물을 끼얹고 닦아주고 글겅이로 말의 털을 빗겨주면서도, 막개는 제가 맡은 말에만 열중할 뿐 전처럼 어산이더러 이래라저래라 아무 간섭도 하지 않았다. 어산이와 능금은 막개의 일손 돌아가는 것을 슬금슬금 봐가면서 일을 했다.

끝으로 쇄자(刷子)로 말의 털을 빗겨주는 일은 부위마다 순서가 맞아야 하고 또 정결해야 했다. 목에서부터 꼬리로 돌아 나오는 막개의 쇄자질은 돌지기 앞에서 일부러 솜씨를 보이는 것이라 날렵하기 이를 데 없고, 또 그럴 수 없이 정결했다. 어산이와 능금이 아직 반도 하기 전에 일을 마친 막개는 제가 맡았던 말을 마구 안에 들여놓고 둘의 일에는 눈도 주지 않은 채 가버렸다. 어산이와 능금은 늑장을 부리고도 말의 털 모양새가 너저분하여, 윤기가 잘잘 흐르는 막개의 말에 비할 것이 못 되었다. 돌지기는 그때마다 울화가 치미는 얼굴이었으나, 아무 말도 꺼내지 못했다. 막개가 전처럼 어산이에게 소리쳐 가며 위세 부릴 때는 행투 부린다고 치부했으나, 이제는 제 일만 하고 싹 꺼져버리는 것이, 이건 이것대로 사람의 부아를 돋우는 일이었다. 이건 돌지기에 대한 앙심을 드러내 보이는 것이 분명했으나, 뭐라 탈 잡을 일도 못 되어 그저 소리 없는 창날을 맞는 꼴이었다.

"저놈이 감정을 잊어버린 게 아니라 끝까지 물고 늘어질 놈이구나."

돌지기는 그런 데까지 생각이 미치고 있었다. 그러나 집안이 이 꼴이라 감정의 일 가지고 혼사니 뭐니 꺼낼 처지가 전혀 아니어서 그저 답답할 뿐이었다.

그런데 그해 가을 접어들어서였다. 그날은 무슨 일인지 집안 기색이 심상치 않았다. 신판관을 비롯하여 많은 사람들이 황녹사와 함께 황황히 드나들었고, 나중에는 세 필 말 중 두 필을 신판관이 데려온 두 사람이 끌고 나갔다. 마구에는 본래 있던 구렁적다 한 마리만 남았다.

성대감은 안사랑에 꼼짝없이 좌정해서 내방객을 맞고 보내고 했는데, 그럴듯한 사람들이 오고 감에도 불구하고 온 집 안이 쥐죽은 듯 고요했다. 황녹사가 엄명을 내려 종들도 소리 한마디 내지 못했다. 내당도 고요하여 여종들의 발길이 뚝 끊겼다. 막개와 어산이는 마구 구석에서 귓속말을 했다.

"무슨 일이어?"

어산이의 물음에 막개는 저 나름의 짐작을 말했다.

"벼슬을 도루 찾으시려나 봐. 아마도 임금이 보낼 사신을 맞으려는 것 아니어?"

어산이는 그러려니 여겨 나중 능금에게 그 같은 말을 했는데, 능금은 타박을 주었다.

"병신들. 임금의 사신이 올 건데 마당을 정결히 않고 저리 어질러놔? 내 생각엔 대감마님께서 더 큰 불행을 당하지 않으실까 걱정이어. 어디서 대 감마님을 막 탄핵하고 있어서 그걸 무마하느라 이리 부산한 것 같어."

능금의 말에 어산이와 막개는 어리둥절한 얼굴이 되었다.

저녁때가 되자 황녹사가 사내종들을 다 마당에 모이도록 명했다. 사내 종들을 마당에 모아놓고 대청마루에 우뚝 선 황녹사는 그 단정하던 얼굴 에 험상궂도록 살기를 띠었다. 황녹사는 단호히 말했다.

"나중에 모두 원행을 한다. 밥 배불리 먹고 행전들 단단히 해라. 너희들 이 모두 죽고 사는 일이라고만 알면 된다. 이 일에 이 집과 너희들의 명이 걸려 있다. 이제야말로 대감마님께 너희들이 충성을 다하도록 해라. 지금 부터는 꼼짝없이 방 안에 들어앉아 출행 준비만 하고, 문밖출입은 금한다. 사내로는 집에 청지기와 마당쇠와 상노 아이만 남는다."

종들은 영문을 모른 채 얼이 빠져 방으로들 흩어져 갔다. 명이 걸려 있 는 일이라 했기에 정신들이 얼얼해 막개들 셋은 귓속말을 나눌 생각도 못 했다. 이 밤에 떼를 지어 대체 어디로 간다는 말인가? 셋은 얼이 빠진 채 부지런히 행전들을 쳤다.

저녁밥 배불리 먹고 나서, 초경(初更)이 지났을 무렵 청지기가 급히 통기 하여 종들은 다시 모두 마당에 모였다. 황녹사가 영을 내렸다.

"어산이, 막개, 능금은 나하고 남고 나머지는 모두 대감마님 모시고 먼저 떠난다."

돌지기 등 먼저 가게 된 구종들은 마구에 있던 남은 구렁적다를 끌어내 안장을 갖추었다. 성대감이 나왔는데, 놀랍게도 갑주(甲冑)를 갖춘 전복(戰服) 차림이었다.

말에 오른 성대감이 구종들에 싸여 대문을 나서면서 굳은 얼굴로 황녹사를 돌아보았는데, 황녹사는 성대감을 향해 마치 국궁(鞠躬)을 하듯이 길게 읍을 했다. 비장한 배웅이었다.

모두 떠나고 텅 빈 마당에서 막개들 셋은 멍청히들 섰다가 황녹사가 사랑으로 들어가고 나자 마당 구석에 쭈그리고들 앉았다. 인정(人定)이 멀지 않은 때에야 황녹사가 나왔다. 황녹사는 다만 도포 차림이었다.

"등롱(燈籠)을 내어라."

마침 막개가 어릿어릿 먼저 일어선 참이어서 등롱을 밝혀 들었다.

"훈련원으로 가자."

그 한마디만 일러주고 황녹사는 묵묵히 앞서 걸었다. 달도 없는 어둔 밤이었다. 구월이라 밤바람이 선들선들했다. 막개가 든 등롱이 연해 바람에 깜박거려 네 그림자를 길게 흔들었다.

수표교를 건너 동부(東部) 명철방(明哲坊)을 향할 때만 해도 밤이 늦어 이미 인적이 끊겨 있었다. 길가 집들도 다 불이 꺼진 채 침침했다. 그런데 훈련원이 있는 명철방 근처에 이르자 먼 데서부터 사람들의 웅성거리는 소리가 들려오기 시작했다. 많은 사람들의 웅성거림이었다. 거기서 무슨 일이 있는 것 같았다. 종 셋은 번갈아 황녹사의 얼굴을 훔쳐봤으나, 황녹사는 돌처럼 굳은 얼굴일 뿐 아무것도 엿볼 수가 없었다.

훈련원 앞에는 눈이 휘둥그레질 만큼 숱한 사람들이 몰려 있었다. 이 늦은 밤에 대체 뭣 때문에 사람들이 이렇듯 모여 있는지 모를 일이었다. 그러나 사람들은 크게 떠들어대는 것도 아니고, 무더기무더기 모여 쑥덕거릴 뿐이어서 더욱 괴이쩍었다. 가장 괴이쩍은 것은 훈련원 삼문 앞에 줄지어 선 군사들이었다. 군사들은 창들을 비껴들었는데, 어둠 속에서도 창날들이 번쩍번쩍 야광을 발해 섬뜩한 느낌이 들었다.

황녹사는 종 셋에게 훈련원 삼문 앞에서 기다리라 명하고는, 혼자 빠른 걸음으로 훈련원 문 앞에 있던 관원 한 사람과 함께 안으로 사라졌다. 훈련원 안을 기웃거려 보니 안에서는 휘황한 불빛이 새어나오고, 전복 차림의 관원들이 부산히 움직이는 모습이 보였다. 돌지기와 구종들은 성대감과 함께 훈련원 안으로 들어간 것인지, 바깥사람들 속에는 보이지 않았다.

셋은 웅성거리는 사람들 속에 섞여 도대체 무슨 일인가를 알려고 애를 썼다. 그러나 대개는 셋과 마찬가지로 아무것도 모르는 맹탕들이었고, 그중 뭔가를 아는 듯한 놈은 매섭게 눈을 부라리며 입을 다물라는 시늉을 해 보일 뿐이었다.

마침내 스물여덟 번을 치는 인정 소리가 끝나고 나자, 어디서 쏟아져 나온 것인지 군사들이 떼 지어 훈련원으로 몰려오기 시작했다. 군사들 중에는 여기저기 횃불을 치켜든 군사들이 있고, 그 횃불에 창끝이 번쩍거려 훈련원 앞은 삽시에 살기가 넘쳤다. 군사들 뒤를 따라 또 많은 사람들이 몰려오고 있었는데, 이 사람들은 훈련원 앞에서 웅성거리기만 하던 사람들과는 달리 대고 소리를 질러대기 시작했다.

"대궐을 쳐부숴라! ……."

"대궐에 불을 싸질러라! ……."

"황음무도한 임금을 잡아내라! ……."

막개는 정신이 아찔하고 귀가 멍멍했다. 이건 반역이 아닌가? 그제야 사세를 알아차린 막개는 무섭게 가슴이 뛰기 시작했다. 이렇게 과연 군사들 모아 궁궐로 쳐들어가고 임금을 잡아내고 하는 일을 해도 되는 것인가?

막개의 임금에 대한 생각은 단 하나, 하늘에 해가 언제나 그냥 그대로 있듯이 임금도 언제나 그 해처럼 그냥 그대로 있는 것이었다. 저도 모르게 멀리 어둠 속에 침침하게 솟아 있는 궁궐의 시커먼 형체로 눈이 갔다. 밤의 어둠 때문에 검은 형체만 어슴푸레 드러나 있었으나, 그 궁궐이 사방의 어둠을 한꺼번에 몰아 덮쳐 대번 이곳을 덮쳐올 것만 같았다.

군사들은 말 탄 장수들에 이끌려 무더기로 자꾸 왔다. 그 군사 무더기마다 사람들이 떼 지어 오며 연해 그 무서운 소리를 질러대고 있었다. 막개의 눈에는 성대감의 모습이 떠오르고, 황녹사와 집을 자주 드나들던 신판관의 모습이 어른거렸다. 그동안 모두 이 일을 꾸몄다는 것을 알 수 있었고, 아마도 황녹사는 오래전부터 이 일을 꾸며온 것 같았다. 그 알 듯 모를 듯한 황녹사의 거취를 이제는 다 알 것 같았다.

"대궐에 불을 싸질러라!"

옆에서 누군가 갑자기 벼락같은 소리를 내질렀다. 놀라 돌아보니 능금이었다. 어산이도 놀란 얼굴로 능금을 돌아보았다. 능금은 저도 이제야 사세를 알아차렸건만, 돌연 분기를 참을 수 없다는 듯 군사들을 맞이하는 시늉으로 두 손을 번쩍번쩍 치켜들며 연해 그 무서운 소리를 질러대었다. 능금은 팔꿈치로 어산이의 옆구리를 쥐어지르며 그 소리를 같이 외치라고 재촉했다. 어산이는 질린 소리로 간신히 몇 번 따라 했으나, 막개는 좀처럼 그 소리를 내지 못했다.

황녹사가 훈련원 삼문으로 급히 나왔다. 종 셋은 딴 데 정신이 팔렸다가 황녹사가 노한 소리를 질러서야 몰려가서 대령했다. 황녹사가 급히 일렀다.

"신판관 나리가 지금 무사들 영솔해 어디로 파송되어 가시는데, 너희들도 배종해 같이 가야겠다. 이제 너희가 죽고 사는 건 신판관 나리와 무사들 손에 달렸으니, 대감마님 모시듯 잘 모셔야 한다."

곧 신윤무 판관이 자신의 말을 타고 나왔다. 신판관의 그 낯익은 세 구종도 따랐다. 뒤따라 우람한 체구의 무사 십여 명이 말을 타고 따랐는데, 무사들이 탄 말 중에는 막개들이 보살피는 황부루와 적부루도 있었다. 무사들은 철퇴를 메기도 했고, 환도를 차기도 했다. 그 속에는 또 묘하게 꿩깃털을 모자에 꽂은 궁중 별감 차림도 몇몇 있었다.

"어서 가자!"

신판관이 소리치자 말과 사람이 일제히 달리기 시작했다. 능금과 막개와 어산이도 말 꽁무니를 쫓아가는데, 막개는 집에서 들고 왔던 등롱을 아무 생각 없이 여전히 든 채 뒤뚱거리며 뛰었다.

"등롱을 버려!"

마상에서 신판관이 날카롭게 소리쳤다. 채찍으로 내려치는 듯한 매서운 어조였다. 전에 그렇듯 부드럽게만 보이던 그 신판관과는 딴판이었다. 막개는 허둥지둥 길가에 등롱을 내던지고 뛰었다.

길은 이제 캄캄했다. 훈련원의 그 소란이 멀어지면서 사위는 적막에 싸인 채 달리는 말굽소리와 달리는 발자국소리만 울렸다. 그때까지 헐떡이며 달리던 어산이는 더 뛰지 못하고 허깨비 모양 길바닥에 그대로 쓰러졌는데, 쓰러진 놈은 쓰러진 대로 내버려둔 채 그냥 달렸다.

연화방(蓮花坊) 네거리쯤에 왔을 때였다. 신판관이 말을 멈추었다. 그는 철퇴 멘 무사 하나와 별감 차림 하나를 불렀다. 미리 모의가 돼 있는 듯 신판관은 그들에게 뭔가 귓속말로 몇 마디만 일렀다. 그러고는 막개와 능금을 가리키며 무사를 따라 가라고 명했다.

"한 치라도 영을 어겼다가는 너희들이 먼저 철퇴를 맞아 죽을 것이다."

신판관이 살기 어린 소리로 경고했다. 신판관 일행은 다시 다른 쪽으로 달렸다. 명을 받아 남게 된 무사의 말이 바로 황부루였다. 자신의 손때가 반질반질 묻도록 길러온 말이건만, 무사를 싣고 전마(戰馬)가 되어 있는 황부루가 막개에게는 갑자기 낯설고 무섭게만 여겨졌다. 무사가 말을 움직이자 별감 차림과 막개와 능금은 뒤를 따랐다.

종묘 쪽으로 소리를 죽여 나아갔는데, 별감은 골목을 돌아 어느 대갓집으로 향하는 것 같았다. 무사의 지시로 능금과 막개는 말 위의 무사와 함께 어둠 속에 몸을 숨겼다. 어둠 속에서 무사가 막개와 능금에게 명했다.

"이제 나갈 때는 너희들이 견마를 잡아야 한다. 너희들이 이 말을 기른 종들이라니 견마하기도 쉬울 것이다."

조금 있자 별감 차림이 그 집에 무슨 어명을 전한 듯, 그 집에 불이 밝혀지고 잠시 뒤 등롱을 밝힌 대신의 행차가 나왔다. 대신은 말을 탔고, 구종 셋을 거느렸다.

그 대신은 어둠 속에서 차츰 모습을 드러냈다. 막개도 알아볼 수 있는 사람이었다. 거리에서 벽제를 하며 가던 이 대신의 행차를 몇 번 구경한 적이 있는데, 바로 좌의정 신수근(慎守勤) 대감이었다.

"견마를 잡으라."

무사가 막개와 능금에게 영을 내렸다. 말을 자견하는 무사가 아니라 견마 잡히고 다니는 한가한 사람으로 위장하여 상대를 안심시키자는 속셈인 것 같았다. 무사는 철퇴도 옷자락에 감추었다.

훈련원 앞에서 그토록 용감하게 소리치던 능금이 무슨 사태를 알아챘는지 전신을 떨며 막개더러 앞서 견마를 잡으라고 밀어냈다. 그러나 역시 부들부들 떨고만 있던 막개도 꽁무니를 빼며 능금더러 앞서라며 능금을 밀어냈다. 무사가 둘을 노려보자 둘은 할 수 없이 후들거리는 걸음으로 말 머리로 가서 떨리는 손으로 양쪽에서 견마를 잡았다. 우연하게도 능금이 왼쪽에 서게 되고, 막개가 오른쪽에 서서 가게 되었다.

무사가 앞으로 말을 몰자 막개와 능금은 둘 다 오금이 저려 걸음을 잘 옮기지 못하며 말에 질질 끌려가다시피 했다.

"웬 사람이냐."

좌의정의 별배가 마주 오는 무사를 향해 소리쳤다. 그러나 무사는 대답 없이 말을 앞으로 몰았고, 능금과 막개는 여전 말에 끌리다시피 하며 갔다.

"웬 사람이냐!"

좌의정의 별배가 더 큰 소리로 외쳤으나 말과 말이 사귀는 사이, 무사는 의아한 눈길을 들어 바라보는 좌의정의 머리를 향해 번개같이 철퇴를 내려쳤다.

"퍽!"

하는 소리가 났다. 좌의정은 말 위에서 바닥으로 뒹굴어 떨어졌다. 좌의정은 오른쪽으로 철퇴를 받아 능금이 있던 왼쪽으로 쓰러졌다. 어둠 속에 좌의정의 뇌수가 허옇게 쏟아진 것 같았다.

"대감마님! ……."

별배가 외마디 소리를 지르며 쓰러진 주인의 몸을 붙들고는, 같이 나온 구종들을 향해 숨넘어가는 소리를 질렀다.

"이놈이 대감마님을! ……."

그러자 무사는 말에서 뛰어내려 별배에게로 달려들었다. 무사는 다시 철퇴를 들어 별배를 내려쳤는데, 일격에 머리가 깨어져 나자빠졌다. 무사는 주인과 종을 거푸 번갈아 내려쳤는데, 마침 그쪽에 서서 떨고 섰던 능금에게도 피가 낭자하게 튀어, 무사와 함께 능금도 피범벅이 되었다.

좌의정의 구종 둘이 세상이 무너지는 듯한 자지러지는 비명을 지르며 비틀비틀 뒤로 물러나 저의 집으로 뛰었다. 소란 속에 근처 집들마다 연이어 불이 켜지고, 벌컥벌컥 문 열리는 소리가 나기 시작했다.

막개는 무사가 말에 오르는 모습을 얼른 봤고, 한쪽 골목 쪽으로 몸을 피하는 능금의 모습을 얼핏 본 것 같았다. 막개는 더는 아무것도 보이지 않은 채 어둠 속에서 아무 곳이나 향해 뛰었다. 무작정 뛰었다. 돌부리에 걸려 넘어졌다가는 허겁지겁 일어서고 제 발에 제가 걸려 넘어졌다가도 허겁지겁 일어나 그저 꿈속을 헤매듯 어디라 할 것 없이 무작정 뛰었다.

나중에 정신을 차리고 보니, 그는 종루를 지나 황토현(黃土峴)의 언덕 계곡에 와 있었다. 그는 헐떡헐떡 어깨숨을 쉬면서 컴컴한 풀섶 위에 털썩 누웠다. 아직도 정신이 몽롱했다. 이런 일은 어떻게 된 것일까. 정승을 마구 쳐 죽이고, 종이고 뭐고 닥치는 대로 쳐 죽이고, 집집마다 쏟아져 나온 사람들은 죽어 자빠진 좌의정을 보고 어떻게 했을까…… 군사를 몰아 정말로 대궐로 쳐들어가는 것일까. 대궐에 정말 불을 싸지르고 정말 임금도 잡아낼 수 있는 것일까……. 더 이상은 생각할 수가 없었다.

새삼 목이 타는 걸 느끼고 계곡의 물을 움켜 마시고는 또 풀섶에 몸을 늘이고 누워버렸다. 한참 누워 있다 뭔지 갑자기 조급해져서 후다닥 일어나 앉았기도 했다가 또 질펀히 나가 누워버리기도 했다. 계곡은 딴 세상처럼 괴괴할 뿐, 가늘게 물 흐르는 소리만 쫄쫄거리면서 났다.

얼마 후 정신을 차리고 보니 희뿌옇게 날이 밝아오고 있었다. 그는 깜짝 놀라 일어섰다. 우선 집으로 가봐야겠다고 생각했다. 계곡을 주춤주춤 내려오다 두 다리의 행전이 다 풀려 질질 끌리고 있는 걸 깨닫고 풀어진 행전을 다시 매었다.

계곡을 다 내려오자 파루(罷漏)소리가 울려오기 시작했다. 언제나 듣던, 사대문을 여는 그 파루소리였다. 그 소리를 들으니 세상은 여전한 것 같아 지금까지의 일은 모두 꿈속의 일이 아닌가 싶기도 했다. 숭례문 근처를 지날 때는 이제 막 열린 문으로 들어온 사람들의 떠드는 소리가 시끌시끌했다.

그러나 막개가 푸석푸석한 얼굴로 불쑥 집에 들어서자, 온 집 안 사람들이 깜짝 놀랐다. 먼저 청지기가 놀라고, 마당쇠가 놀랐는데, 상노 아이가 안으로 뛰어들며

"막개가 왔다!"

소리쳐 내당이 소란해졌다. 그러고 보니 집에는 남아 있던 사람들뿐, 나갔던 사람들은 아직 아무도 돌아오지 않은 것 같았다. 막개는 가슴이 철렁했다.

청지기가 급히 막개를 부동하여 내당으로 들어갔는데, 내당 마루에는 대부인, 정부인하며 침모, 차집들이 창백한 얼굴로 몰려 있었고, 마당에는

모든 여종들이 몰려들어 막개를 둘러쌌다.

정부인이 떨리는 소리로 물었다.

"어찌 되었느냐?"

막개는 얼른 대답을 못하고 머뭇거렸다.

"아직……."

하고는 말이 막혔다.

"아직? 아니, 아직 거사가 다 끝나지 않았단 말이냐?"

"그, 그런 것 같사온데……."

"너는 왜 왔느냐?"

"소, 소인은 신판관 모시고 다, 다른 무사들과 함께 가, 같이 갔사온
데……."

답답하여 더 참지 못한 대부인이

"그래서? 어서 속 시원히 말을 하여보아라!"

소리치며 손바닥으로 마룻바닥을 내려쳤다.

"예, 예. 신판관 나리가 무사들 거느리고 누, 누구를 죽이러 갔사온
데…… 좌의정 신대감이었습니다. 좌의정 대감을 불러내 길바닥에서 무사
가 철퇴로 그, 그 대감을 쳐 죽였사옵니다."

모두 아찔한 얼굴들이었다. 거사가 이미 깊이 행해지고 있음을 알고 식
구들은 모두 숨을 죽였다.

"좌의정 대감이 맞아 죽자 그, 그 옆에서 소리치던 대감의 별배도 맞아
죽고…… 그, 그때 인근 집에서 사람들이 몰려나오기에 소, 소인은 신판관
나리를 찾으려 했사오나…… 찾, 찾지 못했습니다."

그는 더 해 바칠 말이 없어서 머뭇거렸다. 정부인이 다시 물었다.

"그런데 집에는 왜 왔느냐?"

"누가 왔는가 하구……."

정부인은 꾸짖지 않았다. 얼굴에 땀이 밴 채 정부인은 격려하듯 말했다.

"아직 아무도 안 왔다. 장한 일을 했다. 얼른 다시 가거라. 일을 이루지 못하면 모두 죽는 것이다. 어서 가거라!"

"예……."

막개는 대부인과 정부인에게 고개를 숙이고는 나오는데, 여종들이 모두 창황한 모습들로 막개를 에워싸고 나왔다. 이런 때는 남의 눈치 같은 것도 잊은 듯 감정이 바가지에 물을 떠다 황황히 막개에게 건넸다. 막개는 바가지 물을 몇 모금 마시고는 바가지를 도로 감정에게 건넸다. 막개가 대문을 나설 때 여종들은 모두 창백한 얼굴들로 대문에 몰려서서 막개를 배웅했다.

집을 나섰지만 우선 어디로 가야 할지 방향이 잡혀지지 않았다. 한참 방황하던 그는 우선 훈련원으로 가볼 생각을 했다. 거사의 영이 모두 거기서 나오고 성대감이나 황녹사도 또 돌지기들도 거기 있을 것 같았기 때문이었다.

그러나 바삐 걸어 훈련원에 이르러 보니, 그곳은 이미 텅 빈 채 아무도 없었다. 훈련원 삼문 앞에는 동네 아이들 몇이 무심히 놀고 있을 뿐이었다. 해는 벌써 높다랗게 떠올라서 아무 일 없다는 듯 그곳을 말갛게 비치고 있었다.

막개는 놀고 있는 아이들에게 물었다.

"여기 있던 군사들 어디루 갔는지 모르니?"

아이들이 멀뚱멀뚱 막개를 바라보다가 한 아이가 대답했다.

"벌써 아까 궁으로들 갔는데요. 벌써 아까 새벽에요."

막개는 적이 놀라며 다시 급히 걸음을 옮겨 놓았다. 궁이라니, 경복궁인지 창덕궁인지 알 수가 없었다. 그는 우선 가까운 창덕궁부터 가볼 생각을 했다. 하지만 군사가 이미 궁궐을 범했다면, 세상이 발칵 뒤집힐 텐데, 거리의 행인도 예사 때나 다름없이 오가고 저자도 그대로 열려 있는 것이 이상했다.

그러나 돈화문(敦化門) 가까이 이르자 세상은 달라져 있었다. 사람들이 골목마다 떼 지어 쑥덕거렸고, 길에는 군사들이 쫙 깔려 있었다. 돈화문 앞 개천 근처에는 여기저기 거적때기 덮어놓은 것이 멀리서도 보였는데, 사람들은 그게 칼 맞아 죽은 시신들이라고 했다. 사람들 쑥덕이는 것을 자세히 들어보니, "임금도 벌써 잡혀 궁 한쪽 방에 감금되었다"는 것이었다.

막개는 몹시 조급해져서 황녹사나 신판관 아니면 돌지기나 구종들이라도 만나야겠다고 생각했으나, 아무 방도가 나서지 않았다. 할 수 없이 길에 벌려 선 군사에게라도 물어볼 양으로 군사에게 쭈뼛쭈뼛 다가갔으나 군사 하나가

"어딜 다가오느냐!"

창을 비끼며 소리치는 통에 뒤로 물러나고 말았다.

그는 쑥덕이는 사람들 속을 이리저리 비집고 다니며 초조히 쑥덕공론이나 들었다. 놀랍게도 사람들은 어느새 모르는 것이 없었다. 어떤 사람이 떠들어댔다.

"총애를 받던 신하들도 남김없이 일시에 임금을 버렸다지 않어? 어젯밤에 입직한 승지나 도승지나 일이 난 것을 알자 입직이구 뭐구 다 팽개

치구 도망쳐 나와서는 군사들 앞에서 목숨을 애걸했다지 않나. 그 임금에 그 신하들이지. 그뿐인가. 누군가 대궐 밖에서 봤다는데, 대궐 안 환관이나 별감들이 혹 대궐 수구(水口)로도 빠져나오고 혹 대궐 담에다 삼줄을 늘여 그걸 타고 넘어 오더라더군. 안에서는 궁녀들의 곡성이 진동하고."

어떤 사람은 또 이렇게 말하기도 했다.

"감금되었던 임금은 벌써 날이 샐 때 강화도(江華島)로 압송되었는데, 압송하는 군사들 앞에서 벌벌 기었다더군. 천하를 호령하던 임금도 한번 잡히구 나자 필부나 마찬가지로 벌벌 기기만 하더란 거여. 강화도엔 가두어 둘 집이 이미 마련되었다던데, 그 집이란 게 짚으로 엮은 움집 같은 거래. 왕비는 또 어떻구. 따루 어딘가로 쫓겨 갔는데, 가마도 없이 군사들에게 싸여 가며 신던 비단신이 바깥 길바닥에서는 자꾸 벗겨져서 비단 수건을 찢어 동여매구 갔대."

통쾌하다는 듯 어떤 사람이 그 말을 받아 말했다.

"비단신두 웬수지. 비단신이 여느 길바닥에선 짚신만도 못했군."

이야기에 넋이 빠져 막개는 입을 헤벌린 채 듣고만 있었다. 그러다가 또 언뜻 정신을 차리고 이러고 있을 때가 아니라며 애를 태웠다. 더는 쑥덕공론을 들을 생각도 없이 사람들 틈을 빠져나와 멍하니 대궐 쪽을 바라보았다. 군사들이 도열해 있는 대궐은, 세상 뒤바뀐 것도 벌써 옛날 일이라는 듯 한적하기만 했다.

해는 벌써 중천에 떠 있었다. 허기도 심해지고 몸도 지칠 대로 지쳐서 그는 어깨를 축 늘어뜨리고 마침내 맥없이 집을 향해 가기 시작했다. 가기는 가면서도 대부인과 정부인에게 뭐라고 발명을 해야 할지 태산 같은 걱정이 앞섰다.

그러나 그런 걱정은 안 해도 되었다. 집 가까이 이르러 보니, 집 밖에서부터 사람들이 숱하게 몰려 큰 잔치가 벌어진 양 온 집 안팎에 웃음소리가 가득했다. 바깥행랑 마루에서는 어산이가 사람들에 싸여, 달리다 쓰러진 것도 자랑인지 그걸 갖고 떠들어대고 있었다. 쓰러져 다쳤지만 달리는 사람들을 더 쫓아갈 수가 없어 힘을 다해 도로 훈련원으로 가서 집의 구종들을 만날 수 있었다는 소리였다. 저보다 많이 다친 것이 삼개인데, 삼개는 대감 호위하고 가다 어두운 개천에 굴러떨어져 허리를 심히 다쳐 군영에 누워 있었다고도 했다.

바깥사랑채에도 사람들이 가득 몰려 막개를 보자 어젯밤 얘기를 좀 해보라고 했지만, 별로 할 얘기도 없는 막개는 그냥 비실비실 피하기만 했다. 내당에 가보아야 해서 내당 중문께를 기웃거렸는데, 내당에서는 색다른 열기가 가득 차 있었다. 대부인, 정부인을 비롯해 부녀자들이 활짝 핀 얼굴들로 마당 가운데 능금을 세워놓고 능금의 얘기에 한창 정신이 팔려 있었다. 그 부녀자들 속에는 감정의 얼굴도 보였다.

능금은 열이 나서 어젯밤의 무용담을 늘어놓고 있었다. 그는 아직도 얼굴과 옷자락에 어젯밤의 그 선혈이 낭자한 그대로였다.

"…… 우리 황부루가 본래 영물이라 사람 죽을 걸 미리 알았는지 도무지 그 적신(賊臣)의 앞으로 나아가려 해야 말을 합지요. 힘을 다해 끌었습죠. 혼신의 힘을 다해 적신의 앞으로……. 그제서 황부루가 적신의 앞으로 나아가는데, 소인은 적신의 정수리를 노려보며 황부루를 끌었습죠. 적신이 놀라 정신을 못 차리는 사이 무사가 철퇴로 적신을 내려쳤는데, 넘어지며 소인에게로 덮쳐오기에 소인은 힘껏 적신을 걷어차 버렸고, 적신은 땅바닥에 나동그라졌습죠. 나동그라진 적신은 조금 비틀대다 그대로 사지를 뻗으며 숨이 지고……."

모든 부녀자들은 한꺼번에 탄성을 내었다. 능금의 무용담은 계속되었다.

"적신이 땅바닥에 꼬꾸라지자 적신의 종놈이 아직도 천지분간을 못하고 감히 대적하기에 소인은 마주 대적하며 황부루를 끌고 나아갔습죠. 그러나 무사가 마침내 황부루의 등에서 뛰어내려 철퇴로 그 종놈을 내려쳤는데, 일격에 머리가 깨어져 피를 튀기며 길바닥에 나동그라지고……."

부녀자들은 진저리를 치고 능금은 눈에 이글거리는 열기를 뿜어냈다.

사랑채와 행랑채에서도 가장 듣고 싶어들 하는 것이 능금의 무용담이었다. 내당에서 나온 능금은 예외 없이 사람들에게 에워싸였는데, 그의 그 선혈 낭자한 얼굴과 옷자락만 봐도 사람들은 벌써 진저리를 쳤다. 사람들은 이미 그 무용담을 전해 들어 대강들 알고는 있었으나, 당사자한테서 직접 듣고 싶어들 했다. 그러나 능금은 역전의 용사처럼 지치고 지친 얼굴로 말했다.

"눈을 좀 붙여야 해요. 몸이 천 갈래 만 갈래 늘어져서……."

"그래, 그래. 좀 눕혀라. 사람이 저 모양을 하고서야 어찌 견디겠나."

"어서 방을 치워줘라. 눈이라도 붙이고 나면 좀 나을 것 아닌가."

그럴 즈음 궁에서는 오시(午時)에 대비(大妃)의 교지(教旨)가 선포되었다.

"우리나라가 백 년 동안이나 덕을 쌓아 백성의 마음이 흡족하여 만년토록 튼튼한 왕업(王業)이 성취되었는데, 불행히도 사군(嗣君)이 임금 된 도리를 잃어 백성이 도탄에 빠졌다. 모든 신하들은 말하기를, 임금보다 종사(宗社)가 중하고, 진성대군(晉成大君)은 일찍부터 인덕이 있어 백성의 마음이 쏠리었다 하여, 세우기로 하였다. 내가 생각하건대, 어두운 임금을 폐하고 밝은 임금을 세우는 것은 고금에 통하는 의리이니, 이에 여러 사람의 소망에 따라 진성대군을 왕위에 오르게 하고, 임금은 폐하여 연산군(燕山君)으로 삼는다. 백성의 생명이 장차 끊어지려다 다시 이어졌으며, 종묘의 사직이 이미 위태하였다가 다시 편안하게 되었다.”

곧이어 새 임금이 경복궁 근정전에서 백관의 하례를 받으며 왕위에 올랐고, 반정을 주도한 성희안(成希顔), 박원종(朴元宗), 유순정(柳順汀) 대감이 정국(靖國)의 원훈으로서 그날 해가 저물기 전에 새로이 백관의 반열을 정했다. 폐조(廢朝) 때의 노신(老臣)을 명목상 정승으로 삼고, 세 원훈은 실권을 장악하여, 성대감은 형조판서가 되었다.

그날 하루 만에 온 성안에 나돈 소문으로는, 반정의 시초는 성희안 대감에게서 나왔고, 이를 완성한 것은 지중추(知中樞) 박원종 대감이라 했다. 성대감은 오래전부터 반정의 뜻을 품어오다 벼슬이 갈린 뒤 거사를 서둘렀고, 무반의 신윤무 판관을 움직여서 신판관과 같은 무반의 군기시(軍器寺) 첨정(僉正) 박영문(朴永文)과 손을 잡았다. 마침내 무반의 영수 박원종 대감과 밀의(密議)를 트고, 그 뒤에 이조판서 유순정까지 끌어들여 의기투합하여 거사를 이룬 것이라 했다.

능금은 다음 날이 되고 며칠이 지나도 소세를 하지 않았다. 얼굴에 묻은 피가 벌써 땟자국처럼 말라붙어 더러 금이 가고 자국이 떨어진 데도 있건만, 그걸 그대로 붙여둔 채였다. 옷은 선혈이 묻은 걸 그대로 입은 채였다. 사월과 냉이가 능금의 선혈 묻은 옷을 빨려고 받으러 왔다가 벗을 생각을 않고 있는 걸 보고는 말도 붙이지 못하고 돌아갔다.

능금이 억지로 공을 내세워 반드시 무엇이건 얻어내려 하고 있듯이, 새 조정도 마찬가지였다. 새 조정에서는 연일 숙정과 훈공을 논의했는데, 훈공의 일이 가장 큰 논란거리였다. 반정과는 아무 상관도 없는 사람들이

꾸역꾸역 공신으로 끼어들기 시작했기 때문이다. 그들은 일등 공신들에게 뇌물을 주고 줄을 댄 관원들이거나, 공신들의 인아(姻婭) 친척들이었다.

성대감 집에서도 이 일로 분란이 일어났다. 대부인이, 집에서 놀고만 있던 사위 신수린(申壽麟)을 공신에 참여시켜야 한다고 우겼기 때문이다. 이 신수린은 늘 대부인에게 문안 오던 그 딸의 남편이었다. 명문 집안 출신 이지만, 어산이가 "맨날 기생집에나 다니며 놀고 지내는 사람"이라 했던 그 사람이었다.

성대감은 노모에게 딱한 얼굴을 했다.

"아무것도 않고 지내는 사람이라는 게 널리 알려진 데다, 반정 날에는 술 취해 잠만 잔 사람인데 아무리 사위라도 그건 남 보기에 낯 뜨거운 일 입니다."

대부인은 체통도 버리고 악을 썼다.

"박원종, 유순정 같은 사람들은 그럼 뭣이냐? 아무것도 안 한 자기 아들 조카들 마음대로 공신에 집어넣는데, 우리 사위는 왜 안 된단 말이냐!"

"그 사람들 아들 조카는 반정 다음 날에 그래도 와서 무엇이라도 한 것 이 있습니다. 술 취해 잠이나 잔 사람을 어떻게 공신에 넣습니까?"

"왜 그럼 다음 날 불러다 무엇이건 시키지 내버려뒀느냐?"

"술 취해 있단 말 듣고 그만두라고 했습니다. 엄정한 정국의 마당에 술 취해 있는 사람을 부릅니까?"

"반정하기 전에는 왜 미리 통기라도 안 해주었던고?"

"국가 대사를 함부로 아무한테나 누설합니까? 기생집에나 떠돌아다니 는 그런 무능한 사람한테. 항차 어머님한테까지 일언반구 합디까?"

"그것도 나는 분하다. 대감이 제 내당만 중히 알아 처한테는 다 말한 것 같더라. 나는 눈치로 다 알았다."

"말 타고 떠나기 직전에 말했습니다. 만일 실패하더라도 절대 동요치 말고 대의를 지켜 가문에 오욕을 남기지 말라고 했습니다."

"나한테는 그 말 하면 안 된다더냐?"

"노령에 그 말씀 듣고 밤사이 기가 쇠하여 신환이라도 나면 어찌합니까."

"그래, 제 매부를 끝내 공신에 안 넣겠다는 거냐?"

"그건 아무래도 어렵습니다."

그러자 신수린의 처가 달려와 대부인을 붙들고 몸부림치고, 또 손위 올케인 정부인에게도 가서 눈물을 짜며 하소연했다. 정부인은 담담히 말할 뿐이었다.

"조정 대사를 어찌 일개 아녀자가 알겠는가. 오직 조정 처분을 기다릴 뿐이라네."

정부인의 냉담한 모습은, 정부인이 처음부터 이 시누이와 그 남편을 용렬한 사람으로 치부해왔음을 역력히 보여주었다. 시누이가 어머니에게 가서 올케의 비정함을 고해바치자, 어머니는 또 며느리를 보러 갔다. 대부인이 그 어떤 소리로 달래고 하소하고 또 야단을 쳐도, 정부인의 입에서는 오직

"조정의 일은 일개 아녀자가 알 수 없습니다."

라는 말로 일관할 뿐이었다.

대부인은 마침내 자기 방에 드러눕고 말았다. 대감이 문안을 가면

"내 결단코 다시는 네 낯을 보지 않을 것이니 오지 말어라!"

혹독히 내뱉을 뿐이었다. 몇 번 그 일을 당하다 대감이 마침내 지고 말

았다. 박원종, 유순정에게 어렵게 입을 열어, 신수린은 마침내 정국공신 사등(四等)의 한 사람으로 들어가게 되었다. 집안 문중 사람들이나 이웃 사람들이 그 내력을 알고는 신수린을 노와공신(怒臥功臣)이라 불렀는데, 노하여 드러누웠기에 얻은 공신이라는 뜻이다.

이렇게 하여 이런저런 연줄로 공신이 된 사람이 일등에서 사등까지 일백여 명에 이르게 되었다. 개국 이래 최대의 공신 숫자였다.

능금에게도 하늘 문이 활짝 열리듯이 벼슬이 떨어졌다. 비록 말단이지만 면천되어 서반(西班)의 종구품(從九品) 부사용(副司勇)의 벼슬이 떨어진 것이다. 용맹스레 피 덮어쓴 일을 대감도 집안 여러 사람한테서 숱하게 들은 데다 여기에도 대부인의 입김이 들어간 것이다. 그러나 이 일은 집안일이기도 해 처음에는 정부인이 반대를 했다. 그날 노고하여 충성한 것은 피를 쓴 능금뿐 아니라 모든 종들이 다 마찬가지니, 하나만 가려 그럴 수는 없다고 한 것이다. 그러나 아무것도 안 한 신수린이 공신이 되는 마당인데, 용맹을 보인 자를 본보기로 삼지 않을 수 없다 하여 끝내 벼슬이 내려졌던 것이다.

다른 종들에게는 공로를 위안한다 하여 두 냥쯤 되는 조그만 은덩이 하나씩을 나누어 주었다. 군자금으로 쓰고 남은 것이었다. 은 두 냥이면 상목 다섯 필은 될 것이라 막개도 받긴 받았으나, 그건 도리어 그에게는 심한 치욕이었다. 능금이 벼슬을 받은 것은 어떻게 해도 마음을 달랠 수 없는 통분의 일이었기 때문이다. 그는 분개하여 행랑에서 구종들을 붙들고 입에 거품을 물면서 말했다.

"나도 능금하고 같이 그 무사의 견마잡이를 했어. 능금은 처음부터 벌벌 떨면서 저는 나서지 않고 날더러 나서라고 했어. 내가 나서자 저도 무사가 무서워서 할 수 없이 나섰어. 저는 왼쪽에 서고 나는 오른쪽에 섰어. 다만 그것뿐이어. 능금은 그저 벌벌 떨며 도망칠 틈만 노리다 철퇴를 맞은 적신이 제 쪽으로 떨어지며 피가 저한테 묻은 것뿐이어. 적신을 차다니! 벌벌 떨며 도망칠 생각만 하고 있었는데 무슨 미친 소리여. 적신의 별배까지 제 있는 쪽에서 철퇴를 맞고 죽어 그 피도 덮어쓴 것뿐이어. 그것뿐이어. 그것을 공이라구? 잘못한 죄로 도루 벌을 받아야지!"

막개 자신의 행동에 대해서는 전혀 아무 말 않았지만, 능금에 대한 말은 다 맞는 말이었다. 그러나 말을 들은 구종들은 아무 대꾸도 없었다. 이미 벼슬이 내려진 마당에 그때 실정이 어찌 됐건 소용없는 일이라고 여기는 것 같았다.

분을 참지 못한 막개는 마침내 집을 나갈 결심을 했다. 생각하면 지금까지 살아오면서 몇 번씩이나 공을 빼앗긴 셈이었다. 굴무가 임금 화살 주워 바친 것도 화살은 제가 먼저 보았던 것이고, 무사가 탄 말도 자신과 함께 팔려 와서 자신이 길러온 말인데, 능금은 다만 피를 덮어쓰게 된 왼쪽에 섰고 자신은 오른쪽에 섰던 것뿐이었다. 우연히도 자신이 왼쪽에 섰더라면 그 천금 같은 피를 자기가 덮어썼을 것 아닌가. 이렇게 평생에 두 번씩이나 억울한 일을 당하고도 그냥 죽치고 있을 수는 없는 일이었다.

보따리라고 싼 것은 아무것도 없어, 종들마다 내려주었던 그 조그만 은덩이만 주머니에 집어넣었다. 황녹사도 돌지기도 집에 없을 때였다. 그 즈음 행랑의 방마다 흔하게 뒹굴고 있던 술 주발 하나를 찾아들고 막개는 술을 꿀꺽이며 마셨다. 어산이가 그 행동을 이상스레 바라보고 있었을 뿐, 그때까지는 아무도 눈여겨보는 사람이 없었다.

술을 여러 모금 마시고 난 막개는 잠시 마당을 오락가락하다가 사월이 마침 마당으로 나오자 사월을 보고 천연스레 말했다.

"감정이한테 내가 좀 보잔다고 말해줘."

너무 천연스레 말했기 때문에 사월은 이상스런 얼굴을 하면서도 안으로 들어가 감정을 데리고 나왔다. 감정을 보자 막개는

"잠시 좀⋯⋯."

하고 말하며, 딴 데도 아니고 남들이 다 보는, 마구 앞의 여물통으로 가서 여물통 모서리에 엉덩이를 붙이고 앉았다. 감정은 어리둥절한 채 따라가 그 앞에 섰다. 둘의 행동은 언제나 주시의 대상이었기 때문에, 어산이와 구종 두엇, 그리고 사월이 좀 떨어진 곳에 서서 지켜보고 있었다.

막개는 술내를 풍기며 감정을 보고 댓바람에 말했다.

"난 집을 나갈려구 해."

감정은 눈이 휘둥그레졌다.

"새빨간 거짓말 하는 놈한테 벼슬 주는 이런 집에는 더 이상 있고 싶지 않아. 벌벌 떨며 도망치려다 잘못 튀긴 피 덮어썼다구 벼슬 내리고, 피 안 묻은 놈은 아무것두 아니구. 이런 개뼈다귀 같은 법이 어디 있어?"

"그 말은 다 알구 있어. 능금이 엉터리란 것두 알고 있구. 그런데 집을 나가다니?"

막개는 얼굴이 일그러지는 흉한 웃음을 흘렸다.

"난 본래 사천(私賤)이 아니구 공천(公賤)이어. 내 다 말하지. 그래 내가 전에 말한 대로 도척이보다 더한 놈이어. 난 본래 도망한 관노여. 지금 형조에 가서 자수하려구 해. 너한테 지금껏 숨겨와서 너무 미안해. 그, 그걸 말하려구⋯⋯."

감정은 눈을 흡뜬 채 막개를 바라보다 급히 소리를 죽여

"나중, 나중에 말해. 나중에 차근차근 말해. 여기서 이러지 말고 나중에."

"나중에? 나중이라고 뭐가 어찌 되나? 너하구 혼인이라두 돼?"

막개의 언성이 높아지기 시작하자 감정은 어쩔 줄을 모르며 한 걸음 물러섰다. 감정이 한 걸음 물러서자, 막개는 술기운까지 뻗쳐 갑자기 마당이 다 울리도록 크게 소리를 지르기 시작했다.

"내가 왜 너하구 혼인을 못해? 내가 뭣을 잘못했어? 내 아니면 말도 못 키웠어. 그런데 왜 날 박대해. 왜 내가 너하구 혼인을 못해. 왜. 왜 날 때려잡으려구만 해."

감정과 삼개의 강제 혼인은, 반정 날 삼개가 입은 심한 상처 때문에 몇 달 늦출 수밖에 없다는 말이 나돌고 있었다. 끝까지 강제 혼인을 시키려는 이 집 처사에 대해서도 막개는 한을 품고 있었다.

막개의 큰 소리에 청지기와 마당쇠가 쫓아오고, 돌지기 방에서 돌지기 처가 나오고, 구종 두엇도 나왔다.

"날 너하고 떼어놓으려고 날 방매까지 하려 했단 소리도 들었어. 방매? 내가 공천인데 무슨 놈의 방매여. 내가 지금 가서 자수하면 그만이어. 이 집 소원대루 내가 없어져주면 다 그만이어."

감정은 물러서다 총총히 돌지기네 방 마루 구석으로 가서, 두 다리를 꺾어 안고 고개를 묻고는 두 손으로 얼굴을 감싸버렸다. 막개의 취한 소리는 더 커졌다.

"내가 이 집에서 잘못한 게 뭐가 있어. 죽어라고 일만 했어. 죽어라고. 그런데 내가 왜 감정이하고 혼인을 못해? 왜? 못할 까닭이 뭐가 있냔 말

여! 왜 천 날 맨날 때려 잡으려구만 해. 왜? 거짓뿌리 놈 거짓뿌리로 피 덮어썼다구 벼슬이나 주구. 벌벌 떨면서 도망치려다 피를 쓴 거여! 도망치려다! 그런 간악배한테 벼슬이나 주는 이 집에 내가 왜 있어. 난 본래대루 가는 거여. 난 본래 공천이어. 지금껏 속이구 있은 건 내가 나쁜 놈이어. 하지만 곱게 가서 자수할 테여. 그러면 다 그만이어."

그러고 막개는 여물통 모서리에서 벌떡 일어섰다. 그의 얼굴에 지금까지 보지 못하던 비장한 결의가 어려 있었다. 일어선 그는 돌지기네 마루 구석에 얼굴을 묻고 있는 감정을 얼핏 본 다음 대문을 향해 터벅터벅 걸었다. 청지기가 쫓아가서 뭐라고 했지만, 막개는 거칠게 청지기를 밀쳐버렸고, 청지기는 멍하니 그 자리에 서버렸다. 구종 하나가 씁쓰레한 어조로 뇌까렸다.

"중도 소도 다 벼슬하는 세상에 풍년거지가 더 섧지……."

막개처럼 분노를 쏟아놓으며 집을 나가게 된 사람이 또 하나 있었다. 바로 황녹사였다.

황녹사는 본래 성대감이나 박원종, 유순정 그리고 신윤무, 박영문 등과 같이 일등 공신에 녹훈(錄勳)될 것이나, 중인 출신이라 이등 공신으로 하되 그 뛰어난 경륜(經綸)을 사서 조정의 중책을 맡기자는 데 공신들 사이에 합의가 되어 있었다. 그러나 황녹사는 공신에 녹훈되는 것을 원치 않을 뿐 아니라, 경관(京官)의 그 어떤 직도 받을 수 없다고 선언했다. 이로 하여 성대감과 황녹사는 성대감의 안사랑에서 심히 다투게 되었다. 성대감은 가슴을 치며 그 이유를 대라고 추궁했다. 황녹사의 어조는 분노에 차 있었다.

"숙폐(宿弊)를 척결하자던 것이 지금 더 큰 숙폐를 만들고 있습니다. 대사를 이룬 지금 공신들이 이 대사를 마치 장사치들이 큰 상권(商券)을 딴 것처럼 하여 고귀한 철권(鐵券)을 남발하고 있습니다. 그들의 자질구레한 인아친척들이 하루아침에 공신이 되는가 하면, 뇌물의 많고 적은 것으로 마음대로 훈공의 등급을 정하고 있으니, 이것이 새로운 폐정(弊政)이 아니고 무엇입니까. 나라의 기강이 처음부터 난마처럼 얽혀가는데, 무슨 대의가 있고 무슨 정치가 있습니까. 우리가 도모한 것이 처음부터 부귀를 도모하자는 것이었습니까?"

"공의 정대한 뜻은 내 실로 잘 알고 있소. 그러나 대사를 이룬 지금 다소간에 좀 지나친 일이 있더라도 너무 허물할 것은 없지 않소. 대계(大計)에는 언제라도 다소간에 소루함이 따르는 것이 상례인데, 그렇듯 지탄할 것이 무엇 있소."

"그 어떤 대계이기에 소루함이 따르는 것이 상례입니까. 그러한 상례가 어디에 있었는지 저는 모르겠습니다. 개국(開國)의 큰 대계에도 공신의 숫자는 지금의 반에도 미치지 못했습니다. 그러나 이런 숫자만을 말하는 것이 아닙니다. 공신들의 탐심(貪心)을 말하는 것입니다. 이 끝없는 탐심이 종당에는 국가 대계에 눈을 가리고 사리사욕에만 몰두케 하여 나라를 더욱더 피폐케 할 것입니다. 저는 이 공신들을 다시 한 번 척결하여 두 번째 반정이 있어야 한다고까지 생각합니다."

성대감은 놀라 한동안 말이 막혔다가 노성을 내었다.

"그 무슨 해괴한 말이오. 실로 불궤(不軌)의 말까지 서슴지 않는구려."

황녹사의 눈은 더욱 차갑게 빛났다.

"연산군을 몰아낸 것도 불궤입니까? 그것은 의당한 숙정(肅正)입니다. 만일 다시 난정(亂政)을 이루는 무리가 있다면, 그 무리도 의당 숙정되어야 합니다."

"그럼 나도 숙정되어야 할 대상이오?"

"스스로 숙정하십시오."

성대감은 분노가 끓어올라 잠시 눈에 불길이 올랐다가 마침내 눈길을 거두며 그만 크게 한숨을 내쉬었다.

"내 허물이 많은 것은 알고 있소. 여러 허물 중에 그럼 신수린을 녹공시킨 것도 염두에 두고 있는 것이오?"

"그 신수린은 어떤 일을 하였습니까?"

성대감은 그만 딱한 얼굴로 황녹사를 바라보았다.

"잘 알면서 그런 걸 꼭 내게 추궁해야 하겠소?"

"충효가 양립 못한다는 말씀을 드리자는 게 아니라, 정도(正道)가 한 번 꺾이고 나면 그 뒤에는 도(道)라는 것이 다 없어지고 말기 때문입니다. 제가 말씀드리고자 하는 것은 다만 그것뿐입니다."

"공이 청백한 것은 잘 알지만, 이렇게까지 인정을 다 저버릴 줄은 몰랐소. 제발 좀 용서할 줄도 아시오. 그리고 제발 부탁이오. 거사에 참여한 모든 사람이 공의 지력과 경륜에 다 승복하고 있소. 그러니 제발 소루한 것들은 일시 모른 척하고 훈적을 받고 조정 대사에 참여해주시오."

"저는 제가 취재를 봐서 얻었던 조그만 시골 수령으로 나가기를 원합니다. 거기서 나라 경영의 조그만 초석부터 배우기를 원할 뿐입니다. 그 밖에는 아무것도 원치 않습니다."

"내가 이렇게까지 말하는데 끝까지 고집을 꺾지 않을 것이오?"

"될수록 변지의 조그만 잔읍(殘邑)으로 가겠습니다. 거기에도 백성이 있습니다. 서울에는 고관대작들만 해도 넘쳐나는데, 제가 거기 끼여서 무엇

하겠습니까."

고집을 꺾지 않은 황녹사는 황해도 은율(殷栗) 고을의 현감(縣監)을 맡아서
서울을 떠나버렸다.

풍년거지

이월이 지났건만 강추위가 여전했다. 바람 끝이 맵고 북악산 봉우리엔 적설(積雪)이 그대로였다.

한풍이 몰아치는 이른 아침부터 사헌부 관아에는 차비노(差備奴)들이 관아의 온돌마다 군불을 넣느라 관아 안이 온통 매캐한 연기로 자욱했다. 서리(書吏)의 우두머리인 도리(都吏)가 이곳저곳 다니며 차비들을 꾸짖었다.

"쳐 죽일 것들. 좀만 서둘러 일찍 나와도 이리 북새를 떨겠느냐!"

사헌부는 언제나 정숙해야 하는 곳이라, 연기가 지천으로 뒤덮이는 것이 무슨 변고라도 된 듯 도리는 아침마다 야단을 치는 것이었다. 차비들은 그런다고 별로 서두르는 법도 없이 아궁이마다 쭈그리고 앉아 묵묵히 불을 땠다. 막개는 감찰(監察)들의 온돌인 감찰청(監察廳) 아궁이 앞에 퍼질러 앉아 군불을 넣는데, 매운 연기로 자꾸 눈물을 닦아내느라 눈언저리가 밀린 땟자국으로 시커멨다.

굴뚝에서 제대로 연기를 토해내고 아궁이에서 실하게 불을 빨아들일 무렵이 되자, 도리가 관아 청(廳)마다 깨끗이 걸레질하라 이르고 다녔다. 걸레질 끝나고 마당의 비질까지 마치고 나자, 관원들이 하나둘씩 등청하기 시작했다. 차비들은 관아 뒤의 행랑 마당에서 물을 길어 나르는 등 잡일에 매달리는데, 막개는 행랑 구석 툇마루에 우그리고 앉아 때가 절은 누비저고리 옷소매에 양손을 쑤셔 넣은 채 누가 눈총을 주건 말건 해바라기를 하면서 꾸벅꾸벅 졸았다. 누군가 이마빡을 쥐어질러서 눈을 번쩍 뜨자

"허구한 날 잠이여!"

서리 하나가 소리 질렀다. 평정건(平頂巾) 쓰고 청단령(青團領) 입은 서리가 막개에게 영을 내렸다.

"따라 나서! 시전에서 지고 올 것이 있다."

막개는 행랑에 벗어두었던 검은색 직령(直領)을 입고 벙거지 눌러쓰고는 지게를 지고 서리를 따라 나섰다. 지전(紙廛)에서 관용(官用) 종이를 지고 오는 일이었다. 점심 뒤에는 관원들이 먹고 내놓은 공고상(公故床)을 져다 주는 일로 사방을 돌아다녔다. 관원들 집 종이란 것들이 공고상을 지고 와서는 대개 그냥 가버리는 바람에, 상을 물리고 나면 꼭 차비들이 그걸 져다 그 집까지 날라다 주어야 했다. 그러나 관아 안에 박혀 있는 것보다 밖을 나도는 것을 막개는 더 좋아해서 이런 일은 자청해서라도 했다.

막개가 형조에 자수했을 때, 형조 장례사(掌隸司)의 별제(別提)는 새 세상을 만나 스스로 자현한 것이 의로울 뿐 아니라, 그동안 성대감 집에 있은 걸 감안해서 살꽂이 목마장의 그 본역(本役)으로 돌리지 않았다. 그 대신 백관을 규찰하고 풍속을 교정(矯正)한다는 사헌부의 차비노로 차정해주었던 것이다. 매우 좋아서 갔지만, 백관을 규찰하고 풍속을 교정하는 일이 차비노

와는 아무 상관이 없고, 그저 자나 깨나 막일만 했다.

정국(靖國) 이후로 사헌부 바로 앞의 육조(六曹)거리는 활기가 넘쳐 금대(金帶) 은대(銀帶)를 한 정국공신들의 행차가 변화하고, 그 공신 대감들을 배종하는 공신구사(功臣丘史)들이 제 세상을 만난 듯 활개를 치고 다녔다. 정국 후의 관원들 행차로는 공신들의 행차가 가장 장했다면, 관노 명색으로는 공신들의 구종으로 차정된 공신구사들의 기세가 가장 드높았다. 이 공신 구사들은 공신들의 영화를 드러내는 얼굴들이라 치장도 호사롭거니와 기세도 드세어서 육조거리는 이들의 놀이터나 진배없었다.

그것을 뒤미처 알게 된 막개는, 신윤무 대감이 함경도 병마절도사(兵馬節度使)를 거쳐 내직(內職)의 병조참판(兵曹參判)으로 오자, 부랴부랴 신대감을 찾아가 자신을 신대감의 공신구사로 써달라고 청했다. 사정이야 어찌 되었든, 신대감은 공천으로 자수를 해온 막개가 자신의 공신구사 되기를 원하는 것을 매우 반가워했고, 그 집의 종들도 모두 기뻐했다. 그러나 신대감은 안타까운 얼굴로 말했다.

"좀 늦었구나. 나라에서 내린 구사들이 이미 다 찼으니 언제라도 그중에 궐(闕)이 나면 너를 반드시 망(望)을 해서 내 공신구사로 넣어주겠다."

신대감은 위로의 뜻으로 상목 한 필까지 행하로 내려주었다. 수노 업동이나 그때의 그 늙은 청지기 그리고 다른 종들도 모두 막개가 신대감의 공신구사가 되면 오죽이나 좋겠느냐며, 그때까지 전처럼 말굽 삭제나 좀 해주며 한 식구처럼 지내자고 했다. 그동안 말도 늘고 마구간지기도 생겼으나, 새로 들어온 마구간지기의 솜씨가 막개에 비하면 어림도 없어 애를 먹고 있다고들 했다. 막개는 기꺼이 그러겠다며 틈을 내어 여러 번 그 일을 했는데, 사헌부 관아의 도리도 신윤무 대감 집에서 부탁받아 나가는 일이라면 아무 소리도 못하고 내보내 주었다. 신대감 집 드나드는 일이 이제 큰 위안이 되긴 했으나, 공신구사 궐 나기가 쉬운 일이 아니라서 우울하게 차비노를 다닐 수밖에 없었다.

세상은 온통 막개 혼자만 버려둔 채 신 나게 어울려 돌아가고 있었다. 새 세상이 되어 전에 잘못되었던 일들을 다 본래대로 숙정한다는 말은 들었으나, 도로 환천(還賤)되어야 마땅할 굴무는 관원들에게 손을 어떻게 썼는지 여전히 시전 도원으로 건재했고, 종구품 부사용 벼슬의 능금은 종묘(宗廟)의 종묘문(宗廟門) 수문장(守門將)을 다녔다. 실제 종묘 근처에서 군졸 몇 거느리고 가는 능금을 보기도 했는데, 흑립(黑笠) 쓰고 환도 차고 청색 철릭 입고 목화(木靴) 신은 모습이 의젓한 무관의 모습이었다. 그때 막개는 길 한 구석에 숨어 오래 그 모습을 지켜보고 있었다. 허망한 신세를 달랠 길 없어 느는 것이 그저 술이었다. 못 먹던 술이 이 동안에 곱절이나 늘어 밥 대신 술만 퍼먹고 지낼 적도 많았다. 신대감에게서 행하로 받았던 상목 한 필도 술값으로 거의 다 없어져 가고 있었다.

그날도 관아를 파하고 나오자 객점에서 술을 한껏 마시고는 말동네의 집으로 향해 갔다. 옛날 어머니와 함께 살던 그 다 썩은 움막을 다시 일으켜 손 좀 보고는 거기서 지내는 것이다. 손 좀 봤다는 것이, 그저 짚으로 움을 덮고 들창 하나 내고 꺼진 구들을 대강 바로잡고 벽에 흙 바르고 바닥에 멍석 하나 깐 것이었다. 문은 거적을 달았다. 겨울이어서 거적을 몇 개씩 달았다. 이불 하나와 그릇 몇 개와 숟가락 그리고 김치 찬 같은 것은 평산댁이 갖다 준 것이고, 멍석은 동임인 탑골 노인이 갖다 준 것이었다. 탑골 노인은 그 멍석과 함께 밥솥 하나와 임시 먹고 지낼 쌀 몇 말까지 갖다 주었다. 바로 옆집의 주피장(周皮匠)을 하는 열 살 위쯤 되는 돌이라는 얌전한 사람이 새로 움막 세울 때 같이 거들어주었고, 등잔이니 관솔이니 소소한 것도 제공해주었다. 처음에 성대감 집에서 받은 그 두 냥짜리 은덩이를 상목과 바꾸어다 살림을 차릴 생각도 했으나, 이래저래 대충 꾸려져서 그 은덩이는 아랫목 흙벽을 파고 거기 묻어두었다. 관노가 맨손으로 살아가기가 너무 어렵다는 것을 잘 알기 때문이었다. 언제라도 그걸 꺼내 쓸 수밖에 없을 때가 올 것이란 걸 잘 알고 있었다. 차비노의 삭료(朔料)라는 것이 사맹삭(四盟朔)마다 사담시(司贍寺)에 삼승포(三升布) 몇 쪽을 주는 것이고, 만일 가족이 있다면 그 가족이 보인(保人)이 되어 자신의 신포(身布)를 해바치는 것이니 관노란 실상 제 손으로 먹고사는 것이나 마찬가지였다.

번(番) 안 드는 날에 산에 올라 땔나무를 좀 해다 놓긴 했어도, 힘들여 하지 않았기 때문에 땔나무가 몇 쪽 안 되었다. 그는 군불도 넣지 않고 밥도 해 먹지 않은 채 옷을 입은 채로 이불을 감고 누워 추위에 덜덜 떨었다. 그저 술기운으로 추위를 견디었다. 추위에 떨면서 그는 감정을 생각했다. 마지막 떠나올 때 마루 구석에서 두 손으로 얼굴을 감싸고 있던 모습이 자꾸 가슴을 아프게 했다. 감정을 그래 놓고 뛰쳐나와 버린 것은 정말 정신 나간 짓이었을까? 삼개의 상한 몸이 다 낫게 될 올봄에는 세상없어도 혼인을 시킨다는 말이 있었는데, 그리 되면 그때 저는 더 이상 아무 살 뜻도 없을 것 같았다. 개도치 말이 절실했다. 집 나오고 나서 개도치를 한번 보러 갔을 때 개도치는 천치 같은 짓을 했다며 어처구니없어했다. 어찌했든 그 집에 눌어붙어 있으면서 그 기집을 요정을 냈어야 했지 무슨 멍청이 짓이냐며 막개의 머리통을 쥐어박기도 했다. 그러나 그때는 능금의 일로 통분하여 아무 다른 생각이 없었던 것이다.

다음 날도 관아를 마치고 나오며 또 술집을 가려 했다. 그러나 자꾸 술

값이 들어 이제는 상목도 몇 쪽 안 남았기에 신대감 집에 가서 술 얻어먹을 생각을 했다. 신대감 집에는 술이 흔해 저녁때면 늘 종들이 행랑에서 술판을 벌였다. 막개는 말 일로 신대감 집에 갈 때마다 같이 어울려 술을 마셨다. 또 꼭 말의 일이 아니라도 더러 가서 술판에 같이 어울리기도 했다.

신대감 집 허수청에 들어서자 그 늙은 청지기가 반가운 얼굴로 맞았다.

"마침 잘 왔군. 새 말을 한 마리 바꾸어 들였는데, 어떤 말인지 한번 봐. 대감마님도 그 때문에 네가 언제쯤 오느냐는 말씀을 하시기도 했어."

"그러지요. 그런데 목이 말라서……."

늙은 청지기는 주름살 가득히 웃음을 머금었다.

"또 술타령이군."

그래 놓고는 아버지가 아들 타이르듯 부드럽게 타일렀다.

"너 요즘 술 너무 많이 마신다. 네 그 얼굴 된 것 봐라. 일이 뜻같이 안 된다고 술만 마시다간 종내 몸을 망쳐. 그 술 한 잔도 제대로 못하던 주제에 대체 왜 이리 술꾼이 됐지……. 공신구사야 설마 될 때가 되면 되겠지 속 썩힌다고 될 일이냐?"

"대감마님은 계시우?"

"계시지 그럼. 박대감께서 오셔서 지금 같이 계셔."

"박영문 대감께서 말이우?"

"그래. 그래서 지금 박대감네 구종들과 우리 식구가 행랑방에 같이 어울려 있어. 거기서들 지금 술판을 벌이고 있으니 거기 끼면 되겠군. 하지만 제발 술은 인제 좀 삼가."

"박대감 구종들은 난 모르는 사람들인데."

"모르는 사람 아는 사람이 따루 있나. 인사 트면 다 아는 사람이지."

"알겠수. 그런데 새로 들인 말이나 먼저 보구……."

"그래, 마구로 가 봐."

막개가 마구로 가자 거기서 여물을 주고 있던 마구간지기가 반갑게 맞았다. 막개의 말굽 삭제를 몇 번 보면서 막개의 솜씨에 기가 죽은 마구간지기는 막개를 훈장님 대하듯 했다.

"이게 새로 바꾸어 들인 말이군."

두 마리의 말 중 낯선 말을 가리키며 막개가 말하자 마구간지기는

"그러우. 호마인데 흑(黑)가라라고들 합디다만……."

털이 모두 새까만 놈이었다.

"글쎄……."

막개는 다가가서 말의 이마를 쓰다듬어가며 좀 더 자세히 살폈다. 그러고는 고개를 흔들었다.

"흑가라는 아니우."

그냥 고개만 흔들고 그 자리를 물러나서 구종들이 모여 있는 행랑을 향해 갔다.

신대감의 집은 예전 그 자리에 그대로 있었으나, 행랑이나 사랑채 안채를 모두 더 넓혔다. 이제는 지난날의 그 허술한 집이 아니었다.

막개가 행랑의 술자리에 불쑥 나타나자, 여러 사람 속에서 그 다부지게 생긴 수노 업동이가 크게 웃음소리를 내며

"메주 왔군. 어서 들어와!"

반가이 맞았다. 막개가 방으로 들어가자 신대감의 다른 구종들도 모두 반가워하는데, 업동이가 박대감의 구종들을 보고 말했다.

"인사 나누시우. 이 사람은 사헌부 차비 다니는 사람인데, 옛날부터 우

리 집 식구나 마찬가지로 지내는 사람이우. 막동(莫同)이 자네부터 보지."

그중 제일 건장해 보이는 자를 가리키며 말했는데, 아마 그쪽의 수노인 듯했다.

막개가 허리를 굽혀 보이며

"정막개(鄭莫介)라 합니다."

하고 막개는 제 성과 이름을 다 대었다. 다시 관노로 돌아갔기에 노적(奴籍)의 성명을 그대로 댄 것이다.

"막동이라 합니다."

건장한 사내가 인사를 하는데, 업동이가

"인제 다 그만 같이들 보시지."

하여서 박대감의 다른 구종들과는 다 같이 서로 허리를 굽혀 보이는 것으로 그쳤다.

막동이 걸걸한 목소리로 업동을 향해 말했다.

"아까 메주라 했던가? 그게 무슨 소린가?"

업동이 껄껄 웃었다.

"하도 물러빠져서 그렇게 부르지."

"이 사람아, 물러빠져서 메주라니. 내 보기엔 놋그릇같이 단단해 보이네. 자네는 보기와는 다르게 이불 속에서 그 일은 영 허물허물하다는데, 내 이 별감 관상을 보건대 이불 속에서는 놋쇠 뭉치처럼 단단할 게 틀림없어."

거리낌 없는 음담패설을 내놓아 모두 와자하니 웃어대었다. 여럿이서 번갈아가며 막개에게 술을 권해 막개는 권하는 대로 술을 받아 마셨다.

공신구사는 마치 관아에서처럼 아침에 소관된 관원 집에 와서 행차 다니고 저녁에는 저희들 집으로 가기 때문에, 저녁 행차는 집의 종들인 이들 구종들이 맡았다. 그래서 저녁이면 관원들의 구종들끼리 모이기 마련이라 이런 술자리가 잦은 것이었다.

그 박대감의 수노 막동의 음담패설이 계속되어 방에서는 여전히 방자한 웃음들이 왁자지껄한데, 늙은 청지기가 와서 말했다.

"대감마님 나가시네."

그 소리를 듣고 모두 일어서서 나갔다. 마당에 두 대감이 나와 있다가 여러 구종들 속에 막개가 있는 것을 본 신대감이 반가이

"너 왔구나."

하고는 박대감을 돌아보았다.

"마침 잘 되었소. 말 잘 보는 놈이 여기 있소. 언젠가 말했던 그놈이오."

그러고는 막개를 향해

"대감마님께 문안 올려라."

일렀다. 막개는 박대감 앞으로 나아가 땅에 엎드려 절을 올렸다. 박대감은 무인답게 체격도 우람하고 높직한 코에 눈도 부리부리하게 생겼다. 두 대감도 사랑에서 술을 나누었는지 얼굴이 불콰했다.

박대감이 신대감을 돌아보며

"정국 전부터 대감네 말굽 깎았다는 그 아이요?"

"바로 그 아이요."

빙그레 웃고 난 신대감이 막개에게 말했다.

"대감마님 댁 말이 하나는 다리를 상하고, 하나는 병이 들어 마의까지 여러 번 왔다 갔다는데, 여전 낫지를 않아 말을 못 타신단다. 네가 한번 가 보아라."

"예. 내일이라도 거행하겠습니다."

신대감이 다시

"새로 들어온 말이 있는데 봤느냐?"

"예. 아까 들어오며 봤습니다."

"어떻더냐?"

"아주 뛰어나게 좋은 말입니다."

"그래? 그런데 그게 흑가라 맞지?"

"흑가라가 아닙니다. 먹가라라고도 하고, 오류마(烏騮馬)라고도 하는데, 지금은 아직 안 보이지만 조금 더 크면 검은 바탕에 까마귀 깃털 같은 푸른색 광택이 나옵니다."

갑자기 박대감이 통쾌한 웃음을 터뜨리며 신대감을 향해

"어떻소? 내 말이 맞지 않소!"

했다. 신대감은 얼굴을 붉히며 웃기만 했다. 두 대감이 그 말의 마종에 대해 내기를 한 모양이었다. 박대감은 만족하여 막개를 보았다.

"과연 말에는 조예가 깊구나. 너 내일 내 집에 왔다 가거라."

막개는 고개를 숙이며

"내일 관아에 가서 서리에게 말하는 대로 곧장 가겠습니다."

공손히 대답했다.

박대감은 교자 타고 구종들에게 옹위되어 갔다.

다음 날 막개는 도리에게 박대감 댁의 일을 말하고 말미를 얻어 박대감의 집으로 가서 말을 보았다. 막개는 마의들처럼 침을 놓는 따위의 일은 못하지만, 말에게 침을 놓아봤자 사람과는 달리 별 효험이 없다는 것은 알고 있었다. 그래서 말을 결코 혹사하지 말고 말 먹이를 정성스럽게 주어야 한다고 말했는데, 그건 마의들도 늘 하는 말이었다. 막개는 마죽 끓이는 법을 소상히 말하고 실제 자신이 끓여 보여주기도 했다. 여러 날 박대감 집을 다니면서 그 일을 했다. 말이 차츰 회복되는 기미를 보이자 박대감이 치하를 하기는 했으나, 겨우 무명 한 필을 행하로 내려주었다. 박대감의 집이 신대감 집에 비해 호사롭기 이를 데 없어 엄청나게 부유하다고 생각했으나, 자기 구종들에게는 어찌 하는지 몰라도 매우 인색한 것 같았다. 다만 음담패설을 일삼던 그 집 수노 막동이가 말에 능한 막개를 감탄해하며 서로 허통을 하며 지내자고 해서 서로 친숙해졌다.

하지만 박대감에게 받은 그 무명도 말끔 술로 날려버렸다. 그저 초조히 날만 자꾸 갈 뿐이었다. 삼월에 접어들어 집 옆의 얼었던 개울이 풀려 물 흐르는 소리가 날 때는 더 견디기 어려웠다. 초조한 마음을 달랠 길 없어 하릴없이 개도치를 찾아갔다. 막개의 울민해하는 꼴을 보고 개도치가 문득

"동여 올까?"

했다. 막개는 어리둥절했다.

"동여?"

"그래. 그 처자가 밖에 나왔을 때 냉큼 자루 속에 담아 와버리는 거야."

막개는 침울하게 말했다.

"밖에는 잘 안 내보내."

"그래? …… 그럼 말이지, 그 집에서 더러 굿을 하나?"

"굿? …… 굿은 대부인이 더러 안택굿을 하긴 하지만……."

"그렇다면 좋아. 우리가 무당들도 많이 아니깐 그 집에 언제 굿을 하는지 알아보아야겠다. 굿할 때 내 마누라를 무당의 시녀로 삼아 그 집에 들

여보내서 그 처자와 연통을 해보는 거야."

막개는 입을 헤벌린 채 한참 개도치를 보고 있다가 바짝 다가들었다. 개도치는 늘 감정을 두고 기집, 기집 하다가 막개가 그 소리를 듣기 싫어하자 차츰 처자라고 고쳐 불렀다.

"정말, 정말 그래 주면 좋겠어. 하지만 차마 네 마누라를 어찌 그런 일에……."

"땅꾼 마누라여, 땅꾼 마누라. 그런 일이야 일이라 할 것두 없어."

그랬는데 하루 저녁 깍정이 하나가 막개 움집에 와서 상번수의 심부름을 왔다며 상번수가 부른다는 통기를 했다. 막개는 댓바람에 개도치를 찾아갔는데, 개도치는 분이와 함께 막개를 기다리고 있었다.

"그 집에서 초춘(初春) 안택굿을 사흘 뒤에 한대. 그때 이 사람이 무당의 시녀로 따라가게 해놓았어."

막개는 얼굴이 시뻘겋도록 흥분했고, 또 분이에게 면목이 없어

"너, 너무 미안해서……."

하자 분이는 그저 명랑하게 웃었다.

"상사병 고치는 일인데 얼마나 좋은 일인가요. 그 처자를 내가 살짝 만나보고는 상사병 걸려 있는 사람 얘기도 하고 여러 가지를 알아볼 테니깐. 얼굴이 어떻게 생겼는지를 알아야지. 이름은 뭐라 했던가?"

"이름은 감정이구, 생긴 건…… 몸피가 좀 작고 어, 얼굴에 주근깨가 좀 있구……."

"주근깨가 있더라도 예쁘게 생겼겠지? 이렇게 상사병 걸려 있는 걸 보면."

"예쁘기보단…… 나이는 이제 스물둘이구……."

"나보단 한 살 위구나. 나이는 좀 먹었군. 그래요, 그쯤 알았으면 됐어
요."

분이가 무당의 시녀로 들어가고 난 그날 저녁때 막개는 가슴을 두근거
리며 개도치의 집을 찾아갔다. 감정을 만나고 온 분이는 한턱을 내지 않
으면 아무 말도 해줄 수 없다며 막개를 놀렸다. 그러자 개도치가 먼저 터
뜨려버렸다.

"안심해, 이 자식아. 그 처자도 너나 마찬가지로 상사병에 걸려 있더란
다."

분이는 개도치를 쥐어박았다.

"왜 덮어놓고 말해줘!"

막개는 입이 얼어붙은 채 분이의 얼굴만 쳐다보고 있는데, 막개가 너무
긴장해 있는 걸 보고 진중하게 말했다.

"정말 그렇게 좋은 처자인 줄은 몰랐어. 너무 좋아. 외양이 똑바른 것
말고도 어찌 그리 사람이 총명하구 심지가 깊어 보일까. 대갓집 신임 받
는 비자가 다르긴 달러. 같이 얘길 하다 보니 내가 너무 초라해……. 몰래
얘길 하느라 틈이 너무 없었지만, 그 처자 말이, 이달 말경에는 혼인을 시
키든 무슨 일이 있을 것 같은데, 그 안에 날더러 한 번 더 와줄 수 없느냐
구. 그 안에 자기 깐에 무슨 결안을 세우려고 그러는가 봐. 그래서 내가 내
물건 하나 흘려놓고 갔다가 그것 찾으러 온 것처럼 하여 이틀 뒤 다시 오
면 되지 않겠느냐고 하니까 좋다구 했어. 그래서 내가 머리 수건 하나 흘
려놓고 왔는데, 이틀 뒤 그것 찾으러 다시 갈 참이지."

이틀 뒤 저녁때 또 막개가 가슴을 두근거리며 개도치 집을 찾아갔다.
분이의 말은 간단했다. 그 처자가 막개 있는 곳이 어딘가를 묻기만 했다

는 것이었다. 분이가 막개 사는 움집을 일러주고 나왔는데, 분이의 생각에는 어쩌면 도망쳐 나올 작심을 하는 것 같더란 것이었다.

분이의 짐작은 맞았다. 사흘이 지나 해가 기울어갈 무렵, 퇴청 때가 가까웠을 때였다. 차비 하나가 와서 밖에 누가 찾아왔다고 전했다. 밖에 나가보니 이웃집 주피장이인 돌이였다. 돌이가 말했다.

"네 집에 웬 처자가 하나 와 있어. 내 안사람한테 네 말을 하면서 좀 통기해줄 수 없느냐구 하더래."

그 말을 듣자마자 막개는 나중 도리에게 야단을 맞든 말든, 관차 옷을 가서 찾아 입지도 않은 채 그 자리에서 그대로 뛰었다.

집에 이르러 보니, 돌이 처를 비롯한 이웃 여자들 몇이 움집 주위에 몰려서 뭔가 수군거리고 있었다. 돌이 처가 움막 안을 손가락으로 가리켰다.

막개가 움막의 거적문을 열고 들여다보자, 방 한쪽 구석에 그 검푸른 치마저고리 그대로인 감정이 동그랗게 앉아 있다가 막개를 올려다보았다. 마른 얼굴이었다. 막개는 숨이 막힌 채 잠시 우두커니 서서 바라보고 있다가 감정 앞으로 다가가 앉았다. 감정이 얼굴을 숙이며 조그만 소리로 입을 열었다.

"도망해 나왔어……."

막개가 더듬더듬 감정의 손을 더듬어 쥐자 감정은 가만히 그 손을 뺐다.

"누, 누가 잡으러 오겠지?"

막개는 걱정이 가득 찬 얼굴이었다. 감정이 말했다.

"그러면 또 도망가지 뭐……."

그러면서 감정은 입가에 가느다란 미소를 지어 보였는데, 그 가느다란 미소 속에 비수같이 차고 굳은 결심이 어리어 보였다. 이럴 때는 여자가

도리어 침착하게 되는 것인지 감정은 차분해 있고 막개는 불안하여 허둥
대었다.

"여기서 겨울을 났어?"

감정은 방 안에 널려 있는 때 묻은 이불자락, 뒹굴어 있는 밥 그릇 찬
그릇 같은 것들을 둘러보며 얼핏 눈가에 물기가 어렸다.

"그, 그때 받은 은덩이는 아, 아직 안 쓰구 있어. 그, 그걸루 살림을 차
리면 돼."

막개가 감정의 마음을 달래듯 말했다.

"그것 아직두 안 썼어?"

막개는 고개를 끄덕였다. 감정은 미소를 지으며 옷고름으로 눈에 괸 물
기를 닦아냈다.

바로 그때 밖에서 사람 달려오는 소리가 나며 탑골 노인 아들이 거적문
을 들치고 다급히 소리쳤다.

"막개! 누가 몰려오고 있어!"

막개가 놀라 후다닥 일어서서 탑골 노인 아들을 보자, 그가 다급히 말
했다.

"대감 집 사람들이래. 저 아래서부터 정막개 집이 어디냐구 물으며 대
여섯 장정들이 몰려오고 있다. 몽둥이를 든 사람도 몇 된대."

그 말을 알아듣자마자 막개는 움 앞에 뒹굴어 있는 괭이를 허겁지겁 들
어다 아랫목 벽을 때려 부쉈는데, 거기서 조그만 은덩이가 굴러 나왔다.
막개는 부들부들 떨리는 손으로 그걸 주머니에 집어넣으며 그대로 감정
의 손을 잡고 밖으로 뛰었다. 감정이 물었다.

"어디루?"

"갈 데가 있어!"

막개는 감정을 끌고 동네 옆을 끼고 뛰었다. 동네 아낙이며 아이들이며 사내들이 휘둥그레진 눈들로 그 모양을 지켜보았다. 이미 땅거미가 지고 있을 때였다. 집들을 끼고 몸을 숨겨가며 둘은 어둠 속을 달렸다. 땅굴에 이르렀을 때는 이미 캄캄할 때였다. 개도치 집에 이르자 개도치는 마침 없고 분이만 부엌에서 설거지를 하고 있다가 들이닥친 막개와 감정을 불시에 맞았다. 분이와 감정은 이 유별난 일로 금세 정이 들었는지 서로 손길을 맞잡고 반가워했다. 대강 말동네에서 도망치게 된 내력을 얘기하고 있는데, 꼭지딴네에 가 있던 개도치가 왔다. 개도치와 감정은 대강만으로 고개를 숙이고 인사를 했는데, 개도치가 대번

"들은 말 그대로군. 이런 또릿또릿한 처자가 어쩌다가 이런 어리뱅뱅이한테 마음을 뺏겼을까."

거침없이 말하여 감정의 얼굴을 붉히게 만들었다.

막개가 다시금 개도치에게 말동네서 도망 오게 된 내력을 말하자 개도치는

"잘 왔어. 여기라면 아무도 못 찾을 테니까."

하면서 매우 흥겨워했다. 분이는 막개와 감정을 위해 다시 저녁을 지어서 내오고, 술상도 차리고 했다. 개도치가 걱정했다.

"내일 당장 네 관아로 사람이 갈 텐데, 그게 문제로군."

막개가 단호히 말했다.

"내일부터 당분간 관아엔 안 나가. 내 아는 차비가 하나 있는데, 그 차비한테 사람을 보내 내가 병들어 누웠다구 관아에 전해달라구 하면 돼."

개도치가 고개를 끄덕였다.

"좋은 생각이군. 내가 깍정이 하나를 불러다 그 전언하는 일을 시키지. 아주 중병이 들어 누워 있다구 그러지."

"전에 내가 있던 광제교 그 움은 그대루 비어 있겠지?"

막개가 우선 들어가 있을 거처에 대한 말을 꺼내자 분이가 대뜸

"거긴 안 돼요. 그 더러운 데를. 말도 안 돼!"

가로막고 나섰다. 감정이 물었다.

"거기가 어떤 덴데요?"

분이가 열을 내서 말했다.

"광제교 다리 밑인데, 제일 밑자리 깍정이들이 거처하는 데라구요. 대 갓집에 있던 사람이 아무리 도망을 나왔다 해도 어찌 그런 데를 가 있어 요."

개도치가 웃었다.

"오늘밤은 우선 여기서 자고 내일 좀 더 나은 데를 찾아보지. 여기 오면 다 땅꾼이 될 수밖에 없는 신세라 대갓집 처자한테는 그게 좀 미안하우. 움에 들고 나면 우선은 빈 몸들이니 식량이고 뭐고 내가 다 대줄 테니 그 건 염려 말우."

그날 밤은 쪽문 쪽의 방에서 분이와 감정이 같이 자고 바깥방에서 개도 치와 막개가 같이 잤다.

다음 날 아침 감정은 막개더러 전에 있던 그 움이 어떤 데냐며 같이 가 보자고 했다. 그 움을 보고 온 감정이

"참 정답고 좋아요."

라고 해서 개도치와 분이를 놀라게 했다.

"정말 거기 있어도 괜찮겠수?"

개도치가 다짐하자

"좋아요. 둘러보니 움마다 사람들이 다 들어 있던데, 왜 남들 귀찮게 하며 다른 움을 찾아요. 빈 움이 그대로 있으니 거기 그대로 드는 게 좋아요. 정답고 좋잖아요."

감정이 차분히 말하자 개도치는 감탄하며 외쳤다.

"정말이지, 대단하군. 이 동네에 이만큼 분별 있는 여걸(女傑)은 하나도 없을 테여. 어제같이 대갓집에 있던 사람이 이런 말을 하다니……. 이 낭자님한테라면 내가 우리 땅굴 여번수(女番手) 자리라도 내주겠어."

분이가 개도치를 쥐어박았다.

"여번수라니."

분이는 정색하고 감정을 보았다.

"정말 거기가 괜찮아요?"

감정은 담담히 고개를 끄덕였다.

"아무 상관 없어요."

그러자 그때부터 분이가 땅꾼 마누라 두엇 데리고 바삐 움직이기 시작했다. 분이는 그 광제교 밑의 움을 이것저것 단장하고 와서는 개도치를 붙잡고 이것만은 꼭 해야 된다며 고집을 부렸다. 아무리 허술히 한다 해도 막개와 감정의 혼례를 올려줘야 한다는 것이었다.

개도치는 어이없어했다.

"이 판에 혼례는 무슨 놈의 혼례여. 우리처럼 그냥 붙어살면 되지."

분이는 화를 냈다.

"난 그게 마음에 멍이 들어 있다구. 혼례도 없이 그냥 사는 게 두고두고 억울해 죽겠어. 여기 딴 사람들도 짝 지을 때 다 물 한 사발이라도 떠놓고 혼례를 했다구. 도중에 혼례 옷들이 있는데 대체 왜 안 해. 나처럼 등신 모양 그냥 사는 여자가 어디 있어."

"여자란 참 알 수가 없단 말야. 밤이면 하늘에서 억만 별이 총총히 내려다보고 밝은 달님이 환히 내려다보는데, 그것보다 더 좋은 혼례가 어디 있어."

"억지소리는 그만두구 두 사람 혼례는 꼭 올려야 돼. 두 사람 일에는 나두 말할 권리가 있으니 꼭 해야 한다구."

막개도 이 판에 혼례는 무슨 혼례냐는 개도치의 말에 찬동했으나, 감정은 거기에 대해 전혀 입을 떼지 않았다. 좀처럼 입을 열지 않는다는 건 분이의 말에 찬동하는 뜻이 있는 것이라, 개도치가 감정을 보고

"그럼 혼례를 올리는 게 좋겠수?"

캐고 묻자, 감정은 잔뜩 얼굴을 붉히고 외면한 채 종내 입을 열지 않았다.

"총명해 뵈는 사람도 여자는 여자로구먼. 좋다 그럼, 오늘 해 안으로 혼례를 치르자구. 꼭지딴한테두 말하구 해서 식을 차려보지. 나 참, 그 귀찮은 짓을 왜 하려고 하는지……."

개도치가 선언하여 그때부터 혼례준비가 시작되었다. 식은 개도치 집 좁은 마당에서 치렀다. 준비라고 해봐야 도중 창고에서 이런저런 것들을 꺼내 마당에 펼쳤으니, 차일(遮日) 치고 멍석 깔고 멍석 위에 돗자리 하나 펴고 소반 위에 정화수 한 사발을 떠다 놓은 것이 전부였다. 막개는 상투를 틀어 올리고 도중 창고에서 가져온 망건, 초립을 쓰고 푸른 도포를 입었다. 감정은 땋은 머리 풀어 얹은머리를 하고 한삼(汗衫) 늘인 저고리에 긴 치마를 입었다. 감정에게 얹은머리를 틀어 올려준 것은 분이였는데, 매우

정성 들여 하면서

"난 혼례두 없이 머리를 틀어 올렸지."

여전히 분한 소리를 내었다.

꼭지딴을 비롯해 여러 땅꾼들이 마당에 웅기중기 모여 들었는데, 지금은 관차가 되었지만 신랑이 상번수의 동무로 전에는 이곳에서 잠시나마 땅꾼 노릇도 했다 하여 모두 싱글벙글 축하를 해주었다. 절차를 잘 안다는 광제교 꼭지가 절차를 차려, 신랑 신부가 돗자리 위에서 교배(交拜)를 마치고 개도치 집 쪽문 방에서 합방례(合房禮)라는 것을 했다. 바깥방과 마당에서 술판이 벌어졌을 때는 날이 이미 저물었으나, 술판이 떠들썩해 제법 잔치 분위기가 돌았다.

개도치와 번수 몇, 그리고 분이와 땅꾼 마누라 몇이 광제교 아래의 움으로 신랑 신부를 안동해 갔는데, 움 속으로 둘을 밀어 넣고 난 개도치가 소리쳤다.

"촛불은 언제 끄든 마음대루 해. 순 도는 순라한테 다 말해놓았으니 상관없어. 그리고 여긴 추우니까 밤새 꼭 끼구 자야 해. 조금이라도 떨어지면 둘 다 꽁꽁 얼어!"

그 소리에 주위에 있던 사람들이 모두 웃었다.

분이가 어느 틈에 손을 봐놓았는지, 전에 보던 그 개구멍이 아니었다. 멍석 위에 새 돗자리가 정갈하게 깔렸고, 무명이라도 솜 두터운 요가 깔리고 이불이 챙겨져 있었다. 숯불 담긴 조그만 질화로까지 웃머리에 놓였는데, 촛대에는 촛불이 환히 켜져 있었다. 이런 것만 가지고도 좁은 움 속이 터져날 것만 같았다.

흥분에 싸인 새신랑 막개가 신부가 되어 수그리고 앉은 감정의 저고리를 벗기려고 옷고름에 손을 대자 감정이 흠칫 놀라며 옷고름을 잡았다.
밖에서 개도치가 틈새로 안을 들여다보고 있었던 듯

"다 벗기면 너무 추워서 안 돼. 조금만 벗겨!"

하고 소리쳐서 또 사람들이 낄낄거렸다. 막개는 촛불을 훅 불어 꺼버리
고는 바짝 감정에게로 다가들었다.

다음 날부터 막개 눈에는 세상이 전혀 딴 것으로 보였다. 움 앞으로 흐
르는 개천의 물이 옥류(玉流)처럼 정답게 보이고, 그동안 피었는지 말았는
지도 몰랐던 개나리꽃도 아롱아롱 꽃망울을 펴고 있는 것이 처음으로 눈
에 들어왔다. 북악산 꼭대기의 그 음산하게만 보이던 잔설(殘雪)도 눈부신
은가루같이만 보였다.

감정은 자꾸 개도치와 분이 부부에게 얹혀 지내는 것이 미안하니 그 은
덩이라도 풀어 따로 대책을 마련해야 한다고 했다. 하지만 막개는 아직 그
럴 때가 아니라며 만류했다. 이 땅굴을 벗어나서는 어디라도 안전한 데가
없으니 아주 잊힐 때까지는 여기 붙어 있어야 하며, 개도치 부부에게 미안
한 것은 사실이나 이왕 여기 있게 되는 동안에는 얹혀 지내기보다 스스로
땅꾼 노릇을 하겠다고 했다. 관아에는 중병이 들었다고 통기를 해 보냈으
나, 아주 안전해질 때까지는 오래 궐역(闕役)을 할 수밖에 없다고 했다.

막개가 향두꾼 노릇을 다시 하겠다고 나섰을 때 개도치가 놀란 얼굴을
했다.

"힘들어 못하겠다던 걸 다시 한다구? 나한테 미안해서 그러나?"

"아니어. 땅굴에 있으면 의당 땅꾼이 돼야 한다구 생각해서 그래."

"요즘 내가 다른 일로 바쁘기도 하려니와 상번수 체신을 지켜야 한다고
꼭지딴이 자꾸 말려서 향두의 앞소리꾼 노릇은 그만두었어. 나도 없는데

향두꾼 노릇이 그리 쉽겠어. 나한테 미안해할 것 없이 그냥 그대루 엎드려 있어.”

“아니어. 해볼 테여. 난 벌써 작심했어. 상번수 믿고 향두꾼 하자는 게 아니어.”

기어코 향두꾼으로 나선 막개는 그러나 전과는 전혀 달랐다. 상여를 메고 아무리 험한 산길을 올라도 넘어지기는커녕 누구보다 우렁찬 뒷소리를 매기며 힘이 펄펄 넘쳤다. 상여 메고 제자리 놀음하는 걸 누구보다 신이 나서 흥청거리며 돌았다. 향두꾼들 사이에서는 막개를 두고 일등 향두꾼이라는 소리가 여기저기서 절로 나왔다.

그 소리를 듣고 개도치는 어이없다는 듯 웃었다.

“그게 다 마누라 힘이군. 장가들었다고 저리 달라질 수가 있다니.”

분이가 그 말을 받아 말했다.

“마누라도 그냥 마누라인가. 그리 정분이 깊었던 마누라니까 더욱 그렇지. 그럴 줄 알았으면 우리가 진작 조방꾸니 노릇을 해줄 걸 그랬어.”

그러나 감정은 처음에는 이곳 땅꾼들의 일을 마땅치 않게 여겼다. 향두일은 모르지만 그 밖에 남의 주머니를 턴다든지 밥을 얻으러 다닌다든지 장물을 뺏어 온다든지 관원과 한통속이 되어 도둑을 잡아 그 장물을 나눈다든지, 이러저러하게 풍속에서 벗어난 일들은 다 마땅치 않게 보았던 것이다. 그 까닭으로 늘 함께 정답게 붙어 지내는 분이와 조그만 입씨름도 있었다. 먼저 감정이 이렇게 말했다.

“언젠가는 어디루 가서 길쌈을 해볼 셈이어요. 아주 어릴 적에 농장에서 길쌈을 배우다 대감네 집으로 불려가게 되어 다 익히지도 못했지만, 이제 언젠가는 그걸 해보려고 해요. 그런데 이 동네에서는 왜 아무도 그런 일을 하지 않아요?"

분이는 고개를 저었다.

"그런 일 할 줄 아는 사람도 많지만, 만일 여기서 그런 일을 하게 되면 관원이 와서 다 뺏어가게 돼요. 세공(稅貢)도 안 내면서 그런 걸 한다구 말이에요."

"그럼 세공을 내면 되잖아요."

"세공을 내려 해도 세공 낼 자격부터가 없어요. 다 적(籍)이 없으니까요."

"적은 왜 없나요?"

분이는 답답한 듯 말했다.

"다 내쫓기거나 도망 온 사람들인데 무슨 적이 있겠어요. 장사를 하려 해도 도망 온 사람들이 어떻게 떳떳이 장사를 하며, 얼굴에 자자 박고 먹물 찍힌 사람들이 어떻게 그 얼굴 들고 무엇을 해요. 사람들이 다 돌아도 안 보는데. 앞으로 언젠가는 길쌈을 해보겠다 하지만, 쫓기는 몸으로 어디서 어떻게 그 일을 할 참인가요?"

감정은 한숨을 내쉬었다.

"아주 깊은 산속 같은 데를 가서……."

분이는 웃었다.

"깊은 산속? 거기서 베를 짜더라도 들고는 나와야 할 것 아닌가요? 그것이 안 되어 종당에는 부지거처로 유랑하는 사람들이 얼마나 많은데요."

감정은 여태 마땅찮게 보아오던 이곳 사람들에 대해 도리어 동정을 하게 되고 말았다.

"여기 사람들이 여기서 하는 이런 일 말고는 정말 다른 일은 전혀 할 것이 없을까요?"

"전혀 할 것이 없어요. 다른 것 할 수 있는 것이 딱 하나 있는데, 그건 죽는 일이에요."

감정은 말이 막히고 말았다. 묵묵히 앉았던 감정은 조그만 소리를 내었다.

"나도 밥 얻으러 가라면 가겠어요."

분이는 웃었다.

"아니 정말?"

감정은 웃지도 않았다.

"정말."

분이는 이윽히 감정을 바라보다가

"얌전하기만 한 줄 알았는데 무서운 데도 있군요. 난 밥 얻으러 가는 일은 세상없어도 못해요. 다 남편만 시켰지."

둘이 그런 얘기를 하고 난 그다음 날이었다. 막개가 향두 일을 가고 없어서 광제교 밑 감정의 움에서 둘이 또 다른 잡담을 나누고 있었다. 그날 한낮이 막 기울고 있을 때였다. 갑자기 몽둥이를 든 장정 대여섯이 움을 덮쳤다. 움을 덮쳐 감정의 머리채를 움켜쥐고 끌어낸 것은 돌지기였다. 장정들이 분이는 거들떠보지도 않았다. 분이는 새파랗게 질려 움을 뛰쳐나와 토산의 땅굴을 향해 뛰었다.

감정이 광제교 지나 수표교 근처까지 끌려가고 있을 때였다. 땅꾼 여남은 명이 몽둥이들을 들고 짓쳐왔다. 앞장을 선 것은 개도치였다. 땅꾼들의 수가 많아 감정을 잡아가는 장정들을 둘러쌌다.

"웬 놈들이냐!"

갓 쓰고 중치막 입은 돌지기가 소리쳤다. 그는 이제 수노가 아니라 대감 집의 의젓한 집사(執事) 차림이었다. 감정을 두 장정에게 맡겨놓은 채 그는 다만 맨손으로 지휘하며 가고 있던 참이었다.

갓 쓴 큰 덩치의 그 장한을 향하여 명주 저고리에 맨 상투 바람인 개도치가 마주 응수했다.

"네놈들이 웬 놈들이냐. 웬 놈들이 백주에 남의 아낙을 겁탈해 가느냐!"

돌지기가 고성을 질렀다.

"성대감 댁에서 도망한 비자를 잡아가는 것이다. 막는 놈은 도망 노비 허접(許接)한 죄로 모조리 잡아넣을 테니 썩 꺼져라."

개도치가 코웃음을 쳤다.

"성대감이고 박달대감이고 우리는 알 바 없다. 우리 동네 아낙 잡아가는 불한당은 어떤 놈이고 박살을 내놓는다. 그 여자를 곱게 내놓고 가거라. 안 그러면 이 자리가 네놈들 고태굴이 될 것이다."

감정을 붙들고 있던 장정 하나가 하도 기가 막히는지 개도치를 향해 어이없다는 웃음소리까지 내어가며 타이르듯 말했다.

"똑똑히 알아들어라. 이 어른은 지금 이조판서이신 성대감 댁 집사 어른이다. 지금 당장 군졸들을 부를 수도 있으니 제대로 알고나 주둥이를 놀려라. 너희가 땅꾼들이란 걸 알구 있는데, 땅굴이 다 없어지기 전에 집사 어른께 사죄부터 하고 가거라."

개도치가 껄껄대는 웃음소리를 냈다.

"짚신짝에 국화 그리는 소리 하고 있네. 대감도 너네 대감이고 집사고 곱사고 간에 너네 말똥가리 우리는 알 것 없다. 군졸을 부르든 강아지를 부르든 그건 알아서 할 일이고, 그 여자부터 내놓아라. 그 여자는 성례

(成禮)까지 올린 어엿한 우리 동네 여염 여자다."

돌지기가 갓을 벗어 장정 하나에게 맡기면서 말했다.

"이놈들이 숫자 많다고 이깟 걸 세(勢)라고 믿구 짓까부는 모양인데, 이 것들을 모조리 해치우고 가자."

돌지기가 댓바람에 마주 선 개도치에게 덤볐는데, 개도치가 몸을 솟구 치며 발길을 날리자 돌지기가 얼굴을 맞아 뒤로 비틀거렸다. 그와 함께 땅꾼들과 성대감 종들 사이에 몽둥이들이 오가기 시작했는데, 당장 숫자 가 열세인 성대감 종들이 뒤로 몰렸다. 그러나 땅꾼 두엇이 덮쳐든 돌지 기에게 붙들려 옆의 개천으로 허깨비처럼 날아가 구겨 박히면서 싸움은 격렬해졌다. 돌지기는 저놈만 꺼꾸러뜨리면 끝이라는 듯 어쨌든 개도치를 잡으려고 파고드는데, 다른 땅꾼들의 몽둥이 몇 대쯤 맞는 건 아랑곳없었 다. 개도치가 날쌘 주먹으로 돌지기를 후려치다 돌지기의 손에 잡혀 마침 내 마주잡이가 되었다. 완력도 출중하기 이를 데 없는 개도치이건만 힘에 는 돌지기에게 밀려 같이 넘어지며 땅바닥에 뒹굴었다. 그러나 그것은 잠 시였다. 개도치가 싸움이라면 아무 인정사정 안 두는 무정한 싸움꾼이라 돌지기의 가랑이 사이 가장 중한 곳을 사정없이 걷어차 버리며 일어섰다. 돌지기는 가랑이 사이를 잡고 고통스레 엉거주춤 엎디어 있었다. 다른 땅 꾼들이 몽둥이로 엉거주춤해 있는 돌지기를 후려치려는데 개도치가

"그만해!"

소리쳤다. 싸움은 끝나버렸다. 대감의 종들은 이마들이 터져 한쪽으로 몰려 있었다. 개도치가 그쪽으로 가서 감정을 끌어내자 대감의 종들은 아 무 소리 없이 감정을 내주었다. 감정은 내내 울고 있었는지 눈이 퉁퉁 부 어 있었고, 땅꾼들과 함께 돌아가면서도 고개를 파묻은 채 연해 눈물을

씻어내었다.

그날 향두 일을 마치고 온 막개는 그 일을 알고 놀라 어찌할 줄을 모르는데, 개도치는 태연했다. 다만 만일을 위해 막개 부부와 깍정이 하나가 서로의 움을 바꾸어 있게만 했다.

여럿이 의혹해한 것은, 감정이 여기 와 있는 것을 그 집에서 어떻게 알아냈는가 하는 것이었다. 아무래도 미심쩍어 대감댁 안택굿을 갔던 그 무당을 잡아다가 물어보았다. 아니나 다를까 바로 그 무당이 범인이었다. 감정이 집을 나간 뒤 성대감 집에서는, 무당을 따라와서 두 번이나 집을 들락거리며 감정과 수작을 했다는 그 시녀를 의심했다. 그래서 그 무당을 잡아다 문초를 하자 땅굴에서 부탁 받은 사실을 다 토설했다는 것이다. 무당을 문초한 것은 바로 그 무당을 불렀던 대부인이었다. 대부인은 진노하여 감정을 잡아들이라 했고, 비록 집사의 사촌이라 할지라도 죽음의 벌을 받아야 마땅하리라고 엄명을 내렸다는 것이다.

그리하여 대감 집에서는 말동네에서 막개와 함께 도망친 감정이, 연통이 된 땅굴로 피신했을 것으로 짐작하고, 여러 날에 걸쳐 어느 움에 숨었는지를 염탐하고 다녔다. 땅꾼들은 좀처럼 입을 열지 않았다. 그러다가 어느 땅꾼 하나에게 비단 한 필을 주면서 물어보자, 비단에 눈이 홀린 그 땅꾼이 모든 것을 일러주었다.

땅굴에서도, 어느 땅꾼이 율을 어기면서 일러주지 않고서야 그리 바로 그 움으로 들이닥쳤을 리가 없다고 보고, 꼭지딴을 비롯한 상번수, 번수들이 회합을 가졌다. 이 일은 단순히 막개 부부만의 일이 아니라, 땅굴 전체의 기율에 대한 중대한 문제인지라 어느 놈인지를 반드시 밝혀내어 중벌을 내려야 한다는 결안이 내려졌다. 그리하여 우선 땅굴의 움마다 남김없이 집뒤짐을 했는데, 한 땅꾼의 움에서 비단 한 필이 나왔다. 꼭지딴이 그놈을 잡아다 놓고 그 비단이 어디서 났는가를 문초했는데, 화덕에 불을 피워놓고 인두를 벌겋게 달구고 있었다. 본래 좀 멍청한 구석이 있던 그놈은 달군 인두를 한번 갖다 대자, 성대감 집 사람에게서 받은 것이라고 벌벌 떨며 실토를 했다.

"이놈을 산 채로 땅에 갖다 묻어라!"

꼭지딴의 영이 떨어졌는데, 그때 막개와 감정이 달려가 땅에 엎드려 꼭지딴에게 빌었다. 막개가 아니라 감정이 말했다.

"우리 일로 사람 하나가 죽는 것은 우리도 죽는 것이나 마찬가지오니 부디 죽이는 것만은 면하게 해주십시오."

상번수 개도치도 거들었다.

"벌에는 경중을 가려야 하니, 죽음은 면해주시되, 그 받은 비단을 비롯해 가진 모든 것을 압수하고, 매를 쳐서 아주 이 땅굴에서뿐 아니라 사대문 안 어느 땅굴에도 발을 못 붙이게 축출함이 가할 듯합니다."

꼭지딴이 상번수의 말을 받아들여, 이 땅꾼은 심한 매를 맞고 아주 영영 어디론가 사라져야 하게 되었다.

성대감 집에서도 난리가 났다. 감정을 찾아내고서도 집사를 비롯한 여러 구종들이 깍정이들에게 얻어맞고 잡았던 감정까지 뺏기고 온 것을 기막혀했다. 성대감까지 이 일을 알고 노하여 행패 부린 깍정이들을 잡아들이라고 한성부에 통기했다. 한성부에서는 관원과 군교를 보내 여러 날 수탐을 했다. 하지만 거처도 일정치 않은 무리들이라 어느 것 하나 쉬이 잡아낼 수가 없었다. 한성판윤(漢城判尹)이 사람을 보내 성대감에게 고하기를,

"그까짓 사람도 아닌 것들과 무슨 사달이 있었다는 소문만 나도 대감 체

통에 도무지 창피하기만 한 일입니다. 그저 없었던 일로 치지도외(置之度外)하는 것이 제일입니다"라고 했다.

성대감은 울화가 끓었으나 별도리가 없었다. 얼굴에 멍들고 갓까지 난당으로 부서져 돌아왔다는 집사 돌지기를 불러 심히 책망했고, 마침내는 정부인에게 화를 냈다.

"말 들으니 부인은 이 일에 일언반구 없이 남의 일 보듯 한다니 대체 무슨 까닭이오. 이런 일은 가도(家道)에 아무 상관 없는 일이란 말이오? 노모의 역정에 내가 머리가 다 쉬겠소."

"차차 별반 조처를 취하리다."

정부인의 대답은 그것뿐이었다. 그러더니 며칠 뒤 그 별반 조처라는 것을 취했다. 정부인은 차집 문산댁을 불러 명주 스무 필과 상목 스무 필을 싸서 화각장(畵角藏)에 담으라 하고는 이렇게 명했다.

"이것을 짐 지워 감정에게 갖다 주어라."

문산댁이 어리둥절해 있자 정부인은 꾸짖듯 쏘아본 다음, 그만 고개를 돌려 눈에 눈물을 머금었다.

"내 딸같이 키운 아이다. 그것을 나는 종으로 생각해본 적이 없다. 그 아이가 땅굴에까지 가 있단 말 듣고 가슴이 미어질 듯 아팠다. 그럴 줄 알았으면 진작 막개와 짝 지워줄 걸, 내 생각에만 집착해 인정을 모두 끊어놓았다. 공천인 것을 속이고 지낸 막개는 용납키 어려우나, 그다지도 깊은 정분이면 위력으로 끊는 것이 어찌 사람의 도리이겠느냐. 대부인의 꾸중은 내 모두 감수할 터이다."

일찍이 눈물을 잘 보이지 않던, 법도 엄한 정부인의 눈에 눈물 고인 것을 보고 문산댁도 그만 눈물을 흘렸다.

어느 날 땅굴에 비단 너울 두른 풍채 좋은 초로의 여인이 화사한 화각 장 하나를 진 사내 하나를 끌고 나타나서, 근간에 여기서 혼례 올린 대감 집 비자의 집이 어디냐고 물었다. 땅굴 사람들은 처음에 하나같이 의아해 하기만 하다가, 좌우간 그 일이라면 상번수를 상면시키면 되겠다고 생각 하고 상번수 집으로 그 여인을 데려갔다. 집에 있던 분이가 잠깐 기다리 라면서 나갔다가 개도치를 불러왔다. 개도치가 문산댁에게 누구냐고 묻 자, 문산댁은 긴 말 없이

"막개와 감정이 있는 데를 일러주오. 물건 전할 것이 있는데, 성대감 댁 정부인께서 내린 채단(綵緞)이오. 이젠 잡아가고 말 것도 없소. 난 그 댁 차 집으로 이걸 전하러 온 것이오."

짐꾼은 마당가에 화각장을 내려 받쳐놓고 섰을 뿐, 그 밖에 따라온 사 람이라고는 없었다.

너무 이상스럽기만 한 일이라 개도치가 어찌 된 셈판인지를 몰라서 다 시금 문산댁에게 물었다.

"정부인께서 내린 채단이라니요? 무슨 말인지 도무지 알 수가 없는데 요."

의혹의 눈길을 굴리자, 문산댁은 버럭 역정을 냈다.

"그렇다면 그런 것이지 무슨 말이 그렇게 많우. 빨리 두 사람 있는 곳을 일러주오."

개도치가 잠시 멍하니 있자 분이가 결심한 듯 어디론가 달려가는데, 문 산댁이 쫓아가는 분이를 힐끔 보고는

"무당 시녀로 왔던 색시로군. 통속들은 좋아. 지금 부르러 간 거유?"

문산댁은 다리가 아픈지 손수건으로 마루를 털고 나서 마루 끝에 걸

터앉았다. 개도치는 아직도 의혹이 풀리지 않은 눈길로 문산댁과 받쳐놓은 화각장을 번갈아 보았다. 조금 있자 감정이 쫓아오고 그 뒤로 분이가 따라왔다. 감정은 문산댁을 보자마자 그 자리에 멈추어 서버렸다. 문산댁은 마루에서 벌떡 일어서며 골이 난 듯한 얼굴로 감정을 노려보고 있다가, 금세 얼굴을 돌리고 손수건으로 눈물을 찍어내고 콧물을 풀고 했다. 감정이 쫓아가 문산댁을 붙들자 문산댁은 감정의 손을 홱 뿌리쳐 버렸다.

"괘씸한 것!"

감정이 눈시울을 붉히며 고개를 떨어뜨린 채 다시 문산댁의 치맛자락을 붙들자, 문산댁은 어조를 바로잡으며 호통치듯 말했다.

"정부인의 말씀을 전한다. 저리 떨어져 섰거라!"

감정이 머뭇머뭇 떨어져서 고개를 숙이고 있자, 문산댁이 전령 전하는 꼿꼿한 소리로 말했다.

"정부인이 말씀하셨다. 감정은 내 딸같이 키운 아이로 종으로 생각해본 적이 없다 하시고, 땅굴에까지 가 있단 말 듣고 가슴이 미어질 듯 아팠다고 하시며 눈물을 머금으셨다. 그럴 줄 알았으면 진작 막개와 짝 지워줄 걸 그랬다 하시고, 당신 생각만 하시어 인정을 모두 끊어놓았다고 하시었다……."

여기까지 말했을 때 감정은 그만 쓰러지듯 땅에 주저앉아 어깨를 떨며 흐느끼기 시작했고, 문산댁의 말소리도 목이 잠겨 나왔다.

"명하여 명주 스무 필과 상목 스무 필을 감정에게 전하라 하시고, 공천인 것을 숨기고 지낸 막개는 용납하기 어려우나 그다지도 깊은 정분이면 위력으로 끊는 것이 사람의 도리가 아니라고 하시었다. 대부인의 꾸중마

저도 당신이 모두 감수하시겠다고 하시었다.”

"마님! ······."

감정은 오장이 끊기는 듯한 소리로 마님을 부르며 앞으로 꼬꾸라져 울음을 쏟아놓았다.

그
땅
의
부
부

강원도 양구현(楊口縣)의 현청에는 허름한 도포 차림의 선비 하나가 찾아
들었다. 선비는 우선 현감에게 통자를 넣을 양으로 서리들이 있는 길청을
찾았으나, 길청에는 서리 명색이라고는 보이지 않고 관노 두엇이 마루에
서 졸고 있을 뿐이었다. 동헌에 들어섰으나 거기도 역시 나졸 서넛이 마
당 구석에서 잡기놀음을 하고 있을 뿐, 들어선 사람을 별로 눈여겨보지도
않았다. 옥문 쪽을 기웃거렸는데, 옥문은 아무렇게나 열려진 채 헛간처럼
비어 있었다. 과시 한심한 관아였다. 선비가 자꾸 여기저기를 기웃거리자
잡기하던 나졸 하나가 물었다.

"무슨 일로 그러시우?"

선비가 대답했다.

"사또 나리를 뵙고자 한다."

나졸이 소리쳐 통인을 부르자, 통인이 느릿느릿 나타나는데, 선비가 다

시 통인에게 말했다.

"사또 나리를 뵙고자 한다고 아뢰어라."

통인이 불공스레 선비를 훑어보고는 들어갔다. 좀 있자 현감이 동헌 마루로 모습을 나타냈다. 지난날의 황녹사, 황필은(黃弼殷) 그 사람이었다. 그는 관복 차림도 않고 다만 구겨진 창의를 걸쳤을 뿐인데, 대낮인데도 술기가 있어 미취해 있었다.

선비를 내려다본 현감은 적이 놀랐다.

"아니 이게 누군가. 권공(權公)이 아니신가."

선비가 반가이 웃었다.

"그간 무량하십니까? 실로 여러 해 만에 뵙습니다. 정국 후 뵙고 근 사년 만인가요?"

"대체 어인 일로……. 어서 들어오시오."

황현감은 친히 선비를 인도하여 바로 내아로 들어갔다. 내아에는 주안상이 차려져 있고, 관기까지 둘 있는데, 현감이 불시에 낯선 선비를 데리고 들어오자 두 관기는 급히 몸을 일으켰다.

"너희는 나가 있거라."

현감이 명하여 두 관기는 밖으로 나갔다. 좌정하여 앉자, 황현감이 재우쳐 물었다.

"아니, 혹시 관직을 떠난 거요?"

"무슨 말씀인지요?"

"내 일찍이 도목(都目)을 보고서 공이 홍문관(弘文館) 부교리(副校理)에 오른 것을 알고 있는데, 이런 차림으로 홀로 이곳까지 오다니, 대체 어인 일이오?"

이 선비는 그러니까 지난날 반정 전야 시절 성대감 집에 자주 드나들며 황녹사와도 많은 시사 토론을 벌였던 그때의 젊은 선비들 중 한 사람인 권벌(權橃)이었다. 그는 그 뒤 문과에 급제하여 홍문관 부교리에 올라 있었던 것이다.

권벌은 황현감의 물음은 피한 채 우선 현청의 얘기부터 꺼냈다.

"고을 정사를 거의 진폐(盡廢)하고 있다는 소문이 맞는군요."

황현감은 쓴 얼굴이 되었다.

"소문이 그렇게까지 나 있는 모양이군."

"낮에도 이렇게 약주를 하십니까?"

"더러……."

"시생에게도 한 잔 주시지요."

"그러겠소?"

황현감은 먹던 주안상 그대로 권벌에게 술을 권했다. 두 사람이 잠시 대작을 하다 황현감이 다시 의아해하며 물었다.

"대체 어인 일이오? 관직에서 물러나기라도 했소?"

권벌이 껄껄 웃었다.

"아마 그 반대일 것입니다."

"반대?"

"암행어사입니다."

"암행어사?"

"간리(奸吏)를 적발하고 근태(勤怠)를 규찰키 위해 왕명으로 미복잠행(微服潛行)하는 어사이지요."

"미복잠행이라……. 행대감찰(行臺監察)이 있다는 말은 들었으되 암행하는 어사란 듣던 중 처음이오 그려."

"행대감찰은 암행하지 않았으나, 암행어사는 상감의 어명으로 미행하며 기찰하는 것이지요."

"그럴 법한 어사로군……."

황현감이 중얼거리자 권벌은 품에서 사목(事目) 한 권과 마패와 유척(鍮尺) 등을 꺼내 보여주었다.

"상감의 밀명을 받고 곧 의정부에서 이 품목들을 받아 나온 것입니다. 영상 대감이신 성희안 대감께서 직접 주신 것이지요."

박원종, 유순정 등이 영의정을 하다 차례로 죽어서 지금은 성대감이 영상이었다. 박원종은 폐조 때의 흥청(興淸) 삼백여 명을 하사받아 호사를 극진히 누리다가 음욕으로 죽었다는 말이 있었다.

"암행어사라……. 신왕(新王)으로서는 내볼 만한 어사로군."

황현감의 그 말은 별로 새겨듣지 않고, 권벌은 다시 웃으며 말했다.

"이번에 팔도에 암행어사가 파송되었는데, 시생이 어쩌다 이곳 강원도 암행을 맡게 된 것이지요. 다 돌고 마지막 돌아가는 길에 여기를 들렀습니다."

황현감은 쓰게 웃었다.

"그럼 강원도 수령들 중 의당 나 하나가 탄핵을 받겠군."

"아마 그런 것 같습니다."

"탄핵하면 어떻게 되는 것이오?"

"탄핵이 아니라 어사가 즉시 출두를 하여 바로 관인을 뺏고 봉고파직(封庫罷職)할 수가 있습니다. 그리고 돌아가서 서계를 올리는 것이지요."

"어사가 출두를 했으니 그럼 지금 관인을 내놓고 석고대죄 해야겠군."

"정국의 숨은 일등 공신이자 성정승의 막하이신 분을 누가 감히 그렇게 할 수 있겠습니까?"

권벌은 그래 놓고 크게 웃었으나, 황현감은 그저 무표정한 얼굴인 채

"성정승과는 그동안 별로 음신(音信)이 없었소."

그러고는 덤덤한 어조로 말했다.

"그럼 강원도 감사도 만나고 왔겠구려."

"의당한 일이지요. 그런데 감사의 말이 강원도 수령들 중 양구 현감이 포폄(褒貶)에서 제일 열등하여 악(惡)에 해당한다고 하더군요."

허물없는 사이라서 있는 대로 말했으나, 너무 지나쳤는가 하여 권벌이 도로 얼굴을 붉혔다.

"무관하여 있는 그대로를 말씀드리는 것뿐이오니 아무 혐의하지 마십시오."

"아니오. 아무 상관 없소. 딴말도 더 있었을 테니 다 말해보시오. 아무 상관 없소."

"그렇다면……. 또 말하기를, 황해도 은율에서도 포폄에서 최열등 했다는데, 과만(瓜滿)이 되었으면 황해도 안에서나 다른 고을로 돌릴 것이지 강원도에다 떠넘기는 건 무어냐고 푸념 같은 말을 하더군요."

그래 놓고 권벌은 또 지나쳤는가 싶어 어색한 웃음을 지으며 더욱 얼굴을 붉혔는데, 황현감은 별 동요도 없이 그저 덤덤할 뿐이었다. 그 모양을 보다가 권벌이

"시생에게도 관기로 하여금 술을 따르게 해주시지요."

짓궂게 비아냥거리듯 했는데, 황현감은 별로 탓하지 않고 아까의 두 관기를 불러 주안을 시켰다. 그러고는 권벌을 향해

"객관으로 나가십시다. 나는 아침부터 술을 좀 했더니 몸이 고단한데, 거기서 좀 마시다 공도 고단하면 거기서 눕고, 나도 들어와 눕고……."

그리하여 술자리가 객관으로 옮겨졌다. 거기서 의례 삼아 두어 잔 대작한 황현감은 그냥 일어서며

"고단하면 좀 누우시오."

하고는 관기 둘에게 권벌을 맡겨놓은 채 내아로 들어가 버렸다. 관기 둘과 무료하게 술을 마시던 권벌이 아무래도 괴이쩍어 관기 하나에게 사또께서 무얼 하는지 좀 들여다보고 오라고 시켰다. 관기가 돌아와서는 사또께서는 내아에서 잠이 들었다고 알렸다.

권벌은 술맛도 나지 않아 총림 석벽이 아득히 솟은 먼 산이나 무료히 바라보면서 술은 마시는지 마는지 했다. 해가 기울 무렵이나 되어서 황현감이 잠이 깨어 객관을 들여다보았다. 차림새는 금방 잠이 깬 사람의 정갈치 못한 모양새 그대로였다.

"어떻소? 운치 좋은 곳에서 관기 아이들과 재미있게 놀았소?"

현감의 소리에 권벌은 그만 울화통이 터질 것 같았으나 꾹 참고

"사군(使君)께서는 운치 좋은 곳에서 이 아이들과 늘 재미있게 노시는지 모르나 시생은 별반 재미가 없습니다."

뼈 있는 말을 했다. 황현감은 웃으며 술자리에 다가와 앉았다.

"참으로 풍류를 모르는 객이로군. 저기 걸린 명사(名士)들의 시(詩)도 못 봤소. 객관은 허공에 높이 솟았는데, 문득 이곳이 신선의 동부(洞府)인가 하노라……. 그 옆에는 또 어떻소. 경계가 고요하니 마음도 고요하고 사람이 드무니 일도 또한 드물구나……. 하늘은 살찐 들을 열어서 양록(楊麓)을 안았고, 산은 기이한 봉우리를 지어서 사명(四明)을 떠받쳤구나……."

그러면서 현감은 혼자 즐거운지 웃음소리를 내었다. 권벌이 여전 마뜩잖은 얼굴로 앉아 있자 현감이

"시장하실 텐데 저녁을 내오라 할까요? 어떻소?"

권벌은 고개를 저었다.

"주효가 많아 이것만으로 됐습니다."

"아, 그래요. 나도 그렇소. 나도 술과 안주로만 때우겠소."

"말씀드릴 게 있는데, 이 아이들은 그만 나가보라고 하시지요."

권벌이 진중한 어조로 말하자

"그래요?"

현감은 관기들을 나가게 했다. 황현감은 자작 술을 따라 천천히 마셨고, 두 사람 사이에는 잠시 침묵이 흘렀다. 권벌이 조용히 입을 열었다.

"유생 때부터 시생은 명공을 잘 압니다. 까닭 없이 현의 일을 진폐하실 리는 결코 없습니다. 무슨 까닭인지나 일러주시지요. 어사의 직분을 떠나 지난날 한갓 유생으로 돌아가 허심하게 여쭙는 것입니다."

황현감은 대꾸 없이 또 자작 술을 따라 쉬어가면서 천천히 마셨다. 답답해진 권벌이 채근하듯 말했다.

"명공의 경륜에는 어울리지 않게 너무 소읍(小邑)만 맡게 되어 그런가요?"

권벌의 그 소리에 황현감은 흘낏 권벌을 보았다.

"그 무슨 말이오. 소읍은 본래 내가 원하던 것이오. 소읍 대읍이 무슨 상관이오."

그러고는 잠시 멍하니 앉았다가 들릴 듯 말 듯 조그만 소리를 내었다.

"반정이 잘못되었던 것이오."

권벌은 눈을 크게 떴다.

"반정이 잘못되다니요?"

황현감은 또 오래 말이 없었다. 또 천천히 술을 따라 마시며 그의 목소리는 웅얼거리듯 낮게 나왔다.

"내가 반정 후 성대감에게 이 반정을 다시 반정하는 대숙정이 있어야 한다고 말한 적이 있소. 그때는 다만 일시 분기만으로 말했던 것이나, 고을로 나와 보고 참으로 그래야 했다는 것을 절감했소."

권벌은 그 말에 대해서는 쉽게 받았다.

"그 말씀이라면 시생도 들은 것이 있습니다. 명공이 공신되기를 끝내 피혐한 것이 공신의 남록(濫錄)에다 갖가지 부정까지 있은 데 기인한 것이라고 들은 적이 있습니다. 그것은 지금 어떤 만큼 척결되었습니다. 훈 일등에 서훈되었던 간흉 유자광(柳子光)이 유배되어 간 것은 명공도 이미 아시겠지만, 이번에 공조판서(工曹判書) 박영문과 병조판서(兵曹判書) 신윤무가 탄핵받아 물러났습니다. 박영문은 공신의 녹공 때부터 수많은 뇌물을 받은 것이 잘 알려진 일인 데다 조정 기강을 어지럽힌 일까지 있어 탄핵받아 물러났고, 신윤무도 같은 혐의로 탄핵되어 물러났습니다. 대체로 공신 남록은 무반에서 많이 행해졌다는데, 이제 영상이던 무반의 박원종 대감은 세상을 떠났고, 유자광에다 박영문, 신윤무까지 물러났으니, 조정 안이 매우 맑아진 것 아닙니까?"

황현감은 쓰디쓴 얼굴이 되었다.

"모든 혐의를 문신과 무신의 파쟁으로 몰아놓았군. 그래서 이제는 모든 이득을 문신이 독점하게 되었단 말이오? 참으로 철면피한 일이오. 내가 말하는 것은 그게 아니라 동서반(東西班) 모든 조신이 척결되어야 한다는 뜻이오. 반정이 잘못되었다는 말은 바로 소도(小盜)를 몰아내고 대도(大盜)를 끌어들인 것에 불과하다는 뜻이오."

너무나 엄청난 말이라 권벌은 입만 벌리고 있다가

"어, 어찌 그, 그런 말씀을……."

더 말을 잇지 못했다. 황현감은 점차 언성이 높아지기 시작했다.

"연산주는 한갓 탕자(蕩子)라 방탕으로 재정이 어려워지자 사화를 일으켜 조신들을 죽이고 그들의 전장(田莊), 노비들을 적몰해 들였거니와, 지금은 모든 훈신(勳臣)들이 전국에 걸쳐 전장과 노비들을 전단(專斷)하고 있소. 왕도 한갓 대전장(大田莊)의 대전주(大田主)에 불과하오."

권벌은 더욱 창황해했다.

"어, 어찌 감히 그, 그런 능상(凌上)의 말씀을……."

"그대는 아까 지난날 유생으로 돌아가겠다고 하지 않았소. 그렇듯이 경동할 것은 없소."

술을 들이켜고 난 황현감이 술잔을 소리 나게 반상에 내려놓으며 말했다.

"공이 어사로 고을을 다 돌았다니, 떠도는 유민들을 더러 보았겠구려."

"그 유민들이야 언제나 있는 것이니……."

"언제나라니, 유민들 있는 것이 의당한 일이오?"

"수재(水災), 한재(旱災)를 만난 유민들이야 어찌 없을 수가……."

"이것이 어사의 소리인가!"

반상을 내려치며 황현감이 소리쳐서 자리가 매우 험해졌다. 그러나 황현감의 분기는 좀처럼 가라앉지 않았다.

"이보오. 바로 나라에서 수재, 한재를 만들어내고 있고, 나라에서 유민을 만들어내고 있소. 그것이 반정 후 더 혹심해졌소. 농민이 땅이라도 갈아먹고 살려면 추수의 반을 바쳐야 하고, 나라의 부역을 나가야 하고, 궁중에 진상(進上)을 바쳐야 하던 것은 전이나 마찬가지요. 그러나 훈신이 늘어나면서 이것이 더 혹독하게 되었소. 다투어 전장을 넓히면서 양민들이 억압당해 갈아먹을 땅마저 없게 되어가고 있소. 그러자 이젠 양민들이 할 수 없이 세도가의 장토(莊土)에 투탁(投託)해 들어가서 노비들이 되어 연명하고 있소. 노비가 되면 나라의 부역도 없고, 진상도 면하게 되니, 스스로 노비 되기를 원하는 자도 많소. 그러면 그들이 면한 부역과 진상은 다 어디로 가겠소? 남은 양민들이 떠맡게 되지요. 이들이 그것까지 짊어지고 더 이상 어떻게 견디겠소? 모두 흩어져 유리걸식(流離乞食)하는 유민이 되고 도적이 되고……. 궁궐에 속한 내수사전(內需司田)은 공천을 부려 더욱더 방대해져가도 거기에는 아무 전세(田稅)도 부역도 없소. 명문 없는 궁전(宮田)이 도처에 퍼져도 이들 땅에는 아무 공안(貢案)도 없소. 장토(莊土)를 거느린 세도가들은 임금을 에워싸고 충성을 바친다며 저마다 장토를 넓히고, 임금은 이들의 옹위 속에 대전주가 되고……. 전에 내가 있던 은율에서는 한 훈신이 장토에 일천이 넘는 노비를 거느리고 있었고, 궁전이 양민 농토의 열 배가 넘었소. 이것이 바로 민익고(民益苦) 국익빈(國益貧)이라, 공이 만일 나 대신 은율 현감이었다면 그 살아남은 양민들을 위해 무엇을 해줄 수 있었겠소?"

"……."

권별은 말을 잃고 멍하니 딴 데로 눈길을 주고 있었다. 황현감은 자조하듯 말했다.

"수령칠사(首領七事)? …… 부역, 군정, 농잠, 호구 또 무슨 소송, 간활(奸猾)……. 이따위로 어쨌거나 백성의 고혈을 짜내라는 것인데, 무엇을 짜내더라도 우선 거기에 사는 백성이 있어야 할 것 아니오. 백성 없는 빈 산야를 향해 정사를 할 것이오? 그래서 나는 수령칠사의 대부분을 다 내버렸소. 어떤 역도 지우지 않고, 조세도 걷지 않고, 생업에만 힘쓰게 하였소. 살아남아 뭘 짊어져도 감당할 수 있을 때까지는 그렇게 해나가기로 했소. 그래서 그 고을에 유민도 아무 죄줄 사람도 없었으나, 나는 끝내 포폄에서 악을 받고 쫓겨났소."

권벌은 우울하게 저도 자작으로 술을 따라 마시며 간신히 입을 열었다.

"여기 오시게 된 경위는 대체……."

"아까 공이 말하지 않았소. 강원 감사가 짐덩이를 떠맡게 되었다 푸념하더라고. 아마도 성정승 사람으로 인이 찍혀 차마 파직은 못 시키고 이리저리 떠넘기는 신세가 된 모양이오. 그러나 그러기 전에 스스로 물러날 생각은 오래전부터 갖고 있었소. 그러나 이것 하나만은 꼭 해놓고 물러나리라 해서 여기라도 온 것이오. 공은 아까 수재 한재가 하늘이 내는 것으로 얘길 하는 것 같았으나, 그런 것이 아니오. 지금까지 말한 것 말고도 또 하나 큰 일이 언제(堰堤)의 일이오. 물을 가두어놓고 때맞춰 농사를 짓던 제방이 고을마다 오래전에 대부분 다 무너졌소. 어느 고을에서든 그것 하나만은 쌓아놓고 물러가자던 것이었소. 그런데 이 무너진 제방의 땅을 세도가들이 차지하고는 거기다 종들 시켜 농사를 짓게 하고 있는 것이오. 이 양구에도 와보니 무너진 제방 터가 세 곳이나 되었소. 두 곳은 궁방전(宮房田)이 되어 있고 한 곳은 세도가가 장토로 차지하고 있었소. 내가 이곳을 반드시 저수(貯水)하는 언제로 도로 쌓기 위해 감사에게 보장도 여러 번 내고 나중에는 상소까지 했으나, 모두 묵살되고 말았소. 농민들이 내 말에 따라 스스로 힘을 모아 노역하여 만들겠다고 하여도 들어주지 않는 것이오. 이것이 어찌 하늘만이 낸 수재며 한재요? 저 명사들의 운치 있는 시들을 보오. 사람이 드무니 일도 또한 드물다고? 사람은 유랑해 가고 없는데, 신선의 동부라……. 내 일은 여기서 끝난 것이오. 하나 남은 일이 술 마시는 일이니, 이 일도 조만간 그만두고 내 살던 데로 가서 그 조그만 농막(農幕)에서나마 스스로 농의(農依) 입고 연명하다 일생을 마칠 생각이오."

권벌은 무거운 짐에 내려눌리듯 침울하게 내쳐 술만 들이켰다. 황현감이 문득 호젓한 어조로 말했다.

"이 땅에 살려고 있는 사람들이 아니오."

그 말만 해놓고 황현감이 더 말이 없자 권벌이 고개를 들었다.

"누구 말씀인가요?"

"다들 말이오."

"무슨 말씀이신지? ……."

"북방의 그 웅대한 땅을 다 잃고 난 뒤부터라고 생각되오. 반도에 갇혀 살게 되면서부터 사람들은 차츰 진취의 기상을 잃고 이 땅을 제가 살 땅으로 생각지 않는 것이오. 국토의 크고 작은 것이 문제가 아닌데 말이오. 아무리 작은 지렛대라도 얼마든지 크나큰 바위를 굴리지 않소. 그런데 그 진취의 기상이 쇠하고부터 상하가 다 지성으로 땅을 일구려 들지 않고 지성으로 서로 힘을 모으려 하지 않소. 아까 유민들 얘길 했지만, 그들도 궁민(窮民)들일 뿐, 자리를 바꾸어놓으면 똑같소. 서로가 다 뜨내기들이오. 그러기에 제 집, 제 식구, 제 보퉁이만 알뜰하지 남의 집, 남의 식구, 남의 보퉁이는 어떻게 되건 아무 상관이 없소. 국토가 무너지건 말건 그런 건 전혀 안중에도 없소. 상하 온 나라 사람이 다 똑같소. 다 뜨내기들이오. 이렇게 뜨내기들로 몇천 년 살아왔으니 앞으로 천년은 더 뜨내기들로 살아갈 것이오. 앞으로 더 천년이란 소리는 공허한 소리가 아니오. 사람들의 이 인성(人性)을 두고 하는 말이오. 완맹(頑盲)하기가 천년은 더 가리라고 보는 것이오. 그때쯤 가면 비로소 눈을 조금씩 뜰 것이고, 비로소 여기가 진정코 내가 살 땅이라고 조금씩 깨달을 것이오. 그때 가서야 비로소 옆 사람이 내 이웃으로 보이고, 이 땅이 조금씩 내 국토로 보일 것이오. 내가 아까 치국(治國)의 소소한 문제들을 장황히 말했으나, 그것은 일개 수령의 눈으로 말한 것일 뿐, 종내는 사람들의 인성에 달려 있는 것이오. 어떤 정치를 펴든 이 인성이 변하지 않는 한 그저 똑같을 뿐이오. 천년으로 보오. 천년이 지나야 눈을 뜰 것이오."

권벌은 의혹의 눈으로 더욱 침중해지면서 무거운 어조로 말했다.

"천년이라니요? 그렇게 망연히 말할 수 있습니까?"

"이 완맹하도록 굳어져 버린 인성을 보고 하는 말이오."

"인성을 어찌 그토록 단정해서 말씀하실 수가……."

"덮어놓고 말하는 것이 아니오. 여러 가지로 말할 수가 있소. 우선 생각을 해보오. 오직 편협하기만 해서 우리에게는 제자백가가 있을 수 없소. 확연한 제 땅이라야 백화가 만발하듯 온갖 목소리가 나오는데, 뜨내기 도망꾼들한테서 무슨 소리가 나오겠소. 강자(强者)의 한 무리가 한 소리를 내면 그저 그 소리를 따라 할 뿐이오. 잘 알건 모르건 따라 하며 목전의 안신을 도모할 뿐이오. 이것이 뜨내기 도망꾼들의 속성이오. 지금은 유자(儒者)의 소리가 아니고는, 또 정주(程朱)의 소리가 아니고는 이단(異端)으로 몰려 살아남지를 못하오. 성균관에는 바야흐로 학령(學令)으로 노불백가자집(老佛百家子集)을 읽은 자, 고담이론(高談異論)을 밝히는 자는 벌한다고 되어 있지 않소. 이런 번거로운 말은 할 것도 없소. 현(賢)을 숭상하면 나라가 위태롭다고 한 한비자(韓非子)의 말 그대로요. 현이란 있을 수 있으되 그것을 독부(獨府)로 숭상하는 것은 끝내 나라를 퇴락으로 몰아가는 길이오. 떠돌이 패일수록 그것으로 지탱하려 하고, 그러다가 스스로 피폐해가는 것이오. 그래서 다만 그렇소. 이 땅이 나와 내 이웃, 온 백성이 함께 뿌리박고 같이 살아갈 땅이란 걸 깨달아야 할 뿐이오. 그 뿌리박을 때를 천년으로 보오."

황현감은 거기서 말을 끊어버리고 그대로 일어섰다. 밤이 깊어 벌써 자정도 넘어 있었다. 잘 자라 이르고 황현감은 객관을 나갔고, 권벌은 오래 혼자 술을 마시며 앉아 있었다.

권벌이 다음 날 아침 일어났을 때 황현감은 아직 취침 중이어서 혼자 아침상을 받았고, 또 행장까지 수습하고 나섰다. 현감은 여전 그대로 잠들어 있다고 해서 권벌은 깨우지 말라 이르고 그대로 현청을 나섰다. 현청을 나서는 그의 얼굴은 무겁고 어둡기만 했다.

서부(西部) 용산방(龍山坊)에 있는 군자창(軍資倉) 별창(別倉)에서 소달구지에 가득 실은 군량(軍糧)이 나왔다. 멀리 신창외계(新倉外契)에 마을 집들이 띄엄띄엄 보였으나, 별창 근처에는 인가도 드물었다. 별창의 곡간이 일백여 간이나 되어 보였는데, 별창에 관아가 붙어 있어 관아의 관원이 지켜보는 가운데 군량이 나온 것이다.

소를 끄는 관노가 하나, 좌우에 따르는 관노가 둘이었다. 소를 끄는 관노는 막개였다. 이 소달구지가 별창을 다 벗어날 즈음, 길옆에는 널빤지로 둘러막고 짚으로 지붕을 씌운 허술한 경수소(輕水素)가 하나 있었으나, 대낮이라 경수소는 텅 빈 채였다.

이 소달구지는 청파(青坡) 배다리를 지나고 청파 이계(二契)에 이르자, 궁

영(宮營)이 아닌 어느 집 창고 속으로 쑥 들어가 버렸다. 창고문을 열어놓고 있던 사십 줄의 건장한 사내는 다시 얼른 창고문을 닫아버렸고, 어둑어둑한 창고 속에서 사내는 창날 같은 쇠꼬챙이 삽으로 아무 가마니나 쑤셔대어 딸려 나온 쌀을 자세히 살폈다.

"묵은 진곡 아닌가? ……."

사내가 의심스럽다는 소리를 하자 소를 끌었던 막개가 타박했다.

"한 번 보면 모르우? 갓 들어온 신곡이오, 신곡!"

사내는 탈 잡을 꼬투리를 찾아내느라 연해 쌀가마니를 찔러대다 그만두었다.

"이만하면 상목 한 동은 되겠지."

막개가 들이대자 사내는

"글쎄……. 어쨌든 풀어놓기나 하라구."

그러자 따라왔던 관노 둘과 막개가 관차 차림을 벗어놓고 쌀가마니를 풀어놓기 시작하는데, 사내도 거들었다. 그러고 난 다음 관노 셋은 한 동의 상목을 여러 묶음으로 나누었다. 나눈 상목을 미리 준비된 지게에다 가득가득 싣고는 어디론가 져다 나르기 시작했다. 그 져다 나르는 일이 한나절은 걸렸다. 져다 나르는 일을 끝낸 세 관노는 창고에 와서 다시 관차 차림을 챙겨 입은 다음, 창고 안에 있던 빈 소달구지를 끌고 별창으로 돌아갔다.

별창으로 돌아온 세 관노는 관아 구석에서 배능금 봉사(奉事) 앞에 대령했다. 배봉사가 물었다.

"한 동은 받았지?"

막개가 대답했다.

"여부없지요."

"정한 대로 잘 나르기도 했고?"

"여부 있습니까."

사모(紗帽)에 청색 단령(團領) 입은 능금은 그 날카로운 콧날을 쓰다듬으며 고개를 끄덕였다. 그런 후 배능금 봉사는 이 별창을 총찰하는 종육품관(從六品官)인 주부(主簿)에게 가서 모든 것을 진고했다.

막개를 비롯한 세 관노는 나중에 관아를 퇴하고 나오자, 그 창고에 도로 가서 남은 상목 한 필씩을 챙겨 들고 나왔다.

"오늘은 내가 한 잔 사지."

셋 중 곰보 얼굴의 관노가 말했다. 그 말에 따라 셋은 숭례문으로 들어와 남촌의 한 허술한 주막을 찾아들었다. 술이 한 순배 돌자, 곰보가 볼이 부어 불만을 털어놓았다.

"상목 한 동에서 우리한테 돌아온 건 단 한 필이라니. 네미랄 놈의 것. 그놈의 상목 불이나 싸질러 버릴걸."

"할 수 없지 뭐. 이거라도 얻어 걸리자면……."

땅딸막한 관노가 맥 빠진 소리를 했다. 곰보의 불만은 여전했다.

"그 주부 나리 집까지 얼마나 먼지 알어? 북촌 가회방(嘉會坊)까지여. 지게가 부러질 만큼 무겁게 지고 가면서 그대루 녹초가 되었어."

"나는 어떻구. 직장(直長) 나리 집도 그만큼쯤은 멀어. 그 양반들은 자기들대루 또 바쳐야 하니 짐덩이가 클 수밖에. 주부 나리는 군자감(軍資監) 제일 윗대가리인 정(正) 나리께 언제나 바친다던데 뭐."

땅딸보가 말하자, 곰보가 막개를 보고 말했다.

"자네는 그리 고분고분만 할 게 아니라 배봉사 나리한테 우리 몫도 좀 돌리라고 말 못해? 자네하고는 좀 별난 사이 아니어?"

막개는 풀기 없는 소리로

"뭐가 별난 사이라구, 더 죽을 지경인데⋯⋯. 배봉사는 배봉사대루 윗사람한테 바치는 게 많다고 늘 그러는데. 우리 몫 올리라는 소리는 입 밖에도 못 내."

"그래, 그래. 우리 주제엔 그저 적게 먹구 가는 똥 싸는 게 제일이어. 이거라도 하니깐 그렇지 언제 우리가 상목 한쪽이라도 구경하겠어. 이 소린 인제 그만하자구. 남이 듣겠어."

땅딸보가 그저 무사태평하기만을 바라는 소리를 했다. 술이 오르면서 그때부터 시답잖은 농지걸이로 판을 짜서 셋이 헤어질 땐 기분들이 그리 나쁘지 않았다.

막개는 상목을 끼고 말동네의 집을 향해 갔다. 집에 이르렀을 때는 저물 때였는데, 집 건넌방에서는 한창 베 짜는 베틀소리가 나고 있었다. 본래 있던 움막을 뜯어내고 새로 올린 네 칸 초가집이었다. 사리로 움을 두르고 싸리바자로 삽짝을 달았는데, 삽짝을 들어서면 부엌 딸린 안방 옆에 마루가 있고, 그 옆에 건넌방이 붙어 있었다. 기둥이나 서까래 마루 판자가 모두 정갈해서 솜씨 있는 목수의 손을 빌렸음 직했다. 마당 구석 쪽에 측간이 있고 측간 옆에 광이 있어 광의 한쪽에 땔나무가 총총히 쌓여 있었다. 광 옆에 장독대가 있어 장독이며 항아리가 옹기종기 앉아 있었다. 비록 조그만 초가집이지만 포실한 냄새가 났다.

막개가 삽짝 여닫는 소리를 내고 인기척을 내며 들어가자, 건넌방에서 베틀소리가 멈추면서 감정이 나왔다. 얹은머리를 했지만 차림새는 아직도 종을 자처하여 시커먼 민저고리 몽당치마 그대로였다. 배가 좀 불러 있었는데, 아이가 들어선 지 너덧 달쯤 되어, 그 때문인지 얼굴이 좀 야위어 보였다. 혼례 올린 지 이제 사 년째를 바라보지만, 그동안 아이를 하나 지우고 새로 아이가 들어선 것이었다.

서로 보고도 별 말이 없는 것이 둘 사이에 긴치 않은 일이 있은 듯 보였다. 축대에 올라 짚신 벗고 마루에 오른 막개는 안방으로 들어가 끼고 온 상목을 방 가운데 던져놓았다. 좀 고단한 그는 벙거지 벗어 방구석에 아무렇게나 내던지고 직령 벗어 벙거지 위에다 내던졌다. 막개는 깔끔하게 콩댐을 한 장판바닥에 털썩 주저앉았다. 벽 쪽에 좀 어울리지 않게 화사한 화각장이 놓였는데, 그건 전에 정부인이 채단과 함께 주었던 바로 그것이었다. 그 옆에 피농(皮籠)이 하나, 또 그 옆에 이불장이 붙어 있고, 이불장 위에 말끔한 명주이불이 여러 채 쌓여 있었다. 집이며 세간이며 모두 전에 정부인이 주었던 채단으로 장만했음이 분명했다.

좀 있자 감정이 부엌에서 쪽문을 열고 안방으로 밥상을 들고 들어왔다. 찬이 서너 가지는 되는데, 밥도 하얀 입쌀밥이었다. 감정은 방 가운데 놓여 있는 상목을 본 척도 않고, 막개가 벗어 던져놓은 벙거지와 직령을 들어 벽장에 올려놓고는 그대로 방을 나가려 했다.

"아니, 저건 버릴 참이어?"

막개가 상목에 눈을 주며 화를 내었다. 나가려던 감정이 와서 마주 앉았다.

"대체 언제까지 이런 짓 하구 다니려구, 대체 언제까지."

대거리를 하고 나오자 막개가 소리쳤다.

"물건 가져온 서방한테 이따위로 말하는 여자는 이 집밖에 없을 거여!"

화가 난 막개는 밥상을 끌어당겨 밥을 입에 퍼 넣기 시작했다.

"언제 무슨 일이 날지 어찌 알아요, 어찌. 먹는 게 살이 안 가도록 언제까지 이리 간을 조이며 살아야 하느냐구. 우리가 이런 짓 안 하면 굶는감?"

감정의 어투는 그 사이 남편에 대한 공대와 중동무이로 말끝을 흐리는 투가 되어 있었다.

"안 굶으면 그만이어? 배나 채우고 똥이나 싸면 그만이어? 임자 베 짜서 탑골 어른만큼이나 되려면 평생을 다해도 못해! 그 집에는 인제 종까지 하나 사들여 일손을 돕는다구 해."

"그런 것만 눈에 뵈구 그 어른 열심히 일하는 건 안 보여요? 그 어른이 무슨 딴짓해서 치부했어요? 내 베틀 일이 그리 시답잖게 보인다면 내일이라두 베틀 다 걷어치우구 말지 그럼. 내일이라두."

"임자 고생하는 거 내가 왜 몰라. 그처럼 배가 불러가지고 베틀잡고 허덕이는 게 안쓰러워서 그러지. 이런 고생 않고 좀 편한 길루 가면 안 돼?"

"편한 길이 나라 세곡 터는 건감?"

"털다니, 관원들 시키는 대루 하구 노놔주는 대로 노놔 받는데 그게 터는 일이어?"

"애당초 거기 간 게 잘못이지."

그 소리를 듣자 막개는 밥상을 왈칵 밀쳐버렸다. 밥상 위의 그릇들이 부딪치고 국사발이 뒤뚱거리며 국이 엎질러졌다. 막개가 거칠게 소리쳤다.

"내가 그렇게도 소원했는데 왜 날 대전(大殿) 별감(別監) 안 시켜줬어! 대체 왜! 임자가 한 번만 걸음하면 될 것을 왜 기를 쓰고 안 해줬어!"

감정은 입을 다물고 딴 곳을 본 채 아무 대꾸도 하지 않았다.

"대전별감이 되면 종이라도 다 벼슬을 받구 살아. 늙도록 마구간 일해서 벼슬 받는 그것들과는 하늘과 땅이어. 관원들까지 대전별감한테는 슬슬 기어. 성대감이 지금 영상대감이신데 임자가 정경부인께 가서 소청하면 왜 안 된단 말여. 그렇게 임자가 꺼리던 대부인도 옛날에 세상 떠나고 없는데, 인제 꺼릴 게 뭐가 있어. 임자라면 아직도 정경부인이 딸같이 아끼시는데, 왜 안 돼, 왜. 내 내력도 그것 할 만큼은 돼. 얼마든지! 사헌부 차비, 영접도감(迎接都監) 사령(使令), 중전궁(中殿宮)에서 성상(城上)까지 해본 나여! 그런 나를 왜 그것 한번 안 시켜줬어!"

감정이 마침내 한숨을 내쉬며 낮은 소리로 말했다.

"안 되는 까닭을 몇 번이나 말해야 되는지……."

"말해봐, 그래. 난 멍텅구리가 돼서 아직두 까닭을 몰라!"

감정이 또박또박 잘라내는 듯한 소리로 말했다.

"무엇보담 영상대감이시기에 그런 말뿐 아니라 어떤 말도 꺼낼 수가 없다구! 아주 낮은 관원이라면 그런 말 꺼내두 되는지 몰라도, 일인지하이고 만인지상이신 영상께서 나라 일 다 두고 관노 일 청질 받아 그런 일 하시게 한다는 건 생각만 해도 끔찍한 일이라구. 이런 수치스러운 일이 어디 있어. 누가 그런 청질을 하려 해도 우리 쪽에서 한사코 피해야 할 일 아니우? 정경부인이 그런 청질이나 받아 가지구 영상대감께 말씀하시게 해서야 되겠느냐구. 그런 수치스런 말을 도대체 입 밖에조차 낼 수 있겠느냐구. 정경부인이 우릴 용서해주신 것만 해도 하해 같은 은혜인데, 그런 말까지 꺼낸다는 건 사람의 얼굴을 쓰구서는 할 수 없는 일이라구. 대전별감 아니라 어떤 하잘것없는 자리라도 정경부인께 자리 청질하는 소리는 절대루, 절대루 할 수가 없어!"

절대로를 두 번이나 반복하면서 안 된다는 것을 힘주어 말했다.

성대감 댁 대부인이 세상 떠난 것은 벌써 삼 년 전 일로, 그때 상사(喪事)일 보러 갔던 감정이 정부인에게 막개도 같이 와서 상사일을 보게 해달라고 빌었다. 정부인이 간신히 허락했고, 그것이 또한 용서의 뜻이 되어 막개도 같이 가서 상사일에 참례했던 것이다.

막개는 분기 어린 한숨을 서서히 토해내면서 말했다.

"그래, 알았어. 난 죽을 때까지 능금이 놈 밑에서 도둑질 심부름이나 하지. 알았다구!"

감정은 더 대꾸 않고 방을 나와 건넌방으로 가서 다시 베틀소리를 내기 시작했다. 그 적막하게 털썩거리는 베틀소리는, 그렇듯 죽네 사네 하던 상사병이 식어서 내는 권태의 소리 같았다.

막개가 군자창(軍資倉)의 배능금 봉사 밑으로 간 건 순전히 감정에 대한 분풀이랄 수가 있었다. 능금은 어느덧 재빠르게 군자감으로 옮겨 가 있었다. 벼슬을 받자 어디서 배씨 성을 찾아다 붙인 배능금은 처음에 종묘의 수문장을 했다. 그러나 얼마 안 가서 종묘라는 데가 하루 종일 관원 몇이 들어왔다 나가는 일 이외에는 아무 일도 없는 적막강산이란 걸 깨달았다. 종묘를 떠나려고 백방으로 뛰던 배능금의 손이 닿은 데가 성대감의 매부인 신수린이었다. 정국공신이 된 신수린은 종오품(從五品)으로 군자감 판관으로 있었다. 신수린이 배능금을 용산 별창의 종팔품(從八品) 봉사를 하게 해주었는데, 둘이 손발이 아주 척척 잘 맞아 신수린은 수시로 상납을 받으면서 재미를 보고 있었다. 배능금도 바로 제가 찾던 알짜 자리를 만나, 그 적막강산에서 제일강산을 찾아 들어앉은 셈이었다.

막개는 땅굴에서 나와 다시 사헌부를 다녔지만, 신대감의 공신구사가되는 일은 아무래도 잘되지가 않았다. 막개는 저를 처음 사헌부로 보냈던 장례사의 별제를 찾아가 탄원한 끝에 영접도감의 사령으로 나갔었다. 그는 다시 별제를 찾아가 대전별감을 시켜주십사 했다. 별제는 그건 어렵다면서, 궁전은 궁전이되 중전궁 성상을 시켜주었다. 그러나 중전궁 성상이란 게 말이 궁중 차비이지 중전궁에서 나온 은그릇을 씻고 그 은그릇들을 하루 종일 지키는 게 일이었다. 왕비의 얼굴 한 번 본 적도 없고 날마다 은그릇만 지켰던 것이다. 다시 별제를 찾아갔으나, 그 별제는 거관(去官)되어 다른 데로 전근 가고 없었다. 새 별제는 막개를 미친놈으로 보았다. 다른 자리로 가려면 반드시 그 관아에서 망(望)을 해야 하는 것이지, 제멋대로 어디로 보내달라는 미친놈이 어디 있느냐는 것이었다. 그러고 보면 전의 별제는 성대감 연관으로 해서 막개의 소청을 잘도 들어주었던 셈이었다.

막개와 감정이 다투기 시작한 것은 이때부터였다. 막개는 정경부인에게 소청해 대전별감을 시켜달라는 것이고, 감정은 완강히 이를 거부했다. 그래서 너무 입맛 쓴 일이기는 하나, 감정에 대한 반발심으로 배능금을 찾아갔다. 배능금은 이곳 차비로 망을 하려면 위에다 뭘 바쳐야 한다고 했다. 그래서 막개는 그때까지 지니고 있었던 그 두 냥짜리 은덩이를 서슴없이 바쳤다. 배능금 봉사는 그 은덩이를 받고 아주 만족해하며, 마침내 별창의 차비로 차정되자 막개를 아주 제 하수인으로 만들어버렸다. 배능금 봉사의 몫은 늘 막개가 반송방(盤松坊)에 있는 그의 집까지 운반해주었다. 배봉사는 스무 칸 가까운 반듯한 기와집에서 어느 몰락한 양반의 딸이라고는 하나 아무튼 양반의 딸을 아내로 삼아 아이까지 하나 낳아서 살고 있었다. 그 양반의 딸이 얼굴까지 아주 반주그레하게 생겨서 막개의 가슴을 더욱 저리게 했다.

신윤무 대감은 비록 병조판서의 자리에서 물러났으나, 막개는 여전히 그 집에 출입했다. 막개가 여전히 찾아오는 것을 기특히 여긴 신대감은 막개가 올 때마다 술을 내렸고, 그 집의 말굽 삭제도 여전히 막개가 맡았다. 막개가 여전히 찾아간 것은, 설마 정국의 일등 공신이 언젠가는 다시 복관되지 않겠느냐는 생각 때문이었다. 신대감이 벼슬이 갈려서 막개의 공신구사도 다 없어졌지만, 복관되어 다시 공신구사를 받게 되면 그때는 제일 먼저 공신구사로 찍힐 것이 틀림없기 때문이었다. 이제는 용산 별창에서 말동네의 집까지가 너무 멀어, 밤늦으면 그냥 신대감 집에 들러 술잔이나 얻어먹다가 행랑에서 그 집 종들과 어울려 자고 오는 때도 있었다. 집이라고 가봐야 늘 감정과 다투는 일만 있어 이렇게 신대감 집 종들과 어울려 뒹굴어 자는 것이 사실 더 마음 편하기도 했다.

그것은 감정도 마찬가지였다. 남편 막개가 밖에 나가 있는 때가 제일 마음 편했다. 혼자 베틀에 앉았을 때나 동네 여인네들과 어울렸을 때가 가장 평화로운 때였다.

사실 감정은 어렸을 때 삼 삼기 같은 낱일은 해보았지만, 베틀에 앉아 본 적은 없었다. 베짜기는 순전히 말동네 와서 배운 것이었다. 특히나 개도치 숙모인 평산댁에게서 많은 것을 배웠다. 평산댁은 감정을 처음부터 참한 여자로 보아 힘써 도와주었고, 몇 번 안 해도 일솜씨가 능한 것을 보고 열을 내서 도왔던 것이다. 동네 다른 여자들도 마찬가지였다. "막개가 복덩어리를 얻었다"고 동네 사람들이 입을 모아 말할 만큼 감정에게 호의를 갖지 않은 사람이 없었다.

그날은 팔월 들어 좀 선선해지고 상쾌한 날이라 베매기를 하려고 마당에 베매기 틀을 차렸다. 평산댁과 이웃집 돌이 처가 와서 도왔다. 오랜만

에 다니러 온 막개의 고모 유곡댁도 있었으나, 이런 일에는 서툴러 돕기
보다 구경꾼에 불과했다.

도투마리를 걸치려고 큰 돌덩이를 가져다 마당에 말뚝부터 박는데, 감
정이 돌덩이 질을 하려 하자 돌이 처가 내달아

"애 밴 사람이 원 겁도 없이⋯⋯."

돌덩이를 빼앗아 대신 말뚝을 박았다. 터실터실 살이 찐 돌이 처는 너
스레를 잘 떨고 붙임성이 좋았다.

"저 사람 힘이야 제 남편보다 더 셀 테지."

평산댁이 웃으며 깡마른 돌이를 빗대어 우스개를 하자, 돌이 처가 말뚝
박고 난 돌덩이를 옆으로 던지며

"한번은 무슨 일로 투정을 부리길래 한 아름되는 절구통을 들어다 냅다
마당에 팽개쳐 버렸더니 그 뒤로는 끽 소리 못하더군."

그 소리에 모두들 웃었다.

"저 여편네가 정말 제 남편을 그 모양으로 내던질지도 몰라."

평산댁이 말하자, 감정이

"괜히 그러셔."

그러면서 웃었다.

도투마리를 말뚝에 걸치고 끝개에다 날실을 팽팽하게 동이는데, 평산댁
과 돌이 처 둘이서 동이다가 돌이 처가 평산댁을 밀쳐버리며 혼자 동였다.

"힘이 참 좋수."

말수 드문 유곡댁이 처음으로 말참견을 했다.

"이까짓 거야 무슨 힘이랄 게 있어요."

돌이 처가 시원시원히 받았다. 칠순이 가까운 유곡댁은 까맣게 절은 얼

굴에 골격이 좀 굵게 생겨 남상(男相)을 썼는데, 오랜 세월 출처 당해 살아 온 사람답게 그늘진 인상이었다.

감정이 겻불을 피우고 뱁댕이며 풀이며 솔이며 차례로 가져오자, 풀통 의 풀을 찍어 만져보던 평산댁이 고개를 갸웃거렸다.

"풀이 좀 센 것 같아. 물을 조금 더 붓지. 조금만."

감정이 바가지에 물을 떠 와 조금씩 부었고, 풀을 휘저어보고 난 평산 댁이

"됐어. 인제."

노련한 베짜기 관비다운 관록을 보였다.

겻불을 밑에 깔고 감정이 날실에 풀을 먹여가며 바디질을 했다. 평산댁 이 도투마리를 감으며 뱁댕이를 끼우고, 돌이 처가 끌려간 끌개의 실묶음 을 풀고 다시 실을 묶어 끌개를 뒤로 물리는 일을 했다. 유곡댁은 마당 한 쪽에 깔린 멍석 위에 가 앉아 물끄러미 구경만 했다.

"솜씨가 참 재빨라."

평산댁이 감정의 풀 먹이는 솜씨를 칭찬하자

"나도 옛날에는 제법 했건만."

하고 돌이 처가 옛날 소리를 했다. 그러자 평산댁이 타박을 주었다.

"옛날 언제. 믿을 수가 없어. 시집오기 전에?"

"그땐 정말 죽을 판 살 판 했다우."

"왜 그럼 손을 놓았어?"

"아, 그놈의 실날 고르기, 물래질에 숨통이 터져 거둬 치웠다구요. 베틀 이야 지금이라도 앉으려면 앉지만, 그 짓들은 인제 더 숨통이 터져 못해!"

"누구는 숨통이 안 터져 이 일 하나."

"아, 형님 같은 사람이야 숨통이나 있는 사람이우? 통째 숨통 떼놓구 사는 사람인데."

그 소리에 감정이 쿡쿡 웃자, 평산댁이

"자네보다 몇 살 아래인 이 사람두 잘 참구 하지 않나. 베틀 솜씨가 하두 잽싸서 나보다 곱절은 짜내는가 보더라."

"이 사람도 형님 닮아가는 갑다다. 아예 숨통은 떼놓구 산다니깐."

그러고 있는데 근처 사는 마천장(馬韀匠)의 마누라, 안롱장(按籠匠)의 마누라가 들어왔다. 평산댁과 같은 연배로 다 길쌈하는 여자들이었다.

"뭘 좀 거들어주러 왔더니만 벌써 시작했네."

몸이 마른 안롱장의 마누라가 말했고, 키가 작고 딱 바라진 마천장의 마누라는

"아이구, 저런 배를 부둥켜안고 어쩌자고 저러나."

혀를 차고는 감정에게로 다가가

"이리 비켜, 내가 해줄게."

하고는 감정을 일으키려 했다.

"괜찮아요."

하면서 감정이 사양했지만, 끝내 붙들어 일으키고는 대신 바디질을 했다. 말다래를 만드는 마천장의 마누라인 이 활달한 여자는 땅굴 분이의 어머니이기도 했다. 사복시에서 도망한 분이가 밤에는 몰래 집에도 드나들어서, 그때마다 감정에게도 드나드는 바람에 마천장 마누라는 감정과 더욱 친숙해진 터였다.

마천장 마누라가 감정 대신 풀먹이를 맡아서 하자, 안롱장 마누라가 평산댁을 밀어내며 도투마리 감는 일을 대신 맡았다. 평산댁이

"애 배서 너무 안 움직여도 안 좋다구 하잖아. 너무 힘 드는 것 말고는 좀 움직여도 괜찮어."

지나가는 소리로 말하자, 마천장 마누라가 퉁명을 주었다.

"자기는 내 언제 들으니, 애만 들어서면 늦장가 든 애 아범이 신주 모시듯이 가만 드러누워 있으라 일르구, 그러면 또 그 말대로 꼭 신줏단지처럼 가만 드러누워 있었다며?"

그 소리에 모두 평산댁을 조롱하듯 와르르 웃자, 평산댁이 낯이 붉어져

"내가 언제? 말도 아닌 소릴. 애를 배건 말건 가만 드러누웠을 틈이 어디 있어."

하고 반박했다.

"또 애 낳구는 한 달씩이나 뻔뻔 드러누워 있었다면서?"

또 웃음소리들이 나는데 평산댁이 거짓 놀리는 줄 알면서도 또 낯을 붉히며 소리쳤다.

"세상에 이런 거짓말도. 이보라구. 단 사흘 만에 일어났어."

이 두 여자는 실상 연사간(連査間, 사돈의 친척뻘)이었다. 마천장 마누라가 분이의 어머니이고, 평산댁이 개도치의 숙모이니 서로 어려워할 연사간이었다. 그러나 본래가 동네 친구였던 데다 사이가 그렇게 되자 관비들답게 더 무람없이 대하는 것이었다. 마천장 마누라의 활달한 품은 그녀의 딸 분이와 닮은 데가 있었다.

두 여자의 그런 무람없는 우스개에는 또 돌이 처가 빠질 사람이 아니었다.

"늦장가를 들면 본래가 그런가 봐요. 지난겨울에 언젠가 보니까 평산 형님이 문 앞 눈길에 미끄러졌는데, 평산 양반이 얼굴이 샛노래져서 헐레

벌떡 쫓아 나와서는 막 금덩이 안듯 부여안고 들어가는데……."

모두 박장대소를 하자 평산댁이 그만 노한 얼굴이 되었다.

"저런 미친 것이……. 늙은이를 그리 놀리는 법이 어디 있어!"

그러고들 있는데 감정이 쟁반에 유밀과(油蜜果)를 담아 가지고 나왔다. 사람들 앞마다 돌리며 하나씩 들게 하는데, 돌이 처는 두 개를 집었다.

"이 집 유밀과는 유별나서……. 난 두 개 아니면 신에 안 차서."

마천장 마누라가 돌이 처에게 퉁명을 주었다.

"넉살두 좋아. 그것 얻어먹으려고 온 거지? 일 거들어주기 보담."

"그럼요. 아침에 유밀과 굽는 냄새가 나길래 이것 눈독만 들이구 있은 걸요."

감정이 오는 사람마다 대접하는 이 유밀과는, 대갓집에서 자란 사람의 솜씨가 다르다면서, 동네에 널리 알려진 과자였다.

"더 있어요. 또 내오지요."

감정이 그러자 평산댁이 손을 내저었다.

"두었다 나중에 먹지. 일이나 끝내구."

그러는데 체구가 크고 입이 넓적하게 생긴 노파 하나가 들어왔다.

"왜들 모였는가 했더니 베매기로군."

걸걸한 목소리를 내었다. 이 집 옆 개울 건너 사는 당산(堂山) 할멈이었다. 모두들 엉거주춤 일어나서 인사들을 했다. 당산 할멈은 전에도 몇 번 만나 잘 아는 유곡댁에게 가서 수인사를 하고는 거기 멍석에 그대로 앉았다. 감정이 다시 쟁반에 유밀과 몇 개를 담아서는 당산 할멈 앞에 갖다 놓았다.

"난 아무것도 않구 얻어먹기만 해두 되나?"

큰 소리로 말하면서 할멈은 웃었다. 감정이 가고 나자 유밀과를 집으면서 할멈은 유곡댁을 돌아보았다.

"댁의 저 조카며느리 말이우. 어찌 저리 손끝이 깔끔할까. 저리 예절 바르구 참한 색시는 내 처음 보우. 막개 어미가 살아서 보았다면 오죽이나 좋았을까. 참 그 사람 복도 없지."

"내두 몇 번이나 그런 말 했다우. 내 조카 보고두 네 어미가 살아서 보았으면 오죽이나 좋았겠느냐구. 정말 이리 좋은 친정 질부(姪婦)가 들어올 줄이야 내두 생각을 못했다우. 이 집이구 살림이구 다 제가 들어와서 장만했건만, 그런 내색 한 번 보이는 법이 없구. 저 몸으로 힘든 길쌈 일을 해도 고되다고 말 한 번 한 적이 없구. 내한테두 알뜰살뜰하기가 친딸 같다우."

말수 적은 유곡댁으로서는 꽤 정연한 말이었고, 마음에서 가득 우러나서 하는 말이었다.

"말 안 들어두 다 알만 하우. 심지가 깊어서 능히 그럴 거유. 아이구 그 사람 복도 없지. 내 막개 어미하구 같이 있었지만, 나보다도 나이가 칠팔 세나 아래였는데, 그리 일찍 죽을 줄이야……."

그러니까 이 당산 할멈은 막개 어머니와 함께 사복시 표모를 다녔던 관비였다. 육순이 넘자 신역을 면하고 동네 앞 옛날 당산 있던 자리에 살아서 그냥 당산 할머니라 했다. 아들 하나가 사복시 관노를 다니고 손자도 두엇 있었다.

당산 할멈이 오고 얼마 안 되어서 또 여자 셋이 들어왔다. 하나는 탑골 노인 며느리인 안자장 마누라이고, 두 여자는 탑골 노인 이웃 사는 사복시 관노의 아내들로 감정 또래 여자들이었다. 이 여자들은 그냥 일 돕기

반 마실 반으로 왔다. 탑골 노인 며느리는 제법 길쌈에도 능한 여자지만 관노 아내들은 그러지도 못해 감정과 그저 말동무나 해보자고 온 것이었다. 베매기 일터 근처, 마루, 멍석은 여자들로 떠들썩하게 되었다.

감정은 베매기를 아예 딴 여자들에게 맡겨놓고 점심 마련하느라 부엌에서 분주히 움직였다. 감정 또래 두 여자도 같이 부엌일을 거들었다.

점심때가 되자 일하던 여자들의 애들이 우글우글 몰려들기 시작하여 같이 밥을 먹는데, 마루에는 일하던 여자들이 몰려 그냥 마룻바닥에 밥이며 찬이며 늘어놓고 먹었다. 멍석에는 아이들이 몰려 떠들어대며 먹고, 멍석 한쪽에는 소반에 겸상하여 유곡댁과 당산 할멈이 밥을 먹고, 감정과 같은 또래 둘은 부엌에서 밥을 먹었다. 밥은 모두 입쌀밥이었다. 돌이 처와 평산댁 그리고 마천장 마누라와 안롱장 마누라는 바삐들 밥을 먹고는 집에서 공장이 일을 하고 있는 남편들에게 따로 밥과 찬을 갖다 주고 왔다.

이렇게들 밥을 다 먹고 났을 때, 또 한 떼의 아이들이 옹기중기 마당으로 들어섰다. 새로 들어선 아이들은 이미 빈 밥그릇들을 기웃거리며 여기저기를 두리번거렸다.

"밥 다 먹었어!"

밥을 먹고 난 멍석의 한 아이가 새로 들어온 아이들을 향해 따돌리듯 말했고, 마천장 마누라가 새로 온 아이들을 향해 소리쳤다.

"밥 먹고 온 것들이 뭘 먹겠다고 몰려왔어!"

"유, 유밀과 줘!"

새로 온 아이들 속에서, 아이가 아닌, 스물댓 살쯤 돼 보이는 큰 장정이 그런 소리를 내질렀다. 그러자 같이 온 아이들이

"유밀과 줘요! 유밀과!"

떠들어대기 시작하는데, 멍석의 아이들이

"우리도 유밀과는 안 먹었다구. 밥만 먹었어."

대거리하듯 맞섰다.

"우, 우리는 유밀과 줘!"

아이들 속의 그 장정이 심각한 얼굴로 또 소리를 내질렀는데, 한눈에 봐도 그가 덩치만 큰 천치란 것을 알 수 있었다. 시뻘건 얼굴의 봉두난발을 한 채, 가랑이가 찢어져 너덜거리는 바지에다 제 몸에는 통이 좁은 저고리를 입고 있어 배꼽이 그대로 드러났다. 덩치는 커서 힘은 좋아 보였다. 이름은 외갑(外甲)이라 했는데, 관노지만 나라에서도 폐질자(廢疾者)로 쳐서 아무 역도 지우지 않았다. 동네 어구에서 병들어 간신히 기동하는 저의 할머니와 함께 사는데, 양식을 동네에서 추렴하여 간신히 끼니를 잇고 있었다. 동네에서 무슨 힘쓸 일이 있으면 외갑을 불러다 시키고는 밥도 주고 옷도 주었다.

돌이 처가 나서서 야단을 쳤다.

"걸핏하면 와서 유밀과야? 다 먹고 없어! 어서들 나가!"

그러나 외갑은 심각한 얼굴인 채로 외치기만 했다.

"유, 유밀과 줘! 유밀과!"

같이 온 아이들도 같이 그 소리를 질러대었다. 빈 그릇들을 치우고 있던 감정이 부엌으로 들어가서 조그만 동고리에 담긴 유밀과를 들고 나왔다. 그러고는 외갑을 향해 달래듯 말했다.

"이게 전부라구. 하나 앞에 하나씩 돌아가지 않으니까 하나를 갖고 둘이 반씩 나누어 먹어야 돼. 둘 앞에 하나씩, 알았지?"

외갑은 고개를 끄덕였고 다른 아이들도 수긋하고 있었다. 감정이 유밀

과 하나를 내밀며

"누구하고 나누지?"

한 아이가 외갑의 옷소매를 잡았는데, 그 순간 외갑이 동고리 속의 유밀과를 한 움큼 덮쳐쥐고는

"와아! ……."

함성을 지르며 그대로 도망치려 했다. 아이들이

"안 돼! 안 돼!"

소리치며 외갑에게 덤벼들어 법석이 벌어졌다. 멍석의 아이들까지 들고일어나 감정의 손에 있던 동고리를 덮쳐 유밀과가 사방으로 흩어졌고, 그걸 서로 덮치고 뺏고 하여 마당이 그대로 수라장이 됐다. 외갑이 비록 힘은 좋으나 아이들과 친하여 아이들에게는 함부로 힘을 쓰지 않았다. 외갑이 땅바닥에 넘어져 유밀과 쥔 손만 이리저리 빼쳤고, 아이들은 그 손에 매달려 외갑의 손가락을 비틀면서 유밀과를 뺏어냈다. 찌그러진 몇 개를 뺏기다 말고 외갑은 남은 유밀과를 몽땅 입 속에 털어 넣어버리고는 일어나 앉아 히히거리고 웃었다. 아이들 몇이 화가 나서 외갑의 등을 걸어찼고, 외갑은 주먹을 휘둘러 아이들을 쫓으면서도 그저 히히거리기만 했다.

"아이구 저 천치가 아이들보다 못하니……."

여인네들 속에서 그런 소리가 나오고, 당산 할멈이 큰 소리로 외갑을 꾸짖었다.

"이놈아! 노놔 먹으라는데 네 혼자 덮쳐 먹는단 말이냐! 이놈, 빨리 나가거라! 어서 딴 데 가서 놀아!"

외갑이 그 소리를 들은 척 만 척 문득 제 배꼽 밑의 바지허리를 추석거

리더니 거기 우연히 떨어져 들어간 찌그러진 유밀과 하나를 꺼냈다. 외갑이 갑자기 그걸 높이 치켜들며 환호성을 지르자 아이들이 그걸 뺏으려고 덤볐다. 외갑이 일어나 도망치는데 아이들은 외갑을 잡으려고 우르르 뒤쫓아 나갔다.

"어쩌다가 저리 됐는지, 나이가 드나 마나 그냥 그대루⋯⋯."

평산댁이 가볍게 개탄했을 뿐, 일상 있는 일인 듯 다른 여자들은 곧 하던 일을 하거나 하던 얘기를 하거나 했다.

한 식경이나 지나서 베매기가 거의 끝날 무렵에 오랜만에 정승댁 차집인 문산댁이 그 화사한 차림새로 나타났다. 여인네들이 모두 일어나 황송한 듯 인사들을 하고 유곡댁은 더욱 어려워하며 인사를 하는데, 문산댁이 유곡댁을 보고

"언제 오셨수. 참 오랜만이오."

하면서 유곡댁의 손까지 잡았다. 유곡댁은 그 고운 손에 자기의 갈고리같이 험한 손이 황송하기만 한 듯 비실비실 손을 뺐다.

"베매기로군. 이렇게들 와서 도와주니 오죽이나 고마워요."

그러면서 문산댁은 마루에 가 앉았다.

"어서 일들 하시우."

문산댁이 서 있는 여자들을 향해 말하자

"인제 다 끝나가요."

돌이 처가 대답했고 여자들은 다시 일손을 잡았다. 유곡댁은 도로 멍석으로 가 앉았으나, 당산 할멈은 문산댁이 앉은 마루로 성큼 가 앉으며 문산댁을 향해

"어찌 이리 고우실까. 가끔씩 보지만 더 젊어지시는 것 같으우."

인사성 있는 말을 했다. 관비로서 정승댁 차집에게 공대를 해야 할 테지만, 나이도 있고 해서 그저 편한 어투로 말했다. 문산댁도 또한 그런 것을 별로 치부하지 않아서 사람을 편하게 해주었다.

"더 젊어지다니요. 인제 곧 육십인데 더 젊고 말고가 어디 있어요."

그러자 돌이 처가 마당에서 내달아 말했다.

"전에 한번 왔다 가실 때 어떤 사복시 관원이 무슨 일로 왔다 가면서 으서님을 얼핏 봤던가 봐요. 그 관원 말이 저런 인물이면 처녀 적에는 오죽 일색이었겠느냐며 젊었을 때 자기와 만나지 못한 것이 한이라 하더랍니다."

모두들 웃음을 터뜨리자, 문산댁은

"데끼 순! 못할 소리가 없군."

하고 꾸짖었으나, 얼굴 상기된 것이 내심 싫지는 않은 모양이었다. 모두들 웃기는 했으나 마천장 마누라를 비롯한 어떤 여자들은 돌이 처의 넉살 떠는 양을 두고 더러 입을 비쭉거리기도 했다.

돌이 처가 문산댁에게 아양을 편 것은 문산댁으로 인해서 그동안 제법 덕을 보았기 때문이었다. 돌이 처는 감정의 바로 이웃인 탓으로 자주 들락거리다 언젠가 한번 내방한 문산댁에게 인사를 하게 되었는데, 붙임성이 좋아 문산댁의 마음에 들게 되었다. 그 뒤 또 한 번 만나게 되자 돌이 처는 자기들이 말굴레 앞걸이 뒤걸이를 만드는 주피장이라고 했고, 문산댁은 그러면 그 주피를 갖고 집에 한번 와보라고 했다. 돌이 처가 생전 처음으로 대감 집, 그것도 정승 집에 정성 들여 만든 주피를 갖고 갔는데, 정승댁 구사들이 잘 만든 주피라고 칭찬하여 정승 집에서 주피를 여러 벌 좋은 값으로 사준 적이 있었다. 당시 말 공장이들은 대개 가죽을 가지고 이것저것 만들었는데, 여가로 가죽신도 만들어서 뒷전으로 팔기도 했다. 그 가죽신까지 만든다는 말을 돌이 처가 한번 문산댁에게 내비치어서, 정승댁에 가죽신까지 해 바치게 되었다. 그 바람에 정승댁 하인들은 그때 모두 가죽신을 신었다. 돌이가 정성을 다해 만들기도 했지만, 정승댁이 만족하여 값을 후하게 쳐주었다. 그리하여 돌이와 돌이 처는 정승댁 일이라면 무엇이건 정성을 다하게 되었고, 자연 감정에게도 정성을 바쳤다. 동네 여인네들은 정승댁에 줄을 댄 돌이 처의 재주에 감탄하면서도, 그 넉살을 두고 입을 비쭉거리기도 했다.

일이 끝나자 마당의 여자들과 당산 할멈이 문산댁에게 인사하고 제 집으로 갔다. 그들이 가고 나자 문산댁이 감정에게 말했다.

"요즘 몸은 좀 어떠냐. 그 몸으로 그냥 자꾸 일해도 괜찮은 거냐."

그것이 궁금해서 왔다는 뜻으로 말했다. 옛날의 모녀간 같았던 정이 고스란히 그대로 있었다. 감정이 문산댁 옆에 가 앉으며

"괜찮아요."

조그맣게 대답했다.

"무척 말랐구나. 길쌈 같은 건 인제 한동안 쉬려무나."

"일 않구 있으면 몸이 더 안 좋은 것 같아서……."

대답하는 얼굴 구석에는 어딘가 그늘이 져 보였다. 문산댁이 마당 구석에서 비질을 하고 있는 유곡댁을 향해

"어때요. 한동안 여기 있을 거지요?"

하자 유곡댁은 풀 죽은 소리로

"일간 내려가 봐야지요. 거기도 지금 한창 일 철이 돼서……."

"이 애 몸 풀 때까지 내처 있지 뭘 그래요."

문산댁의 그 말을 받아 감정이

"저도 자꾸 그렇게 말씀드려도 그냥 가신다고 하잖아요. 거기 일이래야 험한 농사일인데, 그 연세루 어떻게 더 그런 일을 해요."

유곡댁은 비질을 마치고 문산댁을 피해 감정의 옆으로 와 앉았다. 와서 앉자마자 치마폭을 들어 코를 풀며 눈물을 찍어냈다.

"아니, 왜 울어요?"

문산댁이 놀란 얼굴을 하자 유곡댁은 코 먹은 소리로

"조카도 조카지만 이 애가 더 고마와서……. 내 평생에 이리 대접받구 지내기는 처음이라서……. 내 팔자가 사나와서……."

"아니 그럼 그게 웃을 일이지 울 일이우?"

문산댁이 어이없다는 듯 말하자 유곡댁은 치맛자락으로 눈물을 씻고 나서

"이 애 몸 풀 때는 와야지요. 하지만 거기두 오래 있었던 곳인데 갑자기야 어찌……. 이 애 몸 풀 때는 와봐야지요."

그러자 감정이 말했다.

"고모님은 자꾸 방이 둘인데 하나는 일방이 돼서 일에 방해가 될까 봐 걱정을 하시는 모양이어요. 내년 봄에는 저 장독대 옆으로 방을 두어 칸 더 낼까 봐요. 그래서 거기 계시게 할 참이어요."

문산댁이 고개를 끄덕였다.

"그러면 되겠군. 그까짓 두어 칸 내는 게 무어 그리 어려울 게 있겠어. 그땐 나도 도와주지."

그러면서 문산댁은 일어섰다. 감정과 유곡댁이 따라 나가 배웅을 하자 문산댁은 어서 들어가라며 바삐 걸어 내려갔다.

막개에게는 드디어 올 것이 왔다. 군자창의 세곡이 자꾸 뒷구멍으로 빠져나가고 있다는 소문이 나면서, 이를 단속하기 위해 중추부(中樞府)의 종일품(從一品) 판사(判事) 한 사람이 군자감의 도제조(都提調)로 임명되어 왔다. 전에 형조판서를 지내고 의정부 좌찬성(左贊成)도 지낸 늙은 재상이었다. 군자감의 모든 관원과 장통교 뒤의 본창(本倉), 용산의 별창, 송현(松峴)의 별창 등 모든 군자창에 나가 있던 관원들은 바짝 긴장하여 웅성거렸다. 도제조는 어느 곳의 문건이건 모든 문건을 가져오게 하고, 세곡의 출납 장부를 제출케 하고, 그리고 자신이 데리고 온 도사(都事) 하나를 시켜 서리들 데리고 창고 현장을 일일이 조사하게 했다. 군자감의 정을 비롯한 주부 이상의 관원이 모두 도제조에게 불리어 갔으며, 여러 관원이 심한 호통도 받았다. 그 뒤 관원들은 날마다 도제조의 사저로 문안을 갔는데, 마침내 마지막 결안이 내려졌다. 즉 고직(庫直)인 차비노에게 혐의를 두어, 혐의 있는 차비노를 가려내어 매를 쳐서 유(流) 삼천리(三千里)의 형에 처하도록 형조에 회보한다는 것이었다. 관원들은 안도의 한숨을 내쉬었고, 차비노들은 전전긍긍하고 또 분격했다. 도제조란 사람이 관원들을 어떻게 조사하고 어떤 문안을 받고 뭘 얼마나 처먹었기에 관원들은 혐의가 없고 차비노들에게만 죄를 씌우는지 통탄할 일이었다. 차비노들은 사헌부에 직언들 하자며 모두 분격했으나, 관노가 관원을 고소하는 것은 자식이 아비를 고소하는 것이나 마찬가지로 더 큰 죄가 되기에 그 길은 사실상 막혀 있는 셈이었다. 다만 소관 관원에게 잘 보여 그 죄안(罪案)에 낙점(落點) 안 되기만을 바라는 길밖에 없었다.

별창에서는 각각 두 명, 본창에서는 세 명의 차비노를 가려 죄를 주기로 했는데, 용산 별창에서는 막개와 다른 차비노 하나가 찍혔다. 곰보와

땅딸보는 어떻게 손을 썼는지 용케 빠져 있었다. 또 하나 찍힌 차비노는 전에 그 짓을 시키는 대로 하다가 관원들로부터 믿을 수 없는 놈이라 찍혀서 그만두었던 놈인데, 이번에 새삼스레 또 찍힌 것이었다.

막개는 펄펄 뛰었다. 펄펄 뛰는 막개를 배능금은 위협도 하고, 달래기도 했다.

"유 삼천리라지만 얼마 안 가서 풀리도록 주부 나리와 함께 뒤에서 힘을 쓸 테다. 그것만 믿으면 돼. 형조에 가서 딴소리 말고 그저 내가 했습니다 하고 자복만 하면 돼. 그 뒤는 다 무사토록 해줄 테니."

"난, 난 절대루 그렇게 못하우. 무엇이건 배봉사 나리 시키는 대로 했을 뿐인데, 왜 나를 찍는 거유. 왜 그 둘은 빼고 나를 찍느냐 말이우. 난, 난 죽어두 그렇겐 못하우."

배능금 봉사는 자신의 소관사를 너무 잘 아는 막개를 아주 잘라버리기로 작심했음이 분명했다. 배봉사는 항거하는 막개의 뺨을 갈겼다.

"이 자식, 유 삼천리 되기 전에 매를 쳐 죽일 테다. 장하에 죽을 테냐, 고분고분 말을 들을 테냐?"

"못하우. 절대루 못하우."

"네가 못하고 말고가 어디 있어. 형조에서 관원들 이름 들먹이며 딴소리해봤자 고존장(告尊長) 죄로 교형(絞刑) 당해 죽을 뿐이다. 네가 빠져나갈 길은 없어."

그렇더라도 막개가 죄받을 작심하고 제 이름 대버리면 제게 이롭지 못한 것도 사실이었다. 어떻게 해서든 막개를 위협하고 구슬려야 했고, 정안 되면 제게 좀 이롭지 못하더라도 그 정도는 감내하고 형조로 넘길 수밖에 없었다. 막개뿐 아니라 모든 군자창의 찍힌 차비노들마다 항거하여 이 오직(汚職) 사건은 좀 날짜를 끌었다.

다급해진 막개는 마침내 감정에게 모든 사실을 털어놓고 애원하다시피 했다.

"이제 꼭 하나 살길은 영상대감 계신 의정부 관노로 가는 길이다. 거기로 가버리면 더 아무 소리도 못한다. 영상대감 모시고 있는 관노를 누가 건드려. 대전별감 따기보다 이건 너무 쉬운 일이다. 바로 영상대감께서 자기 관아로 관노를 부르는데, 무슨 어려운 일 있겠어. 임자가 정경부인께 가주어. 제발이다."

감정의 눈은 날카롭게 빛났다.

"고존장 죄가 되는지 안 되는지 형조에 가서 싸워야 돼요. 죽을 때까지라도 싸워야 돼. 능금이 놈 죽이기 위해서라도 싸워야 돼. 나도 그때는 싸우겠어요. 그때는 어디라도 찾아가서 하소하고 매달리겠어요. 옥바라지로 이 집이고 세간 나부랭이고 다 팔아서 없애도 좋아. 맨몸뚱이가 되더라도 싸워야 돼. 애당초 거기 간 게 잘못이란 말 따윈 이젠 꺼내지도 않아. 일이 이렇게 된 바에는 다만 싸우는 길밖에 없다구. 능금이 놈을 반드시 죽여야 돼. 나도 전력을 다하겠다구. 하지만 자리 청질은 안 돼요. 어떤 자리건 정경부인 앞에 가서 자리 청질은 못한다구. 형조에 가서 끝까지 싸울 뿐이라구."

막개는 눈앞이 아득해서 말했다.

"이보라구. 형조에서는 다만 매질이 있을 뿐이라구. 장하에 죽어나가는 놈이 쌨어. 내가 장하에 죽고 나면 싸움이고 뭐고 무슨 소용이 있겠어."

"추심을 하는 중에 죽지는 않아요. 그 지경 가도록까지 나도 그대루 있지는 않구."

"아니 왜 죽을 곡경까지 가자구 자꾸 그러는 거여? 그런 지경까지 안 가도 되는데 왜 자꾸 그러는 거여? 날 꼭 장하에 눕혀놓아야 되겠어? 응? 이보라구. 제발 빈다. 한 번만 걸음을 해주어."

"그건 안 돼요."

다음 날 해거름 때 관아에서 나온 막개는 어디서 먹었는지 술을 엉망으로 먹고 와서 방에 들어서자마자 관아 차림을 벗어던지고는 세간을 때려 부수기 시작했다. 정경부인에게서 받은 화각장부터 엎어버리고는 방구석에 있던 홍두깨로 때려 부쉈다. 화각장 안에 있던 물건들이 온 방 안에 흩어졌다. 피롱, 이불장 모조리 엎어버리며 때려 부쉈다.

"남편을 개떡으로 보는 년! 이까짓 살림 안 해도 돼! ……."

입에 거품을 물고 소리쳤다. 감정은 베틀방에 앉아 있다가 뛰어나와 축대 위에 서서 정신을 놓고 그 모양을 지켜보고 있었다. 이웃의 돌이며 돌이 처, 또 근처의 이웃 사람 몇도 놀란 얼굴로 몰려와서 이 소동을 지켜보았다.

방 안의 세간을 부수고 난 막개는 마루로 뛰쳐나와 축대 위에 서 있는 감정을 향해 헐떡이며 소리쳤다.

"내가 남편이냐, 개떡이냐. 이년, 말해봐!"

감정이 아무 말도 않고 있자 축대로 뛰어내린 막개가 와락 감정의 머리채를 낚아채서 끌다가 축대 밑으로 밀쳐버렸다. 그 순간 감정이 나뒹굴어 땅으로 떨어지며

"아! ……."

하고 조그만 비명소리를 냈다. 놀란 돌이며 돌이 처, 이웃들이 달려왔고, 돌이 처가 급히 넘어져 있는 감정을 안았다. 감정의 숨결이 가빠지며

얼굴에 핏기가 가시자 둘러선 사람들이 어쩔 줄을 모르는데, 그 모양을 본 막개도 당황한 기색이 완연했다. 그러나

"남편을 남편으로 안 보는 년한테 내가 참을 대로 참아왔어!"

내뱉고는 휭하니 밖으로 나가버렸다. 밖으로 나가긴 했으나 감정의 그 심상치 않은 모습이 자꾸 불안했다. 막개는 동네 앞 너머에 있는 주막에 들어가 초조히 술을 마셨다. 술이 늘면서 흔히 찾아오던 주막이었다. 아주 어두워지도록까지 술만 마시다가 더 이상 견디지 못한 그는 마침내 집을 향해 갔다.

집에 들어서자 불도 안 켠 마루에 여자들이 여럿 모여 웅성거리고 있다가 들어오는 막개를 눈을 홉뜨고 보았다. 여자들 속에서 평산댁이 얼굴의 살을 떨며 일어섰다.

"애가 떨어졌어!"

평산댁은 얌전한 사람이었으나, 흥분하여 쫓아와 막개의 멱살을 쥐고 흔들었다.

"이 못된 놈. 기집 치고 살림 부수는 것부터 배웠나! 이놈아! ……."

막개는 멱살을 흔드는 대로 흔들리며 고개를 떨구고 있었다. 그리고 있는데 남자 둘이 또 마당으로 들어섰다. 탑골 노인과 개도치 삼촌이었다.

탑골 노인이 여자들에게 물었다.

"어떻게 됐소?"

여자들 속의 마천장 마누라가 대답했다.

"애 떨어지구 나서 사람이 자꾸 기진해가길래, 아무래도 여기서는 안 될 것 같아 돌이네가 연통해서 좀 아까 정승댁 차집이 승교바탕을 갖고 와서 담아 싣고 정승댁으로 갔어요. 돌이네도 따라갔는데, 가서 어떻게 됐

는지는 몰라요."

탑골 노인이 더 아무 소리 없이 막개에게로 다가가서 뺨을 갈겼다. 거푸 갈겼다. 항상 밝은 얼굴이던 탑골 노인의 얼굴이 하얗게 노기에 차 있었다.

"너는 본래 떠돌이 놈이어. 옆에서 아무리 도와줘도 소용없어!"

개도치 삼촌은 연해 혀만 찼다.

"본래 막개한테는 과한 여자여. 저한테 과하다 보면 제 쪽박 제가 깨기 마련이지. 인제 죽기라도 해봐라. 네 신세가 어찌 되지?"

"설마 그렇게까지야……."

여자들 속에서 불안해하는 소리가 나왔다. 그런 소리를 들으며 막개는 그 자리에 털썩 주저앉아 머리를 부둥켜안고 땅이 꺼지도록 한숨을 토해냈다.

탑골 노인은 마당을 나서며

"꼴좋다. 인제 또 떠돌이로 나서거라. 네 주제엔 그게 제일 맞아."

내뱉고는 가버렸다.

한참 마당에 웅크리고 앉았던 막개가 갑자기 벌떡 일어섰다. 그러고는 급히 마당을 뛰쳐나갔다. 마침 마당으로 들어서던 당산 할멈이

"저 불한당 놈이 어딜 간다고 저리 뛰어?"

여자들을 향해 말하자, 마천장 마누라가 침을 탁 뱉으면서 말했다.

"모르지요. 환장한 놈의 짓을 누가 알아요."

막개는 무작정 정승댁을 향해 뛰었다. 감정이 죽을지도 모른다는 소리에 그는 비로소 감정 없이는 아무것도 소용없다는 것을 깨닫고, 오직 살아 있기만을 바라며 정신없이 뛰었다. 형조로 가건 유 삼천리로 가건 그

런 건 이제 안중에도 없었다.

그 어떤 능욕이나 처벌도 다 감수하리라 마음먹고 정승댁에 이르자 그는 허술청이고 뭐고 상관없이 안으로 뛰어들어 아무나 붙잡고 물었다.

"어, 어떻게 됐어?"

마침 붙잡힌 놈은 어산이었다.

"어떻게 돼. 난 몰라. 저기나 가서 물어봐."

바깥사랑을 가리켰다. 거기는 집사 돌지기가 있는 방이었다. 막개가 거기로 가려는데 뒤따라온 허술청의 옛날 그 청지기가 방금 뛰어든 것이 막개란 것을 확인하고는

"미친 놈……."

중얼거리고는 돌아섰다.

막개가 바깥사랑 장지 앞으로 가서 인기척을 내자 장지가 열리며 돌지기가 내다보았다. 막개는 그대로 땅에 엎드리며 땀 절은 얼굴을 들어 돌지기 집사를 우러러보았다. 그러나 무슨 말을 꺼내기도 전에 집사는 장지를 탁 닫아버렸다. 전혀 상관치 않겠다는 거동이었다. 따지고 보면 돌지기는 사촌 처남이 되는 셈이었다. 그러나 돌지기는 막개를 전혀 감정의 남편으로 인정하지 않았으며, 정경부인이 둘을 용서해주었는데도 마음으로는 전혀 승복하지 않고 있었다.

막개는 할 수 없이 내당의 중문 쪽을 기웃거리는데, 마침 사월이 새로 들어온 듯한 여종 하나와 나오다가 막개를 보았다. 막개는 반가이 사월에게로 쫓아가

"어, 어떻게 됐어? ……."

덮어놓고 물었는데, 사월은

"아까 의원이 왔다 갔는데, 좀 낫다고는 하지만……."

일러주다가, 조금 있어 보라며 중문 안으로 들어갔다. 그러고 조금 있자 노기 찬 차집 문산댁이 뛰어나왔다. 문산댁은 대번 막개의 멱살을 움켜쥐었다.

"들어가자!"

막개가 멱살을 잡힌 채 안으로 들어가며 내당 행랑채를 보니, 한방에 여종들이 몰려 있고 구석 쪽에는 돌이 처의 모습도 보였다. 거기 감정이 있을 듯하나 감정의 모습은 보이지 않았다.

내당 마당에 들어서자 대청 위에 정경부인이 서 있었다. 막개는 문산댁이 꿇어앉히기도 전에 먼저 엎어지듯 땅에 엎디었다. 정경부인의 어조는 차가웠다.

"네가 사람이냐, 짐승이냐."

막개는 얼굴이며 목이며 아직도 땀에 젖어 번들거리는 얼굴을 들어 정경부인을 우러러보았다.

"소, 소인을 죽여주십시오……."

떨리는 소리로 그런 말을 하며 저도 모르게 눈에서 눈물이 주르르 흘러내렸다. 매우 비절한 모습이어서 정경부인은 잠시 말을 늦추었다. 늦추어지는 마음을 도사리듯 잠시 사이를 두었던 정경부인은 목소리를 가다듬었다.

"감정을 왜 때렸더냐?"

"소인이 이, 일시 정신이 나갔사옵니다. 한, 한 번도 때린 적이 없사온데 술에 취해서 그만…… 정, 정신이 나갔사옵니다."

"때린 까닭이 있을 것 아니냐. 무슨 까닭이냐. 말을 해보아라!"

"예. 무, 무슨 말다툼을 하다가……."

"무슨 말이냐."

"예. 무, 무슨 말다툼을…… 의정부로 자리를 옮겨달라고 정경부인께 가, 가서 말씀 좀 여쭈라고 그, 그러다가……."

"그게 무슨 말이냐."

"가, 가서 그런 말을 하여 달라고 하다가……. 안 가겠다 하구…… 가보라고 하구, 그, 그러다가……."

"네 지금 있는 관아에서 무슨 일을 저질렀느냐?"

"아, 아니옵니다. 다, 다만 영상대감님 계시옵신 의, 의정부로 갈까 하와……."

"안 가겠다는 감정을 그래서 때렸단 말이냐?"

"조, 조금 밀쳤는데 그만 축대에 넘어져서……."

"내가 관아 일을 어찌 알겠느냐. 감정이 여느 사람들처럼 그런 말이나 맡아가지고 다니며 법도를 어길 아이가 아닌 줄 내가 잘 안다. 네가 감정에게 정분은 깊은지 모르나 너는 실상 아직도 감정을 잘 모르고 있다. 그저 같이 산다고 서로를 잘 아는 것은 아니다. 세월이 아무리 가도 네가 감정을 알기는 어려울 것 같다. 내가 사람의 도리를 차려 감정을 네게 주었거니와 이제는 네가 사람의 도리를 잃었으니 이제 결단코 감정을 내어줄 수 없다. 그만 가보아라."

막개는 황급히 소리쳤다.

"아, 아니옵니다. 마, 마님! 이제는 사람의 도리를 알겠사오니 한, 한 번만 용서를……."

정경부인은 꾸짖었다.

"끌어내어라!"

그러고는 안으로 들어가 버렸다.

문산댁이 끌어내려는데 막개가 땅을 붙들고 끌리지 않으며

"마님! ……."

연해 외치니 문산댁이 다른 여종을 시켜 밖의 사내종 셋을 불러와 막개를 끌어내었다. 막개는 버둥대며 끌려 나가다가 감정이 있는 안채 행랑의 방 앞을 지나며 찢어지게 외쳤다.

"감정아! …… 나는 이 길로 가서 죽을 테다! 더 살길도 없고 더 살고 싶지도 않다! 너는 여기서 잘 살아라! 나는 오늘로 죽는다! ……."

얼굴에 눈물 줄기가 번져 외쳐대는 그 처절한 모습은 내당 행랑에 있는 모든 여종들의 가슴을 뒤흔들어 놓았다. 막개를 같이 몰아내어 가던 문산댁도 그만 손을 놓고 고개를 돌리고 말았다. 내당의 깊은 방에서 정경부인도 거기까지 울려오는 막개의 그 비절한 소리를 들었고, 안 들었으면 모를까 듣고는 그냥 견디기 어려운 일이었다. 정경부인은 고통스런 얼굴로 한숨을 내쉬었다.

막개가 집으로 돌아왔을 때는 집은 텅 비고 아무도 없었다. 그는 세간이 어지럽게 부서져 뒹굴고 있는 캄캄한 방에 그냥 그대로 엎어져 누워버렸다. 참으로 더 살고 싶지도 않았다. 그의 눈에서는 연해 자꾸 눈물이 주르르 흘러내렸다. 산다고 살아왔는데, 왜 자신에게는 때마다 이런 벼랑이 가로막는지 허망할 뿐이었다. 그렇게 소망하던 감정이와 살림까지 차렸건만, 벼랑은 언제나 앞을 막고 벼랑 앞에서 이제 또 외톨이로 떨어진 것이었다. 참으로 더 살고 싶지 않았다.

그는 엎어져 누운 그대로 오래토록 엎어져 있었는데, 등롱 하나가 어른

어른 불빛을 비추면서 마당으로 들어섰다. 사내종 하나에게 등롱을 들게 하고 여종 하나는 옆을 따르게 하면서 문산댁이 나타난 것이었다. 문산댁은 사내종더러 등롱을 들어 방 안을 비쳐보게 했는데, 부서진 세간들 속에 막개가 엎어져 누워 있는 것이 보였다. 문산댁은 방으로 들어와 막개를 흔들었다. 막개가 고개를 들었다. 얼굴에 얼기설기 번져 있는 눈물이 등롱 불빛에 번들거렸다.

문산댁이 조그맣게 말했다.

"망할 놈……. 감정이 상한 몸을 이끌고 정경부인께 가서 용서를 빌자, 정경부인이 또 지셨다. 감정을 내어주고 네 소원대로 의정부로 보내주신다는 말씀도 하셨다. 이 망할 놈, 언제까지 정경부인을 저리 자꾸 상심케 할 작정이냐."

늦은 고변, 빠른 살육

근수노(跟隨奴)가 차비노보다 나았다. 관아 일 보러 다니는 관원을 수행하여 따라 다니는 일이라서, 차비노보다 덜 고되거니와 이곳저곳 관아도 드나들어 훨씬 숨통이 트이는 일이었다. 관차 차림은 마찬가지라 해도, 옷도 훨씬 깨끗이 입고 다녀야 했다. 의정부 근수노가 되고 나서 막개가 신대감 집에 인사를 가니 다들 잘되었다고 치하를 해주었고, 수노 업동은 "메주가 금메주가 되었구나." 하고 우스갯소리까지 했다.

막개는 의정부의 정이품(正二品) 좌참찬(左參贊)에게 배정되었는데, 그에게는 막개 외에도 딸린 근수노가 네 명이나 되었다. 그러나 나이가 육순이 훨씬 넘은 이 늙은 좌참찬은 관아에는 등청만 했다. 대개는 그대로 돌아가 집에 칩거해 있으면서 집 단장이나 했다. 퇴관하면 조용히 소요나 할 것인지, 집에다 큰 연못을 만드는 일에 몰두했다. 처음에는 자기 집 종들에게만 그 일을 시키다가, 나중에는 자기에게 딸린 네 근수노들까지 데려와 연못 만드는 일을 시켰다. 네 근수노는 등청하자마자 끌려가 일이나 하는 것이 불만이었으나, 어쩔 수 없는 일이었다. 석가산(石假山)을 만들고, 그 옆에 큰 연못을 파고, 연못 옆으로 바위를 날라다 두르는 일이라 보통 역사가 아니었다.

다만 이 늙은이가 일을 서두르지 않고 차근차근히 하면서, 일하는 자기 종들이나 근수노들에게 별로 닦달을 하지 않아 그것 하나가 편하다면 편했다. 저녁 늦게까지 일을 해야 하는 때가 많았으나, 일하는 자들에게 음식도 잘해주고 술도 잘 내려 그런대로 지낼 만했다. 좌참찬으로서는, 관노를 사용(私用)으로 쓰기 때문에 자신도 떳떳치 못한 터라, 근수노들이 등청하여 서리에게 반드시 점고를 받게 하여 책을 잡히지 않으려고 했다.

의정부 종으로 나간 지 얼마 안 되어서 영의정인 성희안 대감이 별세했다. 막개는 좌참찬의 허락을 받아 한동안은 감정과 함께 정승댁 상사일을 보았다. 성정승의 상사 때는 많은 상하 관원들이 문상을 왔었다. 그중에는 퇴관하여 은거해 있다는 황녹사도 오랜만에 볼 수 있었고, 배능금 봉사도 볼 수 있었다. 배능금은 의정부로 가버린 막개 대신에 다른 차비노를 끌어다 넣었는지 어떤지, 그 뒤의 소식은 알 수가 없었다. 상사의 향두 일을 개도치의 땅꾼들이 와서 할 줄 알았는데, 돌지기 집사가 막아버렸는지 그 집의 종들이 했다. 뒤에 한번 개도치를 만났을 때, 개도치는 "네놈 때문에 그 큰 향두 일을 못해 손해가 이만저만이 아니다"라고 타박을 했었다. 그 말끝에 개도치는, 요즘은 추쇄도감(推刷都監)이 설치되어 도망 노비들을 한참 잡아들이는 때라, 향두꾼 속에 도망 노비를 버젓이 내세우는 일은 하지 말라는 어느 군교의 귀띔이 있었다고 했다. 이 추쇄 기간 동안에 누구의 발고가 있었는지, 부평에서 한 재산 모아 잘 살고 있던 굴무의 형이 잡혀서 험한 북관 어느 군영에 군노(軍奴)로 박혀버렸다고 했다. 그들 형제가 치부 수단은 좋으나, 아주 인색한 자들이어서 누구의 원혐을 샀을 것이라 했다. 그 말을 듣고 막개는 아주 고소하다면서 기분 좋아했다.

그 상사일을 마치고는 다시 전처럼 좌참찬의 연못 일을 했다. 좌참찬의 집이 신윤무 대감의 집과 같은 명례방에 있어 그리 멀지 않았다. 일이 끝나면 전보다 더 자주 신대감 집에 들러 그 집 종들과 어울리고 전처럼 말굽 삭제도 했다.

하루는 수노 업동이 막개에게 물었다.

"대감님이 복관될 징조가 보이는데, 복관이 되면 자넨 계속 의정부 근수노를 할 것이어, 아니면 공신구사를 올 것이어?"

"그야 의당 공신구사로 오지. 그런데 복관될 징조라니?"

막개의 물음에 업동이가 대답했다.

"얼마 안 있으면 임금님의 사냥 행행(幸行)이 거행될 거래. 그런데 임금님이 박영문 대감님을 사냥 행행의 대장으로 삼고, 우리 대감님을 원유사(苑囿司)로 삼으라고 특별히 명하셨대. 시임(時任) 무관 대신들도 많은데, 물러나 있는 무신들을 부르는 것은 그런 징조가 아니고 뭐겠어?"

그 말을 듣고 막개도 몹시 기뻐하며, 신윤무 대감이 복관될 것이 틀림없다고 믿었다.

그날은 좌참찬 집 일이 매우 늦게 끝이 났다. 벌써 시월 달 접어들어 날씨도 점차 추워져 일을 서둘렀고, 그래서 늦게까지 일할 때가 많았다. 늦게 일을 끝낸 막개는 다른 근수노들과 술을 한잔씩 하고 그 집을 나왔다. 그들과 헤어지고 난 다음, 막개는 술 생각이 더 나서 멀지 않은 신대감 집을 향해 갔다. 평소나 다름없이 술 한잔 더 얻어먹고 가자는 생각에서였다.

신대감 집 대문에 이르니 집 안에 사람 기척이 별로 없었다. 대문을 들어서서 허술청을 들여다보니, 청지기 늙은이가 졸고 있다가 막개를 바라보았다.

"벌써 다들 자는 거유?"

막개의 물음에 청지기는 마른 하품을 하며

"벌써 아까 박대감네 패들하고 한잔씩 하는 것 같더니, 취해서들 자고 있나 봐."

행랑 쪽을 보니, 박대감의 수노 막동이가 박대감의 말을 세워놓고 말다래를 잡은 채 마루 기둥에 기대앉아 졸고 있었다. 진작부터 막개와 허통을 하고 지내는 사이인 막동은 막개가 행랑 쪽으로 오자 게슴츠레 눈을 뜨며

"늦은 밤에 무슨 청승으루……."

하고는 다시 졸았다. 행랑 안을 들여다보니 양쪽 집 종들이 얼기설기 늘어져 누워 잠이 들어 있었다. 막개는 도로 허술청으로 와서

"술 한잔 하려 했더니 틀렸군. 두 대감께 문안이나 올리구 그냥 갈까 봐."

막개의 말에 청지기는

"그놈의 술은…… 늦깎이 술꾼이 돼 가지구선. 나중 박대감 나가실 때 다들 일어날 테니, 그럼 그때 한잔하든지."

"글쎄……."

"그렇게 해. 난 추워서 방에 좀 들어가 누워야겠어. 대신 여기 좀 있다 두 대감님 나오시거든 나에게 기별 좀 해줘."

"뭘 벌써 그렇게 춥다구."

"난 인제 다 된 쭉정이 아닌가. 좀 있어줘."

"알았수."

청지기는 허술청의 방으로 들어가 눕는 모양이었다. 막개는 잠시 허술청의 마루에 앉아 있다가 두 대감에게 문안이나 드려야겠다 싶어 안사랑 쪽으로 걸어갔다. 마당을 가로질러 안사랑으로 가니, 박대감의 노한 소리가 들려왔다. 사헌부니 사간원이니 들먹이는 품이 조정 비방을 하고 있는 것 같았다. 그런 노한 자리에 가서 문안 올린다는 건 말이 아니겠다 싶어서 도로 돌아서려던 막개의 얼굴이 갑자기 굳어졌다. 그리고 갑자기 가슴이 무섭게 뛰기 시작했다. 옛날에 성대감도 벼슬 떨어져 집에 있을 때 숨어서 모의를 했고, 지금 벼슬 떨어진 두 대감도 조정 비방을 하고 있는 게 아닌가. 이건 예삿일이 아닌 듯싶었다. 옛날 성대감 같은 그런 큰 모의는 아닐지 몰라도 조정 비방을 하고 있는 것은 분명하니, 그런 말을 몰래 들어두는 것은 나중에 크게 좋은 일이 될 것이란 생각이 칼날처럼 머리를 스쳤다.

막개는 사랑마루 귀퉁이의 기둥 뒤에 몸을 붙이고 숨었다. 박대감의 분격한 음성이 또렷이 들려왔다.

"사헌부와 사간원에는 반드시 문신들만 쓰는데, 이것이 어찌 정해진 법이란 말이오. 대전속록(大典續錄) 같은 것도 고칠 수가 있는 것처럼, 만들면 법 아니오? 사헌부 사간원의 소사(所司) 육원(六員) 중에서 삼원(三員)은 문신으로 하고 삼원은 무신으로 섞어서 차임(差任)하면, 문신을 논의할 때는 무신이 참례할 수 있고, 무신을 논의할 때는 문신이 참례할 수 있지 않겠소. 이리 되면 우리 무신들이 좌절당하는 일이 없을 것이오."

신대감은 잔기침을 할 뿐 말이 없었다. 박대감의 노성은 계속되었다.

"우리나라 문무 재상 중 공신으로 치면 누가 유자광만 하겠소? 정국 때도 그가 시급한 일을 다 처결해서 일등 공신이 된 것 아니오? 전일에 자기의 공을 과장한 점이 있긴 해도 그의 말이 아주 터무니없는 것은 아니었소. 문신이 그런 과실을 저질렀다면 유배까지는 안 가고 그저 파직이나 당했을 것이오. 또 그에게 문신 자제 하나만 있었어도, 그 동년(同年) 벗들이 논박을 하려다가도 동년을 비호해서 그렇게까지는 되지 않았을 것이오. 우리 앞날이 어찌 유자광과 다르지 않겠소."

신대감이 비로소 낮게 말했다.

"유자광의 일은 우리와는 다르겠지요. 폐조 때 무오년의 화를 일으켜 유명한 문신들을 많이 모함해 죽였으니, 이것을 미워한 문신들이 틈을 타 힘써 배척한 것이 아니겠소."

박대감이 반박했다.

"그렇다면 우리가 어느 문신을 죽였소? 오히려 다 죽게 된 문신을 구해 준 것 아니오? 폐조에 아첨해서 영화를 누리던 숱한 문신들을 다 구해주지 않았소? 그런데 어찌해서 그대 같은 병조판서를 논박해서 물러나게 했소? 당초 숭정대부(崇政大夫)로 가자(加資)해서 판서를 제수했을 때부터 외람되다고 논박하지 않았소. 그들은 공이 없어도 대서(帶犀)하는데, 우리 같은 사람이 어째서 안 된단 말이오. 저번 날에도 그랬소. 문신들이 우리를 능멸하는 것은 저번 사장(射場)을 간심(看審)할 때도 볼 수 있었소. 이조참판 이장곤(李長坤)이 나를 영공(令公)이라 부르면서, 더불어 시를 지어도 될까 물었소. 내가 대답하지 않았더니, 장곤이 스스로 지어 부르고 낙일(落日)로 대구를 채우라 하기에 내가 속으로 통분하여 미리 말을 타고 나와버렸소. 내가 시를 짓지 못하는 것을 그가 왜 모르겠소. 내가 장곤보다 나이도 관작도 위인데, 나를 무신이라고 업신여기고 그런 것이오. 어제 여기로 달려와 통분한 마음 풀어보려 했으나, 술이 너무 취해 몸이 고달파 밥도 먹지 않고 그대로 잤소."

신대감이 한숨을 내쉬며 말했다.

"그저 유감스러운 것은, 판서에 제수되었을 때는, 위로 문신 재상으로부터 아래로 남행(南行)에 이르기까지 아는 사람 모르는 사람 다투어 찾아오더니, 갈린 뒤에는 한 사람도 보러 오는 사람이 없소. 이것이 언제나 적막한 일이오."

"그것이 세태인데 새삼 말해 무엇 하겠소. 내가 늘 말하지 않소. 우리가 정국한 당시 공을 논의할 때는 크고 작은 조신(朝臣)들이 길가에서 기다리기도 하고, 대문에서 기다리기도 하지 않았소? 그들이 그저 다투어 공신에 참례되기를 청해서, 종들도 그 명함 바치기에 그만 싫증을 내었소. 문신이 무신을 오랑캐처럼 생각하고, 우리나 오랑캐나 반드시 국가에 공이 있어야 사람으로 쳐주니, 우리들이 공신이 아니었다면 관작이나마 받을 수 있었겠소? 벼슬아치가 된 이상 과거에 급제하지 못했다 하더라도, 누군들 판서나 도승지(都承旨)나 정승이 되고 싶지 않겠소? 이대로는 우리는 그저 유자광의 신세가 목전에 있을 뿐이오. 허물이 있건 없건 그런 건 문제가 아니오. 언젠가는 우리도 무슨 탈이 잡혀 틀림없이 유배를 가게 될 것이오. 그런데 두 손 끼고 앉아서 당하기만 할 것이오?"

신대감의 꺼지는 듯한 한숨소리가 들리고 난 다음, 박대감이 한껏 소리를 낮추어서 뭔가를 말했다. 무슨 말인지 알아들을 수가 없었다. 막개는 낮은 소리에 이끌리듯 숨을 죽이고 컴컴한 마루 밑으로 기어들어갔다. 방

앞 마루 밑까지 기어갔다.

신대감이 마침내 긴 한숨을 토해내며 말했다.

"그대의 말대로 하겠소. 내가 본래 박정승과 성정승 사이에 밀의를 트게 해서 반정을 도모했으니, 우리는 어차피 돌아가신 박정승과 동류들이오. 성정승이 돌아가시고 없는 지금에는 더 아무것도 거리낄 것이 없다는 생각이 드오."

박대감의 결의에 찬 목소리가 들렸다.

"일을 하려면 마음먹었을 때 곧장 해야 하오. 오래 끌면 반드시 사달이 생기는 법이오. 우리가 가장 쉽게 할 수 있는 길이 있는데, 바로 사냥 때요. 배릉(拜陵)이나 그 밖의 행행 때라면 우리 무신들 중 참례 못하는 사람도 있을 수 있겠으나, 사냥 때야 무신을 다 함께 쓰지 않을 수 없는 것이오. 사흘 후 천참(泉站)의 타위(打圍)에는 내가 대장이 된 것이 아니겠소? 바로 그때요. 내가 그대를 원유사로 천거했던 것도 다 뜻이 있어 그랬소. 이렇게 되면 준비는 이미 다 된 것이나 마찬가지요. 미리 알리지 않은 무인들도 만약 일이 일어난 것을 알면 모두 와서 참례할 것이오."

막개는 마루 밑까지 들어온 것을 후회했다. 아까 섰던 기둥 옆이라면 나중 슬금슬금 내뺄 수도 있으나, 마루 밑이라 소리가 날까 봐 미리부터 몸을 떨었다. 두 대감의 말이 여기까지 미칠 줄은 몰랐다. 이것은 옛날에 보았던 바로 그 대역(大逆) 모의가 아닌가? 눈앞이 어지러워오고 가슴은 터질 듯 고동쳤다. 심장 뛰는 소리가 저들 두 사람의 귀에까지 들릴까 봐 한껏 가슴을 부둥켜안았다.

박대감의 말소리가 계속되었다.

"폐조 때는 백성들이 원망하고 조신들이 모두 피폐했기 때문에 우리가 거사를 거의 펼쳐놓고 할 수 있었으나, 지금은 그때와는 다르오. 반정으로 오른 임금은 실상 좌불안석이라 그때와 같은 변이 있을까 십분 경계하고 있으니 조심해서 해야 하오. 성사되면 곧 우리 동류에게 육조(六曹)를 나누어 맡기게 될 것이오."

신대감이 불안한 어조로 말했다.

"대궐을 나설 때 할 것이오? 아니면 사장(射場)에 임금이 전좌(殿座)했을 때 할 것이오?"

박대감은 이미 다 생각해둔 듯 거침없이 말했다.

"대궐에서 나올 때는 백관이 호종하고 군사들이 옹위하고 있는데 말이나 되오."

"그럼 전좌한 다음에?"

"뻔하지 않소? 입장할 때가 되면 백관들은 모두 뒤떨어지고 군사들이 각위(各衛)에 분속하게 되고, 교룡기(交龍旗)를 받든 사람과 선전관(宣傳官)이 내거동(內擧動)을 위해 모두 먼저 들어갈 터이니, 바로 이때 하는 것이오. 돌아올 때 두 정승을 치고 다음에 병조판서를 치는 것이오."

"면밀히 생각한 계책이군요. 다만 우의정이 신병으로 집에 있으니 사장에 호종해 오지 않을지도 모르는데……."

"오지 않으면 사람을 보내서라도 처치해야 하오. 이때 문신들이 우리에게 붙으려 해도 허락하지 말고 오직 무신들하고만 일을 해야 하오."

"누구를 가려 위에 오르게 할 것인지가 난사인데……."

"왕자군(王子君) 중에서는 영산군(寧山君)이 좋소. 평소 활쏘기와 말타기를 좋아하고 무재(武才)에 능하니 이 사람을 세워야 하오. 대신 중에서는 홍경주(洪景舟)가 무사(武事)를 알고 우리와도 가까우니 이 사람을 우선 영의정에 앉힙시다. 하지만 후궁의 아비로서 내친(內親)이기도 하니, 일을 미리 의논할 수는 없소. 그리고 그대가 좌의정, 내가 우의정을 맡을 것이오."

"영산군이 좋기는 한데, 헌데……."

신대감이 갑자기 한숨을 내쉬며 침음하기 시작했고, 박대감이 추궁했다.

"왜 그러시오?"

"아무래도 폐조 때와는 달라서…… 그대의 말대로 반정으로 위에 오른 왕은 기찰이 극심하여 조금만 외착이 져도…… 인심이란 반복무상한지라 막상 일을 벌일 때 우리 동류 중 배반할 자가 없다 할 수도 없고……."

"아니 무슨 소리요? 일껀 얘기를 다해놓고 왜 이러는 거요?"

두 사람이 실랑이를 하는 사이, 막개는 숨을 깊이 들이쉬어 멈춘 다음, 짚신짝을 벗어든 채 맨발로 소리 없이 마루 밑을 빠져나왔다. 사랑채를 돌아 나오면서 신짝을 발에 꿰고는 살금살금 걸음을 옮겼다.

행랑 쪽으로 오니, 막동은 말다래를 잡은 채 옆으로 꺾어진 꼴로 아주 잠이 들었고, 청지기도 방에서 그대로 잠이 든 듯 가볍게 코 고는 소리까지 났다. 깨우기가 미안하여 그대로 가버렸다고 하면 그만일 것이었다. 소리 없이 대문을 빠져나왔고, 밖에 나와서야 그는 그동안 막혀 있던 기나긴 숨을 토해내었다.

급히 집을 향해 가기 시작했다. 밤이 너무 늦어 벌써 인정(人定)에 가까웠을 때였다. 행객도 끊겨 찬바람만 길바닥을 휩쓸고 있었다.

집에서는 여느 때와 같이 베틀방에서 흐릿한 불빛이 새어나오고 베틀소리가 나고 있었다. 감정이 아직도 자지 않고 일을 하고 있었던 것이다. 감정은 남편이 온 기척을 듣고는 일을 끝내고 등불도 꺼버리고는 방을 나왔다. 막개는 안방에 들어가서 등잔에 불도 켜지 않은 채, 지친 몸을 털썩

벽에 기대며 축 늘어져 앉아버렸다. 감정이 들어와 질화로의 불씨를 파서 등잔에 불을 붙이면서

"저녁은?"

하고 물었으나 막개는 고개를 저었다.

"먹었어."

감정이 왜 차림새를 벗지도 않고 앉았느냐는 듯 손을 내밀었는데, 그제야 깨닫고 막개는 벙거지며 직령을 벗어서 주었다. 직령을 벗어주고는 막개가 또 털썩 그 자리에 주저앉아버리자, 감정은 밖에서 무슨 고된 일이라도 있었느냐는 듯 힐끗 막개를 보면서 이불장 위의 이불을 내려서 펴기 시작했다. 이불장은 새로 들인 것이고, 피롱이나 화각장은 부서진 것을 도로 꿰맞춰 그 자리에 그대로 있었다.

감정이 이불 펴는 모양을 그저 막연히 바라보고 있는 막개의 얼굴에 발그레 홍조가 피어올랐다. 이 일을 발고하면 종을 면하고 반드시 무슨 벼슬을 얻어 할 수 있을 것이란 생각이 벅차게 떠올라 저절로 얼굴에 홍조가 피어오르는 것이었다. 감정에게는 절대 이 일을 말하지 않기로 마음먹고 있었다. 고변(告變) 같은 남 해치는 일이라면 감정의 성미에 무슨 말로 가로막아 풍파를 일으킬지 모르고, 엉뚱한 탈이 날 것 같았기 때문이었다. 혼자서 가슴을 저리며 흥이 돋아 불을 끄고 둘이 눕자, 여느 때 같지 않게 막개는 마치 신혼 때처럼 매우 격렬하게 감정에게 덤볐다. 흥을 한껏 그렇게 쏟았다.

일을 치르고 난 뒤 나른히 누우면서 그는 생각했다. 이 일을 발고하면 종을 면하고 아무리 낮다 해도 배능금 따위보다는 월등 위인 참육(參六), 그러니까 대궐 조참(朝參)에 참례할 수 있다는 육품관(六品官)은 될 수 있을 것

이란 생각이었다. 아니지, 아무 공도 없이 공신이 되어 종오품(從五品) 군자
감 판관을 하고 있는 신수린 쯤은 능히 될 수 있지 않을까. 그렇지, 그렇게
해서 군자감 판관이 된다면, 그날로 능금을 잡아다 죄를 물어 천하없어도
파직토록 만든다……. 감정은 내당 마님이 되겠지. 베 짜는 일 따위가 다
무엇이냐. 종을 부리며 살게 될 텐데. 그리되면 돌지기도 비로소 사촌 처
남 된 걸 감지덕지하며 엎드려 빌겠지. 정경부인도 감정을 내어준 걸 비로
소 자랑스러워하며 탄복해 마지않겠지……. 얼마 후 그는 잠에 떨어졌다.

그러나 다음 날 아침 눈을 뜨자, 그는 와락 겁에 질리고 말았다. 낮의
광명이 새삼 실상을 환히 깨우치며 공포가 몸을 조여왔던 것이다. 혼자
들은 것을 증질(證質)로 쳐줄까. 두 대감이 그런 얘기를 하지 않았다고 하
면, 그때는 어쩔 것인가. 역모를 모함한 죄도 참수를 당한다는데, 그러면
저만 형장으로 끌려갈 것 아닌가. 그 당장 목이 잘리지는 않는다 해도, 두
대감의 거사가 성사되는 날에는 목이 열 개라도 살아남지 못할 것이다.
두 대감은 일찍이 반정의 선두에서 일을 해냈던 무서운 무장들인 것이다.

오늘이 시월 열나흘 날이니 모레 열엿새 날이면 임금의 사장 행행과 더
불어 일이 벌어질 것이다. 임금은 그 자리에서 잡힐 것이고, 문신들은 떼
죽음을 당할 것이며, 세상은 또 한 번 뒤집힐 것이다. 고변을 하려면 그날
안으로 해야 한다. 하지만 한편으로는 전혀 아무 일도 일어나지 않을지도
모른다. 두 대감의 얘기 끝에 신대감 때문에 결단이 흐려진 데가 있었으
니, 다시 결심을 했다면 모를까 모의가 그냥 흐지부지되었을 수도 있다.
하지만 역적모의를 한 것만은 분명하니 공을 세우려면 지금 고변을 해야
한다. 증질이 되든 안 되든, 양단간에 한목숨 내걸고 나서야 하는 것이다.
아득하기만 한 일이었다. 지난날 성정승도 신대감도 모두 한목숨 내걸고

일을 해냈지만, 그렇더라도 사람이 한목숨 내걸고 무슨 일을 도모한다는 건 너무나 엄청난 일이다. 차라리 그만 부질없는 일이 아닌가 하는 생각이 들기도 했다.

어젯밤 생각은 날만 밝으면 관아로 등청할 것도 없이 바로 궁으로 들어가 고변하려 했었다. 하지만 너무나 막막하고 아득하기만 해서 결국 다음 날로 미루었고, 일단 등청한 다음 좌참찬 집에 가서 연못 일을 했다. 고변할 수 있는 마지막 날이 다음 날인데도, 막상 다음 날이 되니까 더욱 목을 죄듯 초조하기만 하고, 더욱 아득하기만 해서 그만 나중에는 짜증스러워지기까지 했다. 그래서 그냥 또 등청한 후 좌참찬 집에 가서 연못 일이나 했다. 이날 해가 마침내 중천을 넘어가기 시작하자, 짜증도 한도에 차서 나중에는 멍청해지기 시작했다. 그렇듯 멍청한 정신 상태가 되니까, 막개는 이상하게도 고변을 하러 가게 되었다. 좌참찬에게는 몸이 아프다는 핑계를 대었다. 실제로 막개의 핼쑥한 얼굴은 갈데없이 아픈 사람의 얼굴이었다.

궐내에 있는 승정원(承政院)을 찾아갔다. 임금을 측근에서 모시는 승정원이라야 바로 직고가 될 것이기 때문이었다.

그런데 막상 가보니, 일영대(日影臺)가 있는 승정원 근처에는 여느 때나 같이 원정을 하러 온 사람들로 뒤숭숭했다. 중전궁 성상을 다닐 때는 정문인 광화문이 아니라, 동문(東門)인 건춘문(建春文)으로만 드나들었었다. 처음 좌참찬 근수를 하면서 두어 번 이곳을 와본 적이 있지만, 이곳은 늘 원정 온 사람들로 붐비는 곳이었다. 승정원의 사령들이 늘 원정 온 사람들을 쫓았는데, 이날도 사령들이 사람들을 쫓고 있었다.

막개는 사람들 뒤꽁무니에 엉거주춤 서서 목을 빼고 기웃거렸다. 사람들이 사령에게 쫓겨 뒤로 밀리면 그도 뒤로 밀렸고, 사람들이 좀 앞으로 나가면 그도 사람들을 따라 앞으로 나가곤 하면서, 그저 그렇게 지체만 하고 있었다.

그런데 마침 당상(堂上)의 홍포 차림을 한 도승지 이사균(李思鈞) 대감이 서리 몇을 달고 승정원에서 일영대 쪽으로 오고 있었다. 거리 행차 때나 좌참찬 따라 궁궐 출입을 할 때 몇 번 봤던 모습이었다.

도승지를 보자 그는 가슴이 뛰기 시작했다. 사람들이 사령들에게 쫓겨서 뒤로 밀려도 그때는 뒤로 밀리지도 않고 그 자리에 얼어붙어서 서 있었다. 관노 복색을 한 그가 뚫어지게 도승지를 바라보고 있어 시선을 끌었던 것 같았다. 도승지를 모시고 가던 서리 하나가 어느 관아의 전갈인가 하는 듯이 막개를 돌아보았다.

"뭐냐?"

도승지도 막개를 돌아보았다. 이 순간 막개는 눈앞이 어지러워 얼른 눈길을 딴 데로 보냈다가 또 얼른 도승지를 훔쳐보곤 했다. 도승지는 콧대가 우뚝 서고 눈썹이 짙었다.

"아까부터 일없이 와 있던 놈이우."

화가 난 사령이 서리를 보고 말하면서 막개를 옆으로 밀쳐버렸다. 그러자 그는 사령에게 밀쳐진 데에 무슨 구원이라도 받은 듯 순순히 밀려나면서, 매우 억울하다는 듯이 도승지의 얼굴만 연해 바라보았다. 도승지는 마침내 무심히 지나쳐 버렸다. 도로 제일 뒤로 밀려난 그는 사라지는 도승지의 뒷모습만 멍하니 보고 있다가 맥없이 발길을 돌렸다.

발길을 돌린 그는 그저 지향 없이 걸음만 옮겨놓다가 갑자기 또 정신이 번쩍 들었다. 거사를 준비한 신대감이라면, 지금 종이든 누구든 한 사람이라도 심복 되는 자를 구하고 있을 것이 아닌가. 자신이야말로 신대감의 믿을 만한 심복일 수 있지 않은가. 어쩌면 지금 신대감은 내심 자신이 나타나기를 은근히 기다리고 있을지도 모를 일이었다. 옛날 성정승과 황녹사의 경우에도, 모의는 자기들끼리 했지만 따르는 종들을 얼마나 요긴하게 여겼던가.

막개는 갑자기 신대감 집을 향해 뛰기 시작했다. 어느 쪽이건 끼지를 못하면 이 천재일우의 기회를 다 놓치고 마는 것이다.

신대감 집을 향해 뛸 때는 날이 저물고 있었는데, 구름이 무겁게 하늘을 내려덮었고 여러 번 천둥이 울렸다. 비는 몇 줄기밖에 뿌리지 않았지만, 천둥은 연달아 울렸다. 신대감 집에 이르렀을 때는 숨이 턱에 닿아 있었다. 한참 숨을 고른 다음 집 안으로 들어갔다.

"벌써 일 마쳤어?"

청지기 늙은이가 들어서는 막개를 보고 무심히 말했고, 마구간지기와 다른 종 하나가 마당에서 비설거지를 하고 있었다.

"대감마님 계시우?"

막개가 청지기에게 묻자 청지기는

"오랜만에 대궐 행차 가시었네."

하고 대답했다.

"대궐?"

막개가 의아스런 얼굴을 하자, 청지기는 밝은 얼굴로 말했다.

"나라에서 부르시어 내일 임금님 사냥 행차에 원유사로 나가시게 되었잖아. 아마도 대궐 장청(將廳)에서 그 일을 숙의하고 계실 터이지."

"원유사 되셨다는 말은 전에 업동이한테서도 들었지만, 사냥 날이 바로 내일이우?"

모르는 척하고 물었다.

"그래, 내일이지."

"그럼 업동이들도 모시고 따라가겠네요?"

"그럴 테지."

업동이들은 대궐로 대감 행차 모시고 가고 없는 터라, 막개는 비설거지하는 마구간지기에게로 가서 비설거지를 도왔고, 마구간지기와 어울려 마구 일도 도왔다. 두 필의 말 중에서 한 필은 대감이 타고 나갔고, 한 필만 남아 있었는데, 다른 때보다 더 꼼꼼히 말 손질을 도왔다. 대감이 돌아올 때를 기다리자는 속셈이었다. 마구간지기를 도와 마죽까지 같이 끓이고 있는데, 신대감이 돌아왔다. 막개가 문안 올릴 틈도 없이 신대감은 안사랑으로 들어갔고, 업동이는 대감이 타고 나갔던 말을 끌고 마구로 왔다. 막개가 업동이를 맞으며

"대궐 행차 갔더라면서?"

반가운 얼굴을 했는데, 업동이는 풀기 없이 말했다.

"내일 사냥은 중지되었다구."

"왜?"

"천둥이 울고 날씨가 안 좋아서 그리 됐나 봐."

업동은 그렇게 말하면서 말을 넘기고 돌아섰는데, 막개는 잠시 정신을 놓고 있었다. 다시 정신을 수습하고 잠시 행랑 쪽을 기웃거렸으나, 종들이 다 시무룩한 기색들이라 그 길로 그만 그 집을 나와버렸다.

일은 이렇게 이것도 저것도 아닌 꼴이 되고 말았다. 그는 집으로 돌아오다 동네 건너 흔히 들르는 주막에 들어가 외상술을 마구 퍼마셨다. 술

을 퍼마시면서 혼자 몇 번이고 이를 갈아붙이고 가슴을 치곤 했다. 왜 이 모양으로 늘 눈앞에 닥친 복이 어물어물하는 사이에 꿈결같이 사라지고 마는 것일까. 임금의 화살 주워 바치는 일을 못해서 그리고 반정 때 말의 오른쪽에 서서 놓쳤던 복은 다 운 때문이었다 해도, 이번에는 저 자신이 정신없이 이리저리 허둥대다 놓친 결과였다.

그는 술이 난망으로 취해 집으로 가서 방에 들어가자마자 벙거지고 직령이고 쓰고 입은 채로 뒹굴어 누워버렸다. 그러고는 오장이 뒤집히는 신음소리를 계속 내었다.

"어디서 이렇게 술을 먹구선…… 어디 아파요?"

감정이 그러면서 막개의 몸을 밀쳐가며 벙거지며 직령을 벗겨내었다. 신음만 계속하던 그는 나중 신음소리가 잦아들면서 그대로 곯아떨어졌다.

다음 날은 아침때가 되어도 밥도 먹지 않고 이불 속에 그냥 드러누운 채 궐역(闕役)을 했다.

"어제 대체 어디서 술을 먹고…… 아니 이냥 궐역을 해도 돼요?"

감정이 물어도 그냥 이불을 들쓰고 있을 뿐 아무 대꾸도 없다가, 감정이 자꾸 캐고 묻자 돌연 이불을 들치며 버럭 소리를 쳤다.

"시끄러 좀! …… 가만 좀 내버려둬! 가만!"

그리고 도로 이불을 덮어썼다.

저녁때가 되어도 내온 밥상을 거들떠보지도 않고 내처 굶고 누워 있었다. 벽장에서 두 자짜리 무명 몇 쪽을 꺼내 들고는 누웠던 동저고리 바람인 채로 동네 건너 그 술집을 향해 갔다. 베틀 일을 하는 둥 마는 둥 내처 막개의 동정을 살피고 있던 감정이 그 모양을 보고

"아니, 또 술집 가려구?"

소리쳤으나, 막개는 대꾸도 않고 삽짝을 나가버렸다. 그러고는 또 고주 망태가 되도록 술에 취해 돌아와서는 이불 속으로 기어들어 가버렸다. 단 단히 벼르고 있던 감정이 막개의 머리맡에 버티고 앉았다.

"또 관아에 무슨 일 났군. 말해봐요. 무슨 일이에요, 무슨 일!"

막개는 발끈해서 소리쳤다.

"제발 좀 가만 내버려둬! 가만 좀! …… 관아에는 아무 일두 없어! 아무 일두!"

다음 날도 궐역을 했다. 아침에는 장국에 밥 말아 조금 먹기는 했으나, 그 대로 또 이불 속으로 기어들어 갔다. 감정이 눈에 불을 켜고 닦달을 했다.

"아니, 며칠째 무턱대구 궐역을 하다니! 말해봐요, 무슨 일이에요, 무슨 일!"

막개는 귀찮다는 듯 한마디로 말막음을 했다.

"아파서 그래, 아파서."

"어디가 아파서?"

"몸살이어."

"아픈 사람이 날마다 술만 먹어? 날마다? …… 무슨 일 난 게 틀림없어. 말해봐요. 무슨 일인지."

"아프다구 하잖아! 아프다구!"

그렇게 궐역을 하면서 저녁마다 술집에 내려가 술만 마시는 짓을 닷새 나 하고, 엿새째 되던 날이었다. 이때쯤이면 의정부 서리가 쫓아와 무단 궐역에 대한 심문을 할 터인데, 좌참찬이 아프다 빌미하고 나갔던 근수노 라 아직도 아프거니 짐작해서 그냥 두는 모양이었다. 하지만 관에 아무 통기도 없고 무단 궐역을 계속하는 건 그냥 넘어갈 일이 아니었다. 감정은 엿새째 아침에는 단단히 작심을 한 얼굴로 누워 있는 막개의 머리맡에 도사리고 앉았다.

"오늘도 궐역을 하려구? 안 돼. 안 된다구. 오늘은 세상없어도 등청을 해야 돼!"

덮어쓴 이불을 확 벗겨버렸다.

"왜 또 의정부에서도 쫓겨나려구? 무슨 일인지 모르나 오늘은 안 돼. 무슨 일이건 관아에 나가서 결판을 내야 돼."

막개가 부스스한 얼굴로 일어나 앉아 가슴을 치며 한탄하는 소리를 내었다.

"이보라구. 내가 좀 심병이 나서 그래. 날 좀 가만히 내버려둬 줘. 임자 때문에 내가 이대루 말라 죽겠어. 관아에 일 있으면 내가 왜 말 안 해. 관아에는 아무 일 없어. 제발 날 이대루 가만 좀 내버려둬 줘."

"무슨 심병인데? 심병이라니, 무슨 사달이 있었기에 심병인고?"

"그저 그런 일 있었어. 그러니 날 좀 가만 내버려둬. 제발 좀."

그러고는 다시 누우려는 막개를 감정이 밀치며 눕지 못하게 막았다.

"안 돼. 세상없어두 오늘은 등청을 해야 돼. 오늘은 안 돼. 눕더라도 등청을 하고 와서 누워. 이리 오래 무단으루 궐역하는 데가 어디 있어. 종당에는 의정부에서도 쫓겨나려구? 이번에 쫓겨나면 북관 종살이밖에는 없어!"

막개도 마침내 부아가 치솟기 시작했다.

"북관 종살이? …… 그 알량한 의정부 종 하나 시켜줬다구 이리 유센가? 그 알량한 의정부 종 하나."

"알량? …… 그래, 무슨 말이든 좋아. 오늘은 하늘이 무너져도 등청해야 한다구. 빨리 일어나 등청해요!"

"내 지금 몸이 어떤지 알어? 전신에 힘이 빠져 걸음도 잘 못 걸어."

"술집은 잘도 오락가락하더군."

"술집 가다 넘어지기두 여러 번 했어. 예편네가 이런 것도 살펴줄 줄 모른단 말여?"

"가다가 넘어지건 말건 기어서라도 가요! 기어서라도. 안 돼. 오늘은 절대 안 돼."

"기어서?"

"그래, 기어서라도."

화가 뻗친 막개는 반발하듯 냉큼 도로 누우려는데 감정이 덤벼들어 등을 밀쳐내었다. 발끈한 막개가 주먹을 들어 치려다 감정의 쏘아보는 눈과 마주치며 그만 주먹을 내렸다. 그는 벌떡 일어나 이불을 들어 방구석에다 거칠게 팽개쳐 버렸다.

"이런 네미랄……. 가나오나 종살이, 아무리 아파도 마누라 겁나서 방구석에 누워 있을 수가 있나, 나가 죽든지 해야지."

그는 벽장 속에서 벙거지며 직령을 꺼내 아무렇게나 몸에 걸치기 시작했다.

"나가서 거리 귀신이나 될밖에."

씨근거리며 관차 차림을 한 그는 방문을 부술 듯 열어젖히고는 방을 나갔다. 감정이 말없이 그 꼴을 노려보고 있는데, 짚신짝을 꿰신은 그는 들끓는 부아를 직령 자락에 날리며 삽짝을 나가버렸다.

해는 벌써 댓 발이나 솟아 있어 등청 때는 지났고, 관아에는 너무 오래 무단 궐역을 해서 해 바칠 말이 어렵고, 감정은 지금도 집에서 독을 피우고 있을 테고……. 부글부글 심화가 끓어오르면서 그는 문득 의정부로 향하던 발걸음을 돌려 불시에 승정원으로 향했다. 심화로 눈이 뒤집혀 있었던 것이다. 역적모의를 들은 날로부터는 벌써 아흐레나 지나 있었고, 거사 날짜로부터는 엿새나 지나 있었다. 그러나 그런 것은 개의치 않았다.

승정원에는 여느 때나 같이 아침부터 원정 온 사람들이 몰려 있고, 사령들이 그들을 쫓고 있었다. 막개는 사람들 속에 섞이지도 않고 잠시 기웃거렸는데, 궁중 액정서(掖庭署)의 노복인 승전색(承傳色) 하나가 임금의 심부름을 왔던지 승정원으로 가는 것을 보았다.

막개는 그 승전색을 향해 갔다.

"이봐, 어딜 가?"

사령이 막개를 향해 소리쳤으나 막개는 들은 척도 않고 그 승전색을 불렀다.

"이보, 날 좀 보우."

검푸른 차림의 그 승전색은 막개를 돌아보았다.

막개는 사령이 오기 전에 해치우겠다는 듯이 댓바람에 승전색을 보고 말했다.

"역적모의를 고변하려고 왔수. 도승지 대감께 말해주시우."

승전색은 잠시 멀뚱하다가 이내 얼굴이 굳어졌다.

"가만 있수. 내 대감께 여쭙고 올 테니."

승전색은 부리나케 승정원 안으로 달려갔다. 승전색과 무슨 긴한 수작이 있은 걸 본 사령은 막개를 쫓지 못하고 물끄러미 보고만 있었다. 승전색은 이내 달려 나왔다.

"들어오시우. 대감께서 급히 들어오랬소."

막개는 물끄러미 보고 있는 사령을 같잖다는 듯이 한번 노려본 다음 승전색을 따라 들어갔다.

이사균 도승지가 당청 마루까지 나와 긴장하여 서 있었다.

"이 사람인가?"

도승지가 승전색에게 말하자

"예."

승전색이 긴장하여 대답했다.

도승지가 막개에게 들어오라는 손짓을 했다. 막개가 창황히 짚신을 벗고 올라가자, 도승지가 곧장 막개의 옷자락을 잡고 이끌었다. 도승지는 당청 누마루를 돌아 조그만 방으로 막개를 이끌어갔고, 막개는 그때부터 비로소 가슴이 뛰기 시작했다. 어마두지에 어쩌다 이렇게 됐는지 정신이 어지러웠다.

도승지가 자리를 잡고 앉자 막개는 방문께 구부리고 앉는데

"가까이 오너라."

말해놓고 도승지 자신이 막개의 코앞으로 다가와 앉았다.

"말해보라."

막개는 마른침을 삼켰다. 눈앞이 흐려지며 흐릿한 소리로 말했다.

"박영문 대감과 신윤무 대감이······."

두 대감이 하던 모의를 두서없이 늘어놓았다. 그러나 두 대감의 이름이 나오고부터 얼굴이 굳어져버린 도승지는 그 두서없는 얘기에도 그 짙은 눈썹이 막개의 눈을 찌를 듯 꼿꼿이 일어섰다.

도승지는 곧 나가서 누구를 불렀는데, 승지 한 사람이 왔다. 도승지는 누마루에서 승지에게 뭐라고 일렀고, 승지는 도로 급히 나갔다. 도승지가

다시 막개의 앞에 앉았다.

"이제 네가 들은 것을 순차대로 소상히 말해야 한다. 어떤 일이든 다 빠짐없이 말해야 한다. 그렇지 않으면 네가 참을 당할 것이다."

막개는 얼굴에 땀이 내배면서 자꾸 마른침을 삼켰다. 마침내 생사의 길에 들어섰다는 것을 숨 가쁘게 깨닫고 있었다.

좀 전의 승지가 급히 들어와 도승지에게 말했다.

"고자(告者)에게 모든 것을 물어서 올리라는 전교입니다. 주서(注書)와 검열(檢閱)이 참례를 합니다."

막개는 승정원의 다른 방으로 끌려 들어갔다. 아까보다 크고 넓은 방이었다. 거기서 주서와 검열이 기록하는 가운데 도승지가 다시 처음부터 차근차근 묻기 시작했다. 막개는 말하는 것이 모두 적힌다는 것을 알고는 정신을 가다듬고 얘기하기 시작했다. 막상 죽음 한가운데 들어선 듯하자, 도리어 정신이 말똥말똥 맑아지는 것이 이상했다. 그동안 관노를 하면서 늘어난 말솜씨를 다해서 말했다.

"시월 열사흘 날 인정이 되어갈 무렵이었습니다. 좌참찬댁 일을 마치고 전부터 자주 드나들던 대루 늦었지만 술 한잔 얻어먹구 갈 생각으로 명례방의 신윤무 대감 댁을 들렸사온데……."

신대감댁 청지기와의 수작, 박대감의 종 막동의 졸던 모습과 어설피 주고받은 수작을 말하고, 그러고는 안사랑으로 문안을 갔다가 박대감과 신대감이 주고받던 그 모든 얘기, 마루 밑에서 신짝을 벗어들고 도망쳐 나오기까지를 남김없이 말했다. 마지막에 신대감이 거사를 주저하던 얘기는 숨기고 말하지 않았다. 이제는 한 치라도 더 역괴로 몰아야 제가 산다는 것을 알기 때문이었다. 또한 행차 전날인 열닷새 날 승정원에 고하러 왔다가 도승지 대감을 보기는 했으나 사령에게 쫓겨 고하지 못했다는 사실도 말하고, 그 뒤의 동정도 말했다.

"…… 열엿새 날이 바로 거동이 계시는 날입니다. 그 전날에 노(奴)는 신대감 집의 동정을 살피러 갔다가 그 집 종에게서 다행히도 거동이 중지되었다는 말을 듣고 실로 하늘의 도움이라 생각했습니다."

도승지는 만족하여 몇 번이고 고개를 끄덕였다.

"너는 실로 총명하다. 얘기도 순차 있게 잘하는구나. 지금 말한 것을 다음 공초 때 일자 일구라도 틀리면 안 된다. 그러면 네가 변을 당할 것이다. 네가 나를 봤다는데, 그러고 보니 나도 너를 본 기억이 난다. 바로 거동 전날인 열엿새 날 승정원 일영대 앞에서 너를 본 기억이 나고, 네가 사령에게 쫓긴 것도 생각이 난다."

막개는 천군만마의 원군을 얻은 것처럼 기운이 났다. 승정원에 고하러 갔을 때 도승지가 저를 본 기억이 난다니, 사는 길이 뚜렷이 열려 보였다.

도승지가 고자의 진술한 것을 임금에게 올리니, 임금은 모든 정사를 폐하고 이 고변에 대하여 친국(親鞫)하겠다고 전교했다. 전교가 내리자 사원부와 사간원의 신하들이 임금에게 머리를 조아리며 아뢰었다.

"근래 벼락 치는 변괴가 잦았습니다. 지난번 현능(懸陵)에 벼락 치고, 사장에 행행하실 전날에 수없이 벼락을 쳐 거동을 중지하셨으니, 이는 어찌 신기(神祇)의 조우하심이 아니겠습니까. 친국하시어 종사의 음덕에 보답하시기 바랍니다."

임금이 말했다.

"근래 벼락이 잦아 나 역시 공구(恐懼)하던 참이다. 이제 이 같은 역괴를 알았으니 실로 신기의 조우하심이라 아니할 수 없다."

막개가 승정원 방에서 사령들이 지키는 가운데 눈을 두리번거리며 앉아 있는 동안, 사정전(思政殿) 동쪽 뜰에는 이미 빈틈없이 형구가 갖추어지고 금부(禁府) 나장들이 도열했다.

임금이 사정전 처마 밑으로 나오니, 좌의정 송일(宋軼), 우의정 정광필(鄭光弼), 좌찬성 이손(李蓀), 예조판서 김응기(金應箕), 도승지 이사균 및 형방승지와 문사관(問事官)과 사관(史官)들이 차례로 입참했다. 영의정 성희안의 타계 뒤로 아직 영상의 자리는 비어 있을 때였다.

임금이 교의에 앉아 말했다.

"박영문 등은 정국공신이다. 차마 이 같은 일을 하지 않았을 것으로 생각되나, 고변한 자의 말도 분명하니 추문(推問)하지 않을 수 없다."

좌의정 송일이 아뢰었다.

"추문하면 곧 그 실정을 알 수 있을 것입니다."

"박영문을 들이라."

박영문이 결박 지워져 의금부 나장들에 의해 끌려나와 뜰에 꿇어앉혀졌다. 그러나 그의 안색은 조금도 변하지 않았으며, 부리부리한 눈도 여전히 광채를 내고 있었다.

임금이 물었다.

"시월 열이틀 날 이후에 네가 신윤무의 집에 간 일이 있느냐."

"간 일이 없습니다."

"증거가 있는데, 네가 숨기느냐?"

"신이 시월 열이틀 날 이후에 신윤무의 집에 갔다면, 죽더라도 어찌 감히 상(上) 앞에서 숨기리까. 그 전에는 자주 만났으나 근래에는 별로 만나지도 않았습니다. 열이틀 날 이후에는 간 적이 없습니다."

좌찬성 이손이 임금에게 아뢰었다.

"이장곤을 불러다 사장 간심 때 시를 지었는지를 물으면 사실이 절로 드러날 것입니다."

모두 그렇다고 아뢰자, 임금이 명하여 이장곤을 데리러 갔다.

"신윤무를 들이라."

하명에 따라 박영문이 끌려 나가고 결박된 신윤무가 끌려 나왔다.

"시월 열이틀 날 이후에 박영문이 무슨 일로 너의 집에 왔더냐?"

임금의 물음에 신윤무는 매우 침착하게 대답했다.

"박영문이 오지 않았습니다. 신은 평소 내방객이 없는 데다 신도 통 바깥출입을 하지 않습니다. 박영문은 전에는 더러 만났으나 근래에는 드물게 왔으며, 열이틀 날 이후에는 온 적이 없습니다."

두 사람은 이미 어느 틈에 말을 맞춘 게 분명했다. 한 치도 다르지 않게 만난 적이 없다고 대답했다. 그날 만난 일조차 없다고 나올 줄은 예상치 못했던 듯 임금을 비롯한 추관들이 당황해했다. 임금은 안색이 변했다.

"영문이 윤무의 집에 갔을 때 데리고 갔다는 종들과 윤무의 집 종들을 잡아들이라. 그들을 추문하면 알 수 있을 것이다."

형방승지가 다시 바삐 움직이는데, 좌의정 송일이 아뢰었다.

"두 사람이 끝까지 숨기니, 연구(聯句)에 대한 일부터 장곤에게 물어 실정을 알아낸 뒤에 형장(刑杖)으로 둘을 추문하면 될 것입니다. 하온데 장곤이 천위(天威)가 두려워 까닭도 없이 바로 아뢰지 못할지도 모르니, 그 까닭을 타일러 숨기지 말게 하소서."

임금이 명했다.

"장곤은 다만 연구를 지은 일뿐이고 관계된 일도 없으니, 관대(冠帶)를 갖추고 들어오게 하라."

이장곤이 얼마 후 관대를 갖춘 모습으로 들어왔다. 임금이 그를 섬돌로 오게 하여 부드럽게 물었다. 이장곤이 정신을 가다듬고 대답했다.

"그날 신이 과연 연구를 먼저 불렀습니다."

"그때 네가 박영문에게 대구(對句)를 짓게 하였느냐?"

"그러하였습니다. 그때 신용개(申用漑), 박영문과 함께 사장의 양주목사(楊州牧使)가 내는 술을 마셔서 몹시 취해 있었습니다. 함께 말을 타고 돌아올 때 말 위에서 신이 먼저 인사백년간낙일(人事百年看落日)이라 연구 한 짝을 부르니, 용개가 대구로 산천만고지행진(山川萬古只行塵)이라 하였습니다. 그 밖에도 연구와 절구(絶句)를 많이 지었습니다. 그때 영문이 말하기를 두 사람은 연원(淵源)이 있어 문사(文詞)를 잘한다고 했는데, 그때 신이 그에게 대구를 짓게 하였던 것 같습니다."

이장곤을 물러가게 하고 박영문을 다시 들였다.

"연구 지은 것이 분명한데, 고자가 이런 일까지 어떻게 알았겠는가?"

임금의 물음에 박영문은 조금도 흔들리지 않았다.

"연구를 지을 때 근처에는 서리들이 있었는데, 아마 그 서리들이 퍼뜨린 듯합니다. 고자가 의정부의 종이라니, 그 퍼뜨린 말을 듣고 꾸민 것이 분명합니다."

임금은 노한 안색으로 박영문을 보았으나, 아직 그에게 형장을 가하게 하지는 않았다. 종들이 잡혀왔다고 하자, 박영문을 들어가게 하고 종들을 들였다. 박영문의 종 막동과 다른 종 둘, 그리고 신윤무의 늙은 청지기였다. 그 밖의 종들은 아직 잡지 못했다고 했다.

임금이 문사관을 시켜 막동에게 물었다.

"열사흘 날 밤에 너의 주인이 어디를 갔었느냐?"

막동은 주저 없이 대답했다.

"그날 밤에는 아무 데도 간 데가 없사옵니다."

"인정 가까운 때에 신윤무의 집에 가지 않았느냐?"

"가지 않았사옵니다."

임금이 장신(杖訊)을 명했다. 이 자리에서 쓰는 곤장은 다듬지도 않은 험한 추삭장(麤削杖)이었다. 몇 번 안 쳐 살이 터지고 피가 튀어 막동은 금시 피범벅이 되었다. 문사관이 물었다.

"바로 말하라. 그날 밤에 신윤무의 집에 갔었지?"

막동은 숨을 헐떡이며 이를 사리물어 입가에 피가 흘러내렸다. 하지만 여일하게 대답했다.

"가지 않았사옵니다……."

옆에 꿇어앉혀진 신윤무의 늙은 청지기와 박영문의 종은 그들 자신들이 형신을 받는 듯 땀을 흘리고 있었다. 명에 따라 다음은 신대감의 늙은 청지기였다. 그러나 청지기는 땀을 뻘뻘 흘리면서도 카랑카랑한 목소리로 높다랗게 말했다.

"박대감께서 결코 그날 밤에는 오지 않았사옵니다."

카랑카랑하고 당돌한 목소리에 임금이 더욱 노하여 심히 형신하라고 명했다. 청지기는 대번 살이 터지고 살점이 떨어져 나가며 뼈가 부러지는 소리까지 났다. 그러나 늙은이는 숨을 헐떡이며 눈에 핏발을 세우고 말했다.

"어찌 오지 않은 것을 왔다고 아뢰겠사옵니까. 그날 밤에는 결코 박대감이 오지 않았사옵니다……."

박영문의 두 종도 같이 형신을 받았으나, 둘 역시 한결같이 그날 밤에 신윤무의 집에 가지 않았다고 대답할 뿐이었다.

임금은 그만 짜증을 내며 도승지 이사균을 향해 힐책하듯 말했다.

"열닷새 날에 고자가 일영대 앞에서 너를 보고 아뢰려 했다는데, 어찌하여 돌아보지 않았느냐?"

이사균이 난처해하면서 대답했다.

"잡인은 정원(政院)에 들어가지 못하게 되어 있어 무릇 편지를 가진 사람도 모두 밖에서 바치므로, 서리와 사령들이 으레 잡인들을 물리칩니다. 신이 분명 고자를 보았으나, 편지 바치려는 사람으로 알고 그냥 지나쳤습니다."

좌찬성 이손이 아뢰었다.

"고자를 저들과 대질시킴이 옳을 듯합니다."

"대질시키라."

먼저 신윤무였다. 신윤무를 뜰로 끌어다놓은 다음, 드디어 문사관이 막개를 데려다 신윤무로부터 서너 발자국 앞에다 앉혀놓았다. 막개는 고개를 들고는 있었으나 신윤무를 똑바로 보지 못하고 흐릿해진 눈길을 딴 데 주고 있었다.

임금이 신윤무에게 물었다.

"네 그자를 알겠지?"

신윤무가 차가운 눈길로 막개를 건너다보며 차분한 어조로 말했다.

"기억이 확실치 않으나 본 듯한 인물이기는 합니다. 지난날 정국 때 성희안 집에서 본 듯하나 확실치는 않습니다. 그 뒤 관노들이 신의 공신노(功臣奴)가 되고자 숱하게 들렀을 때, 혹 그중에 끼어 한두 번쯤 왔는지는 모르나 기억이 확실치 않은 자입니다."

"잘 모르는 자"라는 신대감의 말은 차가운 비수처럼 막개의 가슴을 찔렀다. 차가운 냉기가 연해 가슴을 째고 지나갔다가는 또 뜨거운 열기가 가슴을 후비며 솟구치기도 했다. 그린 회오리가 자꾸 전신을 휩쌌다. 눈망울이 자꾸 흐릿해지며 종내 신대감을 바로 보지 못했다.

문사관이 막개에게 물었다.

"그러한가?"

막개는 얼굴 근육을 떨다가 모든 사람들이 조마조마하도록 혀가 군은 소리로 간신히 말했다.

"아, 아니옵니다……. 자, 자주 만났사옵니다. 궐만 나면 꼭 공신구사로 망, 망을 해주시겠다고 하여 자, 자주 만났사옵니다……."

막개의 흐리멍덩한 초사 때문에 사태가 모호해졌다. 임금이 신윤무를 보았으나 신윤무는 그저 담담히 말했다.

"일개 노자(奴子)를 대신이 자주 만나다니, 그러한 일이 있을 수가 있겠습니까."

다음에는 막동이었다. 끌려나온 막동은 역시 신윤무처럼 막개 앞에 바특이 앉혀졌다. 문사관이 물었다.

"이자와 그날 밤 주고받은 말이 있지? 이실직고하라."

온몸에 피를 덮어쓰고 있는 막동은 냉랭한 얼굴로 능글맞게 말했다.

"모르는 자이옵니다. 모르는 자와 무슨 말을 주고받사옵니까."

막개는 여전 혀가 굳어 더듬거리는 소리를 내었다.

"그, 그날 밤 말, 말다래를 잡고 졸면서 날, 날보구 늦게 무슨 청승으로 왔느냐구 그, 그러구선 왜, 왜 거짓말을……."

막동은 조소하는 웃음을 입가에 흘렸다.

"말다래라구? 뉘 집 말다래 말이여? 내가 졸아? 내 일찍이 대감마님 모시고 다니면서 졸아본 적이 없다. 어디서 무슨 헛것을 보고 하는 수작이여?"

문사관이 다시 막개에게 말했다.

"전부터 아는 사이라고 말하지 않았느냐?"

"그, 그러하옵니다. 노가 양마를 잘하므로 신대감이 주선하여 알게 돼서…… 그 집도 자주 다녔사옵니다."

막동이 어처구니없다는 듯 코웃음을 쳤다.

"말 간호? 마의를 두고 왜 딴사람한테 말 간호를 시켜?"

임금이 답답한 듯이 말했다.

"다음 자를 들이라!"

다음에는 피투성이가 된 청지기가 나장에게 껴들려서는 막개 앞에 놓여졌다.

"이자와 그날 밤 주고받은 말을 해보라."

문사관이 말하자, 청지기는 스스로 몸을 이끌고 막개 앞에 좀 더 다가왔다. 그러고는 타는 듯한 시선으로 막개를 쏘아보며 말했다.

"전혀 본 적이 없는 자이옵니다. 그날 밤은 고사하고 어디서 본 낯짝인지 도무지 알지 못하는 자이옵니다."

문사관이 막개에게 말했다.

"정녕 그러한가?"

막개는 바특이 다가와 쏘아보는 청지기의 눈을 피하며 더욱 혀가 굳어 더듬거렸다.

"그, 그날 밤 날 보구…… 추, 추워서 방에 들어갈 테니 대, 대감들 나오면 알리라구 그, 그러구선…….”

“내가 방에 들어가? 알지도 못하는 놈한테 대문 맡기구 말여? 두 대감이 계신데 청지기가 생판 모르는 낮도깨비한테 대문 맡기구 방으로 들어가? 누구 집 대문 말이여? 천지 해먹을 짓이 없어서 도깨비 구름 잡는 소릴 꾸며 가지구 모함이나 해서 팔자를 고쳐보려는 이 대역무도한 놈아!”

피를 덮어써서 귀신 형상을 한 청지기가 입에 번진 피를 막개의 얼굴에다 확 뿜었다. 막개는 흠칫 놀라 얼굴에 튀어 온 피를 손으로 문지르며 핼쑥하니 핏기가 가시었다.

임금이 노했다.

“무엄하구나! 대질하는 거동이 저렇듯 무엄하다니, 오히려 속이는 뜻이 있을지 모르니 저놈을 다시 형신하라!”

늙은 청지기는 다시 끌려가 추삭장을 받으며 드디어 몸이 길게 늘어졌다. 몸이 늘어지면서도 청지기는 헐떡이며 말했다.

“모르옵니다…… 저놈이 누군지 정녕 모르옵니다…….”

이미 날이 저물고 있었다. 임금도 지친 것 같았다. 하명했다.

“날이 저물었고, 아직 잡히지 않은 종들도 있으니 잡아서 내일 다시 추문하도록 하라.”

피고들은 모두 의금부로 데려가고 추문에 참례했던 추관들은 모두 대궐에 유숙게 했다. 막개는 대궐 행랑인 월랑(月廊)의 한 칸에 들어 잠을 자게 되었다. 그러나 월랑 앞에는 금군(禁軍)들이 감시하고 있었는데, 그러고 보면 아직도 생사의 갈림길에 있음이 분명했다. 대궐 행랑이라 침구가 말끔하고, 방에 있는 이불은 비단 금침이었다. 막개는 옷을 입은 채로 그 비단금침을 몸에 덮었다. 그러나 구렁이를 몸에 감듯이 비단 이불은 썰렁하고 메스껍고 그리고 춥기만 했다. 새우처럼 몸을 웅크리고 금침 속에 누워 있었으나, 자꾸 한기가 들었다. 대궐 안에서 잠을 자는데도 멀리 설한 풍이 몰아치는 벌판 가운데 혼자 누워 있는 것만 같았다. 신대감의 차가운 눈길, 막동의 압도해오는 얼굴, 참혹한 몰골이 된 청지기의 타는 듯한 눈길이 자꾸 겹치면서 내내 한기에 떨었다. 감정의 얼굴도 떠올랐다. 그 조그만 몸을 바지런히 움직이면서 지금도 베틀 방에서 베를 짜고 있을까. 아니 벌써 소문을 듣고 바들바들 떨고 있을까. 지금쯤 그만 감정과 그 헌 이불이나 덮어쓰고 같이 누워 있으면 얼마나 편하고 좋을 것인가. 감정이 아침부터 앙앙거리며 속을 뒤집어놓는 바람에 기어코 일을 벌이고 말았다고 생각했다. 이제 벼슬 같은 것은 생각지도 않았다. 그저 외롭기만 했다. 사무치게 외로웠다. 그는 처음으로 사람 사는 것이 이런 것인가 하고 인생에 대해 생각해보기도 했다. 그는 거의 새벽 기운이 뿌옇게 일어나고 있을 무렵에야 깜빡 잠이 들었다. 금군 하나가 흔들어서 눈을 떠보니 환한 아침이었다. 막개는 궁궐 속이라는 것을 깜빡 잊고 놀라 눈을 두리번거렸다. 궁중 별감 몇이 조반상을 내오고 있었다.

그날 미시(未時)에 추문이 다시 시작되었다. 막개는 어제와는 달리 사정전 동쪽 월랑 한 칸에 들어가 있게 되었다. 월랑 문틈으로 뜰을 내다본 막개는 놀라 가슴이 다 내려앉았다. 형구가 어제보다 더 늘어났는데, 뜰 가운데 커다란 청동화로에서 시뻘겋게 불이 이글거리고 굵은 인두가 여러 개 꽂혀 있었다.

임금이 어제처럼 사정전 처마 아래 교의에 나와 앉자, 어제보다 더 많은 추관들이 줄지어 나왔다. 어제의 그 추관들 외에 대사헌(大司憲) 박열(朴說) 등 대간들이 더 참례해 있었다.

추문이 시작되기 전 추관들이 약속이나 한 듯 국궁했는데, 추관을 대표하여 좌의정 송일이 아뢰었다.

"초사(招辭)에 오른 영산군을 잡아오소서."

임금은 고개를 저었다.

"사실을 알아본 뒤에 잡아와도 늦지 않다."

영산군은 임금의 이복형이었다. 추관들은 다투어 잡아와야 한다고 소리쳤고, 송일이 다시 소리를 가다듬어 아뢰었다.

"이는 사직에 관계되는 일이니 초사에 관계된 사람이 어찌 무사할 수 있겠습니까. 상께서 형제의 정으로 인자한 은혜를 내리시고자 할지라도 이와 같이 종사에 크게 관계되는 일은 용서를 할 수 없습니다. 이제 여기에 잡아오더라도 영문의 무리가 밝혀준다면 절로 무사할 것이며, 스스로 밝히지 못하면 영산군이 알지 못하였다 하더라도 절로 죄가 있게 될 것입니다. 지금 그를 집에 두고서 큰 옥사를 추문함은 불가하니 궐정에 잡아들이소서."

그러나 임금이 이를 받아들이지 않았다.

"영산군이 내 형제라서가 아니라 영산군이 이 일을 알았을 리가 없고, 도피할 염려도 없으니, 아직은 잡아올 것이 없다."

그러고는 명했다.

"아직 도망한 종들을 다 잡아오지 못하였다니, 문사관들은 이미 계의한 대로 신윤무를 추문하라."

그것은, 박영문이 이미 자복하였으니 너도 자복하라, 너는 박영문에게 어쩔 수 없이 쫓았으니, 자복하면 죄가 말감(末減)이 되리라는 것이었다.

그러나 불려온 신윤무는 소리 높여 외쳤다.

"영문이 그렇게 말하였을지라도 신은 영문과 말한 것이 없습니다. 신이 일개 군졸로서 품(品)을 얻어 했으니, 상의 은혜가 하늘 같은데 무엇이 부족하여 감히 두 마음을 품겠습니까. 신이 숭품(崇品)에 오르고부터는 더욱 스스로 조심하여 사직하고자 하였으며, 받는 녹공도 늘 분수에 넘친 것으로 여겨 종들에게 내주기를 좋아하였습니다. 이러한 신이 무엇을 탐하여 다른 마음을 품겠습니까. 신의 집에 사람을 보내어 적간하시면 실정을 알 수 있을 것입니다. 어찌 성명(聖明)의 때에 이러한 일이 있겠습니까."

임금이 신윤무를 데려가라 이른 다음 추관들과 다시 의논하는데, 임금이 고개를 갸웃거렸다.

"고자의 말에 의심스러운 데는 없는가?"

월랑 문틈에 눈을 대고 있던 막개는 머리끝이 쭈뼛했다. 그러나 우의정 정광필이 아뢰었다.

"고자의 말에 아무리 생각해도 의심할 데가 없는 것이 이상한 점입니다. 공명을 탐해 꾸며서 고하는 일도 더러 있으나, 대개는 사곡(邪曲)한 데가 많이 드러납니다. 그러나 이것은 그런 데가 없습니다."

임금은 고심하며 말했다.

"나도 어제 이 사람들이 정국공신인데 어찌 그런 마음을 품었겠느냐고 많이 생각해봤다. 그러나 아무래도 고자의 말에 의심할 데가 없는 것이 이상한 것이다."

도승지 이사균이 아뢰었다.

"실로 그렇습니다. 글을 아는 사람일지라도 이와 같이 만들어서 말할 수는 도저히 없습니다. 꾸민 말이 결코 아닙니다. 처음 고자의 말을 신이 들었을 때 머리털이 모두 곤두설 정도로 여실하였으니 더 무엇을 의심하겠습니까."

좌의정 송일이 아뢰었다.

"율문(律文)대로 추문할 수밖에 없습니다. 공신으로 우대해서 이대로만 추문하면 결코 실정을 말하지 않습니다."

그리하여 두 사람을 형문하게 되었다. 먼저 박영문이었다. 박영문을 형틀에 매어놓고 집장사령들이 번갈아 추삭장으로 쳤다. 추삭장에는 피가 묻어 튀었다. 그러나 박영문은 엄연히 말했다.

"그러한 일이 결코 없습니다."

병약한 신윤무는 추삭장을 받자 소리쳤다.

"차라리 거짓 자복하고자 합니다."

임금이 일으켜 앉혀 다시 물어라 했는데, 일어나 앉은 신윤무는

"거짓 자복하고자 하나 자복할 것이 없습니다."

하고 고개를 떨어트렸다. 임금은 눈살을 찌푸리며 끌어내라 손짓했다. 이때 좌찬성 이손이 아뢰었다.

"신이 추관으로서 이런 말을 아룀은 부당하오나, 영문과 윤무 등이 만약 거짓 자복하여도 죄를 준다면 온당치 못합니다. 겨울에 천둥의 변은 반드시 역모로서만 아니라 가령 상사람이라도 공신을 모함하면 재변이 없지 않을 것입니다. 초사가 의심할 여지가 없다 하더라도 일시 고자를 추문하여 봄이 어떠하겠습니까."

"그렇다. 이는 나타나는 증거가 없는데, 한편은 들었다 하고 한편은 말을 하지 않았다 하니 가리기가 매우 어렵다. 이제는 원고를 추문함이 옳을 듯하다."

저를 추문하게 된 것을 알고 막개는 걱정했다. 저를 형틀에 매달고 집

장사령이 추삭장을 들면 곧장 "지금까지 한 말은 다 거짓으로 꾸민 말입니다." 하고 대변에 말해버리지 않을까 하는 걱정이었다. 그렇게 되면 즉시 죽임을 당할 것이지만, 죽임 당할 것을 알면서도 그렇게 말해버릴 것 같아 더욱 걱정이었다.

그는 나장이 그를 데려 나갈 때부터 눈에 초점을 잃고 허둥대었다. 오금이 당겨 걸음을 잘 옮겨놓지 못했다. 이러면 안 된다고, 이러면 죽는다고 다짐하면서도 몸을 제대로 가누지를 못했다. 그런데 그가 끌려간 곳은 형구가 차려진 뜰이 아니라 사정전 바로 옆의 월랑 처마 밑이었다. 처마 밑에 세워지는 걸 보니, 임금은 끝까지 고자를 아끼고 있음이 분명했다. 눈앞에는 이사균 도승지가 보이고, 섬돌 위에는 임금이 교의에 앉아 있었다. 임금과 도승지 외에 기록하는 사관이 하나 옆에 있었다. 막개는 용안을 이렇게 가까이서 보게 될 줄은 몰랐다. 어제 뜰에서 봤지만, 그저 어른거리는 형상으로만 비쳤을 뿐이었다. 임금은 조용한 시선으로 막개를 내려다보고 있었다.

막개는 왜 그런지 임금을 이렇게 가까이서 보게 되자 마음이 착 가라앉았다. 그동안 익숙해진 도승지만 있고 다른 추관들은 떨어져 있어 그런지 모르나, 그보다는 임금도 같은 사람 형상을 하고 있다는 것을 알았기 때문인 것 같았다. 막개는 신기한 듯 그리고 마치 구경이나 하듯 잠시 멍하니 임금을 바라보았다.

임금이 조용한 음성으로 말했다.

"진고(陳告)한 말을 내가 친히 듣고자 한다. 묻는 대로 대답하라."

막개는 그제야 정신을 차리고 땅에 엎드렸다.

"일어나 평신하라."

임금이 일러서, 막개는 일어나 다시 임금을 바라보았다.

"너를 다 모른다 하는데, 모르는 재상집에 어떻게 함부로 들어갔느냐."

이때 막개는 아주 정신이 맑아져서 얘기가 술술 잘 나왔다. 임금도 사람인 것이 너무나 분명해서, 말재간까지 부릴 만큼 활달하게 말했다.

"모르는 집에 어떻게 함부로 들어가겠사옵니까. 늘 뵙기 때문에 간 것이옵니다. 옛날의 인연으로 공신노가 되기 위해 자주 갔사오며, 행하를 받기도 했사옵니다."

"행하도 받았다니, 옛날의 그 인연은 또 무엇이냐?"

"정국 전에 노(奴)는 성정승댁 종으로 있었사옵니다. 본래 노는 목마장의 노자였기에 양마에 능하였사온데, 성대감집 마구간 종으로 갔을 때 그때 훈련원 판관이던 신대감이 자주 들르시다 노가 말 잘 기른다는 말을 듣고 노를 데려다 자기 집 말의 말굽 삭제하는 일을 하게 하였사옵니다. 그 뒤로 신대감댁 말의 말굽 삭제는 노가 계속해왔사옵니다. 그러나 노의 소망은 오직 신대감의 공신구사가 되는 것이오라 공신구사 되기를 원하였사오나, 궐이 날 때를 기다리라며 상목 한 필을 행하로 내려주기도 했사옵니다. 그 뒤 그 집에 수시로 드나들며 한 식구처럼 지냈사옵니다. 그동안 신대감에게서 받은 은의도 적지 않으오나, 대역에 관계되는 일이라 어찌 그만 은의에 이끌려 대의를 돌아보지 않겠사옵니까."

"너는 언제 의정부의 노가 되었느냐?"

남김없이 털어놓는 것이 최선의 길이란 것을 안 막개는 또 주저 없이 말했다.

"아비 어미가 사복시의 종이었사오나 아비를 다섯 살에 잃고 열두 살에 어미를 잃었사온데, 노는 스물한 살 때 살꽂이 목마장의 노자를 하다가 도망쳐서 시골 장터를 헤매고 다녔사옵니다. 그 뒤 양재 역참 근처의 말 거간꾼 밑에서 일을 하다 말을 사러 왔던 성정승댁에 팔렸사옵고, 정국한 뒤 다시 관노로 자수했사오며, 사헌부에서는 차비노를, 영접도감에서는 사령을, 중궁전에서는 성상을, 군자감 용산 별창에서는 차비노를 하다가, 성정승 하세하시기 전 옛적 인연으로 의정부 근수노가 되었사옵니다."

잠시 더 막개를 뜯어보던 임금은 데려가라는 손짓을 했다. 임금은 도로 뜰로 가며 뒤따르는 도승지에게 말했다.

"고자를 보니 생각보다 말재주가 좋은 자인데, 무고를 할 만큼 담대한 자는 아니다. 대질 때 미심쩍었던 것은 고자가 전날의 은의에 구애되었던 탓이다."

"신이 초사를 받을 때 보니 신이 나면 말이 거침없는 물과 같았습니다."

임금은 이미 심증을 굳힌 것 같았다.

이때 도망갔던 종들이 다 잡혀 들어왔다. 이제 잡혀 들어온 종들에게는 모두 낙형(烙刑)을 쓰라고 임금이 명했다. 새로 잡혀온 종들은 대부분 신윤무의 종들이었다. 수노 업동을 비롯한 종들은 대번 벌겋게 단 인두에 단근질을 당하기 시작했는데, 그래도 이들 역시 한결같이 그날 밤에 박대감이 집에 오지 않았다고 공초했다. 또한 이들도 막개와 대질하게 되었는데, 그러나 이제 다시 대질하게 된 막개는 어제와는 전혀 달랐다. 생기가 넘치고 담대했다. 먼저 수노 업동과 대질하게 되었을 때 업동도 여일하게 막개를 모르는 자라 했으나, 막개는 이때 기세 좋게 업동을 몰아붙였다.

"네가 나를 언제나 메주라고 놀려도 나는 참고 들었다. 의정부 근수노가 되자 이번에는 나를 금메주라고 불렀지?"

업동은 막개의 기세에 질린 듯했으나 완강히 버티었다.

"무슨 미친 소리를 하느냐. 도대체 네놈은 본 적도 없는 놈이다."

그러나 업동의 기운이 꺾인 것이 어제의 막개와 비슷해서 막개의 눈길을 피하곤 했는데, 이처럼 형세가 기울어지는 것을 임금과 모든 추관들도 알아챌 수 있었다. 막개는 기세등등하여 업동의 기운을 여지없이 꺾어놓았다.

"제일 처음 내가 신대감집 말굽 삭제를 갔을 때 내가 말굽 기름까지 주겠다고 하자 네가 고맙다며 내게 절까지 하려 했고, 네 상전에게 내 중매를 주선해줄 수 없느냐고 했다. 그 뒤 내가 공신구사 되기를 원하자 너도 궐 날 때를 기다리라 했고, 지난번에는 신대감이 다시 복관되면 이번에는 틀림없이 된다구 했다. 저번 사냥 행행도 네가 일러주어서 알았지만, 그것이 바로 대역 흉행을 하려던 것인 줄은 몰랐다. 천행으로 사냥 거동이 중지되자 너는 매우 실망한 얼굴로 거동이 중지되었다는 소리까지 내게 말했다. 수노인 너도 대역 모의를 알고 있는 게 분명했다."

업동은 기가 막힌 듯 숨을 헐떡이며 피투성이로 단근질을 받으면서도 오직 모르는 자라는 소리로만 버틸 뿐이었다.

임금은 노하여 다른 종 하나를 더욱 혹독하게 단근질하도록 명했는데, 그 종은 신대감집 마구간지기였다. 단근질이 심해지자 마침내 마구간지기가 실토하기 시작했다. 막개가 전부터 자주 집에 왔으며 말굽 삭제한 것이 사실이며 거동이 중지된 날 집에 와서 비설거지를 같이 했다는 말까지 털어놓았다.

임금은 이제 여지없이 박영문, 신윤무에게도 낙형을 하라 명했다. 박영문은 단근질을 받아도 오히려 쓰러질 때까지 불지 않았으나, 신윤무는 눈물을 흘리며 낙형을 중지해달라고 호소했다.

"다 아뢰겠습니다."

모두 신윤무의 말에 귀를 기울였다.

"모든 것이 고자의 말 그대로입니다. 그러나 일시의 난언(亂言)이었을 뿐입니다. 실제로는 아무 거사도 계획하지 않았습니다."

"거동이 중지되어 실행할 수 없게 되어 하는 말이냐?"

임금의 노한 물음에 신윤무는 분명한 어조로 말했다.

"모의의 마지막에서 분명히 말했습니다. 폐조 때와는 다르니 실행할 수 없다고 했습니다. 다른 말을 다 들었으니 고자가 이 말도 들었을 것입니다."

"고자의 초사에 그런 말은 없다."

추관들은 다투어 복명했다.

"그런 말을 했든 안 했든 상관이 없습니다. 그날 거동이 중지되었으니, 그다음 일을 무엇이라 한들 들을 가치가 없습니다."

박영문도 기운이 꺾여 자복했다. 자복한 뒤로는 박영문은 돌처럼 굳어 말이 없었으나, 신윤무는 추연히 눈물을 흘리며 탄식했다.

"정을 줄 수 없는 것이 사람이라……."

막개는 그날도 궁중에서 머무르게 되었다. 추국이 끝난 뒤에도 제가 낙형을 받은 것처럼 온몸이 늘어져 있었다. 아직 기쁜 줄을 몰랐다. 혹시나 무슨 다른 변이 있을까 마음을 놓지 못했다. 그러나 이날 저녁에는 사정전 월랑을 떠나 빈청(賓廳) 뒤의 아담한 월랑으로 인도되었는데, 이제는 금군 대신 여러 액례(掖隷)들이 시중을 들었다. 그를 처음 도승지에게 연통해 주었던 그 승전색은 특히나 막개를 상전 모시듯 했다.

이사균 도승지가 내실로 들어와서야 막개는 비로소 마음을 놓고 생기

를 찾았다. 막개가 급히 일어나 허리를 굽히며 도승지를 맞자, 도승지는 활짝 핀 얼굴로

"앉게, 앉아."

했다. 도승지의 입에서 하게라는 말이 나와서 막개는 정신이 다 산란했다.

"자네가 대공을 세웠네. 나도 이 일을 처음부터 처리하게 되어 기쁘고……. 자네는 이제 여기서 며칠 더 있게 될걸세. 그리 알고 그동안 마음 푹 놓고 지내도록 하게."

"무슨 일이 또 있사온지요?"

"다 좋은 일 때문에 그러는 걸세. 그리 알고 있으면 돼."

그래 놓고 도승지는 바쁜 듯 일어서려 했는데, 막개가 긴한 말이 있는 듯 서성대었다. 도승지가 의아스런 눈길을 보냈다.

"무슨 할 말이라도?"

"저, 대감마님……."

"무슨 얘긴가? 말해보게."

막개는 잠시 얼굴을 붉히며 주저했다.

"주저 말고 말해보아. 뭐든지."

"저…… 노는 속량이 되올지요?"

도승지는 얼굴이 풀어져 부드럽게 웃었다.

"되고말고. 되고도 남겠지."

"그럼 저…… 노에게도 벼슬을 내리실지요?"

"음? 벼슬? …… 암, 벼슬도 내리실 테지. 대공을 세웠으니…… 그래, 어떤 벼슬을 내리셨으면 좋겠나?"

도승지는 잔뜩 흥미가 당기는지 웃음을 머금고 이윽히 막개를 건너다보

았다. 막개는 고개를 숙이며 자꾸 얼굴을 붉혔다. 그러다가 간신히 말했다.

"노는 군자감에도 있어봐서…… 군자감 일을 조금 아옵는데…… 거기 판관을 내리시오면……."

도승지는 조금 어리둥절한 얼굴이더니 그만 커다랗게 웃음을 터뜨렸다. 막개는 잘못 말했는가 싶어 얼굴을 붉힌 채 웃어대는 도승지를 바라보았다.

도승지는 웃음을 거두었다. 그러고는 장담했다.

"내 주선해봄세. 그까짓 거 어려울 게 있겠나."

도승지는 활달한 걸음으로 방을 나갔다.

막개가 궁중 빈청 뒤 월랑에서 자고 난 그다음 날이었다. 안국방(安國坊)의 의금부 남간(南間)에서는 대역 죄인들이 당청 마당으로 끌려나왔다. 형문 받은 핏자국이 전신에 낭자한 박영문과 신윤무, 박대감의 두 아들, 그리고 막동, 업동, 청지기 등 종들이었다.

죄인들은 모두 뒷결박을 당해 있었다. 박대감의 두 아들은 아직 스무 살이 채 못 되어 보였다. 모두 연좌율로 잡혀온 것인데, 신대감에게는 아들이 없고 사위만 있었다.

당청에는 예조판서로서 판의금부사(判義禁府事)에 임명된 김응기가 좌정하고, 좌우로 지의금(知義禁), 동의금(東義禁) 그리고 형방승지와 사헌부에서 규찰 나온 헌관도 열좌했다. 그 앞에는 문사관과 십도사(十都事)가 늘어서고 마당가에는 나장들이 삼엄하게 도열했다.

형방승지가 임금의 전교를 읽었다.

"대역죄인 박영문과 신윤무를 능지처참(陵遲處斬)하고 박영문의 아들 공(恭)과 검(儉)은 교형(絞刑)에 처한다. 역당(逆黨)인 종들은 모두 참형(慘刑)에 처한다. 박영문과 신윤무의 그 밖의 가속은 모두 부처(付處)하고 신윤무의 사위 박영분(朴永賁)은 삭탈하고 부처한다."

박영문의 두 아들이 울기 시작하고 종들 속에서도 울음소리가 나자 도사가 호령하여 울음소리를 그치게 했다.

"행차하라."

판의금부사가 영을 내리자 차례로 교자가 들어와 판의금부사를 비롯한 관원들을 실어가기 시작했다. 행형(行刑)을 할 종루 네거리로 향하는 것이었다.

관원들의 교자가 가고 나자 도사들이 지휘하는 가운데 차례로 함거가 들어와 죄인들을 싣기 시작했다. 소가 끄는 함거에는 먼저 박영문과 신윤무가 따로따로 실리기 시작했다. 함거에 실리던 신윤무가 이때 갑자기 벼락 치듯 사헌부 관원으로 참례했던 집의(執義) 벼슬 하나를 향해 소리쳤다.

"이놈, 네 임금에게 잘못을 간하는 대간(臺諫) 아니냐! 나라에서 한갓 간인(奸人)의 말을 듣고 함부로 대신을 죽이는데 어찌하여 간하지 않느냐!"

집의는 도망치듯 그 자리를 피해버렸다.

이날 종루 네거리는 저자를 이룰 만큼 인파가 몰렸다. 정형(正刑)을 행하여 형장 앞에 백관이 연립해 있고, 판의금 등 금부 관원들이 열좌해 있어, 네거리는 구경인파로 메워지게 되었다. 나장들이 빙 둘러 막아선 형장의 가운데에는 작두칼을 든 회자수(劊子手)가 다섯이나 서 있었다.

종루 네거리는 저자를 이루었으나, 의금부로 통하는 안국방 쪽으로는 훤히 길이 트였고, 그 트인 길로 소가 끄는 함거가 오기 시작했다. 먼저 박영문이었다. 상투가 풀려 머리칼이 얼굴을 덮고 있는 박영문이 함거에서 내리자, 회자수들이 그를 형장의 가운데로 끌고 가 땅에 꿇어앉혔다. 박영문이 고개를 떨어트리고 있자 한 회자수가 머리칼을 움켜쥐고 왈칵 고개를 치켜세웠다. 그러나 박영문은 눈을 감은 채 회자수가 하는 대로 가만 있을 뿐이었다. 관원들도 눈을 감은 사람들이 더러 있었으나, 구경꾼들은 이 행형의 옳고 그름에는 아무 관심을 두지 않은 채 오직 눈에 불을 켜고 구경에 열중할 뿐이었다.

"시행하라!"

판의금이 선언했다. 그러자 박영문을 맡은 회자수가 작두칼을 쳐들고 경중경중 뛰면서 제법 망나니 놀음을 벌이려 했다. 그러자 지의금이 노하여 소리쳤다.

"행형하라!"

회광놀이를 허락하지 않는 지의금의 노성에 찔끔한 회자수는 대번 달려들어 박영문의 목을 작두칼로 후려쳤다. 단칼에 목이 떨어져 땅에 뒹굴 때 사람들은 일시에 막혔던 숨을 토해내었다. 그러나 다시 회자수가 달라붙어 시체의 팔, 다리를 찍어 잘라낼 때에는 모두 구역질에 시달렸다. 여섯 토막으로 잘린 시체는 차부(車夫)가 함에 끌어다 담았다. 이 여섯 토막들은 소금에 절여져 팔도에 돌려질 것이었다.

다음은 신윤무의 함거였다. 신윤무는 아직도 이 죄안(罪案)이 부당하다는 듯 창백한 얼굴이 온통 분기에 떨고 있었다. 그는 여전히 누군가를 향해 분노를 터트릴 것 같은 기색이었으나, 그 대상을 찾지 못한 채 또 다른 회자수에 의해 같은 절차에 따라 목이 잘리고 그 시체 또한 여섯 토막으로 나뉘었다. 사람들은 무슨 분노의 소리를 기대했다가 한마디도 못하고 간 그 주검에 대해 모두 실망했다.

이어서 막동, 업동, 청지기 등 종들이 차례차례 목이 잘리고, 마지막에 박영문의 두 아들의 목이 매달렸다. 행형에 거의 한나절이 걸렸다.

처형이 끝난 뒤, 백관이 근정전에서 역신의 주살을 진하하는 하례를 행한 다음, 팔도에 사령(赦令)을 반포했다.

"부덕한 내가 대업을 이어받아, 깊은 못에 임하고 살얼음을 밟듯이 정사를 펴왔다. 뜻밖에도 이번에 박영문, 신윤무가 스스로 공(功)에 의지해서 만족하려는 마음을 한없이 품어, 국가가 훈공에 중하게 답한 것을 생각지 않고 오히려 벼슬이 가장 높지 못함을 혐오하고, 문득 원망하는 마음을 일으켜 드디어 화란을 꾸밀 마음이 싹터, 이달 열엿새 날 사냥 행차에 제 흉모(凶謀)를 펴려 했으나, 다행히 조종(祖宗)과 하늘의 숨은 도움에 힘입어, 겨울 천둥이 경고하매 흉모가 절로 패하였다. 이에 박영문 등을 능지처참하고 가산을 적몰하고 연좌인을 모두 법에 따라 처결하여 흉도(凶徒)가 처형되니, 여정(輿情)이 쾌하게 여기고 경사는 종사(宗社)에 미치었으니 어찌 은전을 베풀지 아니하랴. 이달 스무나흘 날 새벽 이전의 모반대역(謀叛大逆), 모반, 자손이 조부모 부모를 모살(謀殺)하거나 구매(毆罵)한 것, 처첩이 지아비를 모살한 것, 노비가 주인을 모살한 것, 짐짓 사람을 죽이려고 꾀한 것, 고독염매(蠱毒魘魅)로 저주한 것, 장도(贓盜)와 강상(綱常)에 관계되는 것으로 사죄(死罪)를 범한 것 등을 제외하고는 발각되었거나 안 되었거나, 판결되었거나 안 되었거나 일체 사유(赦宥)하여 면제한다. 관직을 가진 자는 일 자급(資級)을 더하되 자궁(資窮)한 자는 대가(代加)한다. 오호라, 죄인을 잡아서 부도(不道)한 자에 대한 형벌은 이미 바루었고 혜택을 널리 베풀었으니, 유신(維新)의 정치를 보전할 수 있으리라."

임금은 또 전교했다.

"고자는 본래 공천(公賤)인데 면천하고 당상관(堂上官)의 직에 높이 올려서

구가가 상 주는 것을 세상에 널리 알게 하려 한다. 더 나아가 고자를 정난
공신(定難功臣) 일등(一等)에 녹공하고자 하는데 어떠한가. 예전에도 이런 큰
변을 고하고서도 공신으로 기록되지 않은 예가 있었는가."

대신들은 이 전교를 받고 수의 끝에 좌의정 송일이 대신들을 이끌고 들
어가 아뢰었다.

"이번 일은 모두 정막개의 공이요 따로 공에 참례할 사람은 없습니다.
큰 공로로 당상(堂上)의 직을 주는 것은 가하나 공신호(功臣號)를 주기에는 조
금 미흡한 데가 있습니다. 열사흘 날에 그 모의를 듣고서 열엿새 날 이전
에 고하였다면 참으로 큰 공이 되나, 곧 와서 고하지 않고 천연하였으니
공신으로 추록하기까지는 지나치다고 생각됩니다. 그러나 이같이 고변을
하고서도 공신이 되지 못한 일이 있었는지 없었는지는 신 등이 잘 알지
못합니다."

그 같은 숙의가 행해지고 있을 때도 막개는 빈청 뒤 월랑에서 그런 숙
의를 모르고 있었다. 다만 역신들이 죽임을 당했으니 판관쯤은 쉽게 얻어
할 것이라 생각하고 있었다. 그들의 떼죽음은, 마음을 매우 무겁게 하리라
고 처음에는 생각하기도 했으나, 막상 모두 끝났다고 듣자 마치 몸을 단
단히 죄고 있던 사슬을 시원히 풀어버린 것처럼 개운했다. 이상하리만큼
개운했다. 그 얼굴들도 먼 옛날 꿈속에서 본 얼굴들처럼 흐릿하니 잊히어
서, 그 형상들을 이제는 제대로 기억조차 할 수 없을 것 같았다.

그래서 그는 설한풍을 피해서 따뜻한 구들목에 들앉는 것처럼 월랑에
서 다만 나른한 피곤에 젖어 있었는데, 저물어 갈 무렵, 처음 막개를 승정
원으로 안내했던 승전색이 방으로 기어들어와 갑자기 막개에게 큰절을
올렸다. 이게 무슨 일인가 하는데, 승전색은 떨리는 목소리로 말했다.

"천노(賤奴) 유옥천(劉玉川)이 영감(令監)마님께 문안 올립니다. 영감께서는 서반(西班)의 당상관이 되십니다. 지금 그 일이 정해진 것을 천노가 듣고 왔습니다. 감축 경하하옵니다."

막개는 어리둥절했다.

"내가…… 뭐가 된다고요?"

"당상관이 되십니다. 홍포, 홍대를 두르시는 당상관이 되십니다."

"…… 군자감 판관이 아니오?"

"판관이라니요? …… 그따위 하속배가 무슨 상관입니까. 당상이 되신 것입니다. 천노는 이 일이 정해진 것을 모두 듣고 왔습니다. 영감마님, 영감께서는 천노의 조그만 공이나마 잊지 않으셨겠지요? 그때 영감께서 승정원에 오셔서 사령들에게 제지되어 계실 때 천노가 도승지께 안내하지 않았습니까. 천노의 이 조그만 공도 잊지 말아주십시오. 영감마님, 말미가 있을 때는 천노의 이 조그만 공도 말씀하시어 제발 면천(免賤)케만 아뢰어주시기 비옵니다. 오직 면천 하나를 바라오니, 이 소망을 이루어주옵소서. 엎드려 비옵니다."

막개는 아직도 정신을 차리지 못하고 멍청해 있었다.

"천노를 잊으신 것입니까?"

"아니, 잊을…… 잊을 리가……."

"감축하옵니다."

승전색 유옥천은 다시 한 번 큰절을 올렸다. 그러고는 뒷걸음질을 해서 공손히 앞을 물러났다. 그러고도 막개는 여전 정신을 못 차리고 있는데, 다음 날 아침 드디어 임금의 특지가 내렸다.

"고자 정막개에게 절충장군(折衝將軍) 상호군(上護軍)을 제수한다. 또 가사(家

숨) 일좌(一坐)와 노비 십오구(十五口)와 전지(田地) 오십결(五十結)을 내리며, 상의원(商衣院)은 당표리(唐表裡) 일습 외 안구마(鞍具馬) 일 필과 삽화은대(鈒花銀帶) 일요(一腰)를 만들어주도록 하라."

듣는 자마다 놀라워 마지않았다. 절충장군은 서반의 실직(實職) 정삼품(正三品) 당상관이었다. 가사 일좌와 전지 오십결은 오로지 적몰한 역신 박영문의 호화로운 집과 토지를 그대로 막개에게 준 것이었다. 당표리라는 최고급 중국산 옷감, 호화로이 안장을 갖춘 말에 꽃을 새겨 넣은 은대, 거기에 노비 열다섯이 따르게 된 것이었다.

벼슬을 받은 막개는 이사균 도승지의 인도로 사정전에 나아가 임금에게 사은숙배했다. 임금은 만족한 얼굴로 도승지에게 일렀다.

"도승지가 조복(朝服)과 안구마와 구종들 모두 갖추어 절충장군으로 하여금 위의를 갖춰 궐을 나가도록 하오."

막개는 꿈속을 헤매듯 도승지가 이끄는 대로 움직일 뿐이었다. 막개는 다시 빈청 뒤의 월랑으로 인도되었는데, 이미 사모관대와 조복은 준비되어 있었고, 상의원에서 별좌(別坐)가 인솔해 온 하례들이 부산히 막개를 예장(禮裝)시켰다. 입고 있던 관노복색과 누더기 바지저고리와 짚신 따위는 언제 벗겨져서 어디로 사라졌는지 알 수도 없었다.

해가 중천을 넘어서야 예장이 끝났는데, 도승지가 방의 사람들을 모두 물러나게 하고 절충장군과 마주 앉았다. 도승지가 미소 짓고 말했다.

"영공(令公)의 위의가 참으로 좋소."

영공 소리에 막개는 얼굴에 송골송골 땀이 밴 채 잘 대답을 못했다. 도승지가 다정하게 말했다.

"미리 들어둘 말이 있소. 영공에게 내린 집과 전지는 모두 박영문의 것이었는데 모두 방대한 것이오. 잘 간수하시오. 그리고 노비 중 열 명은 이미 숭신방(崇信坊)의 그 집으로 가 있는데, 행랑 외에는 모두 봉인(封印)되어 사헌부 감찰(監察) 한 사람이 나장들 데리고 지키고 있으며, 영공이 가야 방마다 문을 열 것이오. 그리고 노비 중 구종 다섯은 지금 내사복 앞에서 안구마 세워놓고 영공을 모셔가려고 기다리고 있소. 영공은 궁중 조례에도 참례하고 호군청(護軍廳)에는 언제라도 참례해야 하오. 도총관(都摠管)에게는 내가 이미 말해두었으니 일간 장청에 행차하여 수인사를 나누시오."

"저…… 노비는…… 어떤 사람들이……."

"아, 노비들 말이오? 다투어 영공의 종이 되겠다고 나선 자들이오. 그중 비자 여섯은 장례원에서 가린 것들이고…… 영공은 이제 매사에 상감의 천안을 두루 빛내듯이 위의를 잃지 말아야 하오."

막개는 한껏 얼굴에 땀이 밴 채 도승지에게 고개를 숙였다.

도승지가 이끌어서 막개는 일어섰다. 몸이 그리 탄탄치 못한 막개의 체구라도 예장을 갖추고 나니 딴사람 같았다. 사모에 홍포 홍대를 하고 삽화은대를 둘렀는데, 흉배(胸背)는 쌍호(雙虎)이고 사모 밑에는 옥관자(玉貫子)가 번쩍였다.

도승지를 따라 나와 섬돌을 내려서며 그는 상의원 하례들 속에 섞여 주황색 당피화(唐皮靴)를 신겨주는 승전색 하나를 보았다. 유옥천이었다. 버선신은 발바닥까지 연해 닦아주며 그 손길이 심히 떨리고 있었다.

막개는 가슴이 뜨끔해서 먼저 뜰에 나가 서 있는 도승지를 향해 가며 자못 하소하는 얼굴을 했다.

"드, 드릴 말씀이……."

"무슨 말씀이오?"

"승전색 저 사람…… 본래 고변하러 왔을 때 황급히 달려가 고하였으니 면천이라도 하여 주실 수 없을까 하구……."

"아, 그렇군요. 그래요. 옳은 말씀이오. 그 또한 큰 공이지요. 상감께 말씀을 드려야지. 절충장군께서 이토록 말씀하시는 것이니 상감께서도 의당 윤허하실 것이오."

승전색 유옥천은 땅에 엎드려 절을 올렸다.

"감축하옵니다. 감축하옵니다."

도승지가 훤칠한 키로 성큼성큼 앞서 가고 막개가 서툰 걸음으로 뒤뚱거리며 그 뒤를 따랐다. 관복의 뒤로 늘어뜨려진 후수(後綬)가 엉덩짝과는 따로 노는 듯 너펄거리고 걸음이 뒤뚱거려서 잘못 돌에 걸려 넘어지지 않을까 뒤에서 지켜보는 사람들이 모두 불안스러워했다.

내사복 앞에는 뜰이 그득할 만큼 노랑 복색의 삼현육각수(三絃六角手)들이 몰려 있었고, 그 한 옆에는 직령에 패랭이 차림의 구종 다섯이 있다가 한꺼번에 나와 엎드려 절을 올렸다. 그중 황소같이 몸통이 건장한 자가 큰 소리로 아뢰었다.

"노들이 영감마님 오시기를 지금껏 기다리고 있었습니다. 분골하여 모시겠습니다."

그 소리와 함께 구종 하나가 화려하게 치장을 한 백마(白馬) 한 필을 끌고 왔다. 한눈에 그 마종이 순백색의 귀한 설모(雪毛)인 것을 알아볼 수 있었다.

한 번도 말에 올라본 적이 없어서 말에 오를 일이 걱정이었다. 구종 하나가 발을 딛는 호상(胡床)을 받치고, 또 하나는 말고삐를 단단히 쥐고, 다른 구사들이 부축해주는 대로 말 위에 오르니, 아찔하면서 주위가 모두 빙글빙글 도는 것 같았다. 안장의 손잡이를 단단히 잡은 막개는 코끝에 땀이 맺혔다.

"영공은 잘 가시오."

도승지가 만면에 웃음을 띠고 전송하자, 막개는 말 위에서 엉거주춤 허리를 굽혀 인사를 했다. 안장이 몸을 잘 받치고 구종들이 견마를 단단히 해서 생각보다 안전했다.

언제부터 그랬는지 광화문에서 육조거리로 나아가는 길에는 금군들이 깔려 있고 사람들이 까맣게 몰려 있었다. 어제 같이 행형을 구경했던 사람들이 오늘은 영화를 한 몸에 안은 절충장군을 구경하려고 몰려든 것이었다.

열을 지은 삼현육각수들이 행차의 선두에서 악기들을 울리며 나섰고, 그 뒤에는 마상에 높이 오른 절충장군이 구종들에 옹위되어 행차를 했다. 사람들이 행차로 몰려들자 그 황소 같은 자가 천둥 같은 소리를 내질렀다.

"절충장군 행차시다! 썩 비켜나라! ……."

사람들은 밀고 밀리면서 마상의 절충장군을 구경했다.

"인물도 좋다. 알고 보니 본시 귀골이여."

그런 소리가 나는가 하면 또 한쪽에서는

"종이 당상이 되다니, 개벽할 일이여."

"종이 따로 있나, 운을 타면 다 당상이구 대감이지."

"관노 할 때 더러 본 적이 있다구. 꼭 걸궁패(乞窮牌) 같았는데……."

한번 본 것만으로는 부족해 행차 뒤를 우르르 몰려가며 구경하는 자들이 숱했다. 구종들이 밀어닥치는 사람들을 능장으로 후려쳐 쫓았으나, 능장을 맞고도 희희낙락 행차를 쫓았고, 철썩철썩 능장을 맞으면서도 얼굴들이 벌겋게 열이 올라 뜻 모를 흥분에 휩싸이는 것이었다. 그런 소동이 길목마다 일어났는데, 사람들이 그처럼 흥분하는 것과는 달리, 막개는 어느덧 그 소동에 익숙해져서 차츰 냉정한 눈길로 사람들을 둘러보았다.

동부(東部) 숭신방의 그 집 근처에도 사람들이 숱하게 몰려 있었다. 삼현육각이 울리며 행차가 이르자 이곳에서도 사람들이 우르르 행차로 몰렸다. 구사들이 이제는 전보다 더 거칠어진 기세로 사람들을 후려쳐 쫓았다.

십장생의 그림을 박은 담이 둘러쳐지고 드높은 처마가 화사하게 잇닿아 있는 그 집은 전에도 여러 번 와본 적이 있지만, 거의 십오부(十五負)도 넘어 되어 보이는 큰 집이었다.

집을 지키고 있던 사헌부 감찰이 솟을대문 앞에서 나장들을 거느리고 있다가 마상의 절충장군을 향해 예를 올리고 말했다.

"오시기를 기다렸습니다. 행랑 외에는 방마다 모두 봉인되어 있으니 그 봉인은 절충장군께서만 떼실 수 있습니다. 소관은 이제 소임을 마치고 물러가겠습니다."

"고맙소⋯⋯."

그리고 대문으로 향하자, 이번에는 남녀종들이 한꺼번에 엎드려 절을 올렸다. 얼핏 보니 거기 서 있는 것은 사내종이 넷이고 계집종이 여섯이었다. 그중 쉰 살은 넘었을 마른 몸집의 나이 든 사내종이 나서서 아뢰었다.

"영감마님 오실 때까지 집을 정결히 하여 기다리고 있었습니다."

절충장군이 종들에게 인도되어지는 것을 보자, 악공들은 자신들의 소임이 끝나는 것으로 여기고 삼현육각을 다시 한 번 높이 울린 후 행렬을 물리기 시작했다.

남녀종들의 옹위를 받으면서 막개는 대문을 들어섰다. 먼저 눈에 띈 것이, 바깥사랑채의 방문들이 나무 짝으로 단단히 빗장이 질려져 있고 그 위에 종이로 인(印)을 쳐 붙여둔 모습이었다.

막개는 좀 지친 듯 사랑 대청에 걸터앉았다. 마당에는 열다섯 명의 남녀종들이 옹기종기 서서 분부 떨어지기만 기다리고 있는데, 막개는 좀 수줍어하는 어조로 말했다.

"사람을 데려와야 하는데……."

처음부터 청지기로 가려진 듯한 그 나이 든 종이 나섰다.

"누구신뎁쇼?"

막개는 조금 망설이다가

"내 집에 가서……."

그러다가는 또 그만두었다. 그러고는 그 나이 든 종과 그 황소 같은 별배를 가까이 불렀다. 아무리 내 종들이라 하나 낯선 종들 앞에서 노비 동네를 들추기가 멋쩍은 듯 얼굴을 붉혀가며 감정이 있는 데를 이르고, 그리고 양근의 고모 있는 데를 일렀다. 양근은 내일 가라 일렀다.

"어서 가마를 내라구!"

그 황소 같은 별배가 거세게 내달으며 소리쳐 구사들이 교방으로들 몰려갔다.

늙은 여종 둘까지 따라붙은 가마가 말동네를 향해 가고 나자, 막개는 일어서며 두 번째 영을 내렸다.

"빗장을 떼지……."

막개가 가는 곳마다 종들이 따라다니며 빗장을 벗기면, 막개가 방마다 혼자 들어가 안을 둘러보았다. 바깥사랑은 책실 외에는 별다른 가구가 없었으나, 안사랑을 가보고 막개는 매우 놀랐다. 안사랑에는 박영문이 무인답게 궁대(弓袋)에 부려놓은 대궁(大弓)과 금을 입힌 칼집의 환도(還刀)가 아직도 높다랗게 걸려 있었다. 문갑 속에는 전지(田地) 문서 같은 것이 가득 들어 있었다.

내당은 더욱 눈이 어지러웠다. 내당의 방마다 화각삼층장(華角三層檻)들, 나전칠기 화문함(華紋函)들, 용장(龍檻)들이 줄을 이었는데, 내당 큰방의 삼층장 위에는 열쇠꾸러미가 반듯이 놓여 있었다. 혼자 열쇠로 가만히 삼층장 속의 패물함도 따보았는데, 금패, 산호, 밀화 등 갖가지 패물이 그득했다. 내당의 면포 광에는 운문단, 모초단, 모본단, 접영, 관사 등 비단들이 가득했고, 상목은 수십 동이 될 것 같았다. 그 한쪽 구석에는 말굽 덩어리만큼씩이나 되는 큰 은덩이들이 여남은 개는 쌓여 있었다.

별당을 둘러보니, 높다란 별당 앞에는 연못을 둘러 그 좌찬성이 짓던 것보다 배나 큰 석가산을 쌓았는데, 초겨울에 접어들어 꽃들은 시들었으나 창송(蒼松) 취죽(翠竹)이 별세계처럼 어우러져 있었다.

이번에는 광으로 향했다. 바깥사랑 마당 건너에 연한 크고 견고한 광은, 문을 따고 보니 곡식 가마니가 겹겹이 쌓여 있었다. 광 옆에는 밖으로 통나무 간살을 쳐둔 협소한 땅속 광이 또 하나 붙어 있어 이건 한눈에도 사옥(私獄)인 것을 알 수 있었다. 정국공신의 위력이 집 구석구석마다 널려 있음을 알 수 있었다. 내당을 비롯한 모든 곳의 열쇠꾸러미를 간수한 막개가 잠시 고단해진 몸을 안사랑 보료 위에 눕히고 있을 때였다. 그 늙은 사내종이 나타나 가마가 이른다고 고했다. 대문 쪽이 소란한 것을 봐 모든 종들이 마님을 영접하느라 부산한 모양이었다. 막개는 누마루를 돌아 바깥사랑으로 나가 대청 위에서 가마를 지켜보았다. 모시러 갔던 두 여종과 함께 같이 따라온 듯싶은 말동네의 돌이 처와 평산댁이 공손히 가마

속의 마님을 모셔내는데, 화사한 가마 속에서는 헌 몽당치마를 그대로 입고, 속곳 가랑이 밑으로는 시커먼 종아리를 그대로 드러낸 감정이 나왔다.

감정은 주근깨가 드문드문한 그 마른 얼굴을 들어 주위를 두리번거리다 대청 위의 막개와 눈이 마주쳤다. 막개의 얼굴에 왈칵 핏기가 모였다가 서서히 창백해지기 시작했다. 영감이 소리 없이 누마루를 돌아 안사랑으로 가버리자, 영감의 기분을 눈치챈 여종들이 급히 감정을 내당으로 모셔가는데, 돌이 처와 평산댁도 그 뒤를 따라 들어갔다.

막개가 안사랑에 누웠을 때, 그 늙은 사내종이 뒤미처 와서는 아뢰었다.

"가마를 따라왔던 아낙 하나가 아뢸 말씀이 있다 합니다……."

막개가 안사랑의 영창을 열고 내다보자, 쭈뼛쭈뼛 평산댁이 안사랑 마당으로 들어서고 있었다. 막개는 말없이 평산댁을 내다보았다.

평산댁은 황송한 듯 치맛자락을 휩싸 쥐고는 힘들여 말했다.

"온 동네 사람들이 내당 마님 차림새를 새것으로 해야 한다고들 했으나, 마님께서 굳이 아무 순차도 없이 새 치장을 하는 것은 예에 맞지 않다 하시어, 그, 그래서 그냥…… 내당 마님께서 어지신 탓입니다."

막개가 대꾸 없이 있자, 평산댁은 치맛자락을 잡은 채 고개를 숙여 보이고는 물러갔다.

한참 뒤, 또 누가 왔다는 연통이 있어 막개가 영창을 열고 내다보자, 이번에는 문산댁이 마당으로 들어섰다. 문산댁은 막개를 향해 부처님 전에 축수를 올리듯 두 활개를 하늘 높이 치켜 올리며 합장 배례를 해대었다.

"감축하옵니다. 감축하옵니다……."

문산댁은 조그마한 계집아이 하나까지 옆에 달고 있었는데, 여종 차림인 그 계집아이도 땅에 엎드려 절을 올렸다.

거푸 축수를 올리며 눈에 눈물까지 번진 문산댁은 떨리는 소리로 말했다.

"정경부인께서 말씀 올리라고 하셨습니다. 당상에 높이 오르신 것을 경하하시고, 이 일은 정승댁에도 광영이 된다고 하시었습니다. 그리고 그동안 집에서 간수하고 있던 내당 마님의 노비 문적(文籍)도 전해드리라고 하셨습니다. 나라에서 외명부(外命婦) 고신(告身)이 내릴 것이라, 이런 순차마저 구차스럽기는 하나 그래도 순차를 이루고 싶다 하시고 아울러 정경부인께서 친가를 자처하시어 친가에서 내리듯 마님의 몸종 하나를 보내신다고 하시었습니다."

문산댁이 공손히 문권 하나를 대청 위에 갖다 놓고는 돌아섰다. 돌아선 문산댁이 열두어 살쯤 된 계집아이의 등을 떠밀자 계집아이는 다시 한 번 엎드려 큰절을 올렸다.

문산댁이 계집아이를 끌고는 전신에 흥이 돋아 치맛자락을 날리며 마당을 나가 내당으로 뛰어 들어갔다.

막개는 정신이 산란해지고 말았다. 감정의 노비 문서인 발치께의 그 문권은 제대로 눈 주어 보지도 않은 채 한참 정신을 놓고 있었다. 정신이 이토록 산란해진 것은 문산댁의 입에서 "외명부 고신"이라는 소리가 나오고부터였다. 한갓 감정의 옷치장 같은 것에 정신이 팔려 기분을 상해할 그런 한가한 일이 아니란 것을 알았다. 흔해 빠진 당하관(堂下官)의 무리가 아니라 정삼품(正三品) 당상관의 처라면 아무리 지체 있는 양반집 딸이라도 따내기 어려운 숙부인(淑夫人)의 자리였다.

다음 날부터 양근 고모네 사람들이며 말동네 사람들이 줄을 이어 왔으나, 고모 한 사람이 반가웠을 뿐 별로 반가운 사람이 없었다. 며칠 후 개도치 부부가 온 것이 가장 반가웠다.

영감은 개도치뿐 아니라 분이까지 안사랑으로 들어오라 하고는 조촐한 술상까지 차려 내어오게 했다. 분이는 배가 부른 것이 아이를 배고 있는 것 같았으나 일부러 같이 온 것이었다.

"인제 영감이라고 해야겠지? 함부로 만나보기도 어렵게 됐군. 영감, 그 금관 조복이란 거 한번 만져보자."

개도치는 어투가 전이나 별로 다를 바 없었고, 영감도 아무 허물없이 금관 조복을 꺼내 보여주었다. 개도치는 조복을 이리저리 만져보고 금관을 머리에 써보기도 했다. 분이가 개도치를 밀치며 그러지 말라고 했으나, 개도치는 거리낌이 없었고 영감은 유쾌히 웃기만 했다.

"이런 비단은 처음 보아요."

분이가 조복 자락을 만지며 말하자 영감은

"당표리라고 중국 옷감이라는데 나도 처음 봤지."

선선히 말했다.

"이봐, 영감. 인제 향두꾼질 하기는 평생 틀렸지?"

개도치가 말하자 영감도 분이도 모두 웃었다. 영감은 향두꾼질 하며 몇 번이나 넘어졌던 일, 넘어져서 뒤 놈에게 엉덩이를 걷어차인 일까지 얘기하며 모두 배를 잡고 웃었다. 영감은 또 말했다.

"굴무 털러 갈 때 말여. 그때 자네가 그걸 털고 나면 자네 몫까지 다 내게 준다고 했을 때를 내가 가장 잊을 수가 없어. 그래. 조금 있어 봐."

영감은 면포 광에 가서 그 말굽 같은 마제은 하나를 갖고 왔다.

"이거 갖고 가."

영감이 선선히 말하자 개도치는 고개를 끄덕이며

"그래, 받지. 고맙군."

개도치가 그 마제은을 집자 분이가 개도치를 밀쳤다.

"염치도 없이……. 놔두고 가요."

"왜? 주는데 왜 안 받아? …… 이거 한 오십 량은 되겠군."

그러고들 있는데 또 한 사람 반가운 사람이 나타났다.

고변 인도를 해준 유옥천이었다. 찾아오자마자 마당에서 영감을 향해 큰절을 올리며 면천이 되었다고 눈물을 흘리며 감읍해했다. 영감도 매우 흡족해하며 마당에 섰지 말고 대청에 올라오라고 재촉했다. 유옥천이 대청에 올라오자, 영감은 장지를 활짝 열고 내다보며 유옥천을 개도치에게 인사시켰다.

유옥천은 제 포부를 말했다.

"인제는 역을 그만두고 고향에 가서 대대로 해오던 사기(沙器) 굽는 일을 열심히 하려고 합니다. 고향에는 아직도 일가권속들이 자기막을 많이들 내고 있습니다."

"고향이 어딘가?"

"경상도 고령(高靈)입니다. 대대로 사기 굽는 고장이지요. 권속들이 공천도 많지만 양인도 많습니다. 소인도 이제 영감마님 은덕으로 양인이 되었으니, 열심히 일해서 언젠가는 영감마님의 그 하늘같이 크신 은덕에 반드시 보답하겠습니다."

"무어 은덕이라 할 것까지야……. 부디 자네 일이나 열심히 하게."

제 3 장

영웅의 탄생

백
마
장
군

한참 모내기철인 때에 고양(高陽) 장토(莊土)의 작인(作人)들은 모두 일손을 놓고 있었다. 올해는 전판 폐농(廢農)이 될지도 몰랐다.

계곡 물이 흘러내리는 호사로운 별서(別墅)의 마당에서 일손 놓은 작인들이 몰려 훈계를 듣고 있었다.

"만물생육(萬物生育)이 득시(得時)라 만물이 때를 얻지 못하면 생육할 수 없고, 시난득이이실야(時難得而易失也)라 때는 얻기 어렵고 잃기는 쉽다 했으니, 이런 성현(聖賢)의 말씀을 명심해야 할지니라."

별서의 대청에 양반다리하고 앉아 갓 쓰고 도포 입은 사십 줄의 골샌님 같이 생긴 비쩍 마른 사내가 성현의 말씀으로만 작인들을 향해 훈계하고 있으나, 그 소리를 귀담아듣는 작인은 하나도 없었다. 역시 대청 가운데 버티고 선, 두 명의 갓 쓴 사내들도 그런 한가한 풍월 같은 소리를 비웃는 얼굴로 듣고 있었다.

작인 하나가 나섰다.

"저희가 그 말씀을 모르는 것이 아니오라 마음 놓고 농사를 짓도록 해주셔야 합지요. 종이 되어도 좋으니 저희끼리 이곳에서 외거(外居)하며 병작반수(竝作半收)로 농사를 짓도록 해달라는 것 아닙니까요. 한갓 가노(家奴)가 되어 주는 대로 받아먹게만 한다면, 저희가 어찌 농사를 지을 수 있습니까. 전의 전주(田主)인 역신 박영문도 이렇게 하지는 않았습니다."

대청 위에 버티고 섰던, 덩치 크고 험하게 생긴, 갓 쓰고 중치막 입은 자가 거칠게 소리쳤다.

"그렇다면 떠날 놈은 다 떠나라는 것 아니냐! 병작반수보다 더 많이 줄지 적게 줄지 어떻게 아느냐. 오직 절충장군께 충성하기에 달렸어! 충성을 다해 농사를 지으면, 충성한 만큼 수확을 줄 것이다. 그것이 싫은 놈은 다 이 농토에서 떠나란 말이다!"

다른 작인 하나가 나섰다.

"대대로 살아온 이 농토를 두고 어디로 떠나란 말입니까. 절충장군 영감마님 뵙고 호소하겠습니다. 짓던 땅도 네 것 내 것 없이 부리는 대로만 농사를 짓게 한다면, 첫째루 수확이 떨어집니다. 그 누가 힘들게 농사를 짓겠습니까."

"수확이 떨어지는 놈한테는 중벌이 있을 뿐이다. 너희가 할 일은 오직 절충장군께 충성하여 열심히 일할 것이며, 열심히 일한 자한테는 상급을 내릴 것이다. 양단간 근일 중 결판을 낸다. 일 않는 놈은 남김없이 쫓아낼 뿐이다."

그 힘상궂은 자 옆에 선, 역시 갓 쓰고 중치막 입은 자가 말했다. 이자는 덩치는 작았으나 반질반질한 이마에 앙큼한 고양이 눈꼬리를 하고 있었다.

"영감마님께 호소하겠다는 자는 따라 나서거라. 가서 얼마든지 호소해
보아라."

그러자 일곱 명의 작인이 나섰다. 다른 작인들은 불평만 했지 겁을 내
서 나서지는 못했다.

"지금 따라 나서거라."

반질거리는 이마의 사내가 그러면서 대청을 내려섰다. 그와 함께 훈계
하던 사십 줄의 골샌님도 대청을 내려섰다.

둘을 따라 일곱 명의 작인들이 따라가는데, 덩치 큰 사내는 별서에 그
대로 남았다. 덩치 큰 사내 뒤로는 패랭이 쓴 왈짜 같은 험상궂은 자들 여
럿이 남아서 별서를 지켰다.

장토를 떠나 길을 걸으면서 샌님은 불어오는 청풍에 흥이 난 듯 낭랑히
시부(詩賦)를 읊조리기 시작했고, 이마 반질반질한 자는 그 꼴을 아니꼬운
듯 바라보았다. 둘은 작인들을 거느리고 가면서도 서로 한마디도 말을 주
고받지 않아 둘 사이가 원만치 못하다는 것을 알 수 있었다.

시부 읊조리는 샌님 엄판도(嚴判道)는 절충장군의 고종사촌 형으로 유곡
댁의 아들이요, 이마 반들거리는 정말용(鄭末用)은 유곡댁이 그동안 양근에
서 얹혀살았던 당숙의 아들로서 절충장군에게는 재종육촌 동생이 되었다.
절충장군보다 두 살 아래인 스물여덟이었다.

정말용이 처음부터 엄판도를 못마땅해하는 것은, 출모(出母)되어 나갔
던 제 어미를 평생 돌아보지도 않다가 제 외사촌이 하루아침에 당상이 되
자, 염치없이 제 어미를 빙자해 어미와 함께 절충장군을 찾아든 때문이었
다. 출처(出妻)한 제 아비는 죽고 없지만, 제 증조할아버지가 향교에서 집강

(執綱)한 것을 내세워 분수에 맞지 않게 양반 행세를 하면서 표탕객(飄蕩客)으로 떠돌아다닌 것을 정말용은 잘 알고 있었다. 어찌 된 노릇이, 유곡댁까지 새삼 천륜은 어길 수 없다면서 엄판도의 그 시답잖은 문식(文識)을 내세워 글이 없는 절충장군의 훈도(訓導)로 삼으려 했던 것이다. 정말용이 더 가소롭게 생각하는 것은 엄판도가 절충장군에게 빌붙어 언감생심 음사(蔭仕)로 무슨 벼슬을 얻어 하기를 바라고 있다는 사실이었다.

정말용은 양근 고을 관아에 통인(通引)을 다녔었다. 일족 중 육촌 하나가 관노 다니는 것을 염병처럼 여기다가 그 관노가 바로 하루아침에 당상이 되자, 그 집뿐 아니라 멀고 먼 족지족(族之族)이 떼를 지어 몰려왔으나, 다 농투사니들이라 나중 절충장군 집에 남은 것은 통인 다닌 정말용이었다. 영감이 그를 유용하리라 보고 남긴 것이었다. 소학(小學) 권이나 읽어 글을 아는 정말용은 소원이 아전(衙前) 되는 것이었는데, 이젠 시골 아전이 아니라 절충장군 연줄로 서울의 경아전(京衙前)을 얻어 해보고자 했다. 유곡댁을 오래 맡았던 덕을 이제야 볼 참이었다.

엄판도는 무엇보다 정말용이 갓 쓰고 다니는 것을 못마땅해했다. 시골 관아에 통인 다니던 놈이 영감 댁에 와서 책실을 본다면서 감히 갓 쓰고 다니는 것을 상풍(傷風)으로 보아서 내심 심히 못마땅해했다. 이리해서 영감의 영에 따라 둘이 장토 일을 보고 다니면서도 서로 언제나 알력이 있어왔다.

해가 기울 무렵 둘이 작인들 데리고 숭신방 영감의 집에 도착했다. 작인들이 절충장군께 호소하자던 것이, 호소건 뭣이건 도착하자마자 정말용의 지휘에 따라 구종들에 의해 모조리 창고 옆 토굴 같은 사옥(私獄)에 갇혀버렸다.

작인들이 사옥에 갇히고 있을 때 엄판도는 안사랑에서 영감 앞에 앉아 장토 갔던 경위를 대강 말한 다음 또 엉뚱한 문자를 늘어놓았다.

"금상급경전간초(今上急耕田墾草)는 이후민산야(以厚民産也)이나 이이상위혹(而以上爲酷)이오 수형중벌이위금사야(修刑重罰以爲禁邪也)이나 이이상위엄(而以上爲嚴)이라 했으니, 임금이 밭을 갈고 김을 매라고 다그치는 것은 백성들의 살림을 두터이 해주려는 것이네. 그런데도 이를 혹독하다 하고 형벌을 중히 하는 것은 저희들 사악한 것을 금하려 하는 것인데도 이를 엄하다고만 하니, 저것들 하는 말은 들으실 것도 없으시네."

소창의(小氅依) 입고 안석에 기대앉은 영감은 하품을 했다. 틈만 있으면 주워섬기는 엄판도의 문자에 진력이 나 있는 모양이었다.

정말용이 문권 몇 개를 들고 들어와 영감에게 공손히 아뢰었다.

"다 가두어놓았습니다. 그런데 새로 온 놈들을 가두자, 전에 갇혀 있던 것들 중에 셋이 문서를 바치겠다고 해서 문서를 만들어 왔습니다."

그러면서 정말용은 문건 세 개를 영감에게 바쳤는데, 새로 꾸민 종 문서였다. 영감이 문건을 받아 들고 보았으나, 그가 알아볼 수 있는 것은 문건 끝 쪽에 붓으로 그린 세 개의 손바닥 그림뿐이었다. 시키는 대로 종이 되겠다고 한 셋의 수결(手決)이었다. 실상 그것만 보면 그만이었다.

"고양 군수한테 원정 갔다는 놈들은 어떻게 되었나?"

영감이 묻자 정말용이 대답했다.

"원정을 받아주지도 않았는데 원정이 무슨 소용입니까. 그놈들은 다 도망갔습니다."

"양태봉(梁太奉)이가 잘하고 있겠지?"

"잘하고 있습니다. 데리고 있는 아이들도 다 실한 놈들이라 걱정하실 것 없습니다. 근일 중 다 항복할 것입니다."

영감이 알았다고 고개를 끄덕이자 정말용과 엄판도는 방을 나갔다. 바깥사랑에는 요즘도 촌수도 닿을지 말지 한 원족(遠族)들이 떠들어대고 있었고, 엄판도는 위세 좋게 그 속으로 들어가고, 정말용은 책실로 들어가 거기 있던 문서 바친 세 종을 풀어주었다.

장토 별서에 보내져 있는 덩치 크고 험상궂은 그 양태봉은, 영감의 그 황소 같은 별배 맹갑(孟甲)과 알고 지내던 왈짜로, 맹갑을 따라 몇 번 영감에게 문안 왔다가 영감의 눈에 들어 아주 장토의 간복(幹僕)이 된 것이었다.

저녁밥 때가 되어 찬비(饌婢) 둘이 칠첩반상을 사랑방으로 들여왔다. 한 여인이 반상 들이는 것을 지휘하는데, 새하얀 얼굴의 날렵하게 생긴 청의홍상의 미색이었다. 찬비들은 나가고 이 청의홍상이 영감의 옆에서 밥 시중을 들었다. 생선의 가시를 발라내고 찬을 공기(空器)에 담아 올리는 등 잔잔한 손놀림이 아늑하기까지 했다.

그 미색은 여섯 여종 중의 하나였다. 여섯 중 나이 든 넷은 찬비, 침선비(針線婢)들이고 둘이 젊은 것이었다. 젊은 것 둘 중 하나는 이제 열여덟 살짜리로 순하기는 했으나 얼굴과 몸매가 그저 두루뭉술하기만 했고, 이 젊은 미색 하나가 여종들 중 하나 있는 꽃송이였다. 이름을 청을(靑乙)이라 했다. 본래 폐조 때 궁중 기생인 홍청을 했다는데, 반정과 함께 공신들에게 떼거리로 기첩을 하사하던 중에 청을도 거기 끼어 박원종의 숱한 기첩 중의 하나가 되었다가, 박원종이 죽자 상의원(尙衣院)에 속해 있었다 했다. 그러니까 이 홍청 퇴물은 자세히 보면 나이가 스물일곱 여덟은 돼 보였지만, 하도 몸을 곱게 가꾸었는지 얼른 봐서는 스물둘 셋짜리로 밖에는 보이지 않았다. 처음부터 절충장군의 기첩으로 뽑혀진 것 같았다. 영감이 이 집에 든 지 사흘 만에 상관을 했는데, 몸이 어찌나 솜처럼 희고 부드러운 지, 감정의 일에 시달린 몸과 옛날 개기름 흐르던 창기패밖에 몰랐던 영 감에게는 딴 세상의 여자 같았다. 내처 안사랑 대청 옆 침방에서 같이 지냈다.

저녁 반상을 내가고 나자

"영감 계신가."

소리를 내며 유곡댁이 사랑방으로 들어왔다. 옥색 비단 치마저고리에 옥비녀 꽂고 치마허리에 삼작(三作) 노리개까지 달아 완연한 대갓집 노마님 차림이었다. 차림은 그랬으나 얼굴에는 농투사니 때가 그대로이고 본래 뼈대가 굵은 몸체를 비단옷이 잘 가려주지 못해 엉성하기만 했다.

유곡댁은 영감의 맞은편에 옷깃을 여미며 앉았는데, 영감을 어려워하는 기색이 완연했다. 어려워할 뿐 아니라 안색도 매우 어두웠다. 일부러 영감을 보러 왔으면서도 얼른 말을 못 꺼내고 머뭇거리던 유곡댁은 마침내 한숨을 내쉬었다.

"내가 내당 일을 본다고는 하지만 살림이 드난살이 같으니…… 나도 일이 손에 잡히질 않고…… 무슨 말이든 말문이나 텄으면 좋지 않겠나."

감정 얘기였다. 이 집에 온 지 가을과 겨울을 지내고 봄이 되도록 영 감과 감정은 아직 얼굴을 대하지 않았다. 영감이 어쩌다 내당에 들른다 해도 면포 광에나 들르는 일이 있을 뿐 안방은 돌아보지도 않았다. 감정 도 무슨 필요한 일이 있으면 몸종으로 온 계집아이에게 시키면서, 그 안 방에만 여수(女囚) 모양 들앉아 있기에 더욱 그러했다. 영감은 한 번 면포 광으로 가면서 마루를 건너가는 감정의 뒷모습을 본 적이 있었다. 그 검 은 민저고리 몽당치마 대신 흰 무명 치마저고리 차림이었다. 밤골댁의 말에 따르면, 비단 치마저고리를 입으라고 해도 한사코 거절하며 흰 무명 치마저고리만 입는다는 것이었다. 정승댁의 종을 면해서 그런 차림으로 변했다면, 다음에는 어떤 순차를 밟아야 비단 치마저고리를 입을 것이란 말인가.

한동안 그토록 자주 들락거리던 문산댁도 무슨 하회라도 기다리듯 이제는 발길이 끊겨 있었다. 말동네 사람들은 영감이 반기지를 않아 영감 집 드나들기를 꺼리다가 감정의 사정을 알고 난 뒤로는 발걸음을 완전히 끊었다. 내당의 여종들도 바깥어른 얼굴 봐가며 안주인 대접한다고, 감정에게 마님을 못 붙이고 그저 안으서님이라 부르는 모양이었다.

영감은 유곡댁의 푸념에는 아무 대꾸도 않은 채 청을이를 불렀다.

"지금 곧 번(番) 들러 가야 되니 융복(戎服)을 내도록."

그 소리와 함께 유곡댁은 부스스 일어나 사랑방을 나갔고, 청을이 들어와 영감의 소창의를 받아내고 은장식을 한 의걸이장에서 차례차례 융복을 꺼내었다. 먼저 환도(還刀) 조끼 입고, 그 위에 당상관의 남색(藍色) 천릭(天翼) 입고, 거기 삽은대(鈒銀帶) 두르고, 왼쪽 어깨로 나온 환도 조끼의 고리에 환도를 걸어 매었다. 호수(虎鬚) 꽂힌 주립(朱笠)을 썼는데, 주립 아래로는 당상관만이 쓸 수 있는 산호(珊瑚) 구슬의 패영(貝纓)이 주렁주렁 달렸다. 그러고는 청홍의 천을 늘어뜨린 등채를 손에 들었다.

영감이 석대에 내려서면서 목화(木靴)를 신을 때까지 청을이 시중을 들었다. 영감이 바깥마당으로 나서자 구종 다섯은 벌써부터 백마 세워놓고 대기하고 있었다. 직령 입고 패랭이 쓴 구종들 중 셋은 능장을 들었고, 둘은 각각 호상(胡床)과 승상(繩床)을 들었다. 능장을 든 셋은 황소 같은 별배 맹갑과, 전에 군노(軍奴)를 했다는 석산(石山), 재빠르게 생긴 말삭(末朔)이었다. 마구에는 전에 박영문이 타던 호마 두 필이 있었으나, 영감은 언제나 하사 받은 이 백마 설모를 타는 것이다. 설모는 갈기마다 주홍 상모를 꼬아 붙였으며, 안장은 수달피이며, 고들개에는 은방울을 달았다. 호상을 든 구종이 호상을 말 옆에 받쳐놓자, 영감은 호상을 딛고 말에 오르려다 말고 도로 호상에서 내리며 노기 띤 어조로 일렀다.

"마구 놈들을 불러라."

말삭이 쫓아가 마구간지기 둘을 불러오자 영감은 아무 말 없이 마구간지기 둘을 등채로 두들겨 팼다. 마구간지기 둘은 머리를 싸고 죽을상을 한 채 얻어맞기만 했다. 흔히 있는 일이었다.

"이것 봐라."

영감은 백마의 갈기에 붙어 있는 검불 하나를 가리켰다. 마구간지기 하나가 얼른 그 검불을 떼어냈으나, 영감은 더욱 노하여 둘을 등채로 두들겨대었다. 마구간지기 하나는 다리를 절고 있었는데, 말 간수를 잘못한다고 영감에게 전에 죽도록 곤장을 맞은 탓이었다. 말에 환한 영감인 데다, 더욱이 백마를 은 빛깔로 맑게 해놓는 것은 이들 마구간지기들에게는 힘에 겨운 일이었다. 그래서 언제나 얻어맞게 되었다.

마구간지기 둘을 두들겨 패고 난 영감은 노기가 풀리지 않은 얼굴로 호상을 딛고 말에 올랐다. 말에 오르는 품이 한결 능숙했다.

영감이 대궐 안의 호군청(護軍廳)에 들어갔을 때, 하관(下官)들의 입직은 아직 제대로 되어 있지 않았다. 오늘 입직할 호군청 관원은 상호군, 대호군, 호군, 부호군하여 스무 명이었고, 두 명씩 오번(五番)으로 분정(分定)하여 직숙(直宿)하거나 행순(行巡)할 것인데, 지금 나와 있는 관원은 겨우 상호군 하나와 대호군 하나 그리고 호군 둘과 부호군 셋이었다.

영감이 불쾌한 얼굴로 당상관의 자리인 교의(交椅)에 가 앉자, 나와 있던 하관들은 군례를 올린 다음 그 아래 승상에 가 앉았다.

"아직 점고(點考) 때가 다 안 되어 그런가 봅니다."

정삼품의 상호군이 당상 영감을 향해 변해하듯 말했다. 당하관인 이들은 융복의 복색이 모두 청색 천릭에 주립 아닌 흑립을 썼고, 흑립에 달린 구슬도 산호가 아니라 수정(水晶)구슬인 정영(晶纓)들이었다.

본래 이 호군청에 속해 있는 관원들은 군함(軍銜) 체아직(遞兒職)이라 하여 실직(實職)은 없이 나라의 녹봉(祿俸)만 받으면서 한산인(閑散人)으로 놀고 있는 관원이 대부분이었다. 그리고 그들의 많은 숫자가 문신으로, 문반 직에서 교체되어 밀려나 있을 때 녹봉만 받으면서 허명만으로 관명(冠名)을 받아놓고 있는 터였다. 품계는 일품(一品)에서 시작해 종사품(從四品)까지로 그 숫자만 해도 정막개 절충장군과 같은 당상의 장(將)이 열 명이 넘었고, 상호군 여덟, 종삼품 대호군 열둘, 정사품 호군 마흔넷, 종사품 부호군 일흔아홉이었다. 한가한 입직이 유일한 일이었으나, 입직의 번이 돌아가면 늙은 당상들은 대부분 나오지 않고 당하관들이 나왔다. 그중에도 숫자가 많은 호군이나 부호군들에게 대개 일이 떠맡겨졌으나, 그들도 입직이나 행순을 하는 듯 마는 듯했다. 모든 입직과 행순은 도총부(都總府)에서 총찰하는 것이니, 여기서는 별반 상관할 것이 없다는 풍습이었다. 참으로 놀고먹는 관청이었고, 또 놀고먹으라고 만들어놓은 관청이기도 했다. 정막개 절충장군도 의당 놀고먹으라고 그 품계와 관작을 준 모양이나, 그는 단호히 그것을 거부했다.

사흘 쉬고 사흘 입직하게 되어 있었는데, 그는 이 호군청의 나태한 풍습을 알고 난 뒤에는 반드시 사흘 쉬고 나면 사흘 입직하는 철칙을 세워놓았다. 그리고 번차례가 된 호군청 관원들에게 서리를 보내 입직하라고 불같은 영을 내려 호군청 관원들의 눈살을 찌푸리게 했다.

"노자(奴子)하던 놈이 분수에 없이 당상이 되더니 천지를 모르고 깨춤을 추는군."

그렇게 코웃음을 치면서도 법은 법이라 더러 나오는 수밖에 없었다. 초경(初更) 무렵이 되어 스물에서 셋이 빠진 열일곱의 관원이 호군청에 모였다.

"다음부터는 입직을 궐하는 관원은 중소(中所)에 고하고 상(上)께 상달하겠소."

절충장군이 엄연히 선언했다. 중소란 병조의 당상관과 도총부의 당상관이 나와 궁중 순시하는 군사를 통솔하면서 성 안팎 모든 순행을 지휘 총찰하는 곳이었다. 호군청 관원들은 절충장군의 영을 묵묵히 듣고만 있었다.

순장(巡將) 하나가 서리와 군졸들을 데리고 와서 경첨(更籤)이라는 목패(木牌)를 여러 묶음 절충장군에게 전했고, 절충장군은 호군, 부호군들에게 그 묶음들을 나누어 주고 자신도 한 묶음 지녔다. 그리고 대호군 하나와 호군 셋을 지명하여

"각기 궁성 사문(四門)에 가서 직숙하시오."

하고, 다시 또 호군 둘과 부호군 둘을 지명하여

"도성(都城) 사대문(四大門)에 가서 직숙하시오."

한 후, 경첨을 나누어 준 호군과 부호군들에게

"운영관(運營官)으로서 각각 남부, 중부, 동부, 서부를 순행하시오. 나는 오늘은 북부를 순행하겠소. 남은 사람은 호군청에 남아 직숙하시오."

영을 마친 절충장군이 교의에서 일어서자, 호군청에 남아 편히 잠이나 자게 된 대호군 하나가 민망하다는 얼굴로 절충장군을 향해

"영감께서 밖에서 노고하시느니 그냥 여기서 주무시지요. 순행은 하관이 맡아 하겠습니다."

만류했으나, 절충장군은 노한 얼굴로 그를 돌아보았다.

"여기라고 그냥 잠이나 자는 곳이오? 여기서도 오번(五番)으로 나누어 경야(更夜)해야 할 것이오."

모두 법대로 행할 뿐이었다. 절충장군은 더는 말없이 호군청을 나섰다. 순행하는 호군, 부호군들이 각각 다섯 명씩의 정군(正軍)을 이끌고 갔듯이, 그도 다섯 명의 정병을 이끌고 순행에 나섰다. 자신의 구종을 합쳐 따르는 자가 모두 열이었다. 순행은 대체로 이경(二更) 무렵까지는 경수소(警守所)에 일일이 순찰패인 경첨을 나누어 주고, 오부(五部)의 순청(巡廳)인 순탁소(巡鐸所)에 가서 쉬거나 잠시 눈을 붙인 후, 그다음부터는 매 경(更)마다 돌면서 순찰하는 식으로 이루어졌다.

절충장군은 경첨을 나누어 주고 순탁소에서 잠시 쉬고 난 다음, 거의 밤을 새며 순찰을 돌았다. 따라다니는 군사나 구종들이 더러 걸으면서 꾸벅꾸벅 졸았으나, 절충장군의 눈은 더욱 초롱초롱 빛날 뿐이었다.

삼경(三更)이 넘으면서부터는 경수소 군사나 경수소에 딸린 방리인(坊里人)들이 어설피 잠이 들거나, 지킨다고 해봤자 하나쯤 남을까 말까, 대개는 다 잠이 드는 것이 보통이었다. 절충장군은 삼경 때 북부 광화방(廣化坊) 한 구석의 경수소에 들렀다. 그 경수소에는 배정된 군사 둘과 방리인 서넛이 모두 잠들어, 그 움막같이 엉겨놓은 경수소 안을 장군이 들어가도 모르고 천지분간 없이 코를 골며 자고 있었다.

장군이 노한 얼굴로 노려보고 있자, 장군을 대신하여 맹갑이 우렁찬 소리를 내질렀다.

"이놈들아! 일어나지 못하느냐!"

그 소리에 놀라 눈을 비비며 비실비실 일어나던 것들은 눈앞에 주립 쓰고 남색 철릭 입은 당상 대관이 버티고 서 있는 것을 보고는 모두 질겁하며 허겁지겁 일어섰다. 특히 군사 둘은 한쪽 구석에 팽개쳐져 있던 창들을 급히 주워 들고 그 자리에 꼿꼿이 섰고, 방리인들은 저마다 지녔던 몽둥이들을 급히 주워 들었다.

"이것이 경수하는 것이냐?"

장군의 입에서 노성이 떨어졌다.

"……."

두 군사는 얼굴이 굳어진 채 떨고 섰기만 했다. 방리인 중 나이 좀 들어 보이는 자가 황송하여 아뢰었다.

"군사들은 어젯밤에 온밤을 새우다시피 해서 그러하옵고, 모두 잠든 것은 소인들의 잘못입니다."

그 소리는 들은 척도 않고 장군이 소리쳤다.

"하나가 잠들면 하나는 일어나 있어야 할 것 아니냐!"

그 소리와 함께 장군은 들고 있던 등채로 두 군사를 마구 후려치기 시작했다. 군사 둘이 창을 든 채 구석으로 밀려나며 매를 피했으나, 그러면 그럴수록 장군의 등채는 사정없이 둘의 머리고 등이고 거칠게 갈겨대었다.

"둘의 창을 뺏고 경첨을 뺏어라."

매를 치고 난 장군이 따라온 군사 중의 오장(伍長)을 향해 명했다. 오장이 다가가 둘의 창을 뺏고 본래 나누어 주었던 경첨도 빼앗았다. 그리고 나자 장군이 다시 영을 내렸다.

"두 놈을 하도감(下都監)에 가두어라."

하도감은 군사들의 감옥이었다. 그 영이 떨어지자 군사 둘은 일시에 장군 앞에 엎디어 용서를 빌었다.

"한 번만 용서해주옵소서……."

"빨리 묶어라!"

장군이 노성을 질러, 따라온 군사들이 본래 경수소 군사들이 지니고 있던 오랏줄을 뺏어 그들을 한 동아리로 묶어버렸다. 그러고는 경수소 밖으로 끌어내었다. 군사 하나에게 경첩 하나를 주어서 끌고 가게 했고, 다음 갈 곳을 일러서 곧장 다시 돌아오도록 명했다.

다시 백마에 오른 장군은 다른 경수소를 향해 가기 시작했다. 이리하여 이날 밤 사경(四更) 무렵까지 경수 태만을 잡아내 하도감에 가둔 경수소 군사가 열 명에 가까웠다.

사경 조금 넘어서는 양덕방(陽德坊)에서 관원 하나와 마주쳤다. 종 둘을 거느린 청색 관복의 당하관이었다.

"경첩을 지녔소?"

"아니, 아니 가졌습니다. 마침 동관의 집에 초상이 났기에 경야한다고 하다가…… 집이 가까워 그냥 돌아가는 길입니다. 사정이 이러합니다."

"그 어떤 일이 있더라도 경수소에 가서 고하고 경첩 지닌 자와 동행해서 가야 한다는 것을 모르오?"

"아, 압니다. 다만 집이 가깝기에…… 경수소는 멀고 하여 급히 귀가하려던 것입니다."

장군은 더 수작 않고 그동안 하도감을 오락가락하느라 땀에 젖어 있는 군사들을 향해 명했다.

"순청(巡廳)에 가두어라."

관원은 그 길로 꼼짝없이 자신의 두 종과 함께 끌려가 순청에 갇히는 몸이 되었다. 관원이나 일반 사람은 순청에 가두기로 돼 있었던 것이다.

그리고 다시 가회방(嘉會坊)으로 갔다. 큰 군막이 쳐진 안에서 불빛이 사방으로 퍼져 나오고 있었다. 야순 도는 군사들이 야밤에 흔히 모이는 군막인 듯 여럿의 떠드는 소리가 들려왔다. 야순을 돌고 모인 모양이었다. 장막 사이로 장작불 타는 불빛이 멀리까지 너울너울 비쳐 나오고 있었다. 장군은 급히 그쪽으로 말을 몰게 했다.

군막에 이르러 영에 따라 맹갑이 장막을 휙 젖히자 군막 안에 열댓 명이나 되는 군사들이 놀라서 돌아보았고, 노한 장군은 마상에서 내려 그쪽으로 걸어갔다. 군사들은 일제히 장군을 향해 군례를 올리고는 긴장하여 섰다.

널찍한 군막 가운데에는 솥에다 뭘 끓이는지 김이 한창 피어오르고 있었고, 돌무더기를 모은 아궁이에서는 장작불이 훨훨 타오르고 있었다. 몇 놈은 술잔을 든 손을 뒤로 감추고, 몇 놈은 퍼마시던 국그릇을 엉거주춤든 채였다.

"뭣 하는 게여?"

장군의 입에서 노성이 나오자, 그중 대정(隊正)이 앞으로 나서 다시금 군례를 올린 다음

"허기로 야참을 하느라 이렇게……."

"야참?"

"예……."

"늘 이렇게 불을 모아놓고 야참을 하느냐?"

"아니옵니다. 어쩌다 국거리가 생기면 이곳에 모여 더러 그러합니다."

"군막에 흔히 불나는 것을 모르느냐?"

"아옵니다. 작은 군막에서는 더러 그러하오나 이 군막은 불 방비가 잘 되어 있습니다."

"너는 누구냐?"

"예. 소인은 이 군막의 대정이옵니다."

장군은 격노하여 국이 끓고 있는 솥으로 가 발길로 국솥을 걷어차 버렸다. 솥이 엎어지고 끓던 시래기 국이 질펀히 쏟아지고 국물 덮어쓴 장작불이 자욱이 매운 연기를 피어 올렸다. 장군은 옆에 놓인 술주발도 걷어차 버렸다.

장군은 불같이 노하여 소리쳤다.

"순라 중에 야참이 뭣이며 감히 술까지 마시다니! 어딜 감히 불 때는 군막이 따루 있다는 소리를 하느냐! 밤새 여기서 노닥거리며 태만한 것을 다 안다. 모조리 하옥시킬 것이로되, 주장 되는 대정을 하도감에 가둔다. 대정 이놈을 결박하라!"

장군을 수행하는 군사들은 이런 일로 대정을 결박하기는 난감하다는 듯 머뭇거리자

"뭣 하느냐!"

장군이 소리치자, 군사 아니 장군의 구종인 맹갑이 문득 분기를 내어 대정을 끌어냈다. 그 모양을 어이없이 보고 있던 수행 군사들이 할 수 없이 다른 군사의 오라를 뺏어 대정을 결박했다.

다음은 성문을 순찰하기 위해 돈의문(敦義門)으로 갔다. 절충장군이 돈의

문에 이르렀을 때 대문 앞에는 군졸 몇이 창을 빗기고 서서 그런대로 파수가 되고 있는 듯 보였다. 그러나 군졸 삼십 명이 있어야 할 곳에 서넛만 보여 이상히 여기며 장군이 말을 몰아 갔는데, 절충장군의 백마가 보이자 대문의 계상(階上)이 소란스러워지며 부산히 움직이는 소리들이 났다.

대문 앞에 군졸들의 군례를 본 척 만 척 장군은 그대로 계상으로 올라갔다. 수문청(守門廳) 구석구석에서 자다가 방금 일어난 듯한 군졸들이 벙거지들을 바로 쓰며 당황한 모습들로 군례를 올렸다. 그러나 먼저 나와 맞아야 할 호군이 보이지 않았다.

"호군 나리는 어디 있느냐?"

장군이 물었으나 군사들은 대답을 못했다. 장군은 대뜸 수문청 문을 열고 청 안으로 들어갔다. 거기에는 절충장군 자신이 분정하여 보냈던 호군이 술에 취해 잠들어 있고 발치에는 술주발이 뒹굴고 있었다.

"깨워라!"

장군이 영을 내리자 수행 군사들이 가서 호군을 흔들었으나 몸만 뒤척일 뿐 좀처럼 깨지를 않았다. 맹갑이 가서 몸이 뒹굴도록 거칠게 밀쳐버리자 호군은 화를 내며 눈을 떴다. 그러나 눈앞에 절충장군이 서 있는 것을 보자 허겁지겁 일어났다.

"오경(五更)이 되어 문 열고 나면 바로 중소에 와서 대령하시오."

장군이 말하자 호군은 사색이 되어 떨리는 손으로 장군의 옷깃을 잡았다.

"용서해주십시오. 평소 술을 하지 않는데 어, 어쩌다 한번 이렇게 되었사오니……"

그러나 장군은 냉혹하게 옷깃을 뿌리쳐버리고 수문청을 나갔다. 절충장군까지 합좌한 중소에서 그 호군을 논죄한 끝에 한 번의 실수이니 용서하자는 말도 나왔다. 그러나 절충장군이 끝내 임금에게 상달해야 한다고 주장하여 상달한 끝에 그 호군은 그날로 파직되었다.

백마를 탄 절충장군이 사흘 동안 번서는 밤에는 언제나 이런 일이 벌어져, 밤마다 야간이 긴장되고 뒤숭숭해졌다. 호군청은 본래 그저 경첨이나 분배해주고 날이 새면 그것이나 회수해 오는 청이었다. 그리고 궁궐문이나 도성문에 번 드는 것이 관례였는데, 이제 도총부는 궁궐 안이나 지키는 뒷전 꼴이 되고 호군청이 모든 야순을 총찰하는 꼴이 되어갔다. 절충장군의 이 무자비한 야순이 어디까지 갈지 알 수가 없었다. 아무리 위급한 병자라도 경첨이 없다면 의원 집이 아니라 여지없이 순청에 가두어 생명이 오락가락하게 되었다. 아이 낳기가 위급한 여자라도 경첨이 없으면 순청에 잡혀와 순청에서 아이를 낳았다. 이제 밤에는 백마장군이 나타나면 울던 아이도 울음을 그친다 할 만큼 귀신보다 더 무서운 존재가 되었다. 도총부에서는 무엇보다 밤마다 잡혀 들어가는 군사들 때문에 골머리를 앓았다. 도총관(都摠管) 황형(黃衡)은 마침내 병조판서 유담년(柳聃年)을 찾아와서 분통을 터뜨렸다.

"그자를 대체 어찌해야 한단 말이오. 이러다간 경중(京中)의 군사가 모조리 하도감으로 끌려가고 말겠소. 그렇잖아도 군사가 달려 애를 먹는데, 무시로 허탄한 일로 끝없이 군사를 잡아내니 어찌 더 견디겠소. 일선에서 군사를 맡은 부장들의 불만도 걷잡을 수가 없소. 자고 나면 제 밑의 군사 몇은 반드시 하도감에 가 있다는 거요. 언젠가는 대정 하나를 잡아내는데, 그 자의 종이 나서서 대정을 끌어내었다 하니, 이건 사사로이 군을 침노하는 것이 아니오. 관원 잡아 가두는 일이야 알 바 아니로되, 군사 침탈하는 이 일을 어찌 막아야 한단 말이오. 그자가 하도 악착같이 경수소를 순찰해서 군사들도 이젠 탈 잡힐 일을 절대 하지 않는데, 이젠 잠시 뒤를 보러 경수소를 비우거나 저희끼리 잠시 장난하며 떠들어도 탈을 잡아낸다는 것이오. 이자를 이대로 두었다가는 도총부가 더 부지를 못하겠소."

"그저 좀 참고 지내시오. 그자가 뭘 노리고 그러는지 나도 짐작을 하고 있소. 하지만 법규를 내세우고 그리 나서는데, 그자와 부딪힌다면 도로 이쪽이 책을 잡히오. 무엇보다 상감의 총애가 있다는 걸 염두에 두오. 상감이 그자의 행적을 두고 거듭 감탄하고 있다는 말을 여러 번 들었소. 그러니 제풀에 꺾일 때까지 그저 가만 내버려두오. 절대 충돌해서는 안 되오. 군사가 모자라면 모자라는 대로 해나가시오. 내가 경외(京外) 군사라도 불러서 뒤를 대리다."

유담년이나 황형은 일찍이 북노(北虜)를 진압하고 삼포(三浦) 왜란을 물리치는 등 공훈이 혁혁한 무장들이건만, 절충장군 진압에는 방도를 내지 못하고 골머리를 썩였던 것이다.

그러나 궁중의 여론은 전혀 절충장군 편이었다. 그저 녹(祿)만 먹고 일없이 지내는 호군청을 뒤흔들어 놓고, 법을 어긴 사람이면 관원이건 누구건 여지없이 법규대로 집행하며, 불철주야 집무에 충실한 절충장군을 궁중에서는 한결같이 찬탄했다. "참으로 기이한 일이다!" 임금은 이 같은 말로 언제나 절충장군을 찬탄했다.

임금은 정승들을 불러 절충장군을 정이품(正二品) 정헌대부(正憲大夫)로 가자(加資)함이 어떠냐고 물었다. 정승들이 그건 너무 이르다고 함에 따라 보검(寶劍)을 하사하기로 했다. 임금이 일부러 그랬겠지만, 삼정승 육판서에 도승지까지 불러 시립한 가운데 절충장군을 어전(御前)으로 불렀다.

사정전 앞에 부복한 절충장군을 향해 임금이 친히 일렀다.

"절충장군 노고를 내 치하하려 한다. 앞으로 가까이 오라."

절충장군이 어전에 가서 부복하자, 임금은 미리 내시가 들고 있던 보검한 자루를 절충장군에게 하사했다.

"경에게 이 보검을 내린다. 이것을 내 얼굴 보듯이 하여 충성을 다하라."

절충장군은 사배(四拜)를 올린 다음 그 보검을 받고는

"성은이 망극하옵니다."

울먹이는 소리를 내었다.

그때 영의정에 올라 있던 송일이 대신들을 대표하여 아뢰었다.

"이 참으로 아름다운 일입니다. 역신을 잡아낸 공도 큰데 또한 스스로 노고하여 충성을 드러내니 이 어찌 아름다운 일이 아니겠습니까."

도승지 이사균도 아뢰었다.

"소신의 미욱한 충성도 절충장군에게는 미치지 못할까 합니다. 이 모두 상의 홍복(洪福)이십니다."

다른 공경(公卿)들도 모두 치하하여 마지않았고, 착잡한 얼굴의 병조판서도 역시 치하한다고 할 수밖에 없었다.

고개 숙여 뒤로 물러나는 절충장군을 향해 임금이 다시 한 번 찬탄했다.

"참으로 기이한 일이다!"

그 일로 하여 절충장군을 제어하려 했던 도총관을 비롯한 다른 장령들은 여지없이 기운이 꺾이고 말았다.

영감의 집에서는 이 경사로 큰 잔치가 벌어졌다. 영감은 잔치까지 할 것 없다고 했으나, 구종들과 엄판도나 정말용이 해야 한다고 떠들어서 바깥사랑과 행랑에 걸쳐 큰 잔치가 벌어졌다. 양근에서까지 원족(遠族)들이 모여들고 해서 사흘에 걸쳐 잔치가 벌어졌는데, 영감은 하사받은 그 보검을 한두 번 구경시켰을 뿐, 안사랑 칼걸이에 높직하게 간직해둔 채 함부로 꺼내 구경시키지 않았다. 원족들은 고향 양근에 하사받은 보검을 기념해 공훈비(功勳碑)까지 세워야 한다고 중구난방 떠들었으나 영감은 그런 헛된 소리에는 현혹되지 않았다. 그의 몸 간수는 그만큼 빈틈이 없었던 것이다. 이 사흘에 걸친 잔치 때도 내당만큼은 조용했으니, 안으서님이 침울한 상태로 있었기 때문이다.

그 잔치가 한창인 때 뜻밖에도 시전의 굴무가 찾아왔다. 번 안 드는 날인 때를 용케도 알고 찾아왔다. 청지기의 통기를 받고 불러들이라 했는데, 안사랑 영창을 열고 내다보고 있자, 굴무가 집 안으로 들어와 마당에 엎드려 절을 올렸다. 패랭이에 중치막 차림이었다. 통기를 한 청지기는 처음 이 집에 왔을 때 인사 올리던 바로 그 나이 든 자로, 사람이 신실해 보여 그냥 청지기로 썼던 것이다.

"천한 몸 굴무가 영감마님께 문안 올립니다."

땅두더지 같은 몸매나 조그맣게 찢어진 눈매는 옛날 그대로였다. 영감은 아무 말 않고 내려다보고만 있는데, 굴무가 다시 찬찬한 어조로 말했다.

"진작 문안 올려야 할 줄은 아오나 전날 지은 죄가 많아 감히 뵈옵지를 못했습니다. 가엾게 여겨 용서하시기 바랍니다."

굴무가 그런 말들을 주워섬기고 있는데, 책실의 정말용이 들어와 대감 가까이 와서 무엇이라 귓속말을 했다. 영감은 의아한 얼굴을 했다가 굴무를 내려다보았다.

"네가 차비 시켜 무슨 물건을 가지고 왔다고?"

"예. 그러합니다."

"무슨 물건을 무슨 까닭으로 가져왔는고?"

"약소하나마 문안 예물로 수달피 가죽 한 죽을 가져왔습니다."

"수달피?"

"앉으시는 안장에 소용될까 하여 특히 그것을 구해보았습니다."

그것은 귀한 물건이었다. 영감은 조금 안색을 고치며 다시 의아한 눈길로 굴무를 내려다보았다.

"그것을 내게 바치는 까닭이 무엇이냐? 네가 까닭 없이 그런 것을 바칠 자가 아니지 않느냐."

"별 까닭은 없습니다. 전날의 죄를 빌고자 할 뿐입니다."

영감은 더욱 의아해하며 정말용에게 그 물건을 가져와 보라고 시켰다. 정말용이 나가더니 물건 걸머진 차비를 데리고 들어와 사랑 대청에다 그 물건을 올려놓게 했다. 영감이 대청 쪽 장지를 열고 내다보자 정말용이 짐을 풀어 영감에게 보였는데, 윤이 흐르는 상등 수달피 가죽이었다. 영감은 매우 흡족하여 고개를 돌려 마당에 꿇어앉은 굴무를 내다보며

"여기 대청에 올라와 앉으라."

하니 공손히 대청에 올라온 굴무는 대청 한 옆에 꿇어앉았다. 영감이 물었다.

"무슨 소청이 있느냐?"

"소청이 무슨 소청이겠습니까. 그저 전날의 죄를 빌 뿐이지요."

"알아듣기 어렵구나. 네가 그런 일로 이런 걸 가져올 자는 아니다. 소청을 말해보라. 들어주기 어려운 것이면 이 물건을 받지 않겠고, 들어줄 만

한 것이면 이 물건을 받겠다. 무엇이냐?"

"자꾸 그렇게 하문하신다면 조그만 소청 하나를 말씀 올립지요. 들어주시든 안 들어주시든 이 하치않은 물건은 여기 두고 가겠습니다. 결단코 도로 가져갈 생각은 없습니다. 아무 다른 것은 아닙니다. 북관 군영에 군노로 박혀 있는 소인의 형을 서울 어느 군영이건 군영의 군노로 불러 주십사 하는 것입니다."

영감은 빙긋 웃음을 지을 뻔했다. 그런 것쯤이야 말 한마디만 던지면 되는 일이었다. 영감은 그러나 얼굴을 찡그리며 생각을 모으는 척을 한참 하다가

"네 형이 실상 거기 유배를 가 있는 것 아니냐?"

굴무는 다시 고개를 숙였다.

"북관이니 유배라 할 수 있습니다. 그러나 서울에서도 군노의 역을 지겠다는 것입니다."

영감은 마지못한 듯 고개를 끄덕였다.

"내 한번 알아보지."

굴무는 대번 엎드려 절을 올렸다.

"황감합니다. 형이 오면 반드시 같이 와서 문안 올리겠습니다."

굴무는 더 두말 않고 대청을 내려가 거기서도 또 한 번 절을 올리고는 차비를 데리고 마당을 나갔다.

굴무가 왔다 간 뒤 영감은 배능금에 대한 생각을 골똘히 했다. 이전에도 그놈을 망쳐주리라 생각을 안 한 것은 아니었으나, 일이 바빠 차일피일 미루었던 것이다. 굴무가 제 소청이긴 해도 귀한 물건까지 갖고 와서 문안 올리고 가고 나서는 배능금을 더 그대로 둘 수 없다는 결심을 굳혔다.

영감은 번을 쉬는 날 병조에 가서 발론을 내었다. 성 안팎 크고 작은 성문은 그런대로 진수가 잘되고 있으나 종묘문(宗廟門)의 수직이 그중 허술하니, 전의 수문장을 도로 불러다 그 자리에 앉혀야 한다는 것이었다. 배능금을 종묘문 수문장으로 불러다 놓고 족치다 종내는 파직을 시킬 참이었다. 이 발론을 낸 지 하루 만에 배능금 봉사가 영감 집에 나타났는데, 사인교에서 내려 대문으로 들어서는 배능금은 괴이한 모습이었다. 어디서 주워들었는지 죄인 자처하는 자의 모습을 흉내 내어, 무명 바지저고리에 얼굴만 내놓고 가슴을 빙 둘러 몸통을 온통 가시나무로 둘러 얽어놓고 있었다.

청지기가 와서 통기하기에 들이라고 했는데, 배능금 봉사는 그 가시 얽은 몸으로 사랑 마당에 꿇어앉았다. 목 근처 몇 군데는 가시에 찔려 피가 배어나고 있었다. 영감은 사랑 영창으로 말갛게 그 모양을 내다보았다.

"소인을 이 자리에서 죽여주십시오."

고개를 숙이며 배능금 봉사는 눈에서 눈물을 떨구었다. 그 꼴이 하도 가관이어서 영감은 사랑을 나와 간편한 피혜(皮鞋)를 신고서 천천히 대석 계단을 내려와 배능금 앞으로 걸어갔다.

"소인은 다만 여기서 죽어나가기를 바랍니다."

고개를 숙인 채 배능금은 또 눈물을 떨구었다.

"너를 종묘문 수문장으로 천거를 했는데, 죽기는 왜 죽는단 말이냐?"

영감이 냉소를 지으며 말했다.

"그러하신 천거도 소인에게는 은혜입니다. 그러나 소인이 영감마님께 지은 죄는 마땅히 사죄(死罪)에 해당되기에 더 살기를 원치 않습니다. 그동안 일찍 와서 죄를 받을까 하였으나, 다만 위엄이 두려워 천연하였으니 이것도 또한 죄입니다."

"너도 명색이 관원이라 너를 죽일 권한이 내게 없는 것이 한이다. 그걸 짐작코 이런 꼴로 술수를 부리며 나를 한번 흔들어보자는 것이나 그렇게는 안 되어. 너와는 종묘문에서 만날 뿐이다."

"종묘문에서 죽느니 오직 여기서 죽기를 바랍니다."

배능금 주위를 천천히 돌던 영감은 갑자기 배능금의 상투를 움켜쥐고 얼굴을 치켜세웠다. 전신에 살기가 어린 영감은 얼굴의 살을 푸들푸들 떨었다.

"이놈, 그때, 네가 왜 나를 찍었지? 네 도둑질에 제일 고생한 나를 왜 찍었지?"

배능금은 막판에 다달아 시원히 사실대로 토설했다.

"소인의 일을 제일 잘 알아 아예 입막음을 하려 했던 것입니다."

영감은 부들부들 떨리는 손으로 배능금의 뺨을 마구 후려쳤다.

"이 흉악한 놈. 옛날 반정 때 피 덮어쓴 것이 네 군공이었더냐?"

배능금은 눈을 감은 채 숨을 헐떡이며 그것도 시원하게 말했다.

"소인의 군공이 아니었습니다. 도망치려다 다만 우연히 피를 썼을 뿐입니다."

영감은 또다시 뺨을 갈기고는 상투를 놓아버렸다. 서서히 흥분을 가라앉히며 영감은 다시 차분히 말했다.

"돌아가라. 종묘문에서 만나자."

배능금의 눈에서는 다시 눈물이 흘러내리기 시작했다.

"죽이지 않으신다면 차라리 영감마님 아래서 종노릇이라도 하겠습니다. 어떤 벌을 내리셔도 달게 받겠사오니 그 분부만은 거두어주십시오."

"거룩한 종묘문을 이리 욕되게 하는 것이냐? 이 흉악한 놈, 네 끝까지 군자창에 남아 도둑질을 하겠다는 것이냐?"

"아니, 절대로 아닙니다. 다른 데로는 어디라도 가겠습니다. 다만 거기만은……."

"거기만은 어쨌다는 거냐."

"거기 오실 영감마님 위엄이 두려워 그러합니다. 소인을 그만 여기서 죽여주십시오."

다시 천천히 배능금의 주위를 걷던 영감은 문득 발걸음을 멈추었다. 그러고는 무슨 헛것을 본 것처럼 문득 허공을 주시했다. 그러다가 다시 배능금을 보다가 또 문득 허공을 주시하곤 했다. 영감은 그때부터 골똘히 무슨 생각에 잠겨 마당을 오락가락 걸어 다녔고, 마침내 석대에 가 앉아 빤히 배능금을 바라보았다.

그러다가 영감은 설렁줄을 흔들어 청지기를 불렀다. 청지기에 종 둘을 데려와 배능금의 몸에 감긴 가시나무를 떼어내라고 시켰다. 종들이 와서 가시나무를 떼어낼 때

"조심해서 걷어내!"

영감은 그런 영까지 내렸다. 영감은 어리둥절해 있는 배능금을 향해

"내일 저녁 무렵 다시 오너라. 저런 가시 같은 것은 두르지 말고 관복 채로 오너라. 얘기가 좀 있어."

다음 날 저녁 배능금이 도무지 의혹스럽기만 한 얼굴로 왔는데, 영감이 사랑 대청까지 나와 다정히 배능금의 손길을 잡고 사랑방으로 이끌었다. 방에는 조촐한 술상까지 차려져 있었다. 청을 불러 술까지 치게 하여 배능금은 더욱 풀 길 없는 의혹에 빠져버렸다. 술이 두어 순배 돌고 나

자 영감은 청을을 나가게 하고는 다정하고 나지막한 소리로 말했다.

"신수린의 딸이 아직 정혼(定婚)하지 않았다지?"

영감의 입에서 그런 소리가 나오자 배능금은 잠시 어리둥절했다가 이내 사태를 눈치채고는 눈을 빛내며 고개를 끄덕였다.

"아직 정혼치 않았습니다. 청혼 들어오는 데는 많은 것 같습니다만……."

"올해 몇 살인가?"

"열일곱입니다."

영감은 언제부터인가 그 어릴 적 선녀 하강이라던 그 신수린의 딸을 숙부인으로 앉힐 소망을 품고 있었다. 배능금 같은 자도 한미한 집안이라고는 하나 양반의 집 딸을 처로 맞았는데, 자신은 그 정도 명문 집 딸을 맞아야 할 것 아니냐는 생각이었다. 청혼의 길을 찾지 못하다가 어제 문득 그 일에 배능금을 떠올렸던 것이다.

영감은 술 한 잔을 쭉 들이켜고 난 다음 배능금의 잔에도 술을 따랐는데, 배능금은 황송하여 몸을 바로잡으며 두 손으로 잔을 받쳐 들었다.

"요즘도 신수린의 집에 자주 내왕하는가?"

배능금은 이제는 얼굴에 화기가 돌아 선선히 말했다.

"여전합니다. 예나 지금이나 다름없이 내왕합니다."

영감은 가만히 한숨을 내쉬며 말했다.

"이 집에 숙부인 자리가 비어 있네. 자네가 신수린의 딸을 이 집의 숙부인으로 앉힐 수가 있을는지."

배능금은 거침없이 대답했다.

"해보겠습니다. 그러고 보니 이 일을 맡을 자는 바로 소인입니다. 분골하여 해보겠습니다. 그 집이 비록 누대 명문이라지만 지금의 영감마님께 비할 수야 있겠습니까."

영감은 매우 들떠 배능금을 좀 더 가까이 오라 손짓하여 열에 뜬 소리로 말했다.

"만일 자네가 이 일을 성사시키면 내 어떻게 하든 자네를 군자창 구임관(久任官)인 주부(主簿) 자리로 이끌어줌세. 그뿐인가. 나와 더불어 얼마든지 좋은 일이 있지."

배능금은 그 자리에서 몸을 일으켜 영감에게 절을 올렸다.

"소관의 실정이 실은 지금 언제 이 자리에서 떨려날지 전전긍긍하고 있는 처지입니다. 구임관인 주부만 되면 탄탄히 앉아 만사 걱정을 다 잊게 되지요. 제발 주부 자리만 앉게 해주십시오. 무엇이건 분골쇄신하여 해올리겠습니다. 그 뒤는 오직 영감마님의 은혜에 달렸을 뿐이지요."

"이 혼사만 이루어지면 구임관뿐 아니라 자네는 나의 백년 은인일세."

"반드시 이루어내겠습니다. 할 수 있는 길이 내다보입니다. 신수린이 본래 무골충이라 어거지로 공신을 따고도 언제나 판관 자리에만 있는데, 영감마님의 일을 소문으로만 듣고도 거저 입을 딱딱 벌리며 놀라워하고 있습니다. 정이품 정헌대부에 오르실 뻔했다는 소문에도 놀라워했지만, 영감마님의 보검 하사받으신 일을 갖고도 소관과 말을 나눈 적이 있습니다. 신수린의 말이, 아무리 우리네 관아에서 차비노를 했다 하더라도 본래 정기를 타고난 인물이라고 찬탄하는 소리를 여러 번 했습니다."

영감은 얼굴이 상기되며

"신수린이 그러던가?"

"예. 소관은 그때는 영감마님 두렵기만 해서 일부러 영감마님 깎아내리느라 뭐 그렇겠느냐고 해살을 놓았으나, 신수린은 고개를 흔들며 여전 정기를 타고난 인물이라 했습니다.”

영감은 금세 일어나 환도걸이 제일 위에 높직이 모셔놓은, 하사 받은 보검을 떼어내어 배능금에게 보였다. 보검을 받아들고 구경하는 배능금의 눈이 황홀해졌다. 칼의 손잡이는 금(金)과 옥(玉)으로 용(龍)무늬를 장식했고, 칼집은 어피(魚皮)로 싸 주홍칠(朱紅漆)을 했으며, 어피 속은 백은(白銀)으로 장식했다. 홍조수아(紅條垂兒)를 드리우고 녹피(鹿皮)의 띠를 달았다.

배능금이 칼을 뽑아보아도 되느냐는 눈길을 영감에게 보내자, 영감은 상기한 얼굴로 고개를 끄덕였다. 배능금이 칼을 뽑자 칼날에서 예리하게 번쩍이는 광채가 났다. 둘이 같이 황홀한 미소를 지으며 마주 보았는데, 그 마주 보는 둘의 미소 속에 불현듯 일찍이 없었던 우정이 잔잔히 피어오르고 있었다.

칼을 칼집에 꽂고 영감이 보검을 도로 칼걸이에 올려놓자, 배능금은 흥분한 소리를 내었다.

“혼사 이루어지는 건 염려 마십시오. 소관이 맹세코 해내겠습니다.”

“그런데 말일세. 아직은 이 혼사 말 꺼내지 말게. 우선 집안 정리부터 해놓아야 하니 말일세. 그동안은 신수린네 동정이나 잘 살피게. 이놈의 집안이 아직도 두통거리라서…….”

“감정이 집에 있습니까?”

“그렇네…….”

“아니, 그럼 감히 숙부인 되겠다구 눈을 밝히구 있단 말인가요?”

영감은 한숨을 내쉬었다.

“아마 그런 모양일세. 당자하고는 아직 상면도 않았지만, 모양새가 그런가 보네.”

배능금은 코웃음을 쳤다.

"말도 안 될 소릴……. 여종이 숙부인 됐다는 말은 아직 들어본 적이 없습니다. 영감마님이야 국가에 대공을 세우셨지만, 그렇다고 같이 살던 비자도 당상에 오른답니까? 만일 영감마님이 소문대로 정헌대부에 올라 대감이 되신다면 저도 그럼 정부인이 되겠군요. 말도 아닌……."

"옳은 말일세만, 성정승댁 정경부인이 감정의 종 문서 내주며 외명부 고신을 기다린다 했으니, 그 말이 그 말 아닌가."

"애초에 왜 집에 불러왔습니까?"

이제는 완전히 영감의 막료가 된 배능금이 개탄하자, 영감도 자탄했다.

"처음에는 모르고……. 그냥 말동네서 아웅다웅 살던 기분만으로 사람을 보내 불러들였는데, 일이 이렇게 난감해질 줄은 몰랐지."

"장례원에 성적(成籍)은 되어 있습니까?"

"안 돼 있어. 아이라도 생겼다면 성적이 되었겠지만, 아이가 없어 아직 성적이 안 돼 있어."

"그렇다면 더 말할 것도 없습니다. 그 때문에 머리 썩힐 것도 없습니다."

"그래서 말일세, 내 이제 감정에게 첩으로 나가 살면 어떻겠느냐고 할 참인데……."

"그것 됐군요. 조그만 집 하나 내주고……."

"조그만 집이 아니라 제대로 된 집에다 원하는 건 뭐든 내줄 참이야."

"복 터졌군. 그냥 내쫓아도 그만일 텐데 제대로 된 집에다 원하는 거 뭐든 갖게 된다면, 그런 호강이 어디 있습니까. 영감마님 마음 너무 헤프신 것 아닙니까?"

330

"그간 살던 정리두 있구 하니……. 대충 이러면 될 텐데 다만 정경부인이 감정의 뒤에 도사리고 있어 그게 좀 마음에 걸린다네."

본래 정경부인의 미움을 샀던 배능금은 콧방귀를 뀌었다.

"정승 있을 때나 정경부인이지, 정승 없는 집 정경부인이 무엇을 한다는 겁니까. 공연한 염려를 하고 있습니다."

"그 정경부인이 유별나서 아직도 전의 문객들이 드나들고 있다니 말일세."

"모두 하치않은 몇몇 젊은 조관 나부랭이들입니다. 절조를 지킨다고 더러 문안을 간다는 말은 들었으나 전혀 무세(無勢)한 무리들입니다."

"잘 알았네, 오늘부터 자네는 내 모사(謀士)일세. 우리 이제 영욕(榮辱)을 같이 함세. 집에 이런저런 떨거지들이 와 있으나, 힘꼴이나 쓰는 놈 말고는 아무 쓸모없는 것들이어. 이제부터는 그러세. 지난일은 다 접어두고 자네가 날 저버리지 않는 한 내 결코 자네를 저버리지 않을라네."

배능금은 감격하여 고개를 숙였다.

"소관도 그렇습니다. 영감마님이 소관을 저버리지 않는 한 소관도 결코 영감마님을 저버리지 않을 것입니다."

배능금을 수하로 얻어 영감은 매우 흐뭇해했는데, 그 뒤 또 하나 믿을 만한 수하를 얻게 되었다. 그것은 영감이 낙마 사고를 당한 뒤의 일이었다. 영감은 어느 날 야순을 돌다 잘못 낙마하여 다리를 다치는 일이 생겼는데, 이 일로 인하여 여러 가지 일이 벌어졌다.

정말용과 엄판도 등은 영감을 잘못 모신 구종들을 엄벌해야 한다고 했고, 마침 장토에서 집에 와 있던 양태봉도 맹갑과 친구 사이이기는 해도 구종들 다스리는 일은 그냥 넘어갈 수 없는 일이라 주장했다. 모두 영감에게 충성을 바치기 위해 하는 말들이었다. 특히 청지기는, 맹갑이 전에 집에 있던 열여덟 살짜리 그 두루뭉술한 여종 막실(莫實)을 겁탈하려 한 일도 있으니, 아무리 영감마님께 충성 깊은 구종이라 할지라도 이참에 엄벌을 내려야 한다고 주장했다. 정말용은 마구 일에 서툰 두 마구간지기까지 이참에 갈아치워 아주 장토의 종으로 쫓고 장토의 종들 중에서 새로 마구간지기를 가려 와야 한다고 주장했다. 그때쯤 장토는 모두 평정이 되어 장토 작인들은 모두 영감의 가노(家奴)가 되어 있었다.

크게 다치지는 않았으나 그래도 안사랑에 누워 치료를 받고 있던 영감은 그들의 주장을 모두 물리치고 대사령(大赦令) 같은 것을 반포했다. 앞으로 들어올 숙부인에게 크게 위세를 보이자는 뜻이 깔려 있는 조처였다.

"낙마한 것은 내가 서툰 탓도 있었다. 그것보다 집에 짝 없이 지내는 모든 종들에게 짝을 하나씩 지어주고, 온 집에 빈방이 없도록 사람을 채워라. 장토에서 사내종도 여럿 데려오고 기집종들도 여럿 끌고 오너라. 장토에서 고생한 양태봉은 별서에 첩을 하나 두어도 좋다."

참으로 대사령이었다. 벌이 아니라 도로 상급을 내린 셈이었다. 늘 마음에 두고 있던 막실을 배필로 얻은 맹갑은 하늘을 다 얻은 듯 기뻐 어쩔 줄을 모르고, 다른 구종들도 벌어진 입들을 다물 줄 몰랐다. 양태봉은 신바람이 나서 장토를 오락가락했고, 그리하여 그렇게 넓던 안팎 줄행랑이 다 꽉 차게 되었다. 데려온 여종 중에 조금 곱다 싶은 것은 영감이 으레 한두 번 건드려보고 내어줄 수도 있으나, 그 선녀 하강이라는 신수린의 딸만 생각하느라 그런 비린 짓도 하지 않았다.

영감이 이렇게 누워 있을 동안, 굴무가 복관에서 풀려온 저의 형과 함께 와서 마당에서 같이 절을 올렸다. 영감은 아픈 다리를 끌고 몸을 일으켜 영창을 열고 둘을 내다보았다. 굴무의 형이란 자는 몸만 굴무보다 조금 컸지 굴무와 꼭 닮은 꼴이었다.

굴무 형제를 안사랑으로 인도해 온 것은 정말용이었는데, 석대에 올라와 섰던 정말용이 영감에게 진언했다.

"북관에서 하도 고생을 많이 해서 몸이 말이 아닙니다. 다시 군노로 박기보다 대신 신포(身布)를 내며 쉬게 해주시면 좋지 않을까요?"

영감은 정말용을 노려보며 말했다.

"그런 건 내가 관아에 나간 뒤 알아보고 할 일이다."

굴무의 일이라면 언제나 정말용이 나서서 이것저것 챙기는 꼴이 어느새 굴무와 붙어서 무슨 짝짜꿍이 된 모양이었다. 굴무 형제는 은혜를 사례한다며 거듭 절을 올리고 나갔으나, 영감은 그때부터 정말용을 신용하기 어려운 놈이라고 치부했다.

영감이 기동을 해서 일어나게 된 날에는 모두들 기동하게 된 것을 하례했다. 여럿이 이구동성으로 이제 또 군막이나 성문마다 백마가 나타나서 위엄을 떨치게 될 것이라고 떠들었다. 그럴 때였다. 문객 중의 하나인 체수 작은 자가 한쪽 구석에서 조용히 말했다.

"이제는 그 야순을 하시어서는 안 됩니다."

모두들 그를 돌아보았고, 영감도 그 무엄한 소리를 하는 자를 돌아보았다. 그는 무과(武科)에 올랐으나 사십이 가깝도록 하료로만 떠돌아 훈련원 봉사를 끝으로 퇴관해 있는 사람인데, 정말용의 연줄로 이 집에 드나들고 있었다. 정말용의 처의 열한 촌 숙항이 된다 했고, 이름은 우치형(禹致亨)이라 했는데, 영감으로서 보면 남이나 마찬가지였다.

"그게 무슨 소리요."

정말용이 타박했다. 저의 연줄로 드나드는 사람이긴 하나 정말용도 그를 신통찮게 보고 있는 터였다. 우치형이 말했다.

"이런 말엽(末葉)의 충(忠)은 일시 성심(聖心)을 움직여드렸다 하더라도 오래 계속되면 종당에는 의혹을 사게 됩니다."

영감은 얼굴이 벌겋게 달아오르도록 무안을 당해 우치형을 노려보았다.

"그리 똑똑한 자네는 왜 반평생을 말품(末品)으로 떠돌아 다녔는고?"

영감이 씹어뱉듯 말했다. 영감의 그 소리가 대단한 재치라도 된다는 듯 방 안의 사람들은 일제히 와자하니 웃음을 터트렸다. 방 안에 웃음이 낭자하자 체수 작은 우치형은 얼굴을 붉히며 더 말을 못했다. 본래가 약골이라 무변으로는 어울리지 않는 사람 같았다.

"말엽의 충이라고?"

생각만 해도 심한 모욕의 말이라 영감은 분기 어린 어조로 그 소리를 되씹었다.

"다시 말해봐. 말엽의 충이 무슨 말인고?"

영감이 눈을 부라리며 다그치자, 우치형은 매우 질린 듯했으나 마음을 진정하며 차분히 말했다.

"그 야순은 실로 모든 장령들에 모범을 보인 것입니다. 그러나 이제는 더 크신 일을 하셔야 된다는 말씀입니다. 일에는 진퇴(進退)가 있어야 하며, 그칠 때 그치지 않으면 그 일이 종당에는 빛을 잃고 만다는 말씀입니다. 이제는 호군청에 좌정하시어 호군들이나 부리시고 도총부의 과오가 있으면 그것을 쟁론하시는 큰 정치를 하셔야 합니다. 언제나 말 몰고 골목골목 누비고 다니시는 이런 말엽의 일은 여기서 그치셔야 한다는 말씀입니다."

간신히 해내는 말이나 우치형의 그 조리 있는 말에 영감도 말문이 막혔고, 방 안의 다른 사람들도 다 할 말을 잃었다.

영감은 그날 저녁 역시 여느 때나 마찬가지로 야순을 돌았으나, 우치형의 그 직언이 가슴을 무겁게 눌러 활기를 잃었다. 그저 내내 분통만 끓었다. 우치형 그놈을 그저 박살을 내놓고만 싶었다. 늘 아부꾼들에게만 둘러싸여 있었던 영감으로서는 처음으로 직언이 주는 쓴맛을 이겨내지 못해 속을 끓였다. 그 쓴맛을 사흘 동안이나 곱씹다가 마침내 스스로 지고 말았다.

그 직언을 하고 난 뒤 우치형은 발걸음하지 않는데, 마침내 나흘 뒤 영감은 정말용을 시켜 우치형을 불러오라 일렀다.

우치형이 와서 영감 앞에 공손히 공수하고 앉자, 영감은 그의 작은 체수와 기가 약한 것이 도리어 만만하여 무척 마음에 들었다.

"그동안 왜 오지 않았는가."

영감이 묻자, 우치형은 얼굴을 붉히며 말했다.

"몸도 좀 좋지 않고 해서……."

영감이 잠잠히 그를 바라보고 있다가 문득 정다운 소리로 말했다.

"자네 오위(五衛)의 부장(部長)이 되면 어떤가."

우치형은 놀라 눈이 둥그레지며 입을 벌리고 영감을 바라보았다.

"부장이라니요? ……."

영감은 나지막이 웃음소리를 내었다.

"일선에서 군사 부리는 오위의 부장 말일세."

"소인이 어, 어찌 그리 되올 수가……."

영감은 이 만만하고 제법 분별도 있어 보이는 자를 수하로 삼아 오위에 박아두자는 속셈이었다. 오위의 부장이면 종육품(從六品)으로 실제 일선에서 군사를 거느리는 오위의 요직이었다.

영감이 쉽사리 말했다.

"내가 대충 길을 아네. 복관하여 잠시 부사정(副司正)을 하다가 부장으로 가면 돼. 내 내일 병판에게 들이댈 참이어."

"너무나 황감하신 말씀을……. 그러나 소인이 감히 그 소임을 감당하올지……."

"길이 없어 말품으로 떠돈 것을 잘 알고 있네. 자네는 이제 내 부장일세."

"그, 그렇게만 된다면 모든 견마지로를 다해 올리겠습니다."

그 뒤 그 일로 해서 도총관은 또 병조판서를 찾아가 분통을 터뜨리게 되었고, 병판은 또 도총관을 달래게 되었다. 병판이 말했다.

"그자가 오위의 당상관으로 당상관의 권한에 따라 천거를 해 올린다는데 어쩌겠소. 오위의 부장에 제 사람을 박아두자는 모양이나 그만 참고 넘어갑시다. 우치형 그자는 내가 옛날 데리고 있은 적도 있으나, 사람이 결단력이 부족하고 약골이긴 해도 별달리 일을 그르칠 자는 아니오. 그냥 참고 넘어갑시다."

우치형이 몇 단계를 거쳐 마침내 오위의 부장이 되자 분통을 터뜨린 것은 엄판도였다. 사돈의 팔촌도 안 되는 자를 벼락감투 씌우면서, 학식 높은 사촌은 벼슬을 안 시킨다고 엄판도뿐 아니라 저의 어미인 유곡댁까지 영감을 원망했다. 그러나 영감은 들은 척도 하지 않았다. 엄판도가 바라는 것은 음사로 고을 수령을 얻어 하려는 것이라, 영감이 외면을 할 만도 했다. 경아전 되기를 바라는 정말용은, 그 쉬운 것 영감이 마음만 먹으면 되는데 안 시켜준다고 푸념을 해대었다.

"먹지도 못하는 제사에 절만 죽도록 한다."

출처(出妻)

어느 날, 날을 가려 영감은 유곡댁을 불러 조용히 일렀다.

"내당에 가서 잘 말해주시오. 얼마 있으면 숙부인 될 사람이 들어오게 될 터이니 첩으로 나가 있으라고 말이오. 크고 좋은 집을 따로 사서 거기에 원하는 건 무엇이든 가져가고 사내종, 기집종 가릴 것 없이 제가 원하는 대로 데리고 가라고 말이오. 원하는 건 뭣이든 다 해준다고."

유곡댁은 차마 입을 떼지 못했다.

"나도 너무 가슴 아픈 일이오. 허나 내가 조정에서 더 크게 서려면 명문의 집과 혼사가 되지 않으면 안 된단 말이오. 저를 미워해서가 아니라 내처지 때문에 그럴 수밖에 없게 되었단 말이오."

유곡댁은 꺼지는 한숨을 내쉬며 일어나 내당으로 들어갔는데, 얼마 후 유곡댁이 굳은 얼굴로 돌아와 영감에게 말했다.

"영감이 와서 말하라구 하네. 딴사람은 필요 없고 영감이 와서 말하라구."

영감은 위엄을 차리느라 청색 도포 입고 거기에 당상관의 홍색 술띠 늘이고 그리고 정자관(程子冠)을 점잖게 썼다. 그러고는 내당으로 들어갔다.

내당의 안방은 문이 닫힌 채였는데, 영감은 밖에서 두어 번 기침 소리를 내고는 문을 열고 들어갔다. 흰 무명 치마저고리 차림인 감정은 벽을 향해 앉았다가 영감이 들어가자 부스스 반쯤 돌아앉았다. 그동안 거의 햇빛을 보지 않아 그런지 죄수 모양 얼굴이 희부옇게 말라 있었다.

영감은 조금 떨어져 도포를 펼치고 양반다리로 앉아서는 또 두어 번 잔기침 소리를 내었다. 감정은 방바닥으로 눈을 주고 있어 그 옆얼굴만 영감의 눈에 비쳤다. 영감이 얼른 입을 못 열고 헛기침만 하고 있자, 감정이 방바닥으로 눈을 준 채 나지막이 입을 열었다.

"나한테 무슨 말을 전하라고 했나요?"

영감은 또 한 번 헛기침을 한 다음 매우 사정하는 어조로 말했다.

"내 사정이 그리 됐어. 아무 딴것도 아니고 내 사정 때문에 그래. 이렇게 조정 높은 자리에 앉는 바람에 말동네에서처럼 그렇게는 살림살이를 못하게 돼서 그래. 아무 딴것두 아니어. 내 처지를 좀 생각해달라는 거여."

감정이 몸을 틀어 영감을 똑바로 바라보았다.

"그래서 어쩌자는 건가요?"

얼굴을 정면으로 대하자 영감이 좀 켕기는 듯 눈길을 얼핏 피했다가 간신히 말했다.

"임자가 잠시 좀 딴살림을 나가 있어 달라는 거여. 내가 따로 좋은 집을 마련해서 원하는 건 무엇이든 해줄 테니 좀 딴살림을 나가 있어 달라는 거여."

"딴살림이 어떤 살림인가요?"

"따로 집을 크게 장만해줄 테여. 무엇이건 원하는 대루 가져가고, 어떤 종이든 종도 마음대로 가져가라구."

"부부가 한 집에 안 살고 왜 딴살림을 차려요?"

"내 사정이 그리 되었다고 하지 않나, 내 사정이."

"사정이 어떤 사정인가요?"

"내가 당하관 부스러기도 아니고 당상관이어, 당상관. 이러니 이런 사정을 좀 봐달라는 거 아니어."

"나는 그래요. 부부가 거지가 되면 같이 거지가 되고, 당상관이 되면 같이 당상관이 되고, 정승이 되면 같이 정승이 된다구 봐요."

영감은 충격을 받아 잠시 멍해 있다가

"지금 뭐라고 그랬어?"

허공에 뜬 소리를 내었다. 감정의 눈길이 빛나며 나지막하나마 야무진 소리로 말했다.

"당신이 당상관이 됐으니 나는 숙부인이 되기로 하고 있어요. 살림을 얼마나 많이 내주고 종을 얼마나 많이 내줘도 다 싫고 다만 숙부인을 하겠어요."

정신을 놓고 있던 영감은 마침내 벌겋게 열이 오르기 시작했다.

"숙부인?"

영감이 벌겋게 열이 오르는 만큼 감정은 더욱 싸늘한 얼굴이 되었다.

"그래 숙부인!"

영감은 숨을 헐떡이기 시작했다.

"숙부인이 개똥밭에 굴러다니는 똥 덩어리여? 종이 숙부인 된 일은 고금에도 없어!"

"종이 당상관 된 일두 고금에 없다가 당상관 하나가 생겼으니, 고금에 없던 숙부인 하나두 생길 법하지."

"아니, 이년이? 이년이 지금 억탈을 부리겠다는 거여?"

마침내 영감의 입에서 년 자가 나오기 시작했는데, 감정의 그 싸늘한 기색은 흐트러짐이 없었다.

"숙부인 되기 전에는 여기서 한 발짝도 움직일 수 없어!"

"아니, 이년이 종당에 주먹질을 당하겠다는 거여?"

영감이 흥분하여 벌떡 일어서며 달려들어 감정의 머리채를 움켜쥐고 끌었다. 그 순간 마치 막혔던 불길이 확 퍼져 오르듯, 감정이 별안간 튀어 일어서며 영감의 정자관을 쳐버리고 상투를 움켜쥐었다. 타오르는 불길이 되어버린 감정이 도로 영감을 끌어 엎치려는데, 둘이 마주 잡은 채 화각 삼층장을 받으며 같이 방바닥에 넘어졌다. 그 서슬에 삼층장의 윗단이 미끄러지며 아래로 굴러떨어져, 장 속의 은기(銀器)며 비녀며 노리개며 은장도며 갖가지 물건이 쏟아져 흩어졌다.

처음 둘의 말소리가 안방에서 났을 때, 그때 벌써 감정의 몸종 계집아이는 정승댁을 향해 뛰었고, 둘의 몸싸움 소리가 요란할 때는 내당의 여종들이 모두 마당에 몰려 나왔고, 유곡댁은 내당 마루에서 어쩔 줄 모르고 허둥대었다.

영감은 단번에 주먹질로 요정을 내려 했으나, 돌연 사나운 삵과 같이 변해버린 감정에게 불시에 밀리는 형세가 되었다. 영감의 머리나 감정의 머리나 다 풀려 얼굴 위에 엉킨 채 방바닥에 뒹구는데, 같이 잡고 일어섰던 영감이 그 삭과 같은 감정에게 밀려 아자(亞字) 문살을 와지끈 부수며 부서진 문살과 함께 대청으로 나자빠졌다. 영감이 도포를 벗어버리고 다시 그 부서진 문으로 해서 뛰어들었는데, 그때 감정은 은장도를 빼어 들고 있었다.

"이년이?"

영감은 그것까지 휘두르리라고는 생각을 않고 덤볐는데, 그 순간 감정은 거침없이 은장도로 영감의 가슴을 찔렀다.

"아악! ······."

영감은 비명을 지르며 부서진 문으로 해서 가슴을 잡고 밖으로 튀어나왔는데, 가슴에서 줄줄 피가 흘러내렸다.

"이, 이년을 잡아라!"

영감이 가슴을 쥔 채 소리쳤고, 그때 연달아 튀어나온 감정이 다시 뒤에서 은장도로 영감의 등을 찔렀다. 영감은 대청에서 석대로 굴러떨어졌다.

그제야 여종들이 우르르 몰려들어 감정을 전후좌우에서 잡고 늘어졌는데, 감정은 여종들을 뿌리치며 은장도를 쥔 채 연해 영감에게로 뛰어들려고 몸부림을 쳤다. 바깥 사내종들이 그제야 뛰어들어 전신에 피 칠을 한 채 석대에 넘어져 허우적거리는 영감을 받쳐 들고 사랑채로 나갔다.

"아이구······ 바, 바루 야차여! 살인도 서슴지 않는 바, 바루 야차여! ······."

유곡댁은 와들와들 떨리는 소리로 감정을 향해 소리치다, 사랑채로 들려 나가는 영감을 따라 나갔다.

감정이 대청 끝에 주저앉아 버리자, 그제야 여종들이 감정을 놓아주고 사방으로 비켜섰다. 모두 공포에 질린 얼굴들로 누구 하나 입을 떼지 못했다.

"물 한 사발 갖다 주우."

감정이 아직도 숨을 헐떡이며 그 소리를 내자, 여종 하나가 물 한 사발을 떠다가 감정의 옆에 놓고는 얼른 몸을 피했다. 그때서야 감정은 피 묻은 은장도를 옆에 놓고 물을 들이켜고는 귀신같이 풀어진 머리칼을 주섬주섬 거둬 올렸다.

그럴 때 몸종 계집아이와 함께 문산댁이 뛰어들어 왔다. 감정은 문산댁을 못 본 척할 뿐인데, 문산댁이 넋 나간 사람처럼 감정에게 다가섰다.

"정말이냐? 들어오며 들으니 영감을 칼로 찔렀다는데 정말이냐?"

옆에 놓인 피 묻은 은장도를 보고는 문산댁은 흠칫 비켜서며 기가 질려 버렸다.

"어쩌자고…… 아니, 이것저것 다 소용 없다는 것이냐?"

감정이 조그만 소리로 중얼거렸다.

"죽이려 했는데 못 죽였어……."

문산댁은 더욱 기가 질렸다. 문산댁은 그제야 구석구석 몰려 선 여종들을 향해

"보구 있지 말고 다들 가요."

하여서 여종들은 제가끔 흩어졌다. 문산댁은 더욱 애가 닳아했다.

"정신 나갔니? 죽을지 살지 몰라. 의원을 부르고 야단이더라."

"죽으면 정말 제대루 됐지. 나두 아주 마음 편히 법사(法司)루 가구."

그때 유곡댁이 내당 마당으로 들어서며 문산댁을 향해 소리쳤다.

"이런 일두 있수? 세상 천지에 이런 일두?"

문산댁은 어쩔 줄 몰라 하며 유곡댁에게 황송하게 말했다.

"일시, 일시 정신이 나갔던가 봐요. 오죽 구박했으면 그런 일이 다 났겠어요."

"구박? 영감은 그냥 이야기나 해보자구. 그런데 살인하려 하지 않았수. 살인을. 아이구 세상에 이런 짓을 할 줄이야……. 이런 독종인 줄은 꿈에도 모르구……. 종년은 다 행투가 있다더니 바루 그 말 그대루여."

감정이 유곡댁을 돌아보았다.

"종년의 행투를 인제야 알았수? 종년의 행투 걱정 말고 가서 자기 걱정이나 해요. 여기 붙어 벼슬 해보겠단 사람이 더 걱정이우. 가서 그 걱정이나 하우."

유곡댁은 질린 얼굴로 감정을 보고 있다가 그냥 허둥지둥 마당을 나가버렸다.

그날 저녁은 문산댁도 가지 않고 내당 안방에서 감정과 같이 자게 되었다. 그렇게 무섭게만 보이던 감정이 잠자리에 들기 전 갑자기 방바닥에 엎어지며 울음을 쏟아놓았다. 숨 막히게 터져 나오는 비통한 울음이었다. 문산댁이 자꾸 달래었으나, 감정은 저 자신을 갈래갈래 찢어놓는 듯 넋두리를 쏟아놓으며 울어대었다.

"이렇게 될 것을 나는 옛날에 알고 있었어. 잘못 만났다는 것은 옛날에 알고 있었어. 내 곡한 성미 짚으신 정경부인 말씀 그대루여. 내 팔자는 본래 이렇게 되기루 돼 있었어. 본래 이렇게……."

그런 푸념을 늘어놓으며 통한의 울음을 오래 울던 감정은 나중 기진하여 잠이 들었다.

의원이 와서 치료하고는 영감이 생명까지는 위독하지 않다고 했으나, 안사랑에서는 여럿이 모여 밤늦도록 감정에 대한 처치 문제로 많은 의논이 오갔다.

　잡아다 집에서 죽도록 치도곤을 안기고 쫓든가, 살변(殺變) 내려 한 죄로 법사에 넘기든가 무슨 처치를 해야 한다고 이구동성으로 말했으나, 영감은 모든 말을 다 물리쳤다.

　"절대 아무것두 하지 말어. 절대 아무 소문도 안 나게 해두어. 절대루."

　집에서 일 벌이면 감정의 지금 그 행투로는 더 흉악한 변이 일어날 것이 틀림없고, 법사에 넘겨 오락가락하며 이 추한 소문이 돌면 자신에게 이로울 게 하나도 없다는 생각이었다.

　다음 날 아침 감정은 안사랑 마당에 들어서서 또렷한 소리로 외쳤다.

　"소원대루 나가줄 테니 법사에 넘길 일 있으면 언제든지 말동네루 와요. 내 거기 있을 것이니. 남 죽이고 뺏은 이 집 물건은 하두 피 냄새가 나서 나는 하나도 가질 마음이 없어. 만일 죽는다면 내 웃으며 스스로 법사로 갈 테구."

　그러고는 그대로 감정은 집을 나갔다. 문산댁이 뒤따르며 한사코 정승댁으로 가자고 했으나, 감정은 듣지 않고 말동네 제 집을 향해 갔다. 몸종 계집아이라도 데리고 가 있으라 했으나, 그것도 한사코 뿌리치고 다만 혼자서 갔다. 그날 문산댁이 다시 정경부인의 하명을 받고 말동네로 갔다. 정경부인이 감정을 숙부인으로 예우하며 같이 지낼 것이니 정승댁으로 오라 전언했으나, 감정은 무슨 낯으로 정경부인을 보겠느냐며 결단코 응하지 않았다.

　영감은 감정이 그토록 선선히 나간 것을 시원해했다. 칼 맞은 상처 아픈 것도 잊을 만큼 시원해했다.

　관아에는 낙마했다 말하고 수유를 내어 오래 드러누워 있었다. 호군청이나 도총부의 일은 오위 부장 우치형을 통해 날마다 전해 듣고 있었다. 호군청은 절충장군 낙마하여 오래 병석에 누워 있는 것을 모두 기뻐하며 전날처럼 또 나태해 있는 모양이었다. 영감은 일어나 나가게 되면 된통 호군청을 뒤엎어 놓으리라 마음먹고 있었다.

어찌 됐거나 감정이 속 시원히 집 나간 것을 치하하고, 이제 서서히 혼사 일에 착수해야겠다고 생각했다. 배능금은 영감의 집에서 우치형과도 서로 보아 인사를 나누었다. 이때 배능금 봉사는, 그 퇴관해 있던 하품 무변을 영감이 작심하자 대번 부사정 거쳐 부장에 올려놓는 것을 보고 영감의 위력을 더욱 실감했다.

영감이 그렇게 오래 드러누워 있을 때인데, 하루는 땅굴의 개도치가 찾아왔다. 개도치는 영감이 누워 있는 사랑에 오자 변변한 인사도 없이 불쑥 전에 주었던 그 마제은을 꺼내어 영감 앞으로 밀어놓았다.

"이거 도로 돌려주려고 왔네."

개도치가 냉담한 소리로 말했다. 영감은 의아하여 개도치를 노려보았다.

"무슨 말이어?"

개도치는 그것으로 일이 끝났다는 듯 그대로 일어서며 말했다.

"마누라를 그 따위로 내쫓은 걸 보고 나는 영감을 다시 보았네. 고생할 적 옹솥은 버리는 법이 아니라는 말도 있긴 하지만, 나한테 와서 그토록 매달릴 땐 언젠데, 당상관 됐다고 그 따위로 내친 걸 듣고 어이가 없더군. 당상관이 그렇게 높은 건가?"

영감은 아픈 걸 참으며 안석을 잡고 가까스로 일어나 앉았다.

"이봐. 여자가 내 가슴이고 등이고 칼로 찍은 걸 아는가?"

"나가라고 하니 그랬겠지."

346

"나가라거나 어쨌거나 거침없이 칼질하는 여자가 세상에 어디 있어."

"칼질이 서툴렀어. 바로 멱통을 정통으로 찔러 숨통을 끊어놓았어야 했지."

"뭐라구?"

영감은 대번 노기가 벌겋게 솟아올라 아픔을 참으면서 노성을 내었다.

"내가 전의 정리루 다 파탈하고 만만히 대해주니 아주 하늘 높은 줄을 모르는군. 감히 아무 소리나 내뱉어두 되는 줄 알어?"

"이만 가보겠네. 자네는 역시 못 본 용은 그려도 본 뱀은 못 그리는 자여. 그 여자를 당상관 마누라로 못 하는 걸 보면 자네는 졸장부라기보다 그저 평생 구름잡이여. 망하건 흥하건 인제 자네 편할 날은 없을 걸세."

영감은 노기로 숨을 씨근거렸다.

"이놈이 얻다 대구 악담이어. 땅꾼 따위가 감히 이 방에서 그 따위 소릴 해도 무사할 줄 아는가?"

"땅꾼? 땅꾼이 당상관 할애비라도 부럽지 않다는 데야 어쩔 것인가."

"내가 인제 마음만 먹으면 너를 추쇄해 잡아다 도로 살꽂이 목자로 못 잡아넣을 줄 아는가?"

개도치는 웃었다.

"제발 한 번 그래 보지. 나는 인제 상번수가 아니라 꼭지딴이어. 잡으려면 꼭지딴 부엉이를 찾아. 부엉이가 내 이름이니까. 임금 사냥터로 도망칠 때 그때 그 부엉이 울음이 하도 좋아 그 이름을 붙였지. 이름 좋지? 인제 내 이름까지 일러주었으니 찾기가 아주 쉬울 거다. 한 번 잡으러 와봐."

그러고는 개도치는 방을 나갔다.

"꼭지딴이고 뭐고 땅굴을 모조리 뒤엎어놓을 테니 그때를 기다려!"

나가는 개도치를 향해 영감은 씨근거리며 소리쳤다.

두 달이 지나서야 영감은 제대로 기동을 했고, 마상(馬上)에 오를 수도 있었다. 영감이 호군청에 등청하자, 호군청 관원들은 그동안 나태했던 일을 문책 당할까 봐 전전긍긍했고, 다투어 와서 문안을 올렸다. 영감은 우치형이 진언했던 대로 일일이 야순을 돌지 않고 궁궐문이며 도성문에 번을 든 관원들이 직숙하고 나면 반드시 그날 밤의 번 든 일을 진고케 했다. 절충장군의 힐문이 어찌나 까다롭고 엄한지 관원들은 전보다 더 진땀을 흘렸다. 나태했던 호군청이 다시 긴장하면서 이런 소문이 궁궐에도 널리 퍼지자, 임금의 총애는 더 깊어졌다. 일도 더 전보다 질서가 잡히고, 병조판서나 도총관도 이제는 고충이 덜하여 지켜보자고 마음먹게 되어, 우치형의 직언이 참으로 시의적절했던 것으로 드러났다.

영감이 호군청에 나간 지 며칠 안 된 어느 날 저녁 배능금이 찾아왔다.

"신수린에게 말을 했습니다."

배능금의 그 첫마디에 영감은 가슴이 두근거렸다.

"일은 지금부터입니다. 당세 영웅인 절충장군을 사위로 맞으면 어떻겠느냐고 첫 운을 떼었던 것인데, 신수린은 처음에는 입을 딱 벌리고 아무 말도 못하더군요. 신수린이 비록 무골충이지만 일이 중한지 한참 고심하더니 좀 생각해보아야 할 일이라고 하더군요. 생각할 것이 무엇 있느냐, 절충장군은 언제나 판관 나리를 우러러보고 있으며, 인연이 맺어지면 판관 나리도 이 종오품 자리에 그대로 머물러 있게 하지 않을 것이라고 했지요. 판관의 말이, 절충장군이 평지돌출이라도 인걸이며 임금의 총애가 깊다는 것도 잘 알고 있으나, 다만 출신이 그러하니 집안사람들이 뭐라할지가 걱정이라 하더군요. 그러면서 좀 생각할 말미를 달라고 하더군요.

신수린의 태도로 보아 일은 지금부터입니다."

영감은 긴장하여 콧등에 땀까지 내배어 있었다.

"잘했네. 배봉사는 배봉사대로 그렇게 해. 나는 이제 나대로 또한 일을 할 테니."

다음 날 영감은 정삼품 당하관인 군자감 정 박임(朴任)을 그의 사저로 찾아갔다. 위명이 한참 높은 절충장군이 자신의 사저를 심방하자, 박임은 당황하여 어쩔 줄 몰라 했다.

"군사를 부리고 있으나, 이 군사들이 언제나 배고파하여 그 까닭을 좀 알려고 왔소. 그 연유를 알아 상감께 주달하려는 것이오."

몇 가지 수어(數語)를 주고받은 뒤 절충장군의 입에서 나온 말이 그것이었다. 군자감 정은 얼굴에 핏기가 가시었다.

"사람을 바로 쓰지 못하는 까닭이 아니오? 군자감 봉사 배능금은 반정 때 군공이 혁혁했을 뿐 아니라 모든 일에 능한 사람인데, 이런 사람을 어찌 하료에만 두고 군자감 주부로 올려 쓰지 않는 것이오. 구임관인 주부쯤 돼야 제 능력을 바로 펼 것 아니오."

군자감 정은 다만 연해 고개를 숙일 뿐이었다. 얼마 뒤 배능금 봉사는 갑자기 군자감의 종칠품(從七品) 직장(直長)에 올랐다. 조금 더 있으면 주부에 오를 것이었다.

용기백배한 배능금 직장은 그 뒤 곧장 신수린을 찾아가 또다시 신수린을 어르고 달래고 했다.

"절충장군이 박임 나리를 찾아가 질책했던가 봅니다. 군량 문제로 하여 이를 상감께 주달하여 군자감을 모두 뒤엎어놓겠다고 한 것 같습니다. 소관은 마침 절충장군의 지우(知遇)를 받아 탁용되었거니와, 이 혼사가 이루어지면 박임 나리가 물러나고 그 자리에 신판관 나리가 탁용되지 않을까 싶습니다. 그렇지 않으면 그 누구건 혐의 있는 사람은 장오죄(贓汚罪)를 씌워 귀양 보내고 군자감을 일신하지 않을까 합니다."

신수린은 눈앞이 어지러워 정신을 차리지 못했다.

"배직장께서 며칠만 말미를 주시오. 내자(內子)와도 상의를 하여 회보해 드리리라."

그리하여 신수린은 그의 처와 이 혼사를 의논을 했는데, 신수린의 처는 그 소리가 나오자마자 천부당만부당하다며 펄펄 뛰었다. 그러나 신수린이 처를 타일러, 지금 절충장군에 대한 임금의 총애가 국중(國中) 제일이라, 인연이 되면 자신은 군자감 정의 자리에 오를 것이고, 그렇지 않으면 군자감 비리를 훤히 알고 있는 절충장군이 임금에게 고하여 자신부터 파직되어 유배를 갈지 모른다는 말을 했다.

"아니 그럼, 임금의 총애를 믿고 늑혼(勒婚)을 하겠다는 건가요?"

신수린의 처가 이렇게 대들자 신수린이 말했다.

"늑혼이라기보다 나는 그 절충장군이 뭔가 타고난 인물이라고 보오. 아무리 종을 했다 하더라도 저리 호군청을 뒤흔들어놓고 도총부까지 꼼짝 못하게 하는 사람이면 뭔가 무슨 정기를 타고난 사람임이 분명해. 절대루 종을 했던 사람이라고 볼 수가 없어."

"정기라니…… 하기야 무슨 정기를 타고나긴 낫겠지, 그렇긴 하지만……."

어리석은 두 부부는 마침내 타고난 정기에 대해 의논하기 시작했다.

"정기를 안 타고나서야 아무리 평지돌출로 당상이 되었다 하더라도 저리 궁성 안팎을 위압하며 뒤흔들어놓을 수 있겠소?"

"호군청 다른 당상들은 뭘 하기에 그 한 사람 밑에 모두 위압을 당해 꼼짝을 못할까. 정말 무슨 정기를 타고나긴 난 것일까."

"아무나 당상 시킨다고 그리 돼? 아무려면 임금이 곧장 정이품 정헌대부로까지 올리려고 했겠소. 그것이 너무 이르다 보니 보검 하사하는 데 그치기는 했지만."

"보검 하사했단 말은 나도 들었어요. 하지만…… 집안사람들이 뭐라고 할지가 걱정이고, 특히나 절충장군을 한때 종으로 부렸던 정경부인이 뭐라고 할지 제일 겁이 나요."

"정경부인은 처음부터 우릴 배척했던 사람인데, 정경부인이 무슨 상관 이런가. 나는 발걸음 안 한 지도 오래됐어."

"그동안은 그랬더라도, 지금 친인척 통틀어 오직 높은 품계 있는 분인데, 이 막중대사를 두고 한번 상의라도 해야 되지 않아요."

신수린의 처는 마침내 정경부인에게 가서 그 일을 상의했다. 정경부인은 처음에는 무슨 말인지를 못 알아듣다가 상의하는 일의 내용을 알고 나자 그 자리에서 그대로 혼절할 듯했다. 한참 만에 정신을 수습한 정경부인이 말했다.

"그 흉물이 마침내 여기까지 손을 뻗쳤구나."

그러고는 한참을 더 정신을 수습하느라 애를 쓰는 바람에, 신수린의 처는 당혹하여 어쩔 줄을 몰라 했다. 정경부인은 마침내 정신을 가다듬고 신수린의 처를 향해 소리쳤다.

"그것을 내게 의논이라고 가져왔단 말인가! 그것이 사람이 아닌 흉물이란 걸 다 아는데, 그걸 의논이라고 가져와! 그만 이 길로 나가 두 부처가 다 자결해 죽어버려! 미물보다 못한 사람들 같으니라구……."

정경부인은 자주 숨을 고르며 흥분을 가라앉히느라 애를 썼고, 신수린의 처는 더 입을 열지 못하고 있었다.

"자네들 두 부처는 본래가 어리석은 사람들이나 그 딸 하나만은 본래가 총명하여 자네들 부처에 비하면 진흙 속의 진주라네. 진흙이 진주를 일구어낼 수 없는데 어쩌다가 그런 조화가 있었는지……. 그래, 그 흉물의 마수(魔手)에 조금이라도 마음이 동했기에 내게 온 것 아닌가?"

"……."

신수린의 처는 외면한 채 대꾸를 못했다.

"그 흉물이 감정이라는 내 비자와 그동안 같이 살고 있던 걸 알고 있는가?"

신수린의 처는 비로소 조그맣게 입을 열었다.

"얼핏 얘길 들은 적은 있지만 비자하고 지낸 것이야 뭐 별로……."

"별로? 그 비자를 내쫓은 것은 알고 있는가?"

"그런 건 잘 모르구…… 하지만 비자 하나가 뭐 그리 큰 대수인가요?"

"더 말할 것 없네. 이 길로 나가게. 만일 그 흉물하고 혼사 말을 꺼내는 날에는, 또 딸아이한테 그 말을 꺼내는 날에는 나와는 그날로 의절(義絶)일세. 단연코 영세(永世) 의절일세. 내 마땅히 조상 사당에 고하여 의절할 것이니 명심하게."

신수린의 처는 하릴없이 일어서서 나오는데 뒤에서 정경부인이 통분하여 떨리는 소리로 외쳤다.

"내 비록 미망인이나 반드시 이 흉물을 멸망시키리라! 내 전심전력 다하여 그놈을 멸망시키고 말리라!"

신수린의 처가 돌아가 남편에게 정경부인이 하던 말을 모두 소상히 고하자, 정경부인이 무슨 상관이냐고 시답잖게 말하던 신수린도 잠잠하여 기운이 꺾이고 말았다. 배능금 직장이 와서 다시 혼사 말을 꺼내었지만, 신수린은 정경부인이 펄펄 뛰었다는 말을 하면서 이 혼사는 한동안 미루어두자고 했다. 그리하여 이 혼사는 한동안 뒤로 미루어지게 되었다.

사세가 결국 정경부인과의 싸움이라는 것이 드러났다. 정경부인이 아니었더라면 그 혼사가 이루어질 수도 있었다. 그렇다고 정경부인을 흔들어볼 길이란 없었다. 이제는 다만 그 누구의 기세라도 꺾을 만큼 위용을 더 크게 드러내어야 한다고 생각했고, 배능금 직장도 같은 말을 했다.

영감은 구종을 다섯에서 열 명으로 배로 늘리고 구종들의 직령도 모두 비단으로 해 입혔다. 호상과 승상을 든 구종 말고는 모두 능장을 들게 했다. 말의 이마와 코 위에 다는 둥근 광안 장식은 말의 눈을 어지럽히는 수가 있다 하여 대개는 달지 않는데, 그런 것 개의치 않고 크게 번쩍이는 은(銀)광안을 달아 멀리서도 햇살에 번쩍이는 은광안이 사람들의 눈을 부시게 했다. 절충장군의 행차라면 아직도 사람들의 구경거리였는데, 행차가 더욱 장해지자 구경꾼도 더 많아지고 찬탄하는 소리도 더 높아졌다.

그날은 조참(朝參)을 마치고 그 장한 행차로 육조거리를 돌아 운종가를 지나고 있을 때였다. 아이들이란 언제나 절충장군 행차 뒤를 한참 따라다니며 뭐라 떠들어대기 마련이었는데, 이날은 갑자기 뒤따르던 아이들이 무슨 소린지 가락을 붙여 타령을 불러대고 있었다. 처음에는 영감이나 구종들이나 그저 무심하기만 했는데, 차츰 들어보니 괴상한 소리였다.

"개살구야 홍살구야
씨도 없는 홍띠 차고

말동네에 마누라는

홍두깨 차고 베틀 짜고……."

"말동네 마누라는……" 그 소리를 듣고서야 그 가락이 절충장군을 놀리는 타령이란 걸 알았다. 길가의 구경꾼들은 그 가락을 들으며 킬킬거렸고, 타령은 계속 반복되었다.

"개살구야 홍살구야

씨도 없는 홍띠 차고

말동네에 마누라는

홍두깨 차고 베틀 짜고……."

행차를 멈추게 한 장군은 잠시 두리번거리다 구종들을 향해

"저 애놈들을 잡아오너라."

하고 얼굴이 시뻘게서 영을 내렸다. 능장을 든 구종들이 쫓아가자 아이들은 우르르 도망을 쳤고, 그중에 잡힌 두셋 아이는 겁에 질려 울음을 터뜨렸다. 울어대는 아이를 잡아왔으나 장군은 우는 아이를 내려다보며 아무 할 말이 없었다.

놓아주라는 손짓을 하고는 행차를 계속하라고 일렀다. 집에 돌아온 영감은 그날 온종일 기분이 상해 있었다. 다음 날 관아 등청을 가며 집에서 채 멀리도 가지 않은 길에서였다. 거기 아이들이 행차 뒤를 따라오며 어제의 그 타령을 꼭 그대로 불러대었다.

"개살구야 홍살구야

씨도 없는 홍띠 차고

말동네에 마누라는

홍두깨 차고 베틀 짜고……."

이 아이들은 어제 그 동네의 그 아이들이 아니었다. 그러면 골목골목마다 이 타령이 퍼져 있다는 말인가.

"행차를 돌려라."

영감은 얼굴의 핏기가 가시면서 행차를 돌리라는 영을 내렸다. 등청도 그만두고 집으로 돌아온 영감은 전신에 노기가 뻗쳐 있었다. 그 사연을 모두 알고 있는 엄판도와 정말용이 안사랑으로 가서 조심스레 영감을 위안했다.

엄판도가 말했다.

"자고로 참요(讖謠)란 허탄한 것이라 식자(識者)들은 귀도 기울이지 않는다네. 미욱한 것들의 짓이니 아무 괘념하실 것 없으시네."

정말용이 말했다.

"원혐을 품은 자가 지어서 퍼뜨린 것 같습니다. 그것이 누구인지를 기찰해서 잡아내야 합니다."

영감은 둘의 말에는 귀도 기울이지 않았다. 나가서 구종들을 모두 불러들이라 명했다.

구종 열 명이 모두 마당에 모이자 영감은 대청에 나가 서서 영을 내렸다. 영감의 눈은 까실하고 목소리는 분노로 떨리고 있었다.

"말동네 그 집에 가서 집을 부숴버리고 오너라. 지금도 베틀 짜고 있는 모양이니 베틀이고 뭐고 다 박살을 내어라. 누가 항거하거나 말리는 놈이 있으면 그놈도 박살을 내어라. 무기고를 열고 연장을 하나씩 가져가거라. 지금 곧 떠나라."

구종들은 집 부수는 데 소용될 장도리며 쇠망치며 도끼, 곡괭이 같은 것들을 골라 들었고, 맹갑은 특히 철퇴 하나를 꺼내 들었다. 군노를 했던 석산은 창을 들었다.

이들 구종들이 말동네에 들어섰을 때는 햇살이 중천에 떠 있는 한낮으로 동네 사람들이 한참 일에 골몰하고 있을 때였다. 험한 연장들을 들고 들어서는 구종들을 보고 동네 사람들은 하나둘 이상하다는 눈길들을 보내며 가는 곳을 주시했다.

감정은 그때 베틀방에서 한참 베틀 일을 하고 있었다. 삽짝 열리는 소리가 나고 사람 들어오는 소리가 나서 막 베틀에서 일어나려는데, 방문이 왈칵 열리며 맹갑이 들여다보았다. 맹갑이 밑도 끝도 없이 불쑥 말했다.

"다치지 않게 방을 나오시우. 이 집을 부수라는 영감마님의 영이시우."

감정은 어리둥절하여

"집을 부수다니?"

"빨리 나오기나 하시우. 다른 말 할 것두 없수."

"집을 부수어? ……."

뇌어보던 감정은 이내 싸늘한 얼굴이 되었다.

"그래 한번 부숴보라구. 내 집과 함께 무너져도 상관없으니 한번 부숴봐."

"나오라면 나올 것이지! ……."

맹갑이 방으로 뛰어들어 감정의 허리에 감겨 있던 베틀의 부티허리를 낚아채 끊어버리고 감정을 밀쳤다. 석산과 말삭이 내달아 감정을 달랑 집어 들고는 마당 구석에 동댕이쳐 버렸다.

그때 동네 사람들 여럿이 웅기중기 집 근처에 모였다가 집 부수는 소리가 나기 시작하자, 이 집 저 집에서 사람들이 나와 집을 새까맣게 둘러싸게 되었다.

감정이 마당 구석에 동댕이쳐지며 잠시 정신을 놓았다가 불끈 일어나 집 부수는 구종 하나에게로 덤벼들었다. 그 구종이 몽둥이로 감정의 머리를 갈겨버려 감정은 정신을 잃고 쓰러졌다. 머리에서 피가 흘러내리자 돌이 처와 마천장 마누라 등 여러 여자가 뛰어들어 감정을 들고 나와 급한 대로 돌이 집에 갖다 눕히고 머리를 싸매며 허둥대었다.

당산 할멈이 집 부수는 구종들에게 대들며 소리소리 질렀다.

"이 불한당들아! 어딜 감히 집을 부수느냐! 사람 쫓아냈으면 그만이지 집까지 와서 부순단 말이냐! 이 천지 불벼락을 맞을 놈들아!"

다른 여자들에게 감정을 맡겨놓고 온 돌이 처와 마천장 마누라도 당산 할멈과 더불어 거세게 대들었다.

"인두겁을 쓴 이 아수라 같은 놈들아! 이놈들 쳐 죽일 사람 없나! ……."

"이 오살할 놈들아! 사람 반 죽여놓고 집마저 부수느냐! 네놈들은 오늘 내로 급살을 맞아 죽을 거다! ……."

베틀방의 베틀이며 물레며 씨아며 갖가지 길쌈 기구를 다 철퇴로 부수고 나온 맹갑이 소리쳤다.

"덤비는 연놈은 어떤 놈이건 박살을 낸다! 냉큼 비켜나라!"

평산댁이 따지듯 소리치고 나섰다.

"왜 이러느냐. 이러는 연유나 말해봐라. 왜 이러느냐!"

석산이 창을 겨누며 소리쳤다.

"왜 이러느냐고? 절충장군 영이시다. 그쯤 알았으면 다치기 전에 썩 비켜나라!"

"절충장군이 왜 이런 영을 내렸느냐 말이다! 무슨 연유냐? 사람 쫓아냈으면 그만이지 왜 집까지 와서 부수느냐 말이다!"

석산이 냉소를 짓고 소리쳤다.

"영이 내렸으니 그것이 연유다. 됐느냐? 떠들지 말고 썩 꺼져라!"

토벽이 와르르 무너지고 안방의 서까래가 쓰러져 내리면서 온 마당에 뿌연 먼지가 피어올랐다.

이때 동임인 탑골 노인이 마당으로 들어섰다. 탑골 노인은 침착한 어조로 말했다.

"말이나 우선 들어봅시다. 나는 이 동네 동임이오. 우선 말이나 좀 들어봅시다."

노인 자신이 동임이라고 나섰기에 집 부수던 손길들이 잠시 멈추어졌다. 맹갑이 탑골 노인을 돌아보았다.

"동임이라고? 동임이 무슨 벼슬자리우? 우리는 절충장군 영에 따라 집을 부수는 거유. 알았으면 그만 가보시우."

"이보우. 나라에서도 강상죄(綱常罪)가 아니면 훼가(毁家)하지 못하게 되어 있소. 어느 집이건 집 부수는 건 중죄(重罪)가 되오. 아무리 절충장군의 영이라 하나 이것만은 안 되오. 내가 절충장군 어릴 적 몇 해씩이나 내 아들같이 키우기도 한 사람이오. 절충장군께 가서 집 부수는 것만은 안 된다고 말해주시오. 이 댁에서는 언제나 얌전히 자기 일만 하고 있소."

"그리 말깨나 잘한다면 자기가 절충장군께 가서 말해보우. 우리는 영을 받아 영대로 할 뿐이오."

개도치 삼촌이 나섰다.

"이 집은 본래 절충장군이 지은 집이 아니라오. 여기 안으서가 세운 집이오. 이건 순전히 남의 집을 부수는 거요. 근본을 말하면 그러한데 어찌 함부로 집을 부순단 말이오."

맹갑은 그 말을 들은 척도 않고 구종들을 향해 소리쳤다.

"뭣들 해! 빨리 해치워!"

다시 집 부수는 일이 시작되었다. 맹갑은 마당에 들어선 사람들을 쫓아 낼 양으로 싸리 울타리를 철퇴로 휘둘러 쳐대기 시작했다. 싸리 울타리를 치다가 그가 잠시 무너지고 있는 집 쪽을 돌아본 순간이었다. 싸리 울 밖 에서 누군가 낫으로 맹갑의 등을 찍었다.

"으억⋯⋯."

맹갑이 비명을 지르며 철퇴를 떨어트리고 모로 쓰러졌다. 맹갑을 찍은 것은 천치 외갑이었다. 봉두난발에 눈이 뒤집힌 외갑이 싸리울을 밀치고 들어와 피 묻은 낫을 들고 그대로 구종들을 향해 달려들었다. 뒤에서 개 도치 삼촌과 몇 남자가 미쳐 날뛰는 외갑을 싸잡아 안았다. 그러나 그때 부터 흥분한 동네 남자들이 돌을 주워 구종들을 향해 던지기 시작했다. 돌이 살같이 구종들을 향해 날아가자 구종들은 머리를 싸안고 한쪽으로 몰렸다. 금시 머리가 터져 피를 흘리는 구종이 여럿이 되었다.

"그만해, 그만!"

탑골 노인이 동네 사람들을 향해 소리쳤고, 돌질이 뜸해지자 탑골 노인 은 구종들을 향해

"연장들을 버려!"

엄하게 소리쳤다. 구종들은 지녔던 연장들을 차례로 앞으로 던졌다. 그 러자 탑골 노인이 다시 구종들을 향해 말했다.

"셋이 나와서 연장들을 한 짐으로 묶어."

구종 셋이 나와 그 연장들을 한 짐으로 묶는데 동네 남자 하나가 석산 이 들었던 창을 가져다 축대 사이에 걸어놓고 돌로 쳐서 두 동강을 내어

버렸다. 그러고는 두 동강이 난 것을 연장들 속에다 던졌다.

탑골 노인이 다시 구종들을 향해 영을 내렸다.

"셋이는 그 연장 같이 메고 가고 나머지는 저 다친 자를 메고 가!"

구종들은 시키는 대로 묵묵히 연장 메고, 피 흘리는 맹갑의 상처를 싸매고는 들쳐 메었다. 그러고는 참담한 패졸들의 모양새를 하고는 말없이 동네를 빠져나갔다. 그 모양을 보면서 개도치 삼촌이 한숨을 내쉬며 중얼거렸다.

"종이 종을 부리면 식칼로 형문(刑問)을 친다더니……."

동네 여자들은 돌이 집에서 머리를 싸매고 누운 감정에게로 몰려가고 남자들은 탑골 노인 집에 모여 차후 대책을 의논했다. 외갑은 감정의 집 마당 구석에 쭈그리고 앉아 반 넘어 무너져 내린 집을 바라보며 시커먼 손등으로 자꾸 눈물을 씻어내었다.

구종들이 뜻밖에 말동네 사람들에게 얻어맞고 패하여 돌아온 것을 보고 영감은 기가 막혀했다. 맹갑은 중상이었고, 여러 구종들이 상처를 입고 있었다. 영감은 풀이 죽어 있는 구종들을 능장을 들어 아무 놈이고 후려쳐가며 분을 삭이지 못해 펄펄 뛰었다.

"이 똥물에다 튀겨 죽일 놈들!"

천하의 절충장군 선봉격인 구종들이 한갓 말동네 천한 것들에게 이 꼴을 당하고 온 것은 영감에겐 씻을 수 없는 치욕이었다.

영감은 그날 집에 온 우치형을 앉혀놓고 말했다.

"군사를 써야겠어. 군사 일대를 끌고 가 말동네를 모조리 휩쓸어버려!"

우치형은 난처한 얼굴이었다.

"군사들을 사사로이 그런 데 쓰면 뒤에 좋지 않은 말이 날 것입니다."

영감은 눈을 부라렸다.

"살인하려 한 범인을 잡는 것이어! 뒤에서 낫으로 등을 찔러 살인하려 한 놈을 잡는 것이라구! 그런데 무슨 딴말이 나와? …… 허나 내 대충 들은 바로는 낫으로 찍은 그놈은 그 동네에서 천치로 떠돌아다니는 바로 그놈인데, 실상 그 천치만 잡아내서 뭘 하겠나. 그놈 잡는 척하구 동네를 다 엎어놓아야 해. 그놈은 잡아서 초주검이 되도록 매를 쳐놓고."

"아무래도 정군(正軍)을 이끌고 동네를 친다는 것은 영감마님 위신에 관계가 될 듯하온데……."

"아니, 왜 이러나? 범인을 잡는다구 하지 않나, 범인을! 뒷말 나는 건 내가 다 감당할 테니 아무 걱정 말어. 구종들하고 다른 종들도 다 딸려 보낼 테니 군사는 동네를 싸고 집뒤짐만 하면 돼."

"그렇다면 낮에 펼쳐놓고 할 것이 아니라 밤에 하여야 할 것 같습니다. 될수록 소문 안 나게 말입니다."

"그건 그렇게 하든지. 어쨌든 동네를 말끔 엎어놓아야 해. 범인을 수색해야 하니 한 집도 남김없이. 그리고 돌질한 동네 놈들을 엄히 문책해야 하고 동네 사람 끌구 나와 구종들 호령했다는 거기 동임이라는 늙은이도 단단히 혼뜨검을 내놓아야 해. 구종들 욕을 준 건 바로 나를 욕 준 거야. 종들한테는 내 따루 일러놓을 테니 다른 걱정은 말어."

바로 다음 날 저녁이었다. 초경을 훨씬 넘어 이미 캄캄할 때인데, 말동네에 숱한 사람들이 몰려드는 발자국 소리가 자욱하더니 일시에 수없는 횃불이 밝혀졌다. 벙거지 쓴 숱한 군사들이 창이며 능장을 들고 동네 어귀마다 둘러싸고 범인을 잡는다며 닥치는 대로 사람을 잡아내었다. 절충 장군의 종들은 어느 집이건 들이닥쳐 쇠뭉치로 무엇이건 때려 부수며 아수라같이 날뛰었다. 특히 어제 창을 뺏겼던 석산이 맹호같이 앞장서서 분풀이하듯 날뛰는데, 다른 종들도 무법천지에서 신풀이하듯 수라장을 이루었다. 아이들의 울음소리, 여자들의 비명소리, 남자들의 매 맞아 숨넘어가는 소리가 진동을 하고, 온갖 세간이며 만들어놓은 물건이며 만들려고 내놓은 물건이며 모조리 찢고 부수고 하여, 동네가 전판 호적(胡狄)을 만난 듯 찢겨나갔다.

감정의 집은 말끔 부서져 지붕은 몽땅 주저앉았고, 세간이며 그릇이며 장독대며 모두 산산이 부서졌다. 감정은 제 집은 버려둔 채 미친 여자처럼 터진 머리를 싸매고 찢겨나는 집마다 쫓아다녔다. 감정은 군사며 구종들에게 대들다 터진 머리를 새로이 얻어맞아 길가 허섭스레기 속에 구겨박혀 혼절해버렸다.

탑골 노인 집에는 동네의 모든 남자가 잡혀와 꿇어앉혀지고 군사들이 총총히 둘러쌌다. 휘황한 횃불이 밝혀진 가운데 우치형 부장이 마루에 좌정하고, 그 앞에는 외갑이 전신을 결박당해 땅에 엎쳐졌고, 외갑의 옆에는 탑골 노인이 결박당해 꿇어앉혀졌다.

우치형 부장이 탑골 노인을 향해 하문했다.

"어찌하여 동네 사람 시켜 절충장군의 구종들을 해쳤는가?"

탑골 노인이 대답했다.

"해친 것이 아닙니다. 구종들이 훼가하려 하기에 그 연유를 알려 했을 뿐입니다."

"흉기로 살인하라 시키고 작당하여 돌질을 하게 하여 많은 구종을 상하게 하였는데 중죄를 면할 수 있을 것인가."

옆에 섰던 군사 하나가 능장으로 탑골 노인의 등을 후려쳤다. 탑골 노인이 능장을 맞고 앞으로 비틀 넘어질 뻔하다 몸을 바로잡았다. 탑골 노인 능장 맞는 것을 본, 개도치 삼촌을 비롯한 뒤쪽에 꿇어앉은 남자들은 모두 눈을 감거나 고개를 떨구었다.

탑골 노인은 다시 공손히 아뢰었다.

"훼가하는 것을 본 사람들이 절로 분기를 내었을 뿐 작당한 것이 아닙니다. 도리어 소인은 사람들을 진정시켜 구종들을 무사히 돌아가게 했을 뿐입니다."

"무슨 소리냐. 구종들의 말을 들으면 전혀 그렇지 않다. 성군작당(成群作黨)한 것이 틀림없다. 네 감히 관노의 몸으로 절충장군께 끝내 항거하려는 것이냐."

군사가 다시 능장으로 탑골 노인의 등을 후려쳤다. 몸이 기우뚱했던 탑골 노인이 말했다.

"항거한 적이 없으며 어찌 감히 항거하겠습니까."

"네 잠시 물러나 있어라."

부장의 영에 따라 탑골 노인은 군사가 끄는 대로 옆으로 끌려가 꿇어앉혀졌다. 군사들이 말아놓은 멍석 위에 외갑을 끌어다 엎쳐놓고 동아줄로 단단히 멍석에 묶었다.

"네 이름이 무엇이냐?"

부장이 하문했으나, 외갑은 갑갑하다는 듯이

"억억⋯⋯."

괴상한 소리를 지를 뿐이었다. 옆에 꿇어앉혀진 탑골 노인이 대신 말했다.

"그자는 성한 자가 아닙니다."

"저놈이 낫으로 살해하려 한 자가 틀림없으렷다."

부장이 호령하자 탑골 노인은 입을 다문 채 고개를 숙일 뿐이었다.

"성한 자가 아니라니 매를 칠 뿐이다. 성한 자라면 죽음을 면치 못했을 것이다. 맹장 백도를 쳐라!"

부장의 영에 따라 군사가 번갈아가며 곤장 백도를 치는데, 온 동네가 울리도록 외갑의 짐승 같은 비명이 오래오래 이어졌다. 볼기에 피가 철철 흘러나오기 시작할 때 외갑은 혼절했고, 혼절과 함께 외갑의 비명소리가 뚝 끊겼다. 그 순간 온 동네는 깊은 정적에 빠졌다.

우치형 부장이 일어서며 군사 시켜 탑골 노인을 가까이 불러오라 시켰다. 탑골 노인이 결박된 채로 부장에게 가까이 가자, 부장은 낮은 소리로 탑골 노인에게 일렀다.

"그 여자가 이 동네를 떠날 때까지 이 같은 일이 계속될 것이니 그것을 명심하라."

이것이 바로 훼가출동(毁家黜洞)을 말하는 것이었다. 탑골 노인은 고개를 숙인 채 아무 말이 없었다.

감정은 집 가까운 동네 길가의 허섭스레기 구석에서 혼절했다가 거기서 그대로 기진하여 잠이 들었던 것 같았다. 희부옇게 밝아오는 아침에 비틀거리며 일어나서 감정은 집을 가 보았다. 지붕은 완전히 내려앉았고, 싸리울은 모두 쓰러져 흩어졌고, 삽짝도 나가떨어져 부서져 있었다. 세간 건져낼 만한 것은 아무것도 없었다. 다른 집들을 둘러보았다. 집이 부서져 넘어진 것은 별로 없었으나, 세간이나 물건들은 대부분 부서져 마당에 뒹굴고 있었다. 우선 이웃 돌이 집에 들렀다. 자신 때문에 일어난 이 참사에 대해 사죄하기 위해서였다. 돌이 처와 돌이가 찢어진 말 앞걸이 뒤걸이의 주피를 주워 모으고 있었다.

"무슨 말을 해야 할지…… 이 죄 많은 여자 때문에 이런 일을 당했으니……."

울먹이며 감정이 말을 붙였는데, 돌이 처가 돌아보지도 않은 채

"애매한 두꺼비 떡돌에 치이더라고…… 왜 우리가 이 지경을 당한담."

냉담한 어조였다. 돌이도 감정을 돌아보지 않은 채 묵묵히 물건이나 챙겼다. 머쓱해진 감정은 더 말을 못 붙이고 돌아섰다.

동임인 탑골 노인을 찾아보고 사죄하려고 골목길을 갈 때 동네 여자 몇과 마주쳤으나, 여자들은 눈길을 피한 채 지나쳐 가버렸다. 탑골 노인 집에서도 부서진 세간들 치우느라 식구들이 모두 움직이고 있었지만 들어서는 감정을 아무도 돌아보지 않았다. 일방에서 부서진 안장을 만지작거리고 있는 탑골 노인에게 가서 감정이

"저 때문에 이렇게……."

간신히 사죄의 말을 하자 탑골 노인은 그저 일손만 놀리며

"개천에 나도 제 날 탓이지…… 다 팔자 소관인 걸 어쩌겠나."

풀죽은 소리를 내었다.

이번에는 평산댁에게로 가자 평산댁이 그래도 그중 위안의 말을 해주기는 했다.

"그저 열심히나 살아보세. 우리네가 무슨 수가 있겠나."

개도치 삼촌은 부서진 물건들을 팽개쳐둔 채 침울한 얼굴로 그저 먼 산이나 바라보고 있었다.

감정이 집으로 돌아올 때 당산 할멈과 마주쳤으나 당산 할멈은 그냥 지나쳐 버리면서

"버마재비가 수레 앞을 막아서는 격이지……."

혼잣소리를 했다.

감정이 집에 돌아왔을 때 부서진 집을 기웃거리고 있던 아이들한테서 어제 저녁 외갑이 군사들에게 잡혀 초주검이 되도록 맞았다는 말을 들었다. 감정은 동네 구석 움막으로 엮은 외갑의 집으로 갔다. 파파 늙은이는 밥을 하는지 어쩌는지 움막 옆 부엌간에서 꿈지럭거리고 있었다. 감정이 거적문을 들치고 들여다보자 외갑은 침침한 움막 속에 드러누워 있었다. 감정이 들어가 외갑을 바라보자, 외갑은 화들짝 놀라 일어서려다 엉덩이 터진 장독 때문에 얼굴을 일그리며 엉금엉금 기어서 한쪽 흙벽에 엇비슷이 몸을 기대어 앉았다. 감정이 마주 앉자 외갑은 또 엉금엉금 기어서 다른 쪽 흙벽에 기대었다. 감정이 이 집에 들어와 보기는 처음이었고, 외갑은 그저 그것이 겁나기만 한 모양이었다.

"많이 아퍼?"

감정이 안타까운 소리로 말하자, 외갑은 요란스럽도록 고개를 흔들며 누런 이를 드러내고 웃음을 지어 보였다. 감정은 그 움막을 나와 집에 와서 부서져 있는 쌀뒤주에서 거의 몽땅이라 할 만큼 남은 쌀 세 말을 큰 둥구미에 담았다. 심히 다친 머리 때문에 머리에는 아무것도 일 수가 없어, 그걸 걸방을 해서 무겁게 짊어지고는 외갑의 집에 날랐다. 한 손에는 외갑이 그렇게 좋아하는 유밀과도 여남은 개 남은 것을 동고리에 담아 들고 있었다. 감정은 이미 동네를 떠나기로 결심하고 있었던 것이다.

감정은 다음 날 아침부터 떠날 채비를 차렸다. 들보며 서까래며 지붕 흙이 내려 덮인 그 함몰된 틈바구니에서 물건을 꺼내기는 매우 힘든 일이었다. 아무도 도와주는 사람 없었고, 아이들만 옹기중기 구경하는 가운데 감정은 혼자서 그 일을 했다. 동네 여자들이 더러 그 모양을 흘낏흘낏 내다보기도 했으나 아무도 오지 않았다. 감정은 무너진 집 속에서 흙범벅이 된 상목과 무명 몇 필을 끄집어내었다. 그것을 동이고 있을 때 마천장 마누라가 기운 없는 걸음으로 다가왔다.

"어디루 떠나려구?"

마천장 마누라는 풀기 없는 소리로 물었다. 감정은 말없이 다만 고개만 끄덕였다. 마천장 마누라는 자기 딸 분이와 감정의 친분이 종내 마음에 걸려서 지금이라도 와본 모양이었다.

"어디루 갈려구?"

마천장 마누라가 한숨을 내쉬며 물었으나 감정은 거기에 대해서는 아무 대답을 하지 않았다.

"분이라도 한번 가서 보면……."

마천장 마누라가 말했으나 감정은 고개를 저었다. 감정은 상목과 무명 동인 것을 걸방을 해서 짊어졌다. 그러고는 마천장 마누라를 돌아보고

"그동안 고마웠어요."

그 말만 남기고는 걸음을 옮겨놓기 시작했다. 동네 아이들이 떠나는 감정을 물끄러미 바라보았고, 근처 여자들이 집집마다 담 밖으로 고개를 내밀고 바라보았다. 아무리 외면들을 했지만, 막상 떠나는 모양을 보자 모든 여자들이 눈물을 찍어내었다.

그때 외갑이 다리를 어기적거리며 쫓아와서 멀어지고 있는 감정을 향해 뭐라고 비명 같은 소리를 내질렀다. 아이들한테서 감정이 떠난다는 소리를 듣고 아픈 몸을 끌고 달려온 모양이었다. 외갑이 다리를 어기적거리며 감정을 향해 쫓아가자 감정이 돌아보며 소리쳤다.

"집에 가 있어! 어서 가서 누워 있어! ……."

그러자 외갑은 땅에 털썩 주저앉았다. 그러고는 볼기가 아파서 옆으로 쓰러졌다.

배능금은 마침내 군자감의 종육품(從六品) 주부에 올랐다. 이제는 탄탄한 구임관으로서 별창 하나를 마음대로 주무를 수 있게 된 것이다. 배능금은 감격하여 영감을 와서 보고 절을 올리며 사례하고 갔다. 그러나 이 일 때문에 엄판도가 들고일어나게 되고, 정말용도 입을 빼물게 되었다. 몇 번 드나들지도 않은 자들이 영감을 업고는 눈부시게 승진해가는 것을 보고 더 참지 못했던 것이다.

엄판도가 작심하고 안사랑에서 영감과 마주 앉았다.

"아무 척분도 닿지 않는 사람들은 하루아침에 참상(參上)이 되고, 온갖 일에 힘을 써온 내종형(內從兄)은 거들떠도 안 보시니 이럴 수가 있는 일인가."

영감은 냉랭하게 받았다.

"하기는 뭘 했다고 그러는 거요."

"장토에 가라면 가고, 장토 것들 다스리라면 다스리고, 문서 수발하라면 무슨 문서건 수발했는데, 무슨 그런 심한 말씀을 하시는가. 일족 원족이 처처히 관아에 가 있으면 영감에게 도움이 되었으면 되었지 해될 것이 없는데, 이리 사람을 괄시하시는가. 우치형이나 배능금은 대체 무엇이기에 그리 하늘같이 높이 떠받쳐 주는가."

"모르면 가만이나 있으시우. 그 사람들은 다 중한 일도 맡았거니와, 우치형은 무과를 나온 무인이고 배능금은 군공을 세웠던 벼슬아치요, 이런 사람들이 상사람 백두(白頭)하고 같을 수가 있소?"

엄판도는 흥분하기 시작했다.

"상사람 백두라고?"

"그럼 백두가 아니고 무엇이오."

흥분한 엄판도의 버쩍 마른 목울대가 헐떡이기 시작했다.

"알기나 하시게. 내가 은일(隱逸)일세, 은일! 비록 초야에 묻혔더라도 학행이 일군을 뒤덮는 은일이어! 영감만 그걸 모르시는가? 노모의 출모(出母)가 있었으나 그건 선대 때 일로 나는 모르는 일이거니와, 노모도 그걸 아시고 이제 내 벼슬길이 열리기만 바라고 계시지 않은가. 우치형이가 무과를 했다구? 그런 것 하자면 나는 열 번도 더 했겠네."

"그럼 지금이라도 해보시우."

"영감, 제발 그러시지 마시게. 이 하나 있는 사촌에게 음사(蔭仕)로 고을원 자리 하나만 만들어주시게. 제발."

영감은 드디어 울화가 치솟기 시작했다.

"대체 내가 무슨 수로 동반(東班)의 수령 자리를 따낸단 말이오? 내가 무슨 정승 판서라도 되오? 정승 판서라도 그렇지, 도무지 말도 아닌 소릴……."

"다 알아봤다네. 연변(沿邊)의 수령은 모두 병조의 수의를 받아야 하는 것 아닌가. 그런 자리가 연변에 숱하게 있다네. 영변 팔십여 군현 중 하현(下縣) 하나야 어찌 안 되겠나. 영감이 지금 상감의 총애가 국중 제일인데, 상감께 주청하여 하나 있는 사촌이 일군의 은일이라 아뢰면 감동하시어 어찌 남행(南行) 원 자리 하나를 아끼시겠는가. 상감께 주청을 않더라도 병조에 청을 넣어도 영감의 말이라면 거역을 못하는 병조가 어찌 그냥 있을 것인가."

영감은 씹어뱉듯 말했다.

"도무지 말도 아닌 소릴! 그걸 못 얻어 늘 원혐이라면, 이대루 집을 나가든지 마음대로 하시우!"

그 소리와 함께 그때까지 사랑 문밖에서 엿듣고 있던 유곡댁이 문을 열고 들어왔다. 그러고는 방바닥에 엎어지듯 앉았다.

"영감이 어찌 그리 심한 말을 하시는가. 집에서 나가라니. 나까지도 나가라는 말인가."

영감은 유곡댁의 푸념에는 그만 한숨을 내쉬었다.

"고모는 뭘 좀 알고 말을 하우. 도무지 되지도 않을 말만 하는데 내 복장이 안 터지겠소."

유곡댁은 눈물을 찔끔거렸다.

"내가 젊었을 때나 늙었을 때나 영감을 오죽 귀한 핏줄로 믿고 귀해 했는가. 영감이 관아를 뛰쳐나와 그 양근 밭 언덕에서 만났을 때 둘이 눈물 흘리던 일을 나는 아직도 못 잊어. 이제 그 고생 다 지나고 이리 높은 벼슬에 올랐는데, 어째 이 소원 하나를 안 들어준단 말인고."

유곡댁으로서는 그런 것 같았다. 글 한 자 모르는 관노 조카가 벼락감투를 쓴 걸 보고 그만 눈이 뒤집혔고, 새삼 글을 읽은 아들이 아깝고 백두로 늙는 것이 원통했던 것이다.

영감이 눈물 짜는 유곡댁을 보다 말고 마침내 결단을 내려서 엄판도를 보고 말했다.

"내가 전부터 요량해둔 것이 있는데, 그럼 도총부의 녹사(錄事)가 되시우."

엄판도는 어처구니가 없다는 듯 눈을 크게 떴다.

"녹사?"

엄판도는 말 못할 치욕을 받았다는 듯 얼굴이 벌겋게 달아올랐다.

"날더러 아전을 하라구?"

"왜 어때서. 말용이는 지금 그걸 못해서 안달인데 어때서 그러우."

"말용이하고 나하고 같은가? 말용이는 통인 다니던 놈이고, 나는 일군의 선비 아닌가!"

"녹사가 맞춤이우. 도총부 녹사를 하면서 내 일을 돕다가 수령 자리는 차차 취재를 봐서 가면 되오. 녹사도 취재를 봐서 뽑지만, 그런 건 내가 손을 쓰면 아무 문제도 안 되오. 지난날 내가 아는 녹사가 하나 있었는데, 출중하기가 대관들도 따르지 못할 정도라 병인년(丙寅年) 반정이 모두 그 사람의 지략에서 나왔소. 그 녹사가 마침내 고을 수령을 지냈지만, 그 사람이 하려구만 들었으면 육경(六卿)도 했을 거요."

"그 사람은 그 사람이고, 나는 녹사 못해!"

"못해?"

"내 죽어도 벼슬아치 찌꺼기나 주워 먹는 아전의 무리가 될 수는 없어!"

영감도 화통을 터뜨리고 말았다.

"다시는 내 앞에서 무슨 소리건 꺼내지를 말어! 녹사도 분에 넘쳐! 다시 무슨 소리를 꺼내는 날이면 그때는 끝장이어!"

유곡댁이 걱정스런 얼굴로

"나야 녹사가 뭔지 모르지만, 제가 바라는 원 자리를 해주면 좋지 않겠나."

영감은 눈을 부라리며 소리쳤다.

"그건 지금 내 힘으로는 안 된다구 하지 않어! 그리 될 자격두 없구!"

다음 날 관아를 갔다 온 영감은 대뜸 정말용을 불렀다.

"내가 오늘 오위(五衛)에 말해서 너를 오위의 서리로 쓰기로 했으니 내일부터 오위에 나가도록 해라. 취재는 뒤에 겉으로만 보기로 했어."

엄판도에 대한 분통 때문에 해버린 조처였다. 바라던 것이 이리 단숨에 이루어진 것을 신기해하며, 정말용은 새삼 영감에게 절을 올렸다.

"오위에서 열심히 일할 것이며, 또한 오위의 돌아가는 모든 일을 소상히 아뢰겠습니다."

다음 날부터 정말용은 청단령(青團領) 입고 평정건(平頂巾) 쓰고 신바람이 나서 오위의 서리를 다녔다. 며칠 지나 정말용이 매우 어려워하며 영감에게 와서 아뢰었다.

"이제는 시골 식구도 데려와야 할 터이온데……"

그에게는 처와 아이 둘이 딸려 있었다.

"그래서?"

영감은 대번 눈을 부라렸다. 정말용은 더욱 어려워하며 간신히 말했다.

"형편이 좀 그러하와……."

"형편이라니?"

"……."

정말용은 꿇어앉아 고개만 숙이고 있었다.

"네 시골집을 팔아서 서울 오면 될 것 아니냐."

"그 움 같은 시골집 팔아봤자 서울 어느 구석에 붙일 것도 못 되옵고……."

"그래서 어쨌다는 거냐?"

"……."

정말용은 오래 고개만 숙이고 있었다.

"아니, 이놈. 네 집까지 내게 구처해달라는 거냐?"

한참 노려보고 있던 영감은 그만 어이없다는 얼굴을 했다.

"그래 좋다. 네 식구 살 만한 고만고만한 집 하나 찾아봐라."

사실 그동안 정말용이 작인을 잡아다 종으로 만든 일만 해도 그만한 대가는 해줄 만한 것이었다. 정말용은 감격에 겨워 코가 바닥에 닿도록 절을 올렸다. 그러고 나서 며칠 지나 정말용은 남촌(南村) 막바지 먹적골에 조그만 집 하나 봐놓았다고 아뢰었다. 그가 말하는 품이 상목 열댓 필은 들어야 하는 모양이었다.

"아니, 이놈. 대체 그게 무슨 집인데 그러하냐!"

영감의 호통에 정말용은 기어드는 소리로

"제 체면이 곧 영감마님 체면인데, 움으로 기어들 수도 없고, 서너 칸 되는……."

"서너 칸? 그게 기와집이냐?"

"예. 오직 영감마님 체면 때문에……."

"안 돼!"

그러나 며칠 풀이 죽어 다니는 정말용을 본 영감은 다시 불러 소리쳤다.

"그래 이놈, 일간 내려가 네 식구 데려다 거기서 살아라!"

인색한 영감이 이렇게 시원스레 처결한 것도 엄판도 미워서 그랬던 것이다. 정말용을 이렇게 내보낸 것은 엄판도가 촉발시키기도 한 것이지만, 한편으로 그 바탕에는 정말용이 영감도 모르는 사이에 굴무와 손을 잡은 것을 안 이후로, 이놈을 믿고 쓸 수 없다는 생각도 깔려 있었던 것이다.

서기 하나가 있어야겠다고 영감이 우치형에게 말하자, 우치형은 제 집안사람이라면서 쉽사리 젊은 서기 하나를 천거했다. 와서 문안 올리는 그 자를 보니 우치형이나 비슷하게 착실하고 얌전한 자였다. 영감은 썩 마음에 들어 책실의 일을 모두 그에게 맡겼다.

책실에 새 서기까지 들어오고, 영감은 이제 엄판도는 거들떠보지도 않아서, 엄판도는 이제 완전히 공방(空房) 신세가 되고 말았다.

이 공방 신세가 되고 나서 보름쯤 지나서였다. 사헌부에 한 선비가 절충장군의 죄상을 적어 진고(陳告)해 왔다. 그 고유(告由)에, 정처억출(正妻抑出), 압량위천(壓良爲賤), 사옥악형(私獄惡刑), 정군사용(正軍私用) 등이 나열되어 있었다. 그 자칭 선비는 절충장군의 내종사촌이 된다고 했다. 사헌부에서는 수리(受理)할 만하면 수리하여 규찰에 나설 것이고, 무고(誣告)라면 제소자에게 소장을 퇴장(退狀)하고 장일백(杖一百)에 유(流) 삼천리(三千里)에 처할 것인데, 다만 제소자가 절충장군의 내종사촌이니 그냥 돌아가라고 했다. 그러나 그것이 소문으로 알려져 절충장군의 귀에 들어오자 영감은 눈이 뒤집히도록 펄펄 뛰었다.

영감은 당장 엄판도를 찾았으나, 엄판도는 벌써 사라지고 없었다. 영감은 유곡댁도 집을 나가라고 길길이 뛰었다. 유곡댁은 아들이 한 짓을 알고 풀이 죽었으나, 막판이라고 생각했는지 영감에게 대들었다.

"그래, 나가주지. 고모고 뭐고 내쫓는 데야 어쩌겠나. 하지만 날 이냥 맨손으로 쫓아내지는 않겠지."

대감은 여종 시켜 면포 광에서 상목 세 필을 내오라 하여 유곡댁 앞에 던졌다.

"아니, 이걸 무슨 용채라고 내 앞에 던져? 안 되어! 한 살림 내놓지 않으면 안 되어! 한 살림!"

영감은 눈에 불을 켰다.

"한 살림? 뭐했다고 한 살림이어?"

"내 그동안 일한 품이 한 살림은 된다!"

"일한 품? 세 필도 아깝다!"

이렇게 사흘을 두고 다투다 그래도 이 고모에 대한 정이 나중에라도 어슴푸레 살아나서 상목 서른 필과 은가락지 둘을 내놓았다. 상목도 상목이지만 은가락지는 값으로 치면 쌀이 한 섬이었다.

유곡댁은 끝까지 까탈을 부렸다.

"늙은이더러 그 먼 길 이걸 이고 가란 말인가?"

귀찮아진 영감은 종 하나를 시켜 져다 주라 일렀다. 유곡댁은 집을 나가면서도 못내 분을 못 참아했다.

"너무 그러면 못 쓰느니라. 아무리 그놈이 잘못했기로서니 불쌍한 고모를 이 꼴루 내쫓아? 금은보화 층층이 쌓아두고 과대광실 비단을 넘치도록 쌓아두고 이것 한 짐 내던지다니. 너무 그러면 못 쓰느니라."

그 금은보화 고대광실 비단이 모두 자기 것이나 되었던 듯, 떠나는 것을 종내 분해했다.

집이 새로이 정리가 된 셈이라 이제야말로 정말 신수린의 딸을 내당 마님으로 맞아들일 일만 남게 되었다.

이런 와중에 영감이 성정승 집에 위세를 보이자는 생각이 든 것은 엉뚱한 일에서 비롯되었다. 좀 객기가 발동된 탓이기도 했지만, 행차 도중에 엉뚱하게 어산이를 집으로 데려오는 일이 생겼던 것이다. 지난날 성정승 집에서 같이 마구 일을 하던 그 허깨비 어산이였다. 전에도 거리 행차 중 가끔 행차 구경하는 사람들 속에 어산이가 끼어 있는 것을 몇 번 보기는 했었다. 그때마다 어산이는 넋이 나간 꼴로 행차 구경을 했지만, 영감은 전혀 안중에도 두지 않고 지나쳤었다.

그런데 이날 귀가하다가 구경꾼 속에 어산이가 끼어 있는 것을 본 영감은 전과는 달리 느닷없이 행차를 멈추게 하고는

"저기 선 저자를 이리 불러오너라."

구종들을 향해 영을 내렸다. 구종들이 어산이를 향해 가자, 패랭이에 여전히 사노 차림인 어산이는 정신을 놓을 만큼 놀라 허겁지겁 뒤로 물러났다. 빙그레 웃으며 저를 바라보고 있는 마상의 절충장군과 얼굴이 마주치자 구종들이 끄는 대로 얼굴이 홍당무가 되어 끌려왔다.

"반갑군, 어산이. 참 오랜만이어."

영감이 부드럽게 말하자 어산이는 떨리는 소리로 간신히

"예. 예, 영감마님. 소, 소인도……."

"장가들었군?"

상투 틀어 올린 꼴을 보고 영감이 말했다.

"예. 어, 얼마 전에 새로 들어온 비자하구……."

영감의 어조는 더욱 나긋해졌다.

"어떤가, 어산이. 우리 오랜만에 만났으니 회포도 풀 겸 내 집에 잠시 같이 가지 않을란가?"

어산이는 눈이 휘둥그레졌다.

"가, 감히 제가 어찌……."

영감은 소리 내어 부드럽게 웃었다.

"아무 상관 없어. 그저 잠시 놀다 가라구."

"하, 하지만 감히 어, 어찌…… 그, 그리구 심부름 가는 길인데……."

"걱정 마. 잠시 놀다 가면 돼."

영감은 구종들을 향해 일렀다.

"이 사람을 잘 모시구 가자구. 아주 정중하게."

어산이는 도무지 안 떨어지는 발걸음을 옮겨 끌려가다시피 행차를 따라갔다.

이날 영감은 별당에다 푸짐한 주안상을 차려 내오게 하고는 어산이와 마주 앉았다. 거기다 청을을 시켜 술을 따르게 했으며, 더욱이 어산이를 위해 권주가까지 부르게 했다.

종내 정신이 산란하여 어찌할 줄 모르던 어산이는 술이 몇 잔 들어가자, 그만 정신이 몽롱하니 풀어져 마침내 희희덕거리며 웃게 되었다. 나중에는

"영감, 나는 영감이 이렇게 될 줄을 옛날부터 알고 있었다구!"

아주 파탈하고 그런 흰소리까지 해대었다. 그러다가 어산이는 자리에서 벌떡 일어나 덩실덩실 춤까지 추었다. 제멋대로인 그 바보춤을 보고 청을을 비롯한 여러 종들이 광대 구경하듯 허리를 잡고 웃어댔고 영감도

한껏 웃어대었다.

"틈나는 대로 놀러 와. 언제라도 좋으니."

영감은 말했고, 그날은 어산이가 술에 너무 취해 그냥 돌아가도록 했다. 이틀 뒤 어산이는 영감의 퇴청 때쯤에 정말로 다시 또 놀러 왔다.

영감은 역시 별당에서 주안상을 내오도록 하여 환대를 했다. 어산이가 술이 차츰 오르자 영감은 청을 시켜 조복관대를 내오라고 해서는 어산이더러 입어보라고 했다.

어산이는 취중이지만 그만 벌벌 떠는 소리를 내었다.

"아, 아니, 어, 어찌 감히 조, 조복을……."

그래도 영감이 기어코 입어보라고 하자 어산이는 마침내 떨리는 손으로 조복관대에 손을 대었고, 영감의 눈짓에 따라 대충대충 조복을 입고 관대를 썼다. 별당 근처에서 이 모양을 구경하던 남녀종들이 어산이의 그 어설픈 꼴에 모두 박장대소를 했다. 갈데없이 광대 하나 불러다 놓고 즐기는 판이었다.

그럴 즈음, 청지기가 와서 영감에게 "성정승 집에서 집사란 사람이 찾아왔다"고 고했다. 그 말을 듣고 영감은 안사랑으로 나가 대청에 좌정하고는 청지기에게 찾아온 정승 집 집사를 불러들이라 일렀다.

안사랑 마당으로 들어선 돌지기 집사는 뻣뻣한 자세로 영감을 바라보더니 댓바람에 고성을 질렀다.

"어찌하여 남의 집 종을 불러다 희롱을 하시오. 그놈을 데리러 왔으니 지금 당장 내놓으시오."

영감이 관위에 오른 뒤 첫 대면이었다. 영감은 돌지기의 그 무엄한 언동에 벌써부터 노기가 끓어올랐다. 노기를 누르며 찬찬한 어조로 받았다.

"희롱이라니."

돌지기는 여전히 격하게 나왔다.

"그저께 어산이가 만취하여 왔기에 모든 것을 추달하여 알았소. 오늘도 또 여기 온 것을 알고 온 것이오. 어찌하여 남의 집 종을 불러다 희롱을 일삼는 것이오."

"지난날 정리를 생각해서 회포를 푸는 것이다. 그놈은 내가 보낼 때가 되면 요량해서 보낼 것이다."

"지난날 정리? …… 딴사람이라면 모르되 참으로 알아듣기 어려운 문자요. 더 말하기 싫으니 지금 당장 그놈을 여기다 끌어내 놓으시오!"

돌지기의 험한 기세에 영감은 그만 참았던 분기가 터져 턱을 덜덜 떨기 시작했다.

"이놈! 어디서 감히 함부로 소리를 지르느냐. 집사 나부랭이가 아무 데서나 무엄한 소리를 질러서 무사할 줄 아느냐!"

"무사치 않으면 어쩌겠다는 거요?"

돌지기는 아주 맞대거리를 하듯 나섰고, 영감은 눈에서 불길이 일었다.

"옛날에는 네놈이 날 쳤다만, 지금은 내가 네놈을 대관 훼욕한 죄로 반죽음이 되도록 매를 못 칠 줄 아느냐!"

돌지기는 코웃음을 쳤다.

"한번 마음대로 해보시우. 나는 옛날이나 지금이나 죄 있는 자는 반드시 언제라도 매를 치오. 누구든 죄 있는 자는 매를 맞아야 하는 것이오. 대관 훼욕한 죄가 어떤 것인지는 모르나, 그런 죄가 있다면 한번 매를 쳐보시오."

영감은 부들부들 떨며 일어나 설렁줄을 쳐서 청지기를 불러 구종들을 모두 불러들이라 호령했다. 곧이어 구종들이 일제히 사랑 마당으로 몰려들었다.

"형구를 갖추어라!"

영감의 거침없는 영에 따라 불시에 마당에 멍석이 깔리고 곤장이 쏟아져 나왔다.

"저놈을 엎치고 곤장 백도를 쳐라!"

치를 떠는 노성이 영감의 입에서 떨어지자, 돌지기는 구종들이 달려들기 전에 스스로 갓을 벗어 팽개쳐 버리고 중치막도 스스로 벗어 아무 데나 팽개친 다음, 스스로 멍석 위에 가 엎드리며 소리쳤다.

"대관 훼욕한 죄가 어떤 것인지 한번 알아보자."

맹갑과 석산이 양쪽에 나란히 서서 곤장을 십도쯤 치고 있을 때, 마침 배능금 주부가 찾아왔다. 배주부는 청지기에게서 사건의 내막을 금방 듣고는 대청 위의 영감에게로 갔다. 배주부는 급히 영감의 귀에 대고 속삭였다.

"이쯤 위엄을 보인 것으로 됐습니다. 일이 커지면 모든 것이 낭패됩니다. 아무리 지금 무세하다지만, 정승 집과는 제발 아무 상관을 마십시오. 정승 집에는 그저 위엄만 보일 뿐 무슨 사달을 일으켜서는 안 됩니다."

영감이 아무 말이 없자, 배주부가 매를 치는 구종들에게 손짓하여 매를 멈추게 했다.

돌지기 집사가 엎드린 채 우렁차게 외쳤다.

"곤장인지 막대긴지 빨리 백도를 채우시오!"

배주부가 다시 마당으로 내려가 엎드려 있는 돌지기 집사를 향해 부드럽게 말했다.

"집사. 영감마님께서 한때 노여움으로 그랬을 뿐 어찌 더 심히 하실 것이오. 이보우. 우리 더 그러지 맙시다. 세상에 반드시 맑은 물 흐린 물이 어디 있소. 서로 어울려 그저 둥실둥실 한 여울이 되어 흘러가는 거 아니오. 그만 일어나시오."

돌지기 집사는 고집을 꺾지 않았다.

"내 반드시 백도를 맞고 말 것이니! ……."

배주부는 그 말은 접어둔 채 구종들을 향해 소리쳤다.

"죄 덤벼 일으켜서 정중히 갓도 챙겨드리고 중치막도 챙겨드리도록 하라!"

그때쯤 사랑방으로 들어가 버리는 영감의 뒷모습을 바라보며, 배주부는 가만히 불안한 한숨을 내쉬었다.

그날 일은 그쯤으로 배주부가 들어 수습을 했다. 그러나 배주부로서는, 영감의 걷잡을 수 없는 행동거지가 신수린 딸과의 혼사가 이루어질 때까지 어디까지 갈지 모르겠다는 걱정을 하지 않을 수 없었다. 그래서 더욱 맹렬히 일을 밀어붙인 끝에, 마침내 좋은 소식을 가지고 왔다. 어느 날 배주부가 흥분하여 영감에게 와서 말했다.

"신수린이 영감마님을 한번 심방하도록 만들어놓았습니다. 한사코 고사하는 것을 여러 가지 말로 타일러 어렵게 청해 놓았은즉, 혼사에 대한 말 같은 것은 일절 마시고, 그저 크게 한판 잔치를 열어 환대를 하여야 합니다."

영감은 이내 황홀한 얼굴이 되었다.

"참으로 놀랄 수밖에 없는 배주부의 수단이오. 그래, 신수린이 응낙을 하긴 했군?"

"정경부인의 말 때문에 아주 기가 죽어 자꾸 뒷날에나 보자는 것을, 혼사에 대한 일이 아니라 우선 서로 정이나 트는 것이 어떠냐고 열심히 타일러서 응낙을 받아낸 것입니다. 이제 집을 정결히 하고 저기 별당에서 크게 잔치를 한번 열어야 합니다."

"여부 있겠나. 전심전력을 다해야지. 다 하고말고."

"기생들도 부르십시오. 신수린이 옛날부터 그런 것을 무척 좋아합니다. 일패(一牌)의 뛰어난 기생들을 불러야 합니다."

"뭐든지 하지. 그런 것 좋아한다면 그까짓 게 무슨 문제인가."

"불러온 기생들에 대한 행하도 아끼지 마시고 후히 내리시고, 기생들 입에서 나가는 소문도 좋은 소문으로 돌아야 합니다."

"그렇겠군. 나야 그런 것까지야 아나. 배주부가 다 알아서 하구려."

"그리고 잔치가 한창 무르익었을 때 하사받으신 보검도 신수린에게 구경시키고, 원한다면 이 보검을 정표로 드리겠다는 말씀도 하시고."

"과연! …… 허나 임금이 내리신 보검을 딴사람에게 주어도 괜찮은 일인가?"

"안 되지요. 또 감히 그걸 받을 사람도 없습니다. 다만 허허실실 그런 수작만 해놓자는 것에 불과합니다."

"배주부의 지략을 그 누가 따를꼬……."

"잔치 자리에는 영감마님과 소관과 그리고 우치형 부장이 같이 자리를 합니다. 우치형의 사람됨을 보니 그런 자리에서도 실수 없이 응구접대를 잘할 것 같습니다. 영감마님은 너무 많은 말씀을 하여서는 안 됩니다. 혹 실수가 있을까 하여 그러는 것입니다. 다만 신수린을 장인 대하듯 공손히 대하시되 끝내 위엄을 지키셔야 합니다. 신수린이 영감마님을 인걸로 보기 때문에 공손하되 위엄을 잃어서는 안 되는 것입니다."

"내 하나하나 오직 배주부의 시키는 대로만 따를 터이니……."

개도치는 어느 꼭지로부터 절충장군 집에서 잔치가 열린다는 소리를
들었다. 대갓집 잔치는 땅굴에서도 언제나 하나의 수입거리로 삼고 있는
일이고, 그래서 잔치에 불려가는 기생들과도 내통이 잘 되어 있는 터였다.
한 기생으로부터 절충장군 집 잔치에 불려간다는 말을 들은 그 꼭지가 그
말을 꼭지딴에게 고한 것이다. 그 꼭지는 그 잔치에 깍정이들을 보내서
행하를 뜯어내도 좋으냐고 물었다.

"안 돼! 한 놈도 보내지 말어!"

대개는 대갓집 잔치에서 행하를 뜯어내는 것이 관행이었는데, 꼭지딴
은 매서운 어조로 안 된다고 소리쳤다. 전의 꼭지딴이 죽고 나서 새 꼭지
딴으로 뽑힌 이 꼭지딴 부엉이는 배포도 크고 인정도 많지만, 기율도 엄
했다. 꼭지딴의 안 된다는 한마디에 그 꼭지는 더 아무 말 못하고 그 앞을
물러났다. 개도치는 그 뒤 그 꼭지를 불러서 잔치가 어떻게 되었는지를
물어보았다가 놀라운 소리를 들었다. 그 잔치가 군자감의 신수린 판관을
환대하는 잔치였다는 것이다. 땅굴에서는 언제나 관원들의 내막을 환히
꿰고 있어, 신수린 판관이 성정승 집 사위라는 것도 물론 알고 있었다. 개
도치는 의아하기 짝이 없었다. 정경부인에게는 신수린이 시누이의 남편,
그러니까 시매부(媤妹夫)가 되는 셈인데, 그놈의 정승 집에서는 뭘 어쩌자고
절충장군 정막개와 연통을 트는 것인가. 정경부인이 딸이나 마찬가지라던
감정을 내쫓은 것을 뻔히 알면서도 무슨 심산으로 정막개와 연통을 튼단
말인가. 아무 실상도 몰랐던 개도치로서는 그놈의 정승 집을 뒤엎어 놓고

싶을 만큼 분통이 터졌다. 개도치는 정막개를 도살할 마음을 벌써부터 품고 있었다. 군사들을 출동시켜 말동네 제 처의 집을 부순 것 말고도, 개도치 삼촌을 비롯한 동네 사람들을 모조리 잡아다 꿇어앉혀 놓고 특히 저를 부모같이 길러준 탑골 노인을 결박해 꿇어앉히고 매까지 쳤다는 말을 들었을 때는, 눈이 뒤집힐 만큼 분격하여 반드시 막개를 살해해버리리라고 마음먹었던 것이다. 밤중에 몰래 뛰어들어 살해해버리기는 어렵지 않은 일이었다. 그러나 그놈을 몰래 죽이는 것만으로는 아무래도 분이 다 풀리지 않을 것 같았다. 말동네로 몰래 잡아와서 사람들 보는 앞에서 죽일 수는 없을까, 땅굴로 몰래 잡아와서 죽일까, 갖가지로 속을 끓이며 지내고 있던 참이었다.

개도치는 그 꼭지를 시켜 그 기생에게 가서 잔치 내막을 더 소상히 알아보고 오라고 했다. 그리하여 알게 된 내막인즉, 초대된 사람은 군자감 판관 신수린이요, 환대한 사람은 절충장군과 새로이 군자감 주부가 된 배능금이란 자와 오위의 부장 우치형 등이었다는 것이다. 그리고 일패 기생들을 숱하게 불렀고, 숙설간(熟設間)에 숙수(熟手)들도 숱하게 불러 온갖 산해진미를 차렸다는 것이다. 신수린은 기생들과 소리도 같이 했고, 잔치가 무르익었을 때는 절충장군이 임금으로부터 하사받은 보검을 꺼내 신수린에게 주겠다거니 받을 수 없다거니 하다가, 신수린이 그 보검에 절까지 했다는 것이다.

그놈의 그 정승 집은 대체 어떻게 돼먹은 집일까. 감정과 그 정승 집 집사와 사촌 간이란 것, 감정이 막개에게서 쫓겨나온 뒤 스스로 정승 집 가기를 거부하고 말동네로 갔다는 사실 등은 대충 들어 알고 있었다. 그러나 개도치로서는 정승 집이 다시 정막개와 연통을 트게 된 내막은 알 길이 없었다. 정막개를 죽이기 전에 정승 집 꼴을 좀 알고 싶었다.

집사 돌지기는 땅굴의 꼭지딴이 찾아와 자기를 보려 한다는 말을 듣고 처음에는 어리둥절했다. 감정을 빼내고, 잡아가는 감정을 막고, 흉악한 짓으로 격투를 벌인 그놈 아닌가. 그러나 지금은 감정이 내쫓기고 군사들이 감정의 집을 훼가해버린 마당인지라, 그놈이 정막개에게 무슨 원혐이라도 품은 것이 아닌가 하는 생각이 들어서 들여보내라고 했다.

집사 방으로 들어온 꼭지딴은 전에 흉악한 짓으로 격투를 벌인 바로 그놈이었다. 세립 쓰고 명주 바지저고리를 입은 이 흉악한 꼭지딴은 정승댁 집사에게 읍을 하거나 무슨 예를 차리지도 않은 채 무뚝뚝하게 자리에 앉았다.

"예를 차릴 줄도 모르는가!"

집사 돌지기가 노한 소리를 내었다. 꼭지딴이 마주 고성을 질렀다.

"예를 차릴 만한 짓이나 하고 그따위 소리를 해라!"

둘은 불시에 또 한 번 격투를 벌일 살벌한 분위기가 되었다. 대담하게도 단신으로 와서 정승 댁 집사를 향해 대번 해라를 해붙이는 이 흉악한 놈을 당장에 때려죽여 버릴까 하는 생각이 들었다. 그러나 무슨 까닭으로 왔는지 그 까닭이나 알고 싸우든 말든 해야 할 것이 아닌가.

"네놈을 당장에 박살을 낼 것이로되 네가 찾아온 연유부터 듣고 요정을 내겠다. 그 연유부터 말해봐라."

"이놈의 집 사위인 신수린을 왜 정막개에게 보내 환대를 받게 했느냐. 그 연유부터 말해봐라. 그런 다음 네놈을 박살 내주마."

돌지기의 눈이 휘둥그레졌다.

"신수린이 정막개의 집에?"

"그 연유부터 말해봐라. 무슨 연유냐?"

돌지기가 좀 더 가까이 개도치의 앞으로 다가와 앉았다. 그리고 어조를 바꾸었다.

"그런 일이 있었단 말이오? 그건 꿈에도 몰랐던 일이오. 이건 예삿일이 아니오. 그런 일을 대체 어떻게 알았소?"

개도치도 어리둥절해졌다. 한참 돌지기를 멀건이 쳐다보던 개도치도 어조를 바꾸어 말했다.

"이 집에서는 모르는 일이란 말이오?"

돌지기의 어조가 매우 다급해졌다.

"모를 뿐 아니라 이건 예삿일이 아니오. 정막개가 신수린의 딸과 혼사를 하겠다고 어리석은 신수린을 꼬였는데, 그 말이 정경부인에게 알려져 정경부인께서 노발대발하셨소. 그 뒤로 정경부인 무서워서 혼사를 못하고 있다가 다시 또 정막개의 농간에 놀아나고 있는 모양이오. 둘이 만난 그 일을 대체 어떻게 알았소?"

개도치도 얼굴을 붉혔다.

"내가 처음부터 오해를 하고 왔던 것 같소. 대갓집 잔치 알아보는 일이야 우리 땅굴 사람들의 능사인지라, 그 때문에 알게 된 일이오. 그런데 그놈이 제 마누라 내쫓고 지금 신수린의 딸과 혼인을 하려 한단 말이오?"

"신수린의 마누라가 한번 그 혼인 말을 정경부인께 하러 왔다가 눈이 빠지도록 호통을 당했고, 정경부인도 반드시 정막개를 멸망시키리라 통분해하셨소."

"그런 줄은 몰랐소. 미안하오. 그럼 인제 더 망설이지 않겠소. 내 일간 정막개를 야습해서 죽일 작정이니 더 통분해하고 말 것도 없소."

개도치는 그대로 일어섰다.

"오해하고 온 것이니 달리 생각지는 마시우."

그러고는 그대로 나가려는 개도치를 돌지기가 얼른 가서 소매를 잡았다.

"정막개를 죽인다고 했소?"

"그렇소."

돌지기는 개도치의 손길을 잡았다.

"특히 당신이 나서서 정막개를 죽이겠다니, 그 또한 무슨 사연이 있을 것인지라 우리 좀 앉아서 부디 얘길 더 해봅시다. 아까 함부로 대한 것을 사과하오."

돌지기가 이끄는 바람에 둘은 다시 마주 앉았다.

"당신이 어째서 정막개를 죽이려 하오?"

돌지기가 묻자 잠시 눈을 감고 앉았던 개도치는 천천히 입을 열었다.

"정막개 이놈이 군사 시켜 동네를 야습했을 때, 그때 잡아다 꿇어앉히고 결박하고 매를 치고 한 사람들은 다 어릴 적 그놈이 고아로 지낼 때 부모같이 보살펴주었던 사람들이오. 특히 그 동네 동임인 팔십 노인은 가장 오래 저를 친아들같이 키워주었던 덕망 높은 분인데, 이 팔십 노인을 결박해 꿇어앉혀 놓고 매를 쳤다니, 이것은 도저히 용서할 수 없는 일이오. 제 처를 쫓아낸 것도 그렇거니와, 이 일은 절대 용서할 수 없는 일이오. 내 삼촌도 거기 같이 꿇어앉혀졌다지만, 나는 내 삼촌 일보다 그 일에 더 피가 끓었소. 정막개가 내 어릴 적 동무이기에 더욱 그렇소. 이런 의리부동한 놈은 동무로서 반드시 처치해야 할 의무도 있소. 지금 생각해보면 그놈이 동네를 습격하게 된 데는 내 탓도 조금은 있소. 그놈이 제 처를 쫓아내고 난 뒤, 내가 정막개 비방하는 노래 하나를 지어 깍정이들 시켜 퍼뜨리게 한 적이 있소. 그 노래가 장안 아이들 속에 퍼지자, 그걸 듣고 그놈이 제 마누라 훼가출동시키기 위해 그런 일을 벌인 모양이오. 그런 무도한 짓은 오직 죽음으로 갚아주어야 할 뿐이오."

"아니, 마누라는 말동네에서 베틀 짜고 어쩌고 하는 그 노래를 당신이 지은 것이오?"

"본래는 더 험한 것이었는데, 아이들 속에 퍼지면서 좀 더 간명해졌소."

"당신이 싸움만 잘하는 줄 알았는데, 노래도 잘 짓는 사람이오 그려."

돌지기는 정이 가득 우러나는 얼굴로 다가와 앉아 다시금 개도치의 손을 잡았다.

"본래 향두가를 오래 맡아 부르다 보니 그리 된 모양이오. 그런 거야 뭐 그리 대수로운 일이겠소."

"잠시 여기 있으시오. 내 지금 정경부인께 여쭙고 오겠소."

"아니, 나는 지금 그냥 가겠소."

"아니오. 제발 조금만 있어주시오. 내 금방 갔다 오리다."

돌지기가 나갔다가 얼마 후 돌아와서는 말했다.

"나오시오. 정경부인께서 보자고 하시오."

개도치는 난처하여 사양했다.

"아니, 아니오. 땅굴 사람이 어찌 정경부인을 보겠소."

"아니오. 상관없소. 정경부인은 여중군자(女中君子)시라 허탄한 예법에 매이는 그런 몽매한 분이 아니시오. 어서 나오시오."

돌지기가 애써 이끌어서 개도치는 내당으로 들어갔는데, 정경부인이 안방의 방문을 열어놓고 좌정하고 있었다. 정경부인은 혹시 예법에 따라 개도치가 마당에서 절을 올릴까 봐 미리 염려하여 돌지기를 향해

"이리 대청으로 올라와 편히 앉게 하게."

하고 일렀다. 개도치는 돌지기와 함께 대청에 올라 정경부인 앞에 가서 앉게 되자 절을 한 번 올렸다.

"신수린이 정막개의 집 잔치에 갔다는 것이 사실이오?"

정경부인이 해라를 놓지 않는 말투에 개도치는 신기해하며

"천인에게 말씀을 놓으시지요."

신중히 말했다. 정경부인은 고개를 저었다.

"천인이 아니라 말 들으니 그대는 의리 남아요, 절의(絶義) 높은 선비라고 할 수 있소. 천인은, 신수린 같은 자가 천인이지 그대 같은 사람은 결단코 아니오. 그 참요까지 스스로 지었다니, 썩은 시부나 읊조리는 썩은 선비들보다 백번 월등하오. 내 어찌 말을 함부로 하리오."

그렇게 말한 다음, 정경부인은 다시 물었다.

"그래, 신수린이 정막개 집 잔치에 갔다는 것이 사실이오? 좀 소상히 말해주오."

"사실입니다. 신수린이 기생들과 소리도 같이 하고 오래 취하여 놀았다는데, 잔치가 무르익었을 때 정막개가 하사받은 보검을 내보이며 그것을 정표로 주겠다고 하니까, 신수린이 사양하면서 보검에 절을 했다고 합니다."

"보검에 절을?"

정경부인은 놀라면서 꺼지는 한숨을 내쉬었다.

"잔치에 누구누구가 합석했다는 것도 알고 있소?"

"신수린, 정막개 외에 군자감 주부 배능금이란 자, 오위 부장 우치형이란 자가 합석했다고 합니다."

정경부인은 연해 한숨을 토해내었다.

"우매한 자를 거짓 공신으로 녹공한 결과가 이 지경에 이를 줄이야……. 배능금이 앞잡이가 되어 그 우매한 자를 농락하고 있구나……."

정경부인은 어세를 고치며 개도치를 정시했다.

"그대가 정말 정막개를 살해해버리겠다고 했소?"

"그렇습니다."

"그대도 잡힐 텐데?"

"그렇지 않습니다. 귀신이 들어갔다 귀신이 나온 것처럼 해버릴 수 있습니다."

정경부인은 질린 얼굴이었으나, 다시 한숨을 내쉬었다.

"그대의 의분과 그 무쌍한 용맹은 내 십분 알겠으나, 그러나 좀 더 기다려보오. 그자를 그렇게 처치해버리고 나면 세상에 대의를 밝힐 수가 없소. 불의는 반드시 패망한다는 것을 세상에 보여야 할 것이니, 그자를 그런 식으로 처치하고 나면 아무것도 밝혀지는 것이 없게 되오. 그것이 안타까운 일이오."

"소인도 그와 같은 생각을 안 한 것은 아닙니다. 벌써 전에 살해해버렸을 것이나, 다만 그렇게 살해해버린다 해서 울분이 다 풀리지 않을 것 같아 속을 끓이기도 했습니다. 그것은 도살이 되어, 개 한 마리 죽인 것이나 마찬가지 아니냐는 생각이었습니다. 말씀대로 대의를 밝히지 못하는 것이 안타까운 일입지요. 그러나 지금 와서 보니 명문의 집과 혼인해서 더욱 위세를 떨치겠다는 것이니, 절대 이대로 더 두어둘 수 없다는 생각입니다. 일간 반드시 처치하겠습니다."

"안 되오. 제발 안 되오. 그 혼사는 내가 어찌하든 막을 테니 더 기다려주오. 내 지금 몇몇 절의 있는 관원들과 긴밀히 상의 중에 있으며, 틈만 나면 탄핵해서 패망케 할 터이니 제발 좀 더 기다려주오. 때가 올 것이오. 옛적에 반정을 주도했던 영명한 분이 여기에 계시다 지금은 은거했지만, 그분에게까지 내가 이 집사를 보내 의논을 드렸소. 그분의 말씀도 그러했소. 두어두면 절로 때가 올 것이라 했소. 제 분수에 넘치는 일을 언젠가는 저지를 테니, 바로 그때가 시기라고 했소."

"그 영명한 분들의 말씀에 소인이 감히 무어라 하겠습니까만, 소인에게는 너무 망연하게만 들립니다. 십 년이 가도 때가 오지 않으면, 그때까지라도 기다리자는 것입니까?"

"아니오. 그리 멀지 않소. 제 처를 쫓아내고 명문의 집과 혼인을 하겠다는 것부터가 때를 재촉하고 있는 것이오. 그리 멀지 않소. 이걸 믿고 제발 참고 기다려주오."

"……."

개도치에게서 대답이 없자 정경부인은 더욱 다그치듯 했다.

"정말이오. 나는 지금 그대가 걱정이 되오. 일이 천연되면 이 집사를 그대에게 보내서 다시 의논하리다. 제발 좀 더 기다려주오."

개도치가 고개를 끄덕였다.

"알겠습니다."

개도치가 일어서서 나갈 때, 정경부인은 돌지기를 돌아보며 한숨 섞인 목소리로 말했다.

"저런 영특한 자가 토굴에서 썩다니……."

그러나 일은 벌어졌다. 다음 날 밤이 지나고 새벽 무렵이었다. 절충장군 집 종 하나가 이른 새벽 측간을 갔다 오다 어디서 심한 피 냄새가 나서, 냄새 나는 쪽으로 가보니 마구간이었다. 마구 안에 절충장군이 늘 타고 다니는 백마 설모(雪毛)가 무참하게 목이 잘린 채 죽어 있었다. 잘린 목은 간 데 없고, 네 다리가 잘려 흩어져 있고, 마구가 온통 피 범벅이었다.

"말을! …… 말을 누가 죽였다! ……."

종이 자지러지게 외쳐서 모두 깨어나 웅성거리기 시작했는데, 영감도 사랑 침방에서 청을과 자다가 깨어났다. 청지기가 쫓아와서 다급히 문밖에서 소리쳤다.

"설모를, 설모를 누가 죽였습니다!"

영감이 놀라 방문을 열고 내다보았다.

"설모를? ……."

그러는데 깨어난 청을이 별안간

"에그머니나! ……."

초풍하는 소리를 내질렀다. 영감이 청을을 돌아보자 청을이 와들와들 떨며 머리맡을 가리켰다. 바로 머리맡 벽에 설모의 잘린 목이 기대어져 있고, 잘린 목의 앞에는 피 묻은 보검이 두 동강이 난 채 놓여 있었다. 영감도 허겁지겁 뒤로 물러나 앉으며 전신을 떨기 시작했다.

잘린 말의 대가리는 처음부터 입에 나무 조각을 물려 동여매어 소리를 못 내게끔 단단히 겸마(拑馬)가 되어 있었다. 하사받은 그 보검으로 목을 자른 다음, 피 묻은 보검을 동강내어 목 앞에 늘어놓은 것이었다. 목에서 흘러내린 피가 여러 줄기 방바닥을 적시어 놓고 있었다.

"어, 얼른 들어내! ……."

영감이 밖을 향해 떨리는 소리로 외쳤고, 구종들이 들어와서 말의 목을 들고 나갔다. 목을 들고 나가는 구종들도 오금이 저린 듯 걸음들을 비틀거렸다. 영감은 두 동강이 난 피 묻은 보검을 멀찍이 떨어져서 바라볼 뿐, 가까이 다가가지를 못했다.

영감이 종들의 부축을 받으며 마구간으로 나가보았는데, 다른 말 두 필도 소리를 못 내게 모두 겸마를 해둔 것이 겸마에도 능숙한 솜씨였다.

영감은 벌써부터 개도치를 생각하고 있었다. 이 대담한 짓은 개도치가 아니면 할 사람이 따로 없었다. 안사랑의 보검을 꺼내어 설모를 자르고, 자른 목을 영감의 자는 방 머리맡에 보검까지 동강내어 갖다 두었다면, 자신의 목까지 얼마든지 자를 수 있었을 것 아닌가. 영감은 눈앞이 어지러워 비틀비틀 마구간 기둥에 몸을 기대었다.

"칼질이 서툴렀어. 바로 멱통을 정통으로 찔러 숨통을 끊어놓았어야 했지."

개도치가 하던 말이 새삼 머릿속에 어른거렸다. 무엇보다 말동네 습격에 대한 보복일 것이었다. 영감은 급히 사람을 보내 우치형을 불러오게 했고, 와서 본 우치형도 그 담대하고 흉포한 짓에 정신을 놓을 만큼 놀라워했다.

영감은 우치형에게 개도치를 언급하고 개도치 잡아올 일을 의논했다. 우치형도 이 일에는 적극적이었다.

"우선 종들을 시켜 집 안팎을 단단히 파수시켜 놓아야 합니다. 그리고 땅굴이라면 많은 군사 데려가 봐야 소용없습니다. 아무 가진 것도 없는 것들 흩어져 버리면, 군사들만 우왕좌왕하다 군사 사용(私用)한다는 소문만 떠들썩하게 날 뿐입니다. 날랜 군사 이십여 명 야밤에 무장시켜 데리고 가서, 꼭지딴이란 그자만 기습해 잡아와야 합니다."

"그리 간단치 않아. 보통 날랜 놈이 아니다……."

"아무리 날랜 놈이라도 무장한 강건한 군사한테야 어디."

그러고서 우치형이 강군 이십여 명 거느리고 야밤에 땅굴 꼭지딴의 집을 기습했는데, 집은 텅 비고 아무도 없었다. 근처의 움들도 모두 텅 빈 채였다. 어느 구석에 잠들어 있던 땅꾼 하나만 잡아왔다.

그 땅꾼을 묶어놓고 꼭지딴 간 곳을 대라고 곤장으로 죽도록 매질을 했으나, 땅꾼은 오직 모른다고만 할 뿐이었다. 피범벅이 된 땅꾼을 사옥에 가두어두고 영감과 우치형은 다시 의논했다.

"일 저지르고 당장이야 몸을 피하지, 태평 치고 있을 리 없습니다. 좀 날을 두고 잊을 만할 때 기습해야겠습니다."

우치형의 말에 영감이 고개를 끄덕일 때 바로 그때였다.

"불이야! ……."

종들이 외치는 소리가 들렸다. 사랑채와 안채에 불이 붙어 타오르고 있었다. 종들 시켜 단단히 파수를 하고 있었는데, 어떻게 불이 붙었는지 모를 일이었다. 불려왔던 군사들과 사내종 여종 할 것 없이 모두가 덤벼 물을 날라 와 간신히 불을 잡았다.

우치형이 불탄 자리를 면밀히 살피다 불에 타고 난 화살촉 하나를 찾아냈다.

"화전(火箭)을 쏘았군. 땅꾼들 중에 활을 쏠 줄 아는 놈도 있습니까?"

우치형의 말에 영감은 맥이 풀려 말했다.

"온갖 놈이 다 있어……."

다음 날 밤에도 집 안팎을 단단히 파수를 하고 있었는데, 어느 곳에선가 화전이 날아와 또 똑같이 사랑채 안채에 불이 붙었고, 또 법석을 떨며 불을 잡았다. 이 같은 불이 사흘째 계속되었다.

우치형이 기가 막혀 말했다.

"며칠 있으면 상감의 대열(大閱)이 살꽂이에서 벌어지는데, 이 같은 일에만 매달려 있을 수 없습니다. 우선 저 가두어놓은 땅꾼을 풀어주어야겠습니다. 땅꾼을 풀어줄 때까지 이 짓이 계속될 것 같습니다."

영감은 분노로 살을 떨면서도

"풀어줘. 그래, 대열을 마치고 난 다음에 보자. 그때는 온 땅굴을 다 뒤엎어서라도 군사를 휘몰아 가야 해."

과연 땅꾼을 풀어주고 나니, 화전 날아오는 일이 뚝 끊겼다.

봄 꿩은 제 울음에 죽고

구월 서늘한 절기를 가려 근 삼 년 만에 열린 대열이었다. 문무백관이 모두 갑주(甲冑)를 갖추고, 임금은 황금 갑주를 갖추었다. 이날 평명(平明)에 임금이 친히 어마(御馬)에 올라 살꽂이 벌판으로 나갈 때, 백관이 차례로 말 타고 호종했다.

여러 장령들과 함께 절충장군도 호군청 관원들 거느리고 임금 뒤를 호종하며 가는데, 탄 말은 전에 박영문이 타던 검은 말이었다. 호종에 나서기 전, 하사받은 그 백마는 어찌 되었느냐는 다른 장령들의 물음에, 절충장군은 그 백마는 병이 들어 죽었다고 대답했으나, 매우 어색한 어조였다. 그러나 대열의 길에 나선 지금은 다만 엄숙한 얼굴이었다. 절충장군은 이날 대열의 행사에 특히 봉운검(捧雲劍)으로 특명을 받아 있었다. 봉운검으로서 따로 받은 공용(公用)의 운검(雲劍)을 허리에 찼는데, 이 운검은 하사받았던 보검과 같았으나 띠만 달라 붉은색의 말위(韈韋)를 늘이었다. 백관이 모두 구종들 셋씩만 거느렸는데, 절충장군은 맹갑과 석산과 말삭을 거느렸다.

드디어 살꽂이 들판에 이르렀을 때, 들판에는 전날부터 결진(結陣)하고 있던 일만여 명의 군사가 새로이 전열을 가다듬었다. 옛날에 개도치, 굴무 등과 함께 절충장군이 도망을 쳤던 바로 그 들판이었다. 임금의 어마가 장막 안으로 들어가자, 병조 낭관의 신호에 따라 방포(放砲)가 우렁차게 울렸다. 삼정승 이하 백관들은 타고 온 말들을 멀리 구종들에게 맡겨둔 채, 걸어서 쌓아둔 단에 가서 차서대로 동서로 나뉘어 북향(北向)했다. 얼마 후 왕이 단에 오르자, 백관이 사배(四拜)를 올렸다. 사배를 올리고 난 백관들은 옆으로 물러나고 왕이 교의에 앉자, 어좌(御座) 좌우에 봉보검(俸寶劍)인 도총 관, 봉궁시(俸弓矢)인 부총관이 옹위하고 그 전면 좌우에 봉운검인 절충장군 과 봉장창(俸長槍)인 또 하나의 보총관이 옹위했다. 그보다 조금 떨어진 좌 우에 오위장(五衛將)들과 내금위장(內禁衛將)이 늘어서고, 어좌의 후면에는 겸 사복(兼司僕)이 부하들 거느리고 옹위했다.

마침내 큰 나팔소리가 세 번 울리고 또 한 번 방포가 울리면서 습진(習陣) 이 시작되었다. 중군(中軍)에서 나팔소리가 울리자, 각 군의 마병(馬兵)과 보 병(步兵)이 나와 사방으로 흩어졌고, 중군이 움직이자 각 군은 기와 북으로 응하여 몰려들어 방진(方陣)을 이루었다. 중군이 기를 다섯 번 휘두르고 북 을 치자, 각 군은 팔문(八門)을 만들었고, 방위마다 수기(獸旗)를 세웠다. 습진 이 바야흐로 무르익어, 중군의 기에 따라 방형(方形)에서 곡형(曲形), 곡형에 서 예형(銳形)으로 바뀌면서 습진의 열기가 점점 뜨거워졌다. 그런데 예형 으로 들어가던 참에 한 마병의 말이 잘못 옆으로 뛰어 좀 먼 거리이기는 해도 왕이 있는 어좌 쪽으로 향했다. 그 순간이었다. 봉운검인 절충장군이

운검을 빼어들고 그 마병을 향하여

"저, 저놈 잡아라! ……."

커다랗게 소리를 질렀다. 그 마병은 이내 말을 몰아 진속으로 들어갔
는데도 절충장군은 또 연해 소리를 내질렀다. 옹위한 모든 장령들과 떨어
져 선 백관이 일제히 절충장군을 바라보았다. 사람들이 자신을 괴이한 눈
으로 바라보고 있는 것을 알고 나자, 절충장군은 얼굴을 붉히며 어색하게
칼을 칼집에 꽂았다.

그것은 잠깐 사이의 일이었고, 습진은 그대로 계속되어 이날 늦게야 끝
이 났다. 습진이 끝나고 나서 도총관이 왕 앞에 가서

"절충장군의 그 거동은 대체 무엇입니까. 진(陣) 속의 장수나 할 소리를
어전에서 감히 함부로 운검까지 빼어 들고……."

엄책할 것을 진언하자 왕은 웃으면서

"군례를 아직 다 익히지 못해 그럴 뿐, 저 모르게 충심을 드러낸 것뿐이
다. 탓할 것이 없다."

가볍게 일축했다. 도총관뿐만 아니라 병조판서도 와서 도총관과 같은
말을 했으나, 왕은 같은 말로 역시 탓할 것 없다고 일축했다.

두 서반의 총령이 왕에게 절충장군의 방자한 거동을 지탄했는데도 왕
이 일축했다는 말이 백관들에게도 전해져, 이 일은 없었던 일로 치부되고
말았다.

그러나 이틀이 지난 뒤 사헌부 지평(持平) 권벌이 왕에게 독계(獨啓)를 올
렸다. 권벌은 독계를 올리기 전 사헌부 안에서, 대열 때 있은 절충장군의
방자 무쌍한 행동을 시발로, 절충장군의 고변 때 일까지 들추어 그를 철
저히 탄핵해야 한다고 발론했다. 그러나 대사헌이 반대하는 데다 다른 헌

관(憲官)들도 눈치나 보며 입을 다무는 바람에 홀로 독계를 올리게 된 것이었다. 권벌은 성정승 집을 드나들며 황녹사와도 절친했던 바로 그 권벌로 지금은 사헌부 지평으로 있었다. 정경부인과도 긴밀히 상의했던 이 독계의 내용은 이러했다.

"절충장군 정막개가 대열의 어전에서 감히 발검(拔劍)하고 소리친 것은 군례를 몰라 한 거동이 아니라, 지금까지 상(上)을 속여오던 간특한 짓이 드러난 한 가지 일에 불과합니다. 그의 모든 행동은 오직 성총(聖寵)을 흐리는 데만 있어왔으며, 마침내는 상을 능멸하는 지경에까지 이른 것입니다. 그가 호군청을 호령하여 하관(下官)들을 탈잡아 파직시킨다든지, 죄 없는 군졸들까지 무단히 탈을 잡아 하옥게 한 일들도 오직 상총(上寵)을 끌기 위한 간특한 사술(邪術)로서, 이로 인하여 보검까지 하사받아 마침내 방자한 지경에 이른 것입니다. 상이 저의 손을 들었으니 무소불위(無所不爲)라 호언하던 차에, 지난번 정헌대부에 오를 뻔하다 그것이 아직 이루어지지 않는다 하여, 감히 하사받은 말을 굶겨 죽이고 하사받은 보검까지 두 동강을 내어버렸다는 말까지 들리고 있으니, 이 또한 조사해보아야 할 것입니다. 이 사람이 이 지경에 이른 것은 무지해서가 아니라 다만 간휼하기 때문입니다. 무엇보다 지금이라도 늦지 않으니 지난날 그가 한 고변의 일을 소상히 살펴봐야 합니다. 고변이 아니라 실은 불궤(不軌)의 마음을 품고 있는 것을 모두 알 수 있습니다. 상을 범하는 말을 듣고 즉시 고하지 않고 십여 일을 지체한 것은 다만 되어가는 사태를 관망한 것이 지금이라도 여실합니다. 거사일로 잡은 날 그가 신윤무의 집에 가 있었다는 것은 사태에 따라서는 대역에 같이 참여하려 했던 것입니다. 그 당시 초사(招辭)에서 신윤무 등이 다만 정막개를 모르는 자라고만 우겨서, 추문이 오직 아는 자인가 모르는 자인가에만 모아져 추문의 행방이 전혀 딴 데로 흘러, 실정이 흐려지고 일의 실체가 숨겨지고 말았던 것입니다. 상을 속이는 길이 그때부터 열려 참람하게도 명기(名器)를 더럽히며 상을 능멸하는 지경에까지 이르렀으니, 이 간인(奸人)을 지금이라도 추문하여 마땅히 다스려야 합니다."

이 권벌의 독계는 조정에 큰 파문을 일으켰다. 임금도 매우 마음이 흔들렸으나, 이때의 삼정승은 당시 모두 추관(推官)으로 참례했던 사람들로 한결같이 절충장군을 변호했다. 당시의 추관이던 송일은 영의정이고, 정광필은 좌의정, 김응기는 우의정이었다. 영상 송일이 아뢰었다.

"대열 때의 일은 군례를 모르고 한 일로 아무 문제 삼을 것이 못 됩니다. 하사하신 말이나 보검을 상케 했다는 것은 실수로 그럴 수도 있는 일로서, 어찌 정헌대부 못 되었다 해서 그런 짓을 하겠습니까. 다만 지난 고변 때 변을 듣고도 시일이 지나서 계달한 것은 실로 죄가 됩니다. 그러나 그 때문에 공신에 기록되지 못한 것입니다. 상께서 그때 정난공신을 삼고자 하실 때 그래서 신 등이 불가하다고 아뢴 것입니다. 다른 뜻이 있었는지 여부는 당시 추관들이 엄밀히 물어야 했던 것이나, 대사가 정해진 지금에 와서 새삼 분운(紛紜)하는 것은 옳지 않다고 봅니다. 호군청에서도 공이 있었으면 있었지 과는 없다고 봅니다."

좌상이나 우상도 다 같은 뜻을 말했다. 아직도 도승지로 있는 이사균도 같은 의견이었다.

"역신을 잡은 공을 세상에 드러낸 지금, 전공(前功)을 무색게 한다는 것은 세상인심에도 좋지 않습니다. 대열 때의 사소한 일을 빌미로 여러 가지 분요를 일으킨다는 것은 전혀 옳지 않은 일입니다."

임금은 마침내 전교를 내렸다.

"절충장군 정막개는 공이 크니 추문할 수 없다."

이 임금의 전교를 받은 권벌은 기운이 꺾였고, 권벌을 반대했던 대사헌 등은 쾌재를 불렀다. 말의 죽음이라든가 보검 꺾은 일은 돌지기 집사가 꼭지딴 개도치를 심방했다가 알게 된 일인데, 그런 것까지 계문(啓文)에 넣자고 의논이 되었던 것이다.

절충장군이 쾌재를 부른 것은 말할 것도 없지만, 사태를 주시하고 있던 신수린은 더 깊은 감명을 받았다. 신수린도 대열 때 절충장군이 칼 뽑아 든 걸 보았다. 그 영용한 기세에 탄복도 했지만, 임금 앞에서 칼을 뽑은 것이라 무슨 문제라도 되지 않을까 염려했으나 왕의 입에서 충심에서 우러난 행동이라 도리어 칭찬을 했다니, 역시 정기를 타고난 인물이라 찬탄도 했던 것이다. 그런데 권벌이 올린 탄핵 독계까지 임금이 물리쳐 버렸다니, 신수린은 깊은 감명을 받을 수밖에 없었다. 그는 며칠 뒤 마침내 딸을 불러 정막개 절충장군과의 혼사 문제를 끄집어냈다. 그러나 그 말을 들은 딸은 그날 별당의 대들보에 목을 매어 자결했다.

이 자결이 다시 무수한 파문을 몰고 왔다. 노와공신으로 이름난 아둔한 신수린이 절충장군의 위력에 밀려 딸을 절충장군과 혼인시키려다 그 딸이 자결했다는 소문이 퍼지면서, 모든 조신들이 분개하고 특히 사태를 관망하고만 있던 사헌부나 사간원의 대간(臺諫)들을 크게 격동시켰다. 그들이 일치하여 권벌을 지원하고 나서기 시작했다.

대사헌 하나만 제쳐둔 채, 마침내 양사가 합계(合啓)하여 상계했다.

"전일에 상변한 사람 정막개는 변을 듣고 즉시 고하지 않았으니 마땅히 추문하여 다스려야 합니다. 대역을 고변하는 것은 누구나가 마땅히 해야 할 일일 뿐, 상을 주는 것도 과분한데, 변을 듣고 십여 일을 지체하였으니 반드시 다른 뜻이 있었을 것입니다. 이는 또한 당시 추관으로 참례했던 사람들에게도 책임이 있는 일로서 당시 추관들이 이에 대해 지금 책임을 벗으려 하여 구차스런 말로 상달하는 것은 모두 지탄받아 마땅한 일입니다. 또한 이 일에 다른 의견을 가진 삼사(三司)의 대간은 누구나가 서로 용납되지 못합니다. 정막개의 고변 늦춘 것은 지금이라도 반드시 추문하여 다스려야 합니다."

사태는 걷잡을 수 없이 되어갔다. 삼정승과 도승지도 입을 다물어야 하게 되었고, 이 일에 서로 의견이 다른 삼사 대간은 서로 용납될 수 없다 했으니, 상계를 올린 대간들을 갈든지 의견이 다른 대간을 갈든지, 양자택일해야만 하게 되었다.

양사 합계에 이어 다음 날은 마침내 홍문관(弘文館)까지 가세하여 삼사가 합계하여 정막개를 추문해야 한다고 상계했다. 이 삼사 합계가 매우 치열하여 여러 날을 두고 계속 올라와서, 이제 다른 정사는 다 폐해야 하게 되었다.

임금도 불안해지기 시작하여 마침내 전교를 내렸다.

"대사헌 박열의 직을 간다."

이것은 이미 사태가 기울어가는 징후였다. 의견이 다른 대간 중 절충장군 편이었던 대사헌이 갈렸으니, 정세가 뚜렷이 기울어진 것이었다.

절충장군은 얼이 빠져 이사균 도승지를 만나려 했으나, 도승지도 회피하여 만나주지 않았다. 어떤 길을 찾아야 할지 모르고 있을 때, 하루는 임금이 보낸 선전관(宣傳官)이 절충장군 집에 나타났다. 그 선전관은 하사한 보검을 보이라고 했다. 영감은 떨리는 소리로 말했다.

"자, 잘못하여 부러트렸습니다."

선전관은 하사한 말도 보이라고 했는데, 영감은 역시 떨리는 소리로 대답했다.

"얼마 전에…… 심한 병에 걸려 열심히 치료하였으나 죽었습니다."

다음 날 임금의 전교가 내렸다.

"정막개의 당상에 오른 것을 개정(改定)한다."

당상에서 떨어진 것이었다. 그런데 사헌부에서 연이어 들고일어나 정막개의 우익(羽翼)인 배능금 주부와 우치형 부장을 탄핵했다. 배능금은 장오죄로 파직되어 원악도(遠惡島)로 귀양 가고, 우치형은 군을 사사로이 써서 군율 어긴 죄로 파직되어 북관으로 귀양 갔다. 우치형이 귀양 가고 나자, 우치형이 데려왔던 젊은 서기도 집을 나갔다. 정말용도 절충장군 수족으로 찍혀 의당 서리 자리에서 쫓겨날 텐데, 권벌의 첫 상계가 났을 때 번개같이 손을 써서 평시서(平市署)의 서리로 자리를 옮겨 별 탈이 없었다. 벌써부터 굴무와 내통이 되어 있던 그는, 시전을 관장하는 평시서를 굴무가 잘 알아 굴무가 손을 쓴 것인데, 거기서 서로 동패가 되어 지내기로 한 모양이었다. 딸을 죽음으로 몰아넣은 신수린은 애통해하며 탈진되어 스스로 관직을 물러났다.

사간(司諫) 한효원(韓效元)이 다시 앞장서서

"정막개의 죄는 당상 개정만으로는 족하지 않습니다. 당상을 개정하더라도 작위는 그대로 있는 것이니, 죄다 삭탈함이 마땅합니다."

주청했으나 임금은

"윤허하지 않는다."

전교했는데, 임금이 아직 정막개에게 그만한 은전은 내려주고 있었던 것이다. 이제 그는 당하(堂下) 정삼품(正三品) 상호군의 한직(閑職)만 가진, 그

숱한 한산조사(閑散朝士) 중의 하나가 되었다.

영감은 집에 칩거했다. 어느 누구하고도 말 한 마디 나누지 않은 채 온전히 벙어리가 되어서 지냈다. 영감이 벙어리가 돼 지내기에, 집안의 어느 누구도 다 입을 다물고 지냈다. 참으로 적막해서, 바람이 불면 바람소리, 비가 오면 적적히 빗방울 떨어지는 소리만 났다. 어느 날인가 호군청의 서리가 와서 번(番) 들러 나오라는 통기를 했지만, 영감은 쓰다 달다 아무 말 없이 서리를 노려보기만 해서, 서리는 제물에 머쓱해져서 돌아갔다.

한 달쯤 지나 고양 장토의 양태봉이 오자, 집의 그 깊은 정적이 갑자기 깨어졌다. 양태봉이 말했다.

"장토 종들의 눈치가 다릅니다. 고양 군수한테 다시 원정 가자는 소리가 나오고, 바로 경기 관찰사에게 원정을 가자는 소리도 나오고 있습니다. 그들은 원상대로 다시 작인(作人)으로 돌아가자는 것이고, 병작반수의 경작을 해야 한다는 것입니다. 어떤 자는 압량위천(壓良爲賤)을 당했으니, 사헌부에 고소하자는 자도 있습니다."

영감은 지금까지 막혔던 불길을 한꺼번에 뿜어놓듯 커다랗게 소리쳤다.

"광에 있는 비단이고 상목이고 은이고 마구 풀어내! 풀어내서 무뢰배고 왈짜고 지금의 몇 배로 불러들여 장토로 끌고 가! 끌고 가서 거기 놈들 한 놈도 옴짝달싹 못하게 해놓아! 내가 아주 죽은 줄 알어? 나는 아직두 살아 있어! 살아 있을 뿐 아니라 다시 일어설 테여! 세상에 다시 위세를 보여줄 테여! 내 남은 벼슬 삭탈하라고 그리 쑤셔대도 임금은 그런 종이쪽지 보지도 않고 다 내던져 버려! 상감은 절대로 날 잊지두 않구 버리지도 않어! 내 다시 일어설 때가 반드시 돌아와! 내가 가만있으니 이것들이 내가 아주 죽은 줄 알고 대가리를 치켜드는데, 내가 지금부터 치켜드는 대가리를 몽땅 부숴놓을 테여!"

영감의 벼락같은 소리에 다시 크게 힘을 얻은 양태봉은 그날부터 영감의 말대로 장안 바닥 무뢰배들을 닥치는 대로 끌어 모으기 시작했다.

영감은 구종들 중 가장 믿는 맹갑과 석산과 말삭을 안사랑으로 불러들였다.

"이제 단단히 손을 볼 놈이 있어. 장토 놈들이 고개를 쳐들고 나오듯이, 이놈도 손을 봐놓지 않으면 더욱더 나를 때려눕히려고 나올 테여. 내 쪽에서 손을 봐야 할 때가 되었어."

정승댁 집사 돌지기에 대한 얘기였다. 돌지기가 모든 수족 노릇을 하는 것이 뻔했다. 처음 독계를 올린 사헌부 지평 권벌과 작위를 죄다 삭탈하라고 나섰던 사간원 사간 한효원도 모두 정경부인에게 드나드는 문하 사람들이란 것은 전부터 아는 일이었다. 그 문하 사람들 집을 드나들 때 정경부인 수족 노릇하는 건 돌지기임이 뻔했다. 권벌의 독계에 말 죽은 것이나 보검 부러진 사실까지 적어냈다는 것을 보면, 땅굴의 개도치까지 끌어들여 한통속이 된 모양이고, 개도치와의 연줄도 돌지기가 댄 것이 분명했다. 지금도 권벌이나 한효원은 틈만 있으면 벼슬을 죄다 삭탈하라고 주청하고 있는 모양인데, 돌지기부터 초주검을 시켜놓으리라고 작정한 것이다.

세 구종은 오랜만에 눈에 불을 켜며 혈기가 끓어올랐다. 왜 그놈을 쳐야 하는지를 대충 듣고는 그 방법에 대해서도 의논을 했다.

석산이 시커먼 얼굴을 번쩍이며 말했다.

"그놈을 어디서 기다렸다가 요정을 낼까요? 아니면 무기를 지녔다 단번에 기습을 해버릴까요?"

영감이 눈을 부라렸다.

"지난번 말동네에서처럼 허제비들같이 쫓겨오려구?"

맹갑이 무안하여 말했다.

"그때는 갑자기 기습을 당해 어마두지에 그리 됐지만, 이번에야 이쪽에서 만단 준비를 해가는데 절대 실수가 있겠습니까."

몸 재빠른 말삭이 말했다.

"아주 죽여도 좋은가요, 반쯤 죽이는 건가요?"

영감이 침착하게 가라앉은 소리로 말했다.

"죽이라는 게 아니라 병신을 만들어놓자는 게여. 아주 죽인다면 그것도 실수가 되어. 어디서 기다리기보다 밤에 숨어서 담을 넘어 들어가. 먼젓번 여기 숨어들었던 그 귀신같은 놈처럼 말여. 말 들으니 집사 그놈이 낮에는 바깥사랑에 있지만 밤에는 그 전처럼 행랑에서 제 식구와 같이 잠을 잔다니, 자는 놈을 덮쳐야 돼. 그놈이 보통 센 장사가 아니어서 낮에는 실수하기 십상이어. 반드시 자는 놈을 덮쳐야 돼. 품에 넣기 좋을 만한 철퇴나 철편을 갖고 가. 다리 하나를 부수든지 어깨 하나를 부수든지 해야 돼. 그래서 다리병신이 되든지 외팔이가 되도록. 너희 셋만 간다. 너무 많으면 도리어 소란스러워 안 돼. 내일 낮에 셋이 미리 그 집을 밖에서 한번 둘러보고 와서 요량을 잡아."

많이 생각해본 얘기였다.

이틀 뒤 밤 삼경에 기습을 갔다. 셋이 담을 넘고 들어가 소리 죽여 집사의 자는 방으로 갔는데, 방문을 당기자 문이 안쪽으로 잠겨 있었다. 맹갑이 거센 힘으로 문을 왈칵 잡아당기자 문이 벌컥 열렸다. 그 순간 자는 식구들이 잠을 깼다. 셋이 한꺼번에 방으로 뛰어들자, 집사의 처와 아이들이 비명을 질렀다. 놀란 얼굴로 일어난 집사 쪽에서 먼저 앞장선 맹갑에게로 덤벼들었다. 맹갑이 철퇴를 휘둘렀으나 헛나갔고, 석산이 철편으로 집사의 어깨를 내리쳤다. 그러나 그것이 정통으로 맞지 않고 엇비슷이 맞았다. 집사는 한쪽 어깨를 맞아 한쪽 팔을 못 썼으나, 내리치는 말삭의 철퇴를 피하여 방 밖으로 뛰쳐나갔다. 집사의 처가 계속 죽는 소리로 비명을 질러, 온 집의 사람이 다 잠을 깨어 일어나게 되었다.

"제대로 안 되었어, 쫓아가!"

맹갑이 소리쳤다. 정승집 종들이 허둥지둥 쫓아 나왔으나, 무기를 든 셋을 보고는 모두 사방으로 흩어졌다. 집사는 쫓기면서 마당구석의 괭이 하나를 주워 들고는 연방 막으면서 도망쳤다.

내당에서도 아닌 밤에 화적이라도 만난 듯 여종들이 허둥대며 대청에 나선 정경부인을 둘러쌌다. 갑자기 정경부인이 뭘 생각했는지 여종들을 향해 호령했다.

"등을 여럿 켜고 다른 문은 다 닫고 내당 중문을 열어라!"

여종들이 그게 웬 소리냐는 듯 그저 허둥대기만 하자, 정경부인이 다시 벼락같이 호통을 쳤다.

"등을 켜라! 빨리 중문을 못 여느냐!"

등을 넷이나 켰고, 다른 문은 다 닫고 중문을 활짝 열었다. 정경부인이 다시 호령했다.

"도망가지 말고 마당에들 그대로 있어!"

집사가 도망을 다니다 도망갈 데가 없자, 마침내 열린 내당의 중문으로 뛰어들었다. 맹갑 등 셋도 거기로 뛰어들었다. 여종들이 우르르 한쪽으로 몰리려 하자 정경부인이 다시 소리쳤다.

"도망가지 말라!"

여종들은 도망도 못 가고 벌벌 떨며 그 자리에 섰거나 주저앉거나 했다. 정경부인은 대청에 버티고 섰는데, 옆에 붙어 선 건 침모와 차집 문산댁뿐이었다.

내당 마당에서 무기 휘두르는 셋과 괭이로 막아내는 집사의 싸움이 계속되었다. 마당에 있던 여종들이 비명을 지르며 떠다박지르고 짓밟히고 하여 여종들도 여럿이 상했다.

"이놈들, 정막개가 보낸 자객들이 틀림없으렸다!"

정경부인이 소리치는데, 그때 바깥 사내종들이 손에 잡히는 대로 도끼며 쇠스랑이며 삽이며 몽둥이들을 들고 밀어닥쳤다. 일대 수라장이 벌어졌으나, 마침내 셋은 쫓기는 몸이 되어 내당을 빠져나와 바깥 대문을 밀치고는 도망을 쳤다.

집사 돌지기는 한쪽 어깨를 상하고 갈비뼈 몇 대가 부러졌으나, 종 하나는 철퇴에 머리를 맞아 중상이었다.

"날이 밝는 대로 곧장 사헌부에 고하라! 첫째루 내정 돌입한 사실을 소상히 고하여야 한다!"

정경부인의 단호한 명이었다.

셋은 돌아가 영감에게 집사를 심히 상하게 해놓았다고 부풀려서 말했다. 하지만 내정에까지 들어가 싸움을 했다는 말에 영감은 눈이 휘둥그레졌다.

"왜 내당에까지?"

"상한 집사 놈이 내당으로 뛰어들었기 때문에……."

"내당이 잠기지 않았더냐?"

"중문이 열려 있었습니다."

영감은 크게 역정을 내었다.

"왜 그놈을 방에서 단숨에 처치해버리지 못했어!"

"어깨를 내리쳤으나 좀 설맞아서 제대루 하려구……."

영감은 그날 내내 역정을 냈다. 아침나절이 좀 지났을 때 사헌부 감찰 하나가 나장 이십여 명을 거느리고 와서, 불문곡직하고 나장들 시켜 영감의 구종 열 명을 모두 오라로 묶었다. 그러고는 감찰이 영감에게 말했다.

"오늘 신시(辛時)까지 사헌부에 와서 등대하시오."

묶은 구종들 앞세우고 그 말만 남긴 채 감찰은 가버렸다.

영감은 얼이 빠진 채 있는데 청지기가 말했다.

"영감마님은 모르는 일이라고만 하시지요. 종들끼리 무슨 일로 싸웠을 뿐, 모르는 일이라고 말씀입니다."

"그게 좋을까? ……"

영감이 허공에 뜬 소리를 내자, 마침 무뢰배들 모으는 일로 와 있었던 양태봉이

"그게 좋을 것 같습니다. 그렇게만 해버리면 별일 없을 것입니다."

영감을 위안했다.

영감은 신시가 가까워지자 조복관대는 아무래도 꺼림칙하여, 도포에 갓을 쓰고 보교를 내라 하여 종들에게 실리어서 사헌부로 갔다.

사헌부에 들어서자 구종들 잡아갔던 그 감찰이 사헌부 대청 뜰로 영감을 인도해 갔다. 그 뜰에는 잡혀갔던 구종들 중 기습 갔던 맹갑, 석산, 말삭이 형틀에 매어져 있었고, 이미 곤장을 받아 볼기에서 피들을 흘리고 있었다.

대청 가운데 높은 교의에는 대사헌이 앉았고, 그 아래로 집의(執義), 장령

(掌令), 지평들이 승상에 차례대로 앉아 있었다. 그 속에는 권벌 지평도 있었다.

영감이 읍을 하고 나자 대사헌이 물었다.

"상호군은 어젯밤에 저 종들을 시켜 성정승 댁을 야습케 하였소?"

이 대사헌은 새로 대사헌이 된 성세순(成世純)이었다. 영감은 떨리는 소리로 대답했다.

"소, 소관은 모르는 일입니다."

"모르는 일이라고? 저 종들이 이미 다 토설하였는데?"

영감은 형틀에 묶여 있는 세 구종을 흘낏 본 다음

"그 집 종들과 무, 무슨 혐의가 있다기에 아무것도 하지 말라고 그, 그러긴 했으나…… 그, 그렇게 싸울 줄은 몰랐습니다."

"모든 걸 영감이 시키고 얼마만큼 상케 하라든가 무슨 무기를 들라든가 그런 것까지 소상히 지시하였다는데?"

"그, 그것은…….."

영감은 온 얼굴에 땀을 흘리며 거기서 그만 말이 막히고 말았다.

"내정돌입도 영감이 시킨 것이오?"

영감은 그 물음에는 단연 고개를 치켜들고 힘주어 말했다.

"전연, 전연 내정돌입은 말도 낸 적이 없습니다."

"이미 감찰을 보내 정승댁 내당을 조사하였거니와 내당의 여종들도 여럿이 상하였소. 마침내 정경부인까지 해치려 했던 것이오?"

"도, 도무지 내정돌입은 생각도 한 적이 없습니다. 정, 정경부인을 해치다니, 꿈에도 생각한 적이 없습니다."

"왜 그러면 정경부인 호위하는 여종들이 그토록 여럿이 상하였소. 바깥

채 사내종들이 들이닥치지 않았다면, 마침내 어떤 흉행이 감행되었을 것 아니오."

"당, 당초 내정돌입은 말도 꺼낸 적이 없으며, 그, 그것은 저 종들이 자의로 그런 것입니다."

"내정돌입을 하여서는 안 된다는 말을 한 적도 없는 것은 사실이오?"

"그, 그것은 설마 그러리라고는…… 그러리라고 생각도 않았기에……."

내정돌입은 정경부인의 기민한 계교에 걸려든 것이지만, 이 함정에서 벗어날 길이 전혀 없었다.

대사헌은 거기서 추문을 마치고 감찰을 향해 손짓했다. 감찰이 나장을 불렀고, 나장들이 전후좌우에서 영감의 팔을 끼었다. 감찰이 지휘하여 영감을 의금부로 끌고 가는데, 영감이 의금부로 끌려가는 것을 본, 보교 메고 온 종들이 모두 혼겁하여 빈 보교를 메고 허둥지둥 집으로 돌아갔다.

저녁때 의금부에 갇힌 영감을 위해 청지기가 구메밥을 지고 왔는데, 그 청지기가 허둥대는 소리로 말했다. 좀 전에 양태봉이 면포 광을 부수고 은덩이며 비단들을 챙겨 도망갔으며, 그러고 나자 청을이 내당의 화각장을 부수고 패물함을 훔쳐 도망갔다는 것이었다.

영감은 오랫동안 고통스레 눈을 감고 있다가 청지기를 보고 말했다.

"내가 나갈 때까지 집의 권을 모두 너한테 준다. 집을 잘 간수하고 있으면 내 나가서 네 공을 높이 기릴 것이다."

청지기는 황감하다며 영대로 하겠다고 말하고 갔다.

그런데 다음 날 사헌부의 상계가 임금에게 올라갔다.

"상호군 정막개는 본래 정국의 원훈 성희안의 집 종으로 오랫동안 그 집에서 일했는데, 이번에 그의 노(奴) 삼인(三人)에게 무기를 들려 정승집을 야습케 하였습니다. 그 집 집사와 종에게 중상을 입히고 마침내는 내정에 돌입케 하여 정경부인을 해치려 하였습니다. 이로 하여 정경부인을 호위 하던 여종들이 숱하게 상하였으며, 잠을 깬 사내종들이 내정에 들이닥쳐 서야 도피하여 물러갔습니다. 이것은 살변(殺變)에 해당하는 죄일 뿐 아니 라, 강상죄(綱常罪)를 물어야 하는 중죄이오니 상의 처결을 바랍니다."

임금은 그제야 권벌이 독계에서 말하던 간휼 방자한 간인이란 말을 되 새겼다. 이제 더 이상 정막개에게 은전을 주는 것은 임금 스스로에게 오 직 해가 될 뿐이라고 판단하고 주저 없이 전교를 내렸다.

"정막개의 관작을 삭탈하고 재산을 적몰(籍沒)한다."

귀양을 보내지 않은 것만이 임금의 마지막 은전이라면 은전이었다.

집을 지키고 말 것도 없었다. 의금부에서 풀려나온 정막개는 그래도 집 부터 가보았다. 지나가는 행인 모양으로 집 앞을 지나며 보았는데, 집 대 문 앞에는 군사 둘이 창을 비껴 잡고 서 있었고, 대문에는 크게 빗장을 쳐 놓았다. 집 안에도 옛날 때처럼 방마다 빗장 지르고 봉인해두었을 것이다. 집이고 종이고 물건이고 고양 장토고 간에 모두 속공(屬公)되었을 것이다.

그는 다만 그 갓과 도포 차림인 채로 아무 지향도 없이 걸었다. 하루 종 일 아무 곳이나 향해 걸어 다니던 그는, 마침내 지치고 허기도 져서 남촌 먹적골에 있다는 정말용의 집을 찾아갔다. 한 번도 와본 적이 없어서 집 을 찾는 데도 한참이 걸렸다. 재빠르게 평시서 서리로 자리를 옮긴 것은 이미 잘 알고 있어서, "평시서 서리 정말용"을 이 집 저 집 묻고 다녔다. 마침내 먹적골 막바지 언덕 아래에 있는 정말용의 집을 찾았다. 네 칸짜 리 아담한 기와집이었다.

평대문에서 사람을 부르자 계집아이 하나가 나왔다가 들어가더니 여자가 나왔다. 정말용의 처였다. 서울 이사 왔을 때 문안을 와서 한 번 본 적이 있는 여자였다. 육촌 제수가 되는 셈이었다. 아직 시골티가 다 빠지지 않은 암팡지게 생긴 여자였다. 여자가 아무 말 없이 사랑방으로 안내를 해서 막개는 사랑방에 가 앉았다. 앉으면서 막개는 위신을 차리느라 점잖은 소리로 말했다.

"내가 지금 시장해서 그러는데……."

얼마 후 계집아이가 소반에 밥을 차려 가지고 왔다. 밥은 입쌀밥이고 찬은 김치와 장국 그리고 생선 조림이었다. 밥상을 들고 온 계집아이는 여종같이 보였고, 어느새 여종까지 하나 부리게 된 모양이었다.

사랑에는 제법 번듯한 안석에 보료도 깔리고 문갑과 사방탁자, 그리고 서판(書板)과 필가(筆架) 등이 두루 갖추어져 있었다. 갓 벗고 도포 벗어 사방탁자에 올려놓은 다음 밥을 먹고 나자, 계집아이가 밥상을 들어내 갔다. 육촌 제수는 종내 들여다보지 않았다. 나중 서당에 갔다 온 듯한 아이들 떠드는 소리가 들렸으나, 아이들 어미가 뭐라고 그랬는지 떠드는 소리가 뚝 그쳤다. 막개는 무료하게 안석에 앉았다가 보료에 눕기도 했다.

해가 기울 무렵 정말용이 퇴청해 돌아온 소리가 들렸다. 부부끼리 무슨 소리를 나누는지 한참이나 지나서야 정말용이 명주 바지저고리 차림으로 사랑방에 들어왔다. 정말용의 얼굴은 어색하도록 굳은 얼굴이었다. 그래도 허리를 굽혀 반절이라 할 만한 절은 했다. 잠시 먼눈을 팔며 앉았던 정말용이 입을 열었다.

"미리 갖고 나온 물건 같은 것도 없나요?"

막개는 아첨하듯 헛웃음을 웃으며 말했다.

"의금부에 있던 채루 나왔는데 물건이고 뭐고 어디 그럴 틈이 있어야지……."

그러고는 다시 정색하며 점잖게 말했다.

"내 곧 복관(復官)될 것이니 두고 보게."

"복관이요?"

"아무렴. 삼정승이 아직두 내 편이구, 도승지가 내 편인데 그리 오래 걸리지도 않을 게여. 내 내일부터 그분들 차례로 심방할 참이어."

정말용은 아무 대꾸가 없었다. 어림도 없는 말이라는 걸 정말용이 더 잘 알고 있기 때문이었다. 조금 더 무료하니 앉았던 정말용은

"좀 있다 진지 드시고 주무시지요. 저는 일이 좀 있어서."

그러고는 서판에서 무슨 장부 같은 걸 꺼내 들고는 방을 나갔다.

다음 날 막개는 삼정승을 만나본다며 나가서는 일없이 거리나 헤매고 돌아다니다 점심도 굶고 늦은 때 돌아왔다. 이렇게 지내기를 열흘쯤 되고서부터였다. 그때부터 밥상의 밥이며 찬이 자꾸 달라져가기 시작했다. 밥에 서속이 섞이기 시작하고, 찬에서 생선 조림이 빠지고, 나중에는 토장국에 건더기가 다 빠지고 시래기만 몇 가닥 남는 꼴이 되어갔다. 그때마다 막개는 뒤집히는 속을 꾹꾹 눌러 참았으나, 밥이 아주 서속밥만 되어 들어왔을 때는 마침내 더 참지 못하고 밥상을 들어 사랑 앞 마당에다 팽개쳐 버렸다. 밥상의 그릇들이 깨어져 뒹굴었다. 그때는 저녁때라 정말용도 집에 와 있을 때였다.

"아니 왜 그러십니까."

정말용이 그 반들거리는 이마를 내밀고 나와서 착 가라앉은 소리로 말했다.

"네가 내게 이럴 참이냐?"

막개는 사랑마루에 서서 치를 떨며 소리쳤다.

"뭘 어쨌다고 그러십니까."

마루 앞에 마주 선 정말용은 여전 그 가라앉은 어조였다.

"이 집은 내 돈으로 산 내 집이다. 이 집을 내가 차지해야겠다!"

막개의 입에서 그 소리가 나가자 정말용은 다만 피식 웃었다.

"내가 일해서 품삯 받아 산 집이오. 품으로 말하면 그 두 배는 받아야 할 것이나, 내가 말았던 것이오. 그걸 따지고 싶으면 내일 형조에 가서 소송이라도 내보시구려."

"형조?"

"형조든 어디든 마음대로 가보시구려."

"이놈이?"

막개는 마당으로 뛰어내려 정말용의 멱살을 쥐었다. 정말용은 잡힌 멱살을 아무렇지도 않게 내버려둔 채 말갛게 막개를 바라보았다. 그 말짱한 기운에 눌려 막개는 멱살을 놓고 도로 마루로 올라오며 소리쳤다.

"내 복관되면 네놈은 절대 살아남지 못한다!"

정말용은 여전 말짱한 얼굴인 채로 뒤도 안 돌아보고 안방으로 들어갔다. 다음 날 날이 밝자, 막개는 갓 쓰고 도포 입고는 밥상도 기다리지 않은 채 그 집을 나섰다. 집을 나서며 소리쳤다.

"내 복관되는 날이 네놈 저승 가는 날이다!"

그는 몇 번이고 망설이고 또 망설이다 시전의 굴무를 찾아갔다. 아직 한산한 아침나절이었는데, 굴무는 전 안에서 차인 두엇과 무슨 얘기를 나누고 있었다. 얘기를 하던 굴무가 전 앞에 어른거리는 막개를 얼핏 보았으나, 못 본 척 차인들과 다시 얘기를 계속했다. 막개는 헛기침 소리를 내며 굴무에게로 다가갔다. 굴무가 멀거니 바라보다

"웬일인가."

심상한 어조로 말했다. 막개는 짐짓 기세 좋은 안색을 차리며

"잠시 보세."

했다. 굴무가 천연스레 조금 떨어진 전의 구석 마루로 가 앉았고, 막개도 거기 가서 옆에 앉았다. 막개는 담판하듯 매우 단도직입적으로 입을 열었다.

"내가 곧 복관되게 돼 있어. 복관되는 데 뭘 좀 들여야 하니 자네가 상목 마흔 필만 빌려주게. 내 복관되는 대로 그 배로 갚을 터이니."

굴무는 쓴웃음을 지었다.

"지금 한참 거래 때라 그런 게 없다네."

"그럼 스무 필만이라도…… 급해서 그러네."

"스무 필 아니라 단 한 필 마련도 어렵다네."

"단 한 필도? …… 아니 지금 날 막보자는 겐가?"

굴무는 다시 웃었다.

"막보구 말구가 어디 있나. 가진 게 없다는데."

"이봐. 지나간 것을 지금 말할 건 아니지만, 자네 형 귀양 풀린 게 누구 덕인가. 안 그랬으면 지금도 북관 신세여. 그런데 날 이렇게 막볼 참이어?"

그 소리가 나오자 굴무는 더욱 쓴웃음을 지었다.

"넘치구두 남는 뇌물 바치구 풀린 거 아닌가. 그 형 신역 좀 면하게 해달랬더니 두고 보자면서 그냥 팽개쳐두지 않나. 그런 걸 자네 당상 떨

어지구 나서야 내가 손을 써서 해내었어. 자네 그 자리에 있었으면 아직 두 그대루였겠지. 그 소리는 피차 꺼내지 않는 게 좋겠어."

그러고는 굴무는 그대로 일어서서 아까의 차인들에게로 가서 아무 일 없었다는 듯 하던 얘기를 계속했다.

얼굴에 핏기가 가신 막개는 일어서서 나오며 굴무를 향해 소리쳤다.

"내 복관될 때 다시 보자! 이 전이 이대루 성하지는 않을 테니!"

밖에 나와 거리를 헤매었으나 어디 갈 데도 없고 또 매우 허기도 져서, 그는 운종가 너머 황토 마루로 가서 수풀 속에 들어가 앉았다. 거기서 그는 갓을 벗은 다음 머리에 감았던 망건(網巾)을 풀어내고 망건에 달린 옥관자(玉貫子)를 떼어내었다. 한 쌍으로 된 두 개의 옥관자를 옛날 은동곳 훔쳤던 도자전 아닌 다른 도자전에 가서 팔았다. 상목 세 필을 받았다.

남문 밖 객주에 들러 여럿이 들끓는 봉놋방이 아닌 따로 사처를 잡고 들었다. 사처에서 지내면서 그는 경상도 고령에나 가볼까 하는 생각을 했다. 승전색 유옥천이 전에 두 번이나 그 먼 데서 문안을 왔던 적이 있었다. 자신이 만든 사기(沙器)라면서 무늬 좋은 분청사기 몇 개를 선물로 가져와서는, 하늘 같은 은혜를 언제 갚느냐면서 연해 감읍해했던 것이다. 그 유옥천을 찾아가면 대접도 잘 해줄 것이고 안신해 있기도 좋을 것이었다. 그러나 그런 생각만 떠올려 보았을 뿐, 왜 그런지 내키지 않아 그냥 사처에서 날만 보냈다. 사람 만나는 것에 질린 탓도 있었다.

그때가 봄이었는데 여름을 보내고 가을을 보내고 또 겨울을 맞으면서, 망건의 밀화풍잠(蜜花風簪)을 떼어서 팔고, 상투의 금동곳을 뽑아서 팔고, 갓과 도포를 벗어서 팔고, 비단 바지저고리를 벗어서 팔고, 가죽으로 된 태사혜(太史鞋)를 벗어서 팔고, 망건도 팔고, 종당에는 무명 바지저고리 차림에 머리를 끈으로 묶은 복상투 차림이 되었다. 그 모양으로 봉놋방에서 뒹굴었다. 마지막 남은 것이 무명 두 필이라, 더 그러고만 있을 수 없어 마침내 거리로 나오고 말았다. 이 무명 두 필이라도 노수로 해서 유옥천을 찾아가 볼 수밖에 없다는 생각이었다.

그러나 왜 그런지 좀처럼 발걸음이 떨어지지 않았다. 이대로 굶고 다닐 수도 없으니, 무슨 일이건 해서 밥벌이라도 해야 할 것이었다. 그러나 그건 이제는 할 수가 없었다. 옛날의 그 양재 역말 구월산 기슭 마구 일 같은 것을 떠올려보았으나, 이대로 죽었으면 죽었지 다시 그런 일에 손을 댈 수는 없었다.

입은 것이 때는 까맣게 절은 것이라도 무명 누비 바지저고리라, 거리의 덤불 구석 같은 데를 파고들어가 추위를 견디며 잠을 잤다. 그러나 눈보라 치는 날이 큰일이었다. 눈보라가 심히 치는 날 도무지 덤불 구석에서는 견디지를 못해 이날 하루만 거기서 지내리라 생각하고, 어두울 때 광제교 밑의 옛날 그 잠시 있었던 움을 찾아갔다. 움을 들여다보니 마침 지난날처럼 비어 있었고, 멍석만 깔린 채 아무것도 없었다. 그래도 풍설을 막아주니 한결 나았다. 감정과 첫날밤을 여기서 지냈던 일을 어렴풋이 회상하면서 신음소리를 내어가며 어설피 잠이 들었다.

아침에 누군가 발길질을 해서 눈을 떠보니 땅꾼 둘이 들어와 있었다. 땅꾼 둘은 아무 소리 없이 막개를 밖으로 끌어냈다. 밖으로 끌려나온 막개를 두 땅꾼이 밀쳐버려 막개는 무명 싼 보통이를 안은 채 땅바닥에 털썩 주저앉았다. 둘러보니 밖에는 이미 숱한 땅꾼들이 몰려와 있었고, 맨 앞에는 꼭지딴 개도치가 서 있었다. 개도치 옆에는 아이를 업은 분이도 있었다. 누군가 아침에 움 속의 막개를 보고는 꼭지딴에게 일렀던 모양이었다.

끌려나온 막개를 보며 개도치는 가슴을 치며 껄껄대고 웃었다.

"기어코 봄 꿩이 제 울음에 죽었구나, 기어코……."

그 소리를 하며 개도치는 연해 가슴을 치면서 웃어대었고, 다른 땅꾼들도 와자하니 웃음들을 터뜨렸다. 다만 분이만은 웃지도 않고 냉랭하게 막개를 쏘아보고 있었다.

풍설은 그치고 햇살은 밝았으나, 눈 덮인 맨땅에 주저앉아 있던 막개는 문득 우물우물 변해하는 소리를 내었다.

"하룻밤만 자구 어, 어디루 가려구…… 하룻밤만 자구서……."

개도치가 허리를 굽혀 막개를 내려다보며 물었다.

"어디루 간다구?"

"전에 알던 사람인데…… 궁에 있다가 면, 면천된 유옥천이라구……."

"아, 나도 한 번 본 사람이지. 경상도 어디라고 했던가."

"고, 고령이라구……."

"그랬던가. 아주 먼 길 가야겠군. 그런데 가기 전에 나하고 어디 좀 같이 가볼 데가 있어. 거기 같이 갔다가 가라구."

"어, 어디루?"

"회실례를 좀 돌 데가 있어. 따라오면 알아."

개도치가 땅꾼 시켜 막개를 붙들어 일으키라고 했다. 막개는 일어나면서 무명 싼 보퉁이를 꽉 껴안고 있었는데, 그걸 본 분이가 싸늘한 소리로 외쳤다.

"여기 잠잔 값을 받아내야 해. 저 보퉁이를 뺏어요!"

"뺏기는 뭘 뺏어. 하룻밤 그냥 인심 쓴 걸루 하지."

그러고는 한 땅꾼을 보고

"저게 뭔지 풀어보기나 해봐."

그 땅꾼이 막개의 보퉁이를 뺏어 헤쳐보니 무명 두 필이 나왔다. 그걸 보고 개도치가 또 웃음소리를 내었다.

"먼 길 노수로는 턱없이 적군. 엄동설한에 숱하게 과객질하며 가야겠어. 도루 싸서 줘."

땅꾼이 그것을 도로 싸서 막개에게 내주려 하자, 분이가 내달아 그걸 냉큼 뺏어버렸다.

"안 돼. 잠잔 값을 꼭 받아내야 해. 사람 아닌 인축한테 무슨 놈의 인심이야."

개도치가 나무랐다.

"어허, 이거 왜 이러나. 노래기를 회쳐 먹자는 건가."

개도치가 분이의 손에서 보퉁이를 뺏어 막개의 품에 안겼다. 그러고는 선뜻 앞장을 섰다.

"가자."

그 소리에 따라 땅꾼 둘이 막개를 양쪽에서 끼고 뒤를 따르는데 분이가 뒤에서

"꼴좋다. 그 좋은 마누라 내쫓은 네놈은 죽어서라도 화염지옥에 떨어질 게다!"

치를 떨며 욕설을 퍼부었다.

개도치가 막개를 끌고 간 곳은 말동네였다. 말동네가 가까워지자 막개는 발버둥을 치며 끌려가지 않으려 버티었다. 두 땅꾼이 억지로 끌었다.

말동네에 들어서자 동네 사람들이 몰려들기 시작했다. 막개가 부서진

제 집의 마당에 세워졌을 때는 온 동네 사람이 다 몰려들었다. 동네 남자들은 달려들어 발길질을 했고, 여자들은 서로 덤벼 머리칼을 쥐어뜯었다. 막개는 머리가 산발되고 온몸에 멍이 들어 코피를 흘리며 마당 한구석에 뒹굴었다. 안고 있던 보퉁이도 그 옆에 뒹굴었다.

한 남자가 마침내 몽둥이를 들고 나서자 개도치가 말렸다.

"자, 자, 그만해둡시다. 내 그저 회실례나 한번 시키려고 끌고 온 것뿐이오. 산 밖에 난 범이요, 물 밖에 난 고긴데, 더 손대어 무엇하겠소. 더 그러면 우리가 불쌍한 사람 되오."

옆에 서서 지켜보고만 있었던 탑골 노인이 고개를 끄덕였다.

"개도치 말이 맞다. 더 손댈 것 없다. 이놈이 이 꼴 된 것 본 것만 해도 분은 다 풀렸다. 더 손대지 말고 인제 저 갈 데로 가게 내버려둬라."

개도치는 두 땅꾼 데리고 가버렸고, 사람들도 하나둘 흩어지기 시작했다. 동네 아이들만 남았는데, 막개는 내려앉은 집의 한구석 서까래로 가서 눈 자국을 털었다. 그러고는 거기 앉아 코피를 닦아내고 흩어진 머리를 거둬 올리고 했다. 그는 무명 보퉁이를 안은 채 거기 그냥 하염없이 앉아 있었다. 마치 돌부처가 되어버린 것처럼 꼼짝 않고 한정도 없이 앉아 있었다. 그러다가 묵묵히 일어서서 동네를 빠져나갔는데, 날이 저물자 놀랍게도 도로 동네로 기어들어 왔다. 무명을 끊어주고 어디서 끼니를 하고 온 모양이었다. 무너진 집은 아무도 손 안 대고 그대로 두었던 것이라, 풍우에 많이 썩어 온갖 벌레와 쥐 떼들의 소굴이 되어 있었다. 막개는 그 속을 비집고 들어가 잠을 잤다.

동네 사람들은 어이가 없어하면서도 하는 꼴이나 보자며 그냥 그대로 두었다. 다음 날은 안방 쪽으로 엇비슷이 기둥 몇 개를 세우고서 주워 모은 서까래를 얽고, 흩어진 싸리 담장을 모아 벽에 두르고, 썩은 짚으로 지붕을 덮어 괴상한 움을 얽었다. 방구들은 그대로 있어 내려앉은 부엌간을 대강 치우고는 아궁이에 부서진 서까래들을 모아 불을 넣었다. 마당가의 장작들은 동네 사람들이 가져다 썼는지 없었다.

곰팡이 냄새가 물씬거리는 이불들로 벽을 막고 그 썩은 이불을 덮고 잠을 잤다. 다음 날에는 사발 두엇에 서속 두어 말을 사서 메고 왔다.

"귀신 집에 귀신 하나가 들어왔어."

이웃집 돌이 처가 그런 소리를 했을 뿐, 아무도 쓰다 달다 입에 올리지 않고 하는 꼴이나 지켜보았다.

막개는 풍설 치는 날은 그 움 속에 들어앉아 있었고, 햇살 나는 날은 찌그러진 마루에 종일 웅크리고 앉아 있었다. 누구와도 말을 건네지 않았고 또 누구 말 거는 사람도 없었다.

그렇게 지내고 있다는 말을 들은 개도치가 어느 날 와서 마루에 웅크리고 앉아 있는 막개를 보았다. 마주 앉은 개도치가 어이가 없다는 얼굴로 물었다.

"여기서 살 작정이냐?"

막개는 그냥 등신처럼 앉아 있기만 했다.

"왜 고령 안 내려가고?"

그 물음에도 막개는 고개를 숙인 채 묵묵부답이었다. 개도치의 얼굴에 연민의 정이 가득 떠오르며 다정히 속삭이듯 말했다.

"그 노수로는 안 되겠지. 그래 내가 노수를 좀 보태주려 해. 새로 의관 정제하고 아주 편히 갈 수 있을 만큼. 자, 이것이면 될 거야."

개도치는 허리춤에서 조그만 은덩이를 하나 꺼내었다. 옛날에 성정승 집에서 받은 것과 똑같은 두 냥짜리 은덩이였다. 개도치가 그 은덩이를 막개의 주머니에 넣어주자, 막개는 그 등신 같은 모양을 그대로 한 채

"고마워……."

웅얼거리듯 조그만 소리를 내었다. 아주 등신이 되어버린 듯, 그 소리도 그리 크게 감격해하는 소리가 아니었다.

그러고서 개도치가 떠났는데, 그 뒤 여러 날이 지나도 막개가 여전 그 모양 그대로 그 움에 있다는 말을 듣고 개도치는 다시 막개를 찾아왔다. 막개와 다시 마루에 마주 앉은 개도치가 의아해하며 물었다.

"왜 고령 안 내려가? 고령 그 사람이 박대할까 봐서?"

막개는 고개를 저었다.

"그럼 왜?"

그저 또 등신처럼 앉아 있기만 하는 막개를 한참이나 들여다보고 있던 개도치가 마침내 물었다.

"너 혹시 전의 마누라 감정이 그 여자를 기다리고 있는 건 아니겠지?"

얼굴을 들어 개도치를 흘끔 본 막개는 대꾸 없이 또 고개를 숙였다.

"그 여자는 아주 사라지고 없어. 어디로 갔는지 아무도 몰라. 또 어디 살아 있다 해도 돌아올 리도 없고."

타박하는 듯 말한 개도치는 다시 타일렀다.

"전에 한번 본 깐으로는 고령 그 사람이 매우 신실해 보여서 널 상전 모시듯 할 게다. 네가 지금 뭘 하겠나. 명색 고관을 지냈는데 막일을 하겠나 뭘 하겠나. 너도 그런 생각이 들 거다. 고령 가서 안신해 있는 게 제일이다. 고령 내려가도록 해라."

그런 말을 하고 왔는데도 막개가 여전 그 움에서 꼼짝 않고 있다는 말

을 들은 개도치는, 막개가 아주 등신이 되어버린 것으로 치부하고 잊기로 했다.

그날은 맑은 날인데도 몸이 편치 않아 막개는 움 안에 드러누워 있었다. 벽 쪽으로 작대기 하나가 싸리 벽을 비집고 둘러친 이불 틈 사이로 해서 움 안으로 들어왔다. 막개는 들어온 그 작대기를 물끄러미 바라보고 있다가, 그 작대기가 누워 있는 얼굴 가까이 오자 작대기를 낚아챘다. 밖에서 아이들의 왁자지껄 떠드는 소리가 났다. 아이들이 장난을 치고 있었던 것이다. 다음 날도 또 작대기가 들어오고 또 낚아채고 했다. 그때부터 아이들이 가락을 붙여 타령을 불러대었다.

"멸치 꽁치 노는데

삼치 방어가 못 노나

참깨 들깨 노는데

피마자가 못 노나

명장 송장 노는데

문둥이 귀신이 못 노나……."

장바닥에 흔히 떠돌아다니는 타령이었다. 막개가 거적문을 들치고 나가자 아이들은 와 하니 도망을 쳤다. 막개는 그 모양을 그저 멀거니 바라보고만 있었다. 그 타령이 며칠 계속되다 나중에는 막개가 피식 웃고 말아서 아이들도 싱거워서 그 짓을 그만두었다. 그러는 사이 막개와 아이들은 좀 친숙해져서 막개가 마루에서 햇볕을 쪼이고 있을 때면 아이들은 막개를 둘러싸고 이것저것 여러 가지를 물었다.

"갑주 입으면 굉장히 무겁지?"

아이들은 그런 걸 물었고 막개는 덤덤히 대답했다.

"그리 무겁지 않어."

"보검은 굉장히 잘 든다던데, 저런 기둥 같은 것도 한 칼에 베어 넘긴다면서?"

"그렇지는 않어. 사람은 베어 넘기지만, 기둥은 안 돼."

"보검에는 사방에 금도 박고 옥도 박지?"

"응. 자루는 그렇고 칼집은 주홍색 어피라는 가죽으로 싸지."

"임금님은 어떤 옷을 입어? 모두 금으로 된 옷만 입는다면서?"

"그렇지는 않어. 조하(朝賀)를 받을 때는 강사포(絳紗袍)라는 옷을 입고, 제사 지낼 때는 구장복(九章服)이라는 옷을 입지. 큰 군사 습진 때는 금으로 된 갑주를 입지만, 보통 때는 옷에는 없고 통천관(通天冠) 같은 관에만 금이 있지."

아이들은 모두 열이 올라 온갖 것을 물었다. 그때마다 막개는 동무들처럼 수월히 대답해서 아이들은 이제 낮이나 밤이나 이 움에 우글거렸다. 어떤 아이가 배추 뿌리를 여럿 가져와서 막개도 같이 나누어 먹었다. 그러자 밤이니 무니 저희들이 구할 수 있는 건 무엇이든 구해 와서 막개와 같이 어울려 먹으면서 희희낙락했다.

그렇게 어울리던 중 하루는 막개가 아이들에게 물었다.

"여기 살던 아주머니 어디 사는지 몰라?"

아이들은 모두 서로 돌아보며 누구 아는 사람 없느냐는 얼굴이었다. 아는 아이가 하나도 없었다. 그걸 모른다는 게 너무 미안해서 모두 무색해했다.

한 아이가 말했다.

"그때 외갑이 따라갔는데……."

그러자 여러 아이가 다투어 말했다.

"그 아주머니가 오지 말라고 막 소리쳤는데두 따라갔다구."

"매 맞아 아픈 몸인데도 어정거리면서 갔다구. 외갑이가 돌아오면 알 텐데, 그 뒤루 외갑이가 오질 않어."

"저희 할머니가 죽었는데두 안 왔는걸."

"오지두 않았는데 저희 할머니가 죽었는지 어쨌는지 어찌 알아."

아이들은 이제 그 아주머니 사는 데가 어딘지를 꼭 알아내야 할 책임감 같은 것을 느꼈다. 그래서 집집마다 저희 부모들 눈치를 살피며 그 아주머니 사는 곳을 알려고 애를 썼다. 모든 어른들이 다 몰랐으나, 그중 한 사람, 사복시 관노 다니는 당산 할멈 아들이 저의 아이에게 한마디 흘려주었다. 같은 사복시의 관노 한 사람과 무슨 얘길 하던 끝에 그 관노에게서 들은 얘기였다. 그 관노가 무슨 관아 일로 서부 연희방(延禧坊)의 새터말(新村)에 갔을 때 동네 사람들한테서 재미있는 말을 들었다는 것이다. 새터말 알젖고개 밑에 괴상한 부부가 있는데, 여자는 멀쩡하나 남자는 천치이고, 둘 사이에 아이까지 낳고 살고 있다는 것이었다. 하지만 그런 부부가 세상에는 더러 있을 수가 있어, 그것이 그 아주머니와 외갑인지는 알 수 없는 일이라고 했다.

당산 할멈 손자는 열네 살짜리로 아이들 중에서는 제일 큰 아이였다. 탑골 노인 손자 하나와 동갑으로 둘이 친했다. 이 둘이서 거기를 한번 가 보자고 의논을 했다. 말동네에서 새터말까지는 갔다 오는 데 꼬박 하루 길이었다. 둘은 어느 날 새터말 알젖고개까지 갔다가 집을 못 찾아 허탕을 쳤다. 그래서 다음 날 또 갔다. 이번에는 집을 찾아 감정과 외갑이 같이 살고 있는 것을 숨어서 보았고, 감정이 아이를 업고 있는 것까지 보고 왔다.

둘이 감정과 외갑을 찾으러 다닌다는 것을 알고 있는 다른 아이들이 자꾸 물었다. 이 두 아이는 그래도 그만한 나이에 그만한 눈치는 있어, 막개에게는 절대 비밀로 해야 된다고 다짐하면서, 보고 온 얘기를 슬금슬금 다 말했다. 그중 한 꼬마가 자신이 들은 얘기를 막개에게 무슨 비밀이라도 되는 듯 몰래 일러주었다. 막개는 그 꼬마에게 당산 할멈 손자를 좀 불러오라 시켰다. 불려온 당산할멈 손자는 그 꼬마를 원망하면서도 보고 온 얘기를 풀 죽은 소리로 그대로 다 말했다.

그다음 날에 몇 아이가 또 막개 움에 놀러 갔으나, 막개는 지금까지 못보던 험한 얼굴로 다시는 놀러 오지 말라고 찢어지는 소리로 외쳤다.

그날 뒤로 막개의 움의 그 땅바닥 굴뚝에서는 연기가 나지 않았다. 며칠째 뭘 먹고 있는지 굶는지 알 수도 없었고, 바깥 마루에도 통 나오지 않았다.

감정과 외갑의 이야기는 이미 동네에 다 퍼져 어른들도 알고 있었고, 땅굴의 분이나 개도치에게도 알려졌다. 동네에서는 막개가 그 때문에 속을 끓이며 밥도 굶고 있는 모양이라고들 수군거렸다. 아무도 동정하는 사람은 없었다. 어떤 사람은 조롱했다.

"참 너무 더럽고도 염치없는 놈이군. 물은 흘러 천리 강하(江河)로 흘러갔는데, 지금 쪽배 만들고 있나?"

열흘째 그 땅바닥 굴뚝에서 연기가 나지 않자, 이웃집 돌이가 막개 움의 거적문을 들치고 들여다보았다. 막개는 번듯이 눈을 뜬 채 빳빳이 얼어 숨이 져 있었다.

며칠째 한풍이 심히 불었는데, 이제는 바람은 그쳤으나 눈이 내리고 있

428

었다. 탑골 노인과 개도치 삼촌은 시구문(水口門) 밖으로 시체 내갈 일을 의논하면서, 이 눈발 속에 누가 이 일을 할 것이냐며 걱정을 나누었다. 개도치 삼촌이 말했다.

"본래 개도치가 데리고 왔으니 절더러 땅꾼 시켜 치우라고 하는 게 제일 좋겠수."

"하긴…… 그게 제 하는 일이기두 하니."

통기를 받은 개도치는 땅꾼 셋을 데리고 왔다. 땅꾼 하나는 지게를 졌고, 둘은 각각 곡괭이와 삽을 들었다. 개도치 일행이 오자 탑골 노인과 개도치 삼촌과 이웃 돌이와 그 밖에 몇몇 남자들이 모여들었고, 구석구석 아이들도 몰려들었다.

눈 때문에 갈모를 쓰고 왔던 개도치는 막개의 움에 이르자, 갈모를 벗어 눈을 털어버리고는 거적을 들치고 움 안으로 들어갔다. 시체는 동태 얼듯 뻣뻣하게 얼어 있었다. 번듯이 뜬 눈부터 가려주려 했으나, 도무지 잘되지가 않았다. 언 몸을 추스르다가 주머니 속에서 손에 와 닿는 것이 있었다. 꺼내어 보니 개도치가 주었던 그 은덩이가 본래 넣어주었던 그대로 있었다. 그걸 보며 개도치는 머리를 심하게 얻어맞은 듯 정신이 다 산란했다. 은덩이고 금덩이고 다 소용없었던 모양이었다. 쫓아낸 제 마누라에게 이리도 깊은 회한(悔恨)을 품고 있었을 줄은 정말 몰랐다. 감정과 외갑의 얘기가 그에게는 종막을 고하는 말이었음을 알 수 있었다.

어떻게 하든 눈은 반드시 감겨주려고 개도치는 무진 애를 썼다. 이런 일을 자주 해왔지만, 너무 얼어서 도무지 눈이 잘 감겨지지 않았다. 애를 쓰다 말고 개도치는 화가 뻗쳐 움을 뛰쳐나갔다. 그러고는 사람들을 향해 소리쳤다.

"눈도 안 감겨줘? 저리 팽개쳐두다니!"

개도치 삼촌이 시큰둥하게 받았다.

"그자한테 그리 정성 들일 사람이 어디 있어."

"막말을 말우."

"막말이라니?"

개도치는 대꾸 없이 화가 난 채 움의 거적문을 확 뜯어서 마당에 팽개치며, 땅꾼들더러 시체를 들어내라고 일렀다. 들려 나온 시체는 빳빳이 얼어 있었고, 개도치가 애를 썼는데도 눈은 반쯤 뜬 그대로였다.

아이들은 눈을 맞아가며 숨을 죽이고 마당 한쪽에 몰려서서, 거적에 시신 묶는 것을 지켜보았다. 거적이 모자라자 개도치는 갈수록 치미는 격분에 시달리며, 벽이라고 엮어놓은 싸리를 확확 뜯어서 시신 쪽으로 내던졌다. 시신은 거적과 싸리로 꽁꽁 묶여졌고, 곧장 지게에 올려졌다.

시신이 지게에 올려지고 나자, 개도치가 사람들을 향해 격분한 어조로 외쳤다.

"나는 이놈을 죽이려고까지 했던 사람이오. 하지만 막말은 말우. 이놈이 죽고 나니 알겠소. 내라도 이놈처럼 종으로 그 벼슬 얻었으면 그리 안 했을 리가 없소. 나뿐 아니라 여기 있는 사람들은 다! 모조리 다! 그리 안할 놈은 한 놈도 없어! …… 눈도 안 감겨줘? 다 불쌍하게 죽어나갈 주제들이!"

아무도 어떤 대꾸도 않은 채 쏟아지는 눈만 맞고 있었다. 땅꾼이 지게를 지는 것을 보고 난 개도치는 갈모를 손에 움켜쥔 채 격정에 싸인 거친 걸음으로 저대로 먼저 가버렸다. 시신이 마당을 나서자 사람들도 흩어지기 시작했다. 마당 구석의 아이들은 여전 숨을 죽이고 모여서서 떠나는 시신을 하염없이 지켜보고 있었다.

그래도 바람이 없어서 눈은 흰 꽃가루 모양 소복소복 조용히 내리고 있었다. 〈끝〉

천격스런 인간 전형의 창조

-소설 정막개에 부쳐

김선학(金善鶴, 동국대 국문과 명예교수·문학평론가)

1.

1955년 1월 정통 순수 종합문학지 『현대문학(現代文學)』은 창간했다. 국 권 상실기 1930년대 말 간행되었던 『문장(文章)』지(誌)가 그랬던 것처럼 신 인 추천제도를 두었다. 그해 10월호에 「후천화일점(後天話一點)」이란 얼른 이해하기 힘든 제목의 단편소설을 김동리(金東里, 1913~1995)는 추천했다. 최희성(崔喜星)의 작품이었다. 김동리는 〈소설천후기(小說薦後記)〉에서 이 렇게 썼다.

'이번에는 대체적으로 좋은 작품이 많았다. 그러나 잡지 형편이 한꺼번에 한 편 이상을 게재할 수는 없는 듯하다. 그래서 추천작이 한 편 나오면, 남 은 작품들은 다음 기회까지 덮어두는 수밖에 없다.

이번에는 「鄕春」「波紋」「自由의 海邊」「後天話一點」이 네 편을 읽고, 그 가

운데서 「後天話一點」을 추천하기로 했다. …… (중략) …… 끝으로 이번의 추천작으로 정한 「後天話一點」은 그 제목과 같이 내용도 좀 이상한 작품이다. 나는 그 '이상한' 점을 취한 것이 아니다. 나는 그 '이상한' 점을 좋지 않게 생각한다. 그러나 그 좋지 않은 '이상한' 점을 깎고서도 추천에 넣을 만한 다른 점이 있기에 넣은 것이다. '철'의 병적인 심리와 행동은 내가 위에서 말한 '이상한'(좋지 못한) 점에 속하나, 그 원인을 현실적인 비극과 결부시키고, 다시 '경희'의 건실한 교양과 대조시킴으로써 어떤 정신적인 바란스를 획득한 것은 좋았다. 문장도 천덕스럽지 않아서 좋다. 그러나 좀 더 맞춤법과 사투리를 정리해야 하겠다. 나는 이 작가가 어떤 사람인지 통 알지는 못하나 앞으로 더욱 착실한 태도로 꾸준히 노력하면 유익한 작가가 되리라 믿는다.' (『현대문학』, 1955. 10)

최희성은 '꾸준히 노력'하여 '유익한 작가'가 되기를 기대했던 김동리의 바람을 실천하지 않았다. 그는 『현대문학』지에 더 이상 추천을 받지 않았다. 당시 『현대문학』지는 두 번의 추천을 통해 추천을 완료시켰다. 추천 완료를 한 사람을 기성작가로 대우한다고 추천 모집 사고(社告)에 게시했다. '최희성'이란 이름으로 작품을 발표한 작가를 이후 『현대문학』지 어디에서도 찾아볼 수가 없다.

최희성은 제1회 추천작인 「후천화일점」을 발표했을 때 검정고시를 거쳐 부산대학교 사학과 1학년 학생(1958년 졸업)이었다. 경남 의령에서 태어난 최희성은 스무 살(만 19세)의 나이였다.

대체적으로 좋은 네 편의 작품에서 김동리는 최희성의 「후천화일점」을 뽑았다. 어떤 사람인지 통 알지를 못하지만 '대체적으로 좋은 작품' 중에서 가장 우수하다고 「후천화일점」을 김동리는 평가한 것이었다. 최희성은 그 후 최정협(崔正協), 최명진(崔明眞) 등의 필명으로 상당한 고액의 고료를 현상금으로 내건 공모(公募)에 투고하여 당선되기도 한다. 최희성은 한 번 더 추천받아 그것을 완료하지 못했으므로 당시 문단의 공신력이 가장 높았던 『현대문학』의 규정에 의한 기성대우 작가의 대우를 받지 못했다.

그가 본명인 최명근(崔明根)으로 투고한 적은 없었다. 작품을 투고할 때마다 그 필명도 다르게 썼다. 추천작인 「후천화일점」에 쓴 최희성도 최명근의 본명은 아니었다.

그 이유가 무엇인지는 알 수가 없다. 여동생 최예욱(崔禮旭)에 의하면 최명근은 일찍 부모를 여의어 10남매의 장남으로 청년 가장이 되었다. 그 적빈(赤貧)한 가난에 보탬이 될까 하고 많은 고료를 내건 공모에 투고하지는 않았을까. 그것을 숨기고 싶은 마음에서 가명(假名)을 사용하지는 않았을까.

가명의 특색은 그것이 대부분 동생들의 이름이었다는 점이다. 그만큼 최명근의 형제들에 대한 지극한 애정과 관심이 그런 식으로 표백된 것이라고 볼 수도 있을 것이다. 그가 투고하여 당선한 작품과 투고할 때의 필명을 비롯한 간단한 이력은 책 표지의 날개에 적힌 작가 약력을 통해 알 수 있다.

1986년 삼성문화재단 소설 공모에 최명진이란 필명으로 당선된 『자결고(自決考)』는 좀 이색적인 중편소설에 해당하는 분량의 작품이다. 충무공 이순신을 소재로 한 것이다. 충무공의 죽음을 자살로 설정한 점은 매우 특이하다. 그 작품의 당선소감을 옮긴다.

「역사의 재조명」이란 말을 많이 한다. 이 말의 의미가 저마다의 주관적 해석을 각양각색으로 시도하는 것이라면 아무 의미가 없을 것이고, 몇 겹으로 가려진 장막을 걷고 역사의 참모습에 도달할 때만 조명의 제 뜻이 살아날 것이라고 생각한다.

초등학교 때부터 우리가 알아온 성웅 이순신의 생애는 전혀 도식적인 것으로만 기술되어 있어 아무도 그 인간적인 참모습을 알지 못하고 있다. 거의 근대인과 마찬가지의 인간적 고뇌와 절망을 알고 있었던 그 영웅의 참모습을 우리는 거의 알지 못하고 있는 것이다.

무엇보다 먼저 조명하고 깨우쳐야 할 점은, 이순신은 통상 알려진 것처럼 전사(戰死)한 것이 아니라 자결했다는 사실이다. 이런 지적을 불경(不敬)이라 해서는 안 된다. 그는 승리를 거두고 자결했기 때문에 위대한 것이 아니라 자결했기 때문에 위대한 것이다. 스스로 십자가에 못 박히기를 택했던 사람의 그 슬픈 고뇌가 그에게도 있었던 것이다. 그의 슬픔과 그의 고뇌와 절망은 지금도 우리가 겪고 있는 바로 같은 내용의 것이다. 그가 겪었던 시대적 상황은 지금도 별반 다를 것이 없다.

이 같은 역사적 재조명을 소설로 시도한다는 것은 몹시 무모하고 힘든 일이다. 정확한 사실(史實)을 바탕으로 소설적 형상을 원활하게 이룩해야 하기 때문이다. 이 작업을 위해 오래전부터 자료도 모아보고 소설적 형상을 위해 애도 써왔지만 아무래도 무모한 일임에는 틀림없는 것이다. 그러나 그에 대해, 그 슬프고 위대한 사람에 대한 애착이 너무 강했기 때문에 이 무모한 일을 해볼 밖에는 없었다. 또한 도의문화 정립을 위해 소리 없이 문예작업을 펴고 있는 도의문화 저작상에 격려되기도 했던 것이다.' (삼성문화문고 별책8, 제15회 도의문화저작상 소설부문 당선작, 삼성문화재단, 1986년,

(6~7쪽)

이순신의 죽음을 자살로 보는 것이 불경할지도 모른다고 말한다. 그러
나 전쟁에서 승리를 거두고 자결했기 때문이 아니라 자결했기 때문에 이
순신은 위대하다고 최명근은 힘주어 말한다. 이순신의 고뇌는 십자가에
못 박히기를 택했던 예수의 슬픔과 고뇌에 비교할 수 있는 것이라고 하면
서 소설적 형상화를 통해 역사적인 조명을 『자결고』에서 시도했다고 말한
다. 색다른 발상을 역사적 사실에 대응시키면서 이순신의 내면적 고뇌를
집중적으로 형상화했다는 점에서 이 작품은 평가할 수 있을 것이다.

『자결고』의 심사는 소설가 이청준(1939~2008), 문학평론가 신동욱
(1932~), 언론인이며 당시 삼성문화재단 관계자 최종율(1937~) 등 세 사람
이 하였다. 이 작품에 대한 이들의 심사평을 통해 이 작품의 문학적 성과
를 가늠해볼 수 있다.

'예심을 거쳐 본심에 올라온 작품은 모두 7편이었다. 대체로 작품의 제재와
그 구도의 규모는 큰 것이었다. 그런 큰 구도에 비하여 제재를 다루어내는
데 긴요한 내적 필연성의 불충분함이 일반적인 흠으로 드러나 있다. ……
(중략) …… 『자결고』는 문장이 수사적 수준에서는 거칠기는 하나 이야기를
이끄는 힘에 있어서 확신감이 있는 문장으로 호감이 갔다. 이 작품에서 이
순신의 정신 풍경과 부수적인 인물인 금이의 보조적 조명은 작가의 한 상
상력의 소산으로서 흥미 있게 읽을 수 있었다. 이를테면 문서화된 역사적
사실 속에 숨겨진 심리적 동향을 상상적으로 재조명한다는 점에서 긍정적
인 의미가 있다고 할 것이다. 그러나 금이를 과대하게 이용하려 한 데서 결

함이 드러났다. 이러한 점은 새로운 해석과 타당한 논거의 자연스런 통합이 뒷받침되어야만 한다. 그렇지 않다면 이야기는 역사적 사실과 동떨어진 것이 되고 말 것이다. 한 인간의 심리적 추구에 초점을 둔 작품으로 인정하지만, 지나친 자의성을 절제하는 일도 중요하다 할 것이다. 예술가적 상상력이라 해도 그것은 일정한 객관성을 거쳐야만 독자를 설득시킬 수 있다고 하겠다.' (삼성문화문고 별책8, 제15회 도의문화저작상 소설부문 당선작, 삼성문화재단, 1986년, 8~10쪽)

이순신의 정신 풍경을 상상력을 통해 재조명하였고, 문장의 수사적 수준이 거칠기는 하지만 이야기를 이끌어가는 확신감이 있는 문장이라고 평가했다. 역사소설의 범주에 드는 이 작품은 최명근이 대학에서 역사학을 공부했다는 것과 결코 무관하지 않을 것이다. 당선 소감에서 '역사적 재조명'을 말한 것도 사학도(史學徒)로서 갖게 되는 인식의 결과라고 할 수 있다. 최명근이 장편소설『정막개』를 쓰게 된 것도 그의 역사에 대한 깊은 관심과 이해에서 비롯한다고 말할 수 있다.

2.

정막개는 조선시대 살았던 실제 인물이다. 그에 대한 기록들을 살펴본다.

①『조선왕조실록(朝鮮王朝實錄)』은 중종 8년(1513) 10월 22일과 23일 조(條)에 정막개의 고변(告變)을 접하고 반역을 모의한 박영문·신윤무와 관

련자를 임금이 직접 심문한 내용을 상세하게 기록하고 있다.

② 안로(安璐)의 『기묘록보유 상권(己卯錄補遺 卷上)』(명종)-권벌 전(權橃 傳)은 이렇게 기술한다.

'박영문·신윤무가 죄를 당한 것은 정부(政府)에 딸린 종 정막개가 고변한 때문이었다. 박영문은 공조 판서였는데 논박을 당해 벼슬이 갈렸다. 항상 분한 마음을 품고 신윤무의 집에 와서 어지러운 말을 많이 하였으므로, 신윤무는 반드시 사세가 그렇지 않다는 것을 들어서 만류하였다. 정막개 는 성품이 본디 교활하였다. 박영문과 신윤무의 집에 출입이 잦았는데, 두 사람의 말을 가만히 듣고 얽어서 고변하였던 것이다.'

③ 박동량(朴東亮)의 『기제잡기(寄齋雜記) 2-역조구문 2(歷朝舊聞二=역대 조정의 옛 이야기 2)』에서는 정막개의 최후까지를 적어놓고 있다.

'의정부의 종 정막개는 간사하고 교묘한 말재주로 박영문·신윤무를 고해 바치고 당상관까지 되었었다. 충정공(忠貞公) 권벌(權橃)이 지평으로 있으면 서 단독으로 그를 죽여야 할 죄상을 임금께 아뢰었는데, 비록 임금의 윤허 를 받지는 못하였으나 이로부터 여러 사람들이 모두 막개를 천하게 여기고 미워하여 사람 축에 들지 못하였다. 그의 집이 사복시 냇가에 있었는데, 붉 은 띠를 띤 조복(朝服) 차림으로 일하고 아침저녁에 시장 거리에 나서면 동 네 아이들이 곳곳에서 떼를 지어 기와 조각을 던져 쫓으면서 큰 소리로, "고변한 정막개야, 붉은 띠가 가소롭구나."

하니, 막개가 그 괴로움을 이기지 못하고 쫓기어 돌아갔었다. 아이들이 항시 그러하였고, 사람들도 또한 침 뱉어 욕하였는데, 마침내 굶어 죽었다.'

①②③을 좀 더 부연하면 이렇다.

정막개는 의정부의 종이었다. 중종 8년에 박영문·신윤무 등이 모반하는 말을 엿들었다고 고발하였다. 그 공로로 종의 신분을 면하여 절충장군(折衝將軍) 상호군(上護軍)의 당상관이 되었다. 그 후 많은 사람들의 지탄이 잇달았고 특히 권벌이 지평(持平: 사헌부에 속한 종5품 벼슬)으로 있으면서 '정막개와 같이 요행으로 공을 이루게 하면 무궁한 화가 이번 일을 좇아 시작될 것'이라고 그의 처리를 강하게 진언하였다. 임금이 곧 정막개의 관작을 환수하도록 조치하였고 조야에서는 그것을 매우 잘된 일로 평가하였다.

정막개에 대한 역사적 사료에 바탕을 두고 최명근은 장편소설 『정막개』를 썼다. 최명근은 소설 『정막개』를 그가 이전에 쓴 작품처럼 〈1982년 『경향신문』 2,000만 원 고료 장편소설 공모〉에 투고한다.

1982년 2,000만 원의 고료는 한국은행 경제통계시스템(ECOS)에 의하면 2015년 현재 69,360,000원 즉 7,000만 원 정도에 해당하는 금액의 고료였다. 장편이란 분량을 감안한다 해도 7,000만 원의 고료는 거액에 해당하는 파격적인 고료였다.

'현상모집'이라 하지 않고 '고료(원고료)'라는 말이 현상모집에 붙게 된 것은 '현상모집'으로 공모한 작품에는 세금을 부과했기 때문이다. 원고료에는 문예진흥정책에 의해 세금을 면제해주었다. 당선된 작가가 세금으로부터 벗어나게 하기 위해 고료라는 말이 '현상모집'에 붙여진 것이었다.

『정막개』를 『정막개전(傳)』이란 제목으로 최명근은 〈1982년 『경향신문』 2,000만 원 고료 장편소설 공모〉에 필명 최민조로 응모했다. 이 공모는 '신인 기성을 막론하고 한국문단의 새 인재를 찾아내는 데 그 뜻을 두고 있다'고 그 취지를 설명하고 있다. 최명근의 작품 『정막개전』은 당선작이 되지 못했다.

손영목(孫永穆, 1945~)의 작품 『풍화(風化)』가 당선작으로 선정되었다. 손영목은 이미 기성작가로 활동하고 있었다. 그는 1974년 『한국일보』 신춘문예에 단편소설 「판님」이, 1978년 『서울신문』에 「이항선」이 당선되어 등단하였다.

심사위원은 일반적으로 복수 이상으로 구성된다. 투고된 응모작품을 심사하여 당선작으로 결정하는 데는 심사위원들의 의견이 반드시 일치하는 것만은 아니다. 의견이 팽팽히 맞서는 경우에는 투표로 결정하기도 한다.

심사위원들의 문학관 혹은 작품의 성취도 판단은 주관적이다. 따라서 그들의 문학적 가치관이 항상 일치할 수가 없고 따라서 그들의 의견이 합치되기 힘든 경우도 허다한 법이다.

많은 작품이 응모되는 신문사들의 신춘문예 경우에는 예심제도를 두는 것이 일반적이다. 이런 경우 본심에 오르지 못하고 탈락된 작품에도 우수하다고 평가할 수 있는 작품이 허다할 수 있고, 본심에서 당선되지 않은 작품 중에서도 훌륭한 작품이 있다는 것을 아는 사람들은 다 아는 일이다. 심사위원이 누군가에 따라서 당선작이 달라질 수 있다는 것은 문학판에서는 상식에 속한다. 『신춘문예 낙선 작품집』이 상재되어 독자들에게 그 평가를 직접 '작품으로' 묻는 경우가 그래서 생겨나기도 했다.

『사상계(思想界)』가 김동인의 문학적 업적을 기려 1955년 「동인문학상」을 제정했다. 그해 발표된 소설작품을 선정하여 시상한다. 동인문학상은 가장 권위를 인정받는 문학상 중의 하나다.

『사상계』에서 1979년 '동서문화사'로, 1987년 『조선일보』로 그 주관기관이 바뀌어 지금까지 지속되는 문학상이다. 1961년 제5회 동인문학상은 당선작이 없고 후보작만 2편이 선정되었다. 이범선의 「오발탄」과 서기원의 「이 성숙한 밤의 포옹」이다.

후보작인 「오발탄」이 그 어느 다른 수상작보다 더 문제작이 되었다. 사람들은 「오발탄」을 수상작품으로 잘못 알고 있기도 하다. 「오발탄」은 전후의 한국문학을 대표하는 작품으로 평가받는다. 이렇게 당선작을 내지 못한 것은 심사위원들의 의견이 너무 팽팽하게 맞섰기 때문으로 알려져 있다.

『정막개전』이 포함된 〈1982년 『경향신문』 2,000만 원 고료 장편소설 공모〉 심사는 소설가 김동리, 홍성원(洪盛原, 1937~2008), 박완서(朴婉緒, 1931~2011) 등이 담당하였다.

『경향신문』에 게재된 심사평은 다음과 같다.

④ '…… 끝으로 남은 「풍화」와 「정막개전」은 각각 다른 특징을 가지고 있어 우열을 비교하기가 어려웠다. …… 「정막개전」은 연산군 당시의 중종반정을 중심으로 이에 가담했던 박영문, 신윤무를 에워싼 奴婢들, 특히 정막개를 주인공으로 한 이색적인 역사소설이다. 정막개가 동료 노비의 출세를 보고, 武臣 신윤무에 붙어 그들 무신의 불평을 눈치채고, 고변에 의한 출세와 애인 감정(甘丁)에 대한 야비한 태도 등 그야말로 영욕부침(榮辱浮沈) 세

속인심 등 참으로 실감나게 그려져 있다. 내가 본 한국의 어느 역사소설에도 손색이 없을 정도였으나 전체적인 규모가 작아 대장편(大長篇)의 골격을 이룰 수 없는 것이 흠이었다.' (김동리)

⑤ '…… 「정막개전」(崔民朝)은 이조 중종 때의 한 천민(奴婢)의 영화와 몰락을 약간의 허구를 가미하여 정공법으로 다룬 작품이다. 광범한 역사적 고증과 해박한 풍속묘사에도 불구하고 작품의 아쉬운 점은 작품의 뼈대가 단순하여 지금 시점에서 앞의 이야기가 뻔히 예견된다는 것이다. 노신(魯迅)의 「아Q정전(阿Q正傳)」 같은 한 인물의 부조(浮彫)라는 점에서도, 원고지 2,000장을 소비한 이 작품은 어딘지 산만하고 지루하지 않았던가 싶다. 아깝다. ……' (홍성원)

⑥ '…… 「풍화」와 「정막개전」 중에서 다시 한 편을 골라 당선작으로 삼아야 한다는 건 상당히 고역스러운 작업이었다. 「정막개전」은 중종조에 실제로 있었던 노비 이야기로 한두 가지 미심쩍은 것을 제외하곤 실록에 기록된 사실에 충실하면서도 소설적인 재미도 놓치지 않고 끌고 가는 솜씨가 만만치 않았다.

일개 관노에 지나지 않았던 막개가 감히 벼슬을 꿈꾸기는 같은 노비 출신 능금(能金)이 중종반정의 혼란 통에 공이랄 것도 없는 작은 공이 과장되어 속양(贖良)이 되고 작은 벼슬까지 얻어 차는 것을 보고부터였다.

노비 아닌 다른 삶도 있을 수 있다는 걸 실지로 목격한 막개가 그 목적을 위해 생각해낸 방법은 고변이었다. 그가 일신의 영달을 위해 배신하고, 무고하고, 마침내 신분을 뛰어넘어 영달하고, 급격히 몰락해가는 과정은 지금도 우리 주위에서 얼마든지 볼 수 있는 천격스러운 인간의 전형을 보는 것 같았다.

말하고자 하는 줏대가 단단하고 입심도 좋은데 급하게 서둘러서 만든 자국이 너무 눈에 띄어 작품이 전체적으로 허술해진 게 아쉬웠다. 결국 마지막까지 망설이다가 이 작품을 버렸다. 다시 다듬으면 반드시 좋은 작품이 될 것을 믿는다. ……' (박완서)

④ ⑤ ⑥의 심사평을 관통하는 것은 소설 『정막개』가 당선작에 필적할 만한 작품이란 점이다.

'이색적인 역사소설',

'한국의 어느 역사소설에도 손색이 없다',

'이조 중종 때의 한 천민의 영화와 몰락을 약간의 허구를 가미하여 정공법으로 다룬 작품',

'중종조에 실제로 있었던 노비 이야기',

'실록에 기록된 사실에 충실하면서도 소설적인 재미도 놓치지 않고 끌고 가는 솜씨가 만만치 않았다.'

등등의 심사평에서 심사위원들 표현이 그 점을 잘 말해준다.

특히 ⑥에서 「풍화」와 「정막개전」 중에서 다시 한 편을 골라 당선작으로 삼아야 한다는 건 상당히 고역스러운 작업이었다.'고 심사 저간의 사정을 언표한 것은 작품 『정막개』를 선택하지 못한 아쉬움을 함의하고 있는 표현이라고 할 수 있을 것이다.

소설 『정막개』의 소설적 성취와 그 완성도는 어느 작품에도 뒤지지 않는다는 점을 심사위원들의 소감을 통해 확인할 수가 있다.

3.

소설의 성공은, 너무 원론적 이야기지만 작가가 성격창조를 어떻게 성공적으로 작품 속에서 형상화하는가에 달렸다. 최명근은 『정막개』에서 실제 인물인 정막개를 역사 속의 실제 인물에 국한해서 서술하고 있지 않다. 그는 한 노비의 내면과 그 욕망과 끝없는 탐욕을 매우 탄탄하고 의고적(擬古的)이지만 의고적으로만 읽히지 않는 문체로 형상화한다.

때로 의고적인 그의 문체적 특성은 『정막개』가 역사소설의 범주에 있다는 것을 확인시켜주기도 한다. 다른 한편으로는 거기에 머물지 않고 심리묘사에서 날카로운 묘사적 표현은 의고적인 옛스러움이 주는 갑갑함에서 벗어나게 하는 매력을 지니고 있다.

' …… 부정적인 인물의 전형을 조선 때의 실재 인물, 중종반정을 겪고 옥사를 일으켜 출세했던 관노 정막개에서 보고 그 인물을 소설로 형상화해본 것이다. 비굴하면서도 나약하고 음험하면서도 한번 출세하면 안하무인의 행태를 자행하는 이런 인물은 몇백 년 전의 조선 때가 아니라 지금도 너무 흔해서 거의 통속화된 인간 군상이기도 하다. ……'

「작가의 말」에서 최명근은 '다분히 유형적인 인물'로 정막개를 형상화하면서 현대의 인간상과 맥을 잇는 다리를 놓는다.

'꾸준히 노력하면 유익한 작가'가 되리라 말한 김동리는 최희성을 27년이 지난 후 『경향신문』의 장편 공모에서 작품 『정막개』로 만난다. 김동리가 그것을 알 리는 없었다. 그러나 김동리와 최명근의 문학적 인연은 이렇게 끈질긴 바가 있었다.

당선작이 못 되었다는 것은 최희성 즉 최명근이 꾸준히 노력하면 유익한 작가가 될 것이란 김동리의 예언을 최명근이 실현하였다고 할 수가 없다. 김동리가 한 번도 직접 얼굴을 보지 못한 최명근은 끝까지 필명으로 김동리 앞에 '내가 본 한국의 어느 역사소설에도 손색이 없을 정도'의 『정막개』란 작품만을 던졌을 뿐이다.

최명근은 많은 작품을 발표하지 않았다. 추천을 완료하여 기성작가로 대우받지 못한 것에 그 원인의 대부분이 있을 것이란 추측이 가능하다. 그러나 공모에 투고하여 당선된 작품을 보면 그의 작가 수업은 매우 치열하고 꾸준하였을 것이다. 당선되어 발표된 작품을 읽으면 그가 문학수업에 들인 내공은 결코 만만치 않음을 알 수 있게 된다. 그가 고료를 염두에 두고 주로 장편을 현상모집에 투고했던 것을 염두에 둘 때 그의 경제적인 것을 비롯한 개인적인 사정이 소설에만 전념할 수 없게 만들었을 것이라고 추정해볼 수도 있다.

최명근은 『한국일보』의 「주간여성」 기자로 활동한 저널리스트이기도 했다.

발표하지 못한 많은 소설을 썼다가 지우고 또 지우고 찢으면서 그는 신문기자로서 문체의 수련에 온몸을 내던지며 현상모집에 응모하려고 수많은 습작을 쓰지는 않았을까.

소설 『정막개』를 읽으면 이러한 사항들을 더욱 확인하게 된다.

무명의 작가가 '한국의 어느 역사소설에도 손색이 없는' 완성된 작품을 어떻게 쓸 수 있었단 말인가.

최명근의 매제(妹弟)인 외우(畏友) 김재환(金在桓, 한림대 영문학과 명예교수)은 20년도 지난 육필(肉筆)의 『정막개』 원고(200자 원고지 2,000장 분량)를 타이핑, 파일로 만들었다. 그 파일을 받아 『정막개』를 읽으면서 눈을 뗄 수가 없었다. 소설의 재미와 그 흡입력에 빨려 들어가 단숨에 독파했다.

60 평생을 독신으로 산 무명의 작가 최명근. 발표도 제대로 못한 소설을 쓰고, 지우고, 또 썼을, 현상공모를 통해 필명으로만 작품을 발표할 수밖에 없었던 작가 최명근. 그의 유작(遺作) 『정막개』.

아, 이런 작가도 한국에 있었구나!

기파랑薈婆朗은 삼국유사에 수록된 신라시대 향가 찬기파랑가讚薈婆朗歌의 주인공입니다. 작자 충담忠談은
달과 시내의 잣나무의 은유를 통해 이상적인 화랑의 모습을 그리고 있습니다. 어두운 구름을 헤치고 나와
세상을 비추는 달의 강인함, 끝간 데 없이 뻗어나간 시냇물의 영원함, 그리고 겨울 찬서리 이겨내고 늘
푸른빛을 잃지 않는 잣나무의 불변함은 도서출판 기파랑의 정신입니다.

정막개

1판 1쇄 발행_ 2015년 7월 10일

지은이_ 최명근
펴낸이_ 안병훈

펴낸곳_ 도서출판 기파랑
등록_ 2004. 12. 27 | 제 300-2004-204호
주소_ 서울시 종로구 대학로8가길 56(동숭동 1-49 동숭빌딩) 301호
전화_ 02-763-8996(편집부) 02-3288-0077(영업마케팅부)
팩스_ 02-763-8936
이메일_ info@guiparang.com
홈페이지_ www.guiparang.com

ISBN_ 978-89-6523-862-1 03810